Harry T. Master

Die Helden von Haldnerackmáhn

Fantasy-Roman

FiFa-Verlag München

Bibliografische Information Der Deutschen Bibliothek
Die Deutsche Bibliothek verzeichnet diese Publikation in der Deutschen Nationalbibliografie; detaillierte bibliografische Daten sind im Internet über http://dnb.ddb.de abrufbar.

nach den Drehbüchern der von Harry Theodor Master
in den Jahren 1986 - 1988 gedrehten Fantasy-Spielfilme

FiFa – Fiction & Fantasy e.V. München
Tel : 01 77 - 750 29 37, eMail : FiFa-Verlag @ t-online.de
http://home.t-online.de/home/fifa-verlag

Umschlaggestaltung: Sarah Haubner (sarah.haubner@web.de)

Gesamtherstellung: Kessler Verlagsdruckerei Bobingen
Printed in Germany – 2. (überarbeitete) Auflage 2003
ISBN 3-934432-05-0

Prolog

Joe Arrows rannte durch den dunklen Gebirgswald auf das geheimnisvolle Ziel zu, das er aufzuspüren hatte. Seine Füße sanken tief in den verharschten Schneeboden ein, doch das störte den jungen Mann ebenso wenig wie die eisige Kälte, die im äußersten Norden von Haldnerackmáhn herrschte.

Joe ließ sich von seinen Instinkten leiten, wie es ihm sein weiser alter Lehrmeister *Hanck al Menhard* beigebracht hatte. Er horchte in sich hinein und versuchte, mit all seinen Sinnen das kleine grüne Objekt aufzuspüren, das seit zwei Tagen bedrohlich durch die Gegend schwirrte und dem er nun schon über eine Stunde hinterherjagte.

Joe trug fest geschnürte Wildlederschuhe, eine braune Hose, ein khakifarbenes Hemd und darüber eine kurzärmelige Jacke aus dunkelbraunem Bärenfell. Seine nackenlangen hellbraunen Haare wurden von einem aus Leder geflochtenen Stirnband gehalten. Den Köcher mit den Pfeilen hatte er mit einem Lederriemen an seinem Rücken befestigt und über seiner Schulter hing der sagenumwobene Bogen *Pantabal*, der früher Joes Vater gehört hatte.

Joe war einundzwanzig Jahre alt und im Begriff, seine Ausbildung abzuschließen, die er bereits im Kindesalter begonnen hatte. Während er durch den Wald hetzte, dachte Joe an seinen Vater Jeff Arrows, der einst der Anführer der legendären *Helden von Haldnerackmáhn* gewesen war. Joe erinnerte sich nur ungenau an ihn; immerhin war es zwölf Jahre her, dass ihn sein Vater zu Hanck al Menhard gebracht hatte, damit dieser seine Ausbildung übernehme. Bald darauf war Joes Vater unter mysteriösen Umständen ums Leben gekommen.

Hanck al Menhard hatte Joe alles beigebracht, was er heute konnte und wusste. Er hatte ihn in den Geistes- und Naturwissenschaften unterwiesen, ihn Meditation und Selbstverinnerlichung gelehrt und ihn zu einem gläubigen und gottesfürchtigen jungen Mann erzogen. Seine Muskeln waren gestählt und seine Sinne waren schärfer als die jedes anderen Menschen im Königreich

Haldnerackmáhn. Er war geübt im Umgang mit Schwert, Axt und Lanze, aber seine Lieblingswaffe war der Bogen *Pantabal*, der nie sein Ziel verfehlte. Joe hatte vor, in die Fußstapfen seines Vaters zu treten, der einst der beste Bogenschütze des Königreichs gewesen war. Wie sein Vater wollte auch Joe ein *Held von Haldnerackmáhn* werden.

Joe schreckte aus seinen Gedanken auf. Er befand sich mitten im Wald und hatte offenbar den Kontakt zu seinem Zielobjekt verloren. Der junge Mann blieb stehen und lauschte tief in sich hinein. Er aktivierte alle seine geistigen Kräfte, wie es ihm der alte Hanck al Menhard beigebracht hatte. Und plötzlich sah er die grüne quallenähnliche Kreatur vor seinem geistigen Auge schweben und wusste mit einem Mal genau, wohin er zu laufen hatte. Sofort setzte er sich wieder in Bewegung und fühlte mit jedem Schritt, wie er seinem Ziel immer näher kam.

Der Wald endete abrupt und Joe stand auf einer schneebedeckten Lichtung. Er bemerkte, dass das giftgrüne schwabblige Ding direkt auf ihn zugeflogen kam. Joe riss seinen Bogen von der Schulter, zog blitzschnell einen Pfeil aus dem Köcher, spannte den Bogen und feuerte den Pfeil auf den quallenähnlichen Körper ab, der soeben über ihn hinwegsauste. Eine Sekunde später schlug der Pfeil in der Kreatur ein und ließ sie in einem hellen Lichtstrahl zerbersten. Erleichtert hängte sich Joe den Bogen wieder um. *Pantabal* hatte ihn auch diesmal nicht enttäuscht: Joe hatte seine bisher schwerste Aufgabe bewältigt.

Hanck al Menhard war ein alter Mann mit einem langen weißen Bart, der ihm bis auf die Brust reichte. Er trug die braune Kapuzenkutte der *Weisen von Welldone*, die an der Taille mit einer weißen Kordel zusammengeschnürt war. Ein sieben Zentimeter großes goldenes Kreuz hing an einer Kette von seinem Hals auf die Brust herab. Hanck stand vor der schlichten Blockhütte, die ihm seit fünfzehn Jahren als Behausung diente, und spaltete mit einer Axt Holz zum Beheizen des Ofens, als Joe von seiner Mission zurückkehrte. Der Alte legte das Beil auf den Hackstock, ging gemächlichen Schrittes auf seinen Schüler zu und umarmte ihn. Dabei sagte er:

Für Nikolai mit den besten Wünschen von

[illegible]

5/4/07

FiFa

Fiction & Fantasy

Alle im FiFa-Verlag erschienenen Werke (siehe dazu auch Seite 278 - 280) können bestellt werden

beim Verlag unter der **Telefonnummer 0177 - 750 29 37**

oder

per eMail an FiFa-Verlag@t-online.de

oder im Buchhandel.

»Joe Arrows, ich gratuliere dir zu deinem Erfolg. Damit ist deine Ausbildung abgeschlossen.«

»Du weißt, dass ich es geschafft habe?« fragte Joe verwundert, wenngleich ihm bekannt war, dass sein Lehrmeister über eine Vielzahl übernatürlicher Kräfte verfügte.

»Ich habe keine Sekunde daran gezweifelt«, antwortete der Alte schmunzelnd. »Außerdem spüre ich alles, was in deinem Inneren vorgeht. Ich habe es gespürt, als dein Kontakt zu dem Objekt kurzzeitig abgebrochen war, und ich fühlte deinen Triumph, nachdem du es zerstört hattest. Ich bin stolz auf dich, Joe. Nun kannst du das Erbe deines Vaters antreten – und das wird auch Zeit, denn es werden bald neue Aufgaben auf dich zukommen.«

»Was meinst du damit, Hanck?« fragte Joe etwas unsicher.

»Nun, Joe, die alten Helden von Haldnerackmáhn, deren Anführer dein Vater war, sorgten einst für Recht und Ordnung in unserem Königreich und beschützten es lange Zeit vor allen äußeren und inneren Feinden. Sie traten stets für die Sache des Guten ein und bekämpften die Mächte der Finsternis, besonders Santana, die Herrscherin der Unterwelt, der es vor fünfundzwanzig Jahren gelungen war, Königin von Haldnerackmáhn zu werden. Die Kreatur, die du mit deinem Pfeil zerstört hast, wurde von Santana ausgesandt, um ihr zu melden, ob ich noch lebe, was ich gerade tue und ob ich ihr noch gefährlich werden kann.«

Joe hatte schon einiges über Santana und die Geschehnisse vor einem Vierteljahrhundert gehört; doch genaue Einzelheiten dessen, was sich damals ereignet hatte, hatten ihm weder sein Vater noch Hanck al Menhard geschildert.

»Erzähl mir mehr über Santana!« bat er den Alten.

»Sie ist die Hohepriesterin des Bösen und versucht fortwährend, Macht über die Menschen zu erlangen und sie auf die dunkle Seite zu ziehen. Santana ist mit Sicherheit auch schuld am Tod deines Vaters, der mir einst half, sie aus Haldnerackmáhn zu vertreiben und in die Unterwelt zu verbannen. Auch du wirst Santana begegnen und den Kampf deines Vaters gegen sie und ihre finsteren Mächte weiterführen. Doch zuvor muss ich dir eine Menge über die Vergangenheit von Haldnerackmáhn und die alten Helden erzählen. Es ist zum größten Teil auch meine Lebensgeschichte. Aber gehen wir doch in die Hütte und setzen uns an den Ofen, Joe! Dort ist es gemütlicher als hier draußen.«

Mit diesen Worten öffnete der Alte die Hüttentür, und die beiden traten ein. Joe nahm auf der hölzernen Bank Platz, in der Erwartung, nun endlich mehr über die Vergangenheit zu erfahren.

Hanck al Menhard schob einige Holzscheite in den Ofen. Dann setzte er sich auf einen Hocker, lehnte sich gegen die Hüttenwand und blickte Joe Arrows tief in die Augen. Er hatte den jungen Mann nahezu alles gelehrt, was er selbst einst gelernt hatte. Er liebte ihn wie einen Sohn. Und dennoch wusste der Weise, dass Joe ihn verlassen würde, wenn er alles erfahren hatte. Aber der Lauf des Schicksals war nicht zu ändern, und Hanck konnte Joe nun nichts mehr geben als das Wissen über die Vergangenheit von Haldnerackmáhn.

Und so begann Hanck al Menhard seine Geschichte zu erzählen.

I. Buch

Hanck al Menhards Geschichte

1. Die Weisen von Welldone

Es liegt ein Geheimnis um meine Herkunft, das ich bis heute nicht ergründen konnte. Meine Eltern habe ich nie kennen gelernt und auch das genaue Datum meiner Geburt konnte ich nie in Erfahrung bringen. Ich wurde vor fünfundsiebzig Jahren als Kleinkind vor dem Eingangstor des Klosters *Welldone* gefunden. Die weißen Tücher, in die ich gewickelt war, trugen den eingestickten Buchstaben ***H***. Die Mönche, die sich *Die Weisen von Welldone* nannten, nahmen mich bei sich auf und tauften mich auf den Namen *Hanck*. Den Beinamen *al Menhard* bekam ich erst später, als ich schon erwachsen war.

Das Kloster Welldone befand sich einst hier in den Bergen im Norden von Haldnerackmáhn – fast genau an der Stelle, wo heute meine Hütte steht. Der heilige *Pater Robb Welldone*, der Bewahrer des Guten, hatte es vor über hundert Jahren gegründet, nachdem es ihm und seinen Getreuen gelungen war, die Mächte des Bösen aus Haldnerackmáhn zu vertreiben und in die Unterwelt zu verbannen.

Damals, als die meisten Bewohner unseres Landes noch nicht in der Lage waren, das Gute vom Bösen zu unterscheiden, war Pater Robb Welldone aufgetreten und hatte die Menschen gelehrt, wie sie den Pfad des rechten Lebens finden können.

Seine wichtigsten Regeln lauteten:

Diene Gott und lass dich bei allem, was du tust, von der Kraft des Guten leiten!
Liebe deine Mitmenschen wie dich selbst und suche stets nach Möglichkeiten, ihnen Gutes zu tun!
Widerstehe allen Versuchungen, die dich vom rechten Weg abbringen können!
Versuche, die Welt ein bisschen besser zu verlassen, als du sie vorgefunden hast!

Pater Robb Welldone verfügte über wundersame Fähigkeiten, die ihm direkt aus der *Kraft des Guten* zuflossen. So besaß er die Gabe, sich durch geistige Kraft an jeden beliebigen Punkt des Landes versetzen zu können, er war imstande, die Gedanken und Absichten jedes Menschen zu erkennen, und er konnte andere erstarren lassen, wenn sie im Begriff waren, etwas Böses zu tun. Jedes Lebewesen, ja selbst die unbelebte Materie, konnte er seinem Willen unterwerfen. Aber er machte selten Gebrauch von seinen Fähigkeiten, denn er wusste, dass er diese übernatürlichen Kräfte sofort verlieren würde, wenn er sie nur ein einziges Mal zu eigennützigen Zwecken oder gar zu etwas Bösem benutzt hätte.

Nachdem sie die Mächte der Finsternis in die Unterwelt verbannt hatten, zogen sich Pater Robb Welldone und seine Getreuen in ihr Bergkloster im Norden von Haldnerackmáhn zurück. Durch ihr Leben in Brüderlichkeit, Bescheidenheit und Keuschheit und durch ihr tägliches Gebet bewahrten sie Haldnerackmáhn mehrere Jahrzehnte vor allen Einflüssen des Bösen.

Ich habe Pater Robb Welldone nie bewusst kennen gelernt. Er verließ unsere Welt, kurz nachdem die Mönche mich gefunden hatten. Als ich ungefähr so alt war, wie du jetzt, Joe, erfuhr ich, was sich damals zugetragen hatte. Pater Robb Welldone hatte mich in die Arme genommen, war in die Mitte seiner Mönche getreten und hatte feierlich zu ihnen gesprochen:

»Meine lieben Freunde! Die Ankunft dieses Kindes ist ein Zeichen des Himmels. Mir zeigt sie an, dass meine Zeit in dieser

Welt abgelaufen ist. Ich habe lange Jahre dem Guten gedient und Haldnerackmáhn gegen alle Einflüsse des Bösen geschützt. Ich habe mein gesamtes Wissen an euch, meine Schüler, weitergegeben. Nun werde ich von euch Abschied nehmen und in eine andere Welt gehen, in der eine neue Aufgabe auf mich wartet.«

Er machte eine Pause und wartete die Wirkung seiner Worte ab. Die Mönche blickten ihn andächtig und ein wenig verwundert an. Nach einer Weile sprach Pater Robb Welldone weiter:

»Einst wurde mir geoffenbart, dass ein Kind mit dem Buchstaben ***H*** wie Haldnerackmáhn erscheine, das einmal meine Nachfolge antreten werde. Ich solle mich nach dem Erscheinen dieses Kindes aus dieser Welt zurückziehen. Ich werde nun diesen Knaben anhauchen und dadurch all meine geistigen Kräfte und Fähigkeiten auf ihn übertragen. Ihr, meine Freunde, werdet ihn großziehen und ihm alles beibringen, was ich euch gelehrt habe. Auf den Tag genau in zwanzig Jahren werdet ihr ihn über seine Aufgabe als Bewahrer des Guten in Kenntnis setzen. In seiner Hand wird es liegen, ob Haldnerackmáhn weiterhin ein Reich des Guten ist oder ob es den Mächten der Finsternis verfällt. Darum gebt gut auf ihn Acht und erzieht ihn zu einem Weisen von Welldone!«

Daraufhin überreichte er dem Prior des Klosters eine versiegelte Schriftrolle und sagte:

»Bewahrt diese Rolle zwanzig Jahre lang verschlossen auf! Heute in zwanzig Jahren öffnet sie und lest die Prophezeiung! Ihr werdet dann wissen, was zu tun ist.« Wieder machte er eine Pause und sah die sprachlosen Mönche an. »Vertraut immer auf Gott und die *Kraft des Guten*!« fuhr er fort. »Lebt weiter so, wie ich es euch gelehrt habe! Auf Wiedersehen in der Welt, in die ich jetzt gehe und in die auch ihr einmal kommen werdet!«

Dann wandte er sich an mich, das in Windeln liegende Kleinkind:

»Du verstehst das alles noch nicht, kleiner Mann, aber ich spüre, dass du mir ein würdiger Nachfolger sein wirst. Erfülle deine Aufgabe so gut, wie ich sie erfüllt habe! Die *Kraft des Guten* sei mit dir!«

Mit diesen Worten hauchte er mich an und übergab mich

Bruder Malvin, dem Jüngsten der Klostergemeinschaft. Dann löste er sich vor den Augen der versammelten Weisen in Luft auf und verschwand. Zumindest wurde es mir so berichtet.

*

Als ich vor dem Eingang des Bergklosters gefunden wurde, waren die Weisen von Welldone alle schon ziemlich betagt. Die meisten waren um die sechzig Jahre alt, und selbst Bruder Malvin, dem Pater Robb Welldone mich übergeben hatte, war auch schon über vierzig. Dennoch zogen mich die Mönche liebevoll auf und lehrten mich alles, was sie wussten. So lernte ich schon früh, das Gute vom Bösen zu unterscheiden, ich erfuhr von Gott und seinem Auftrag an uns Menschen. Täglich übte ich mich in Meditation und Selbstverinnerlichung. Ich lebte sparsam und enthaltsam wie alle Mönche im Kloster und ich trug dieselbe schlichte Kutte wie die anderen. Mit fünf Jahren konnte ich lesen und schreiben; auch arbeitete ich auf den Feldern mit, wo die Mönche dem kargen Boden mit großem Geschick eine ansehnliche Zahl nahrhafter Früchte entlockten. Ich betete und fastete mit den Mönchen und wurde so im Laufe der Zeit zu einem Weisen von Welldone.

Am meisten aber faszinierten mich die vielen Bücher, die im Kloster aufbewahrt wurden. Jede freie Minute saß ich in der Bibliothek und las. Es gab Bücher über Philosophie und Theologie, über Mathematik, Physik, Biologie, Geographie und vieles mehr. Mein Lieblingsbuch hieß ***Der Weg zum wahren Glück***, verfasst von Pater Robb Welldone. In diesem Buch erklärt der Heilige, dass das wahre Glück darin besteht, andere glücklich zu machen und so immer näher zu Gott zu finden. Er warnt auch vor den Klippen, die die Erreichung dieses Zieles verhindern: Vergnügungssucht, Alkohol und andere Drogen, sexuelle Begierde, Faulenzertum und Unglaube. Ich nahm mir vor, mein Leben dem Kampf gegen diese Einflüsse des Bösen zu widmen.

Eines Tages fiel mir dann ein Buch über Waffenkunde in die Hände, das mein Interesse weckte. Einer der Mönche entdeckte, dass ich darin blätterte, und meinte:

»Dieses Buch ist nichts für dich, Hanck! Wir Weisen von Welldone sind friedliebende Menschen. Keiner von uns würde je eine Waffe in die Hand nehmen, denn Waffen sind ein Werk des Bösen. Leg dieses Buch weg, damit es dich nicht verwirrt und vom rechten Weg abbringt!«

Ich tat, wie mir geheißen, aber das Buch zog mich immer wieder magisch an. So holte ich es mir doch hin und wieder heimlich heraus und las darin. In mir keimte der Wunsch, ein Schwert zu besitzen, um damit gegen das Böse kämpfen zu können.

Nach einiger Zeit vertraute ich meinen Wunsch Bruder Malvin an. Doch dieser meinte, ich bräuchte kein Schwert, um gegen das Böse zu bestehen; ich solle stattdessen meine geistigen Kräfte erforschen und lernen, sie sinnvoll einzusetzen. Ich folgte seinem Rat und entdeckte nach und nach all die Fähigkeiten, die mir Pater Robb Welldone bei seinem Abschied verliehen hatte. So musste ich mich nur ganz genau auf einen Ort, den ich kannte, konzentrieren und schon war ich dort. Große Freude bereitete es mir auch, die Gedanken und Gefühle anderer Menschen zu ergründen. Schließlich entwickelte ich die Fähigkeit, andere durch meine geistige Kraft erstarren zu lassen.

Ich war inzwischen ins Jugendalter gekommen und wie alle Jugendlichen war auch ich bisweilen etwas übermütig; so spielte ich manchmal unbedacht mit meinen Fähigkeiten. Da erklärte mir mein väterlicher Freund Malvin, der nun auch schon fast sechzig Jahre alt war, wie gefährlich es sei, wenn ich meine geistigen Kräfte missbrauchen würde. Ich erinnere mich noch genau an die Worte, die er verwendete:

»Setze deine Kräfte stets nur zum Guten ein, Hanck! Solltest du sie nur ein einziges Mal zu etwas Bösem verwenden, wärst du für immer den Mächten der Finsternis verfallen. Das wäre das Verderben für ganz Haldnerackmáhn. Damit du immer daran denkst, hänge ich dir *Chryson*, das goldene Kreuz von Pater Robb Welldone, um den Hals. Er hat verfügt, dass du es bekommen sollst. Es wird dich warnen, wenn du einmal im Begriff sein solltest, deine Kräfte falsch einzusetzen.«

Seither trage ich Tag und Nacht dieses Kreuz auf der Brust, und es ließ mich stets erkennen, was richtig und was falsch ist, und lehrte mich Demut im Umgang mit meinen übernatürlichen Fähigkeiten.

*

Die Jahre vergingen, und ich war zu einem richtigen Weisen geworden, obwohl ich erst zwanzig Jahre zählte. Von den Mönchen, die mich einst gefunden hatten, lebte nur noch ein halbes Dutzend, und neue Mönche waren seit Pater Robb Welldones Abschied nicht ins Kloster eingetreten.

Es kam der Tag, an dem die Schriftrolle, die Pater Robb Welldone einst seinen Mönchen übergeben hatte, feierlich geöffnet wurde. Malvin – mittlerweile Prior des Klosters – brach das Siegel auf und entrollte langsam das Pergament. Dann begann er andächtig zu verlesen:

»Meine lieben Freunde! Seit zwanzig Jahren weile ich nun nicht mehr unter euch, aber trotzdem wirkte stets die *Kraft des Guten* in Haldnerackmáhn. Das Böse ist tief in die Unterwelt verbannt, wo es bislang keinen Schaden anrichten konnte. Doch nun wird sich alles ändern. Im Reich des Bösen wird ein Kind geboren werden, das alle Kräfte der Finsternis in sich vereint. Satanas persönlich wird sein Vater sein, und es wird versuchen, die Herrschaft über ganz Haldnerackmáhn zu ergreifen. Am Tag der Geburt dieses Kindes wird die Erde erbeben und kein Stein wird auf dem anderen bleiben.

Nur einer kann die Welt dann noch retten: der neue Bewahrer des Guten. Wenn er gegen die Mächte des Bösen bestehen will, muss er das Kloster noch heute verlassen und hinausgehen in die Welt. Er wird das Gute predigen und Schüler um sich scharen, denen er beibringen wird, was er bei euch gelernt hat. Einem dieser Schüler wird er einst, wenn seine Zeit in dieser Welt vorüber ist, seine Kräfte übertragen und ihn zum Bewahrer des Guten ernennen, so wie ich es mit ihm getan habe. Doch zuvor wird er zweimal die Mächte der Finsternis besiegen und die Böse in die Unterwelt zurückschicken, aus der sie emporgestiegen ist.

Als Erstes aber muss er das lernen, was ihr ihm nicht beibringen konntet, meine Freunde. Er wird sogleich aufbrechen und nichts mitnehmen außer den Kleidern, die er am Körper trägt, einem ledernen Wasserbeutel und dem goldenen Kreuz *Chryson* um seinen Hals. Er wird so lange nach Süden gehen, bis er einem Menschen begegnet. Bei diesem wird er bleiben, bis er besitzt, was er sich seit langem wünscht. Dann wird er diesen Menschen verlassen und dorthin weiterziehen, wohin *Chryson* ihn führen wird. Ihr aber, meine Freunde, werdet dann längst mit mir vereint sein.«

Malvin rollte das Pergament schweigend zusammen. Keiner der Mönche sagte ein Wort. Alle dachten angestrengt über die Bedeutung der Prophezeiung nach.

Nach einer Weile brach Malvin das Schweigen:

»Ich habe nicht alles verstanden, was uns der Meister sagen will, aber eines ist sicher: Du musst uns noch heute verlassen, Hanck! Also schnür deine Sandalen, füll deinen Wasserbeutel und mach dich auf den Weg nach Süden, wie Pater Robb Welldone es verfügt hat!«

»Ich soll euch verlassen?« fragte ich verdutzt. »Wieso? Ich verstehe nicht.«

Da erzählte mir Malvin, dass mich Pater Robb Welldone bei seinem Abschied zu seinem Nachfolger bestimmt hatte. Dann segnete er mich und schickte mich fort von jenem Ort, der zwanzig Jahre lang mein Zuhause gewesen war. Mit Tränen in den Augen verabschiedete ich mich von den Mönchen und begann nach Süden zu wandern.

*

Ich war den ganzen Tag durch die schneebedeckte Felsenlandschaft marschiert und füllte meinen fast leeren Wasserbeutel an einem klaren Gebirgsbach auf. Der Abend dämmerte und bald würde die Nacht über Haldnerackmáhn hereinbrechen. Ich überlegte gerade, wo ich meine erste Nacht außerhalb des Klosters verbringen solle, als plötzlich die Erde zu beben begann. Ein fürchterliches Donnern war zu hören und Blitze zuckten über den Himmel. Instinktiv schaute ich nach oben zu dem Berg, auf dem das Kloster stand. Ich sah die Mauern des Klosters erzittern und schließlich einstürzen. Kein Stein blieb auf dem anderen und keiner der Mönche überlebte die Katastrophe. Da wurde mir klar, dass das Kind geboren sein musste, das einst von der Unterwelt aus versuchen sollte, die Herrschaft über Haldnerackmáhn zu ergreifen.

Ich schlug schnell ein Kreuzzeichen und sprach ein Gebet für die Mönche, die mich zwanzig Jahre lang erzogen und für mich gesorgt hatten. Ich war nun der Letzte der Weisen von Welldone. Mit feuchten Augen suchte ich mir eine Höhle, in der ich lagerte. Doch schlafen konnte ich in jener Nacht nicht. Zu vieles ging mir im Kopf herum. Bei Morgengrauen zog ich weiter und folgte dem Weg, der von den schneebedeckten Bergen des Nordens hinab in die schier endlosen Wälder des Ostens von Haldnerackmáhn führte.

2. Lehr- und Wanderjahre

Ich durchstreifte nun schon seit einer Woche die Wälder des mittleren Ostens und hatte immer noch keine Menschenseele getroffen. Da erblickte ich plötzlich am Waldrand ein Haus, aus dessen Kamin weißer Rauch aufstieg. Meine Nahrungsvorräte waren restlos aufgebraucht – und so beschloss ich anzuklopfen. Ein großer kräftiger Mann von gut vierzig Jahren öffnete mir und begrüßte mich mit den Worten:

»Schau an, ein heiliger Mann aus den Bergen! Was führt Euch zu mir, Bruder?«

»Das Kloster von Pater Robb Welldone existiert nicht mehr«, gab ich zur Antwort. »Es ist vergangene Woche bei dem schrecklichen Erdbeben eingestürzt. Ich bin Bruder Hanck, der Letzte der Weisen von Welldone. Kann ich mich bei Euch etwas stärken?«

»Ich bin Skant, der Waffenmeister«, stellte sich der kräftige Mann vor. »Ich fertige in meiner Werkstatt Schwerter, Lanzen, Streitäxte, Bögen und Pfeile für die Soldaten des Königs von Haldnerackmáhn. Ihr sollt gleich Speise und Trank bekommen, Bruder Hanck.«

Er klatschte zweimal in die Hände, und sofort kam ein schmächtiger junger Mann mit blassem Gesicht und einer Brille auf der Nase aus einem der Räume und fragte Skant, was er wünsche.

»Stell etwas zu essen und zu trinken auf den Küchentisch, Balthasar!« forderte ihn der Waffenmeister auf. »Wir haben einen ehrwürdigen Gast zu bewirten.«

Der junge Mann blickte mich freundlich an, verneigte sich und verschwand in der Küche.

Mir fiel plötzlich die Prophezeiung von Pater Robb Welldone ein.

»Es wurde mir geweissagt«, erzählte ich Skant, »dass ich so lange bei Euch bleiben soll, bis ich besitze, was ich mir seit meiner Kindheit wünsche. Ich weiß jetzt auch, was damit gemeint ist: ein Schwert.«

»Ich werde Euch zeigen, wie man ein Schwert schmiedet und damit umgeht«, erwiderte der Waffenmeister. »Dafür helft Ihr mir bei meiner Arbeit. Aber geht jetzt in die Küche zu Balthasar und stärkt Euch erst einmal ordentlich!«

Ich tat, wie mir geheißen. Der blasse junge Mann mit der Brille, der mich bewirtete, war vielleicht siebzehn Jahre alt und seine fast zerbrechliche Figur passte so gar nicht in das Haus des grobschlächtigen Waffenschmieds.

»Seid mir gegrüßt, Bruder!« sagte er. »Mein Name ist Balthasar Formulus. Ich wohne mit meinen Eltern und meinem kleinen Bruder in dem nahegelegenen Dorf und verdiene mir hier bei Skant etwas Geld für meine Bücher und Experimente, denn ich will Forscher werden und einmal große Erfindungen machen.«

»Ich bin Hanck und komme aus dem Kloster Welldone, das leider vor einer Woche eingestürzt ist«, stellte ich mich vor. »Du bist kaum jünger als ich, Balthasar. Lass uns Freunde sein!«

Wir reichten uns die Hände und waren seit jenem Tag ein Herz und eine Seele.

*

Zwei Wochen arbeitete ich nun zusammen mit Balthasar Formulus in der Werkstatt des Waffenmeisters. Da wir beide sehr belesen waren, hatten wir immer viel Gesprächsstoff. Mit großem Eifer tauschten wir unser Wissen aus: Ich unterwies Balthasar in den Geisteswissenschaften und erzählte ihm von der *Kraft des Guten*, er berichtete mir von seinen naturwissenschaftlichen Studien und Experimenten. Balthasar hatte sich von dem Geld, das er bei Skant verdiente, im Haus seiner Eltern ein kleines Labor eingerichtet, in dem er eifrig experimentierte. Einige kleinere Erfindungen waren ihm bereits geglückt, aber er hatte es sich zum Ziel gesetzt, der größte Erfinder in der Geschichte von Haldnerackmáhn zu werden. Meister Skant interessierte das alles recht wenig. Er sah in Balthasar nur eine billige Arbeitskraft in der Werkstatt und in der Küche.

Balthasar erzählte mir gerade wieder von seinen Forschungsergebnissen, als es an der Tür klopfte. Skant öffnete, und ins

Haus trat ein prächtig gekleideter junger Mann, der ungefähr in meinem Alter war.

»Verneigt euch!« forderte Skant uns auf. »Begrüßt Prinz Largus, den zweiten Sohn von König Aurelian von Haldnerackmáhn!« Zu dem Prinzen gewandt sprach er voll Ehrfurcht: »Seid mir willkommen, Hoheit! Was führt Euch zu mir?«

»Es wird Krieg geben«, antwortete Prinz Largus ernst. »Krieg mit Translakien, unserem Nachbarland jenseits des Großen Sees. Mein Vater braucht neue Waffen für seine Armee: Lanzen, Schwerter, Streitäxte, Bögen und Pfeile. Also macht Euch an die Arbeit, Meister Skant! Ihr wisst: Mein Vater wartet ungern.« Der Blick des Prinzen fiel auf mich: »Nanu, ein Weiser von Welldone! Was macht Ihr hier, Bruder?«

»Es geschehen seltsame Dinge, Hoheit«, erwiderte ich. »Vor knapp einem Monat ging das Kloster Welldone, das viele Jahrzehnte Bestand hatte, bei dem großen Erdbeben zugrunde, und nun sagt Ihr, dass es nach einer langen Ära des Friedens zwischen Translakien und Haldnerackmáhn Krieg geben wird. Die Mächte des Bösen wüten bereits; dabei ist das Kind der Finsternis gerade erst geboren. Ich habe das Gefühl, es werden schwere Zeiten über uns hereinbrechen.«

»Was sprecht Ihr da von einem Kind der Finsternis?« erkundigte sich Prinz Largus.

»Es handelt sich um eine Weissagung von Pater Robb Welldone«, gab ich zur Antwort. »Wenn das Kind herangewachsen ist, wird es versuchen, die Herrschaft über Haldnerackmáhn zu erlangen. Ich bin der Letzte der Weisen von Welldone und soll nach Pater Robb Welldones Willen dem Bösen Widerstand leisten, wenn die Zeit gekommen ist.«

»Ihr seid kaum älter als ich«, meinte Largus erstaunt, »und doch tut Ihr so, als hättet Ihr schon die ganze Weisheit von Pater Robb Welldone in Euch. Ich kenne das Lebenswerk des großen Heiligen, aber mir ist nichts von einer Weissagung über ein Kind der Finsternis bekannt. Ich weiß nur, dass mein Vater dringend eine große Zahl neuer Waffen benötigt. Deshalb hat er mich zu Meister Skant geschickt. Also fangt an, ihr habt eine Woche Zeit!«

Er drehte sich majestätisch um, verabschiedete sich von uns und verließ das Haus des Waffenmeisters.

Skant schluckte ein paar Mal, dann brummte er:

»Ihr habt gehört, was der Prinz gesagt hat. Macht euch an die Arbeit! Ich werde versuchen, im Dorf ein paar Arbeiter anzuheuern, damit wir die Waffenproduktion auf Touren bringen. Fangt ihr inzwischen schon einmal an, ihr wisst ja, wie man Schwerter schmiedet!«

Er warf sich seinen Mantel um und ließ uns in der Werkstatt zurück.

»Du wolltest doch schon immer ein eigenes Schwert haben«, sagte Balthasar zu mir, nachdem Skant gegangen war.

»Ja«, antwortete ich, »aber ein ganz besonderes Schwert, wie es kein anderer Mensch besitzt.«

»Dann lass es uns herstellen!« rief Balthasar voll Tatendrang. »Ich habe in meinem Labor eine Substanz zusammengemixt, die Eisen härter und schärfer werden lässt, als es von Natur aus ist. Jetzt können wir testen, was sie taugt.«

Sofort machten wir uns an die Arbeit. Das Eisen wurde zum Glühen gebracht, geschmiedet und dann mit Balthasars Substanz überzogen. Zum Schluss nahm ich mein goldenes Kreuz vom Hals und ließ es langsam über beide Seiten der Klinge gleiten. Dann fasste ich die geheiligte Waffe am Griff und begutachtete sie. Das Schwert lag leicht in der Hand und war scharf wie ein Rasiermesser.

»Sein Name soll *Hiéromach* sein«, kam es voll Ehrfurcht über meine Lippen.

»Probier es aus!« forderte Balthasar mich begeistert auf.

Ich hob das Schwert in die Höhe und ließ es mit voller Wucht auf den Amboss herabsausen. Was nun geschah, hatte ich nie und nimmer erwartet: Die Klinge durchschnitt den Amboss wie Butter in zwei Teile.

In diesem Moment betrat Skant mit einigen Männern aus dem Dorf die Werkstatt. Er sah, was geschehen war, und rief entsetzt aus:

»Mächte der Finsternis! Seid ihr denn wahnsinnig, meine Werkstatt zu zertrümmern!«

»Es – es ist meine Schuld«, stotterte Balthasar. »Ich habe etwas zusammengemixt ...«

»Ich habe den Amboss zerschlagen«, bekannte ich reumütig. »Balthasar hat nur ...«

»Es ist mir schnurzpiepegal, wer was getan hat!« schrie Skant uns wütend an. »Ein verrückter Erfinder und ein seltsamer Heiliger – das ist zu viel für einen einfachen Waffenschmied wie mich. Ihr verlasst sofort meine Werkstatt, bevor ihr noch mehr Schaden anrichtet!«

»Dürfen wir das Schwert behalten, das wir uns selbst hergestellt haben?« fragte ich zaghaft.

Die wunderbare Waffe glänzte und funkelte im Licht der Sonne.

»Betrachtet es als Lohn für eure Arbeit!« erklärte Skant mürrisch. »Aber nun macht, dass ihr fort kommt! Ich habe mit meinen Männern zu arbeiten.«

So packten Balthasar und ich unsere wenigen Habseligkeiten zusammen und verließen das Haus des Waffenmeisters.

Wir beschlossen, zunächst in das Dorf zu gehen, in dem Balthasars Familie wohnte. Als wir uns der kleinen Ortschaft näherten, merkten wir sofort, dass hier etwas Schreckliches geschehen sein musste. Die meisten Häuser standen in Flammen und zahllose Leichen lagen auf dem Weg, der ins Dorf hineinführte.

Es war eine der Räuberbanden gewesen, die schon seit einiger Zeit den Osten des Königreichs unsicher machten. Die Banditen hatten das Dorf überfallen, ausgeplündert und all seine Bewohner getötet.

»Das ist nun schon der dritte Beweis dafür, dass die Mächte der Finsternis zu wüten begonnen haben«, meinte ich nachdenklich. »Was wird erst geschehen, wenn dieses Kind größer geworden ist?«

Balthasar Formulus sagte kein Wort. Er lief auf das brennende Haus seiner Eltern zu und verschwand darin. Als er mit einem großen Bündel wieder herauskam, rannen ihm dicke Tränen über die Wangen.

»Sie sind tot«, jammerte er. »Das Einzige, was ich aus den Flammen retten konnte, sind ein paar von meinen Büchern, Aufzeichnungen und Chemikalien.«

»Lass uns die Toten begraben«, schlug ich vor, »und dann diesen traurigen Ort verlassen!«

*

Es kam der Tag, an dem ich erstmals die Gelegenheit bekommen sollte, meine wundersamen Fähigkeiten unter Beweis zu stellen. Das Dorf lag schon etliche Meilen hinter uns. Ziellos wanderten wir durch den Wald und ernährten uns von Wurzeln und Beeren.

Auf einmal stand eine Horde von dreizehn Räubern vor uns und versperrte uns den Weg. Der Anführer der Bande kam breitbeinig auf uns zu und herrschte uns an:

»Was seid denn ihr für komische Vögel? Ihr seid unsere Gefangenen! Zeigt, was ihr bei euch habt!«

Während sich seine Kumpane über Balthasars Bündel hermachen wollten, betrachtete der Anführer mein Schwert.

»Eine prächtige Waffe!« rief er fasziniert aus. »Gib sie mir, oder meine Männer hauen dich in Stücke!«

»Niemals!« entgegnete ich.

»Wie du willst!« knurrte der Räuberhauptmann. »Macht sie fertig, Männer!«

Er zog ein langes Buschmesser und wollte auf mich einschlagen. Ich hielt mit meinem Schwert dagegen und trennte die Klinge des Buschmessers knapp oberhalb des Griffs ab.

Während der Anführer konsterniert den losen Griff in seiner Hand anstarrte, bemerkte ich, dass sich einige seiner Männer auf Balthasar gestürzt hatten. Ich hob die rechte Hand und rief laut:

»Halt!«

Die Wirkung verblüffte selbst mich: Die Banditen erstarrten auf der Stelle und konnten sich nicht mehr bewegen.

»Ein Wunder!« kam es Balthasar überrascht über die Lippen.

Der Räuberhauptmann, der sich als Einziger noch rühren konnte, starrte abwechselnd sein zerstörtes Buschmesser, seine bewegungslosen Kumpane und mich an.

»Das – ist – Hexerei!« stammelte er.

»Es ist die *Kraft des Guten*, die durch mich wirkt«, erklärte ich ruhig. »Und das Gute wird stets über das Böse triumphieren. Ich könnte dich für immer erstarren lassen – so wie deine Gefährten hier. Ich kann dich aber auch laufen lassen, wenn du versprichst, ein guter Mensch zu werden und nie mehr harmlose Wandersleute zu überfallen. – Nun, was ist: Willst du in Zukunft deinen Lebensunterhalt durch ehrliche Arbeit verdienen oder bis zum jüngsten Tag hier im Wald stehen – als abschreckendes Beispiel für andere Spitzbuben?«

Der Räuberhauptmann fiel vor mir auf die Knie und flehte:

»Ich tue alles, was Ihr von mir verlangt, Meister. Bitte lasst mich und meine Freunde am Leben!«

»Ich wüsste eine Verwendung für die Bande«, meinte Balthasar. »Skant sucht doch Männer für seine Waffenproduktion ...«

»Gute Idee!« erwiderte ich. Dann schnippte ich einmal mit dem Finger und hob den Bann über die Räuber auf.

»Und nun gebt uns eure Waffen und folgt uns ohne Widerrede!« forderte ich die Banditen auf. »Sonst lasse ich euch noch einmal erstarren, dann aber für immer.«

Kleinlaut gehorchten die Räuber, und gemeinsam machten wir uns auf in die Richtung von Skants Werkstatt.

Der bärbeißige Waffenmeister war einigermaßen erstaunt, uns wiederzusehen. Aber als ich ihm mitteilte, dass wir billige Arbeitskräfte für ihn hätten, vergaß er schnell seinen Groll gegen uns und ließ uns eintreten.

Im Haus trafen wir Prinz Largus, der mit einem kleinen Trupp Soldaten gekommen war, um die ersten fertigen Waffen für die Armee seines Vaters abzuholen. Auch er war sehr angetan von unserer Leistung.

»Hoheit«, erklärte ich selbstbewusst, »mit Männern wie uns gewinnt ihr den Krieg – und zwar ohne jedes Blutvergießen. Denn für den Ausbruch des Kriegs zwischen Translakien und Haldnerackmáhn sind einzig und allein die Mächte des Bösen verantwortlich, und die sind nicht mit Waffengewalt, sondern nur mit der *Kraft des Guten* zu bezwingen.«

Der Prinz sah mich verwundert an, doch dann sagte er:

»Nun gut, kommt mit! Wir ziehen nach Süden zum Ufer des Großen Sees, wo die Truppen meines Bruders, des Kronprinzen Carus, lagern, um die translakische Armee gebührend zu empfangen. Vielleicht könnt ihr uns tatsächlich von Nutzen sein.«

Ich wies die Räuber noch einmal deutlich darauf hin, dass ich zurückkommen und sie zur Rechenschaft ziehen würde, wenn sie nicht eifrig für Skant arbeiteten und seinen Anweisungen gehorchten. Dann begleiteten Balthasar und ich Prinz Largus und seine Soldaten nach Süden.

*

Wir lagerten nun schon einige Tage am Ufer des Großen Sees, der die Grenze zwischen Haldnerackmáhn und Translakien bildet. Balthasar Formulus hatte für die Ankunft der translakischen Soldaten einige Substanzen zusammengemischt.

Als dann die ersten Schiffe landeten und die schwer bewaffneten und gepanzerten Translakier ausstiegen, begrüßten wir sie mit einem Feuerwerk, dass ihnen Hören und Sehen verging. Eilig zogen sie sich wieder auf ihre Schiffe zurück und beratschlagten über ihr weiteres Vorgehen.

Ich versuchte, ihre Gedanken zu ergründen, und erfuhr auf diese Weise, dass sich der translakische König selbst an Bord von einem der Schiffe befand. Ich konzentrierte mich auf das Schiff und versetzte mich durch meine geistige Kraft direkt in die Kajüte des Königs. Der Herrscher und seine Berater waren völlig verblüfft, als da plötzlich aus dem Nichts ein Mann in brauner Mönchskutte vor ihnen auftauchte.

Ich ließ ihnen erst gar keine Zeit zu reagieren, hob meine Hände und sprach:

»Friede sei mit Euch, König von Translakien! Ich überbringe Euch die Grüße von König Aurelian von Haldnerackmáhn. Er will mit Euch verhandeln, damit es keinen Krieg und kein Blutvergießen gibt. Ihr habt gesehen, über welche Waffen und Kräfte wir verfügen. Schließt also lieber Frieden, bevor hunderte von Soldaten auf beiden Seiten sterben!«

Sprachlos starrte mich der translakische König an.

»Was hat Euch überhaupt veranlasst, Haldnerackmähn anzugreifen?« fuhr ich fort.

»Es herrscht Feindschaft zwischen unseren Völkern«, antwortete der König, der endlich seine Sprache wiedergefunden hatte. »Und es muss ein für allemal geklärt werden, welches der beiden Reiche das mächtigere ist.«

»Kriege und Machtstreben sind Werke des Bösen, das versucht, unsere ganze Welt zu versklaven«, entgegnete ich. »Wenn wir Krieg führen, verlieren wir beide gegen die Mächte der Finsternis. Wenn wir aber auf das Kämpfen verzichten, haben beide Länder gewonnen. Als Bewahrer des Guten fordere ich Euch darum auf, Frieden zu schließen!« Ich sah ihm dabei eindringlich in die Augen.

Der König senkte den Blick und sagte demütig:

»Ihr habt Recht, weiser Mann. Krieg ist sinnlos und böse. Ich werde mit König Aurelian über einen Friedensvertrag verhandeln.«

Wir reichten uns freundschaftlich die Hände, dann versetzte ich mich wieder zum Lagerplatz der Truppen von Haldnerackmähn zurück, um Prinz Carus und Prinz Largus von der Wende der Ereignisse zu berichten.

Schon bald danach saßen die Könige von Haldnerackmähn und Translakien mit ihren Beratern am Verhandlungstisch und unterzeichneten schließlich einen Friedensvertrag, der bis zum heutigen Tag Gültigkeit hat.

*

Durch die Ereignisse der letzten Wochen waren Prinz Largus, Balthasar Formulus und ich gute Freunde geworden. Einige Tage nach der Unterzeichnung des Friedensvertrags überbrachte Largus uns eine offizielle Einladung seines Vaters an den Königshof. Wir sollten für unsere Verdienste um die Rettung des Friedens geehrt werden.

So fuhren wir drei gemeinsam in einer vornehmen Kutsche zum Königsschloss, das fast exakt in der Mitte von Haldnerackmähn auf einem bewaldeten Hügel liegt. Nachdem wir den liebevoll angelegten Schlosspark durchquert hatten, erblickte ich erstmals das Schloss, das in mir auf Anhieb ein Gefühl von Geborgenheit auslöste: Es war nicht besonders groß, denn die Könige von Haldnerackmáhn hatten nie Wert auf übermäßigen Prunk und Pomp gelegt. Seine weichen Formen verliehen dem Bauwerk ein freundliches Aussehen; die Mauern waren mit einem warmen Ockergelb gestrichen und Efeu rankte sich an ihnen empor. Einige Büsche und kleinere Bäume schmückten den Vorplatz.

Als wir in den Thronsaal einzogen, wurde uns ein feierlicher Empfang zuteil: Der ganze Hofstaat war uns zu Ehren versammelt und stand Spalier. König Aurelian erhob sich von seinem Thron, schritt auf mich zu und schüttelte mir dankbar die Hand. Dann sagte er:

»Bruder Hanck, durch Euer mutiges und beherztes Eingreifen habt Ihr Haldnerackmáhn vor einem schrecklichen Krieg bewahrt. Alle Bewohner meines Reichs schulden Euch aufrichtigen Dank. Deshalb hatte ich vor, Euch zum Zeichen meiner Anerkennung in den Adelsstand zu erheben. Nun erzählte mir mein Sohn Largus, dass Ihr der Letzte der Weisen von Welldone seid und dass Euch der heilige Pater Robb Welldone zum Bewahrer des Guten ernannt hat. Ich weiß daher, dass Euch Reichtum und Adelstitel nichts bedeuten. Darum möchte ich Euch eine andere Ehre zuteil werden lassen: Ihr sollt in meinem Auftrag durch ganz Haldnerackmáhn reisen und überall im Land das Gute verkünden. Führt die Menschen unseres Königreichs auf den Pfad der Tugend und macht sie so stark und so hart gegen sich selbst, dass sie den Versuchungen des Bösen widerstehen können! Als Zeichen, dass dies Euer Auftrag ist, sollt Ihr ab sofort den Namen *Hanck al Menhard* tragen. Ihr werdet auf den Marktplätzen, in Schulen und Kirchen predigen. Mein Sohn Largus wird Euch – wann immer es seine Zeit erlaubt – begleiten und dafür sorgen, dass Euer Wort überall Gehör findet.«

Dann wandte sich der König Balthasar Formulus zu:

»Junger Mann, ich bin sehr angetan von Euren Forschungen. Ich hörte, dass Ihr das Ziel habt, ein großer Erfinder zu werden. Deshalb biete ich Euch die Möglichkeit, an der königlichen Universität die Naturwissenschaften zu studieren und alles zu erforschen, was in Eurem Interesse liegt. Ihr erhaltet freie Kost und Logis – und was immer Ihr für Eure Experimente benötigt, es soll Euch zur Verfügung gestellt werden.«

Kurz darauf begann Balthasar mit dem Studium der Naturwissenschaften an der königlichen Universität von Haldnerackmáhn. Schon bald übertraf er all seine Lehrer an Wissen und bekam schließlich im Alter von fünfundzwanzig Jahren den Titel *Professor* verliehen. Im Laufe der Zeit machte er viele bedeutende Erfindungen, die das Leben der Menschen im Königreich erleichterten. Aus allen Teilen des Landes kamen Jahr für Jahr die begabtesten Schüler an die Universität, um sich von Professor Formulus in den Naturwissenschaften unterweisen zu lassen.

Ich erhielt einen Lehrauftrag für Theologie und Philosophie. Im Namen des Königs zog ich durch ganz Haldnerackmáhn und predigte überall im Land das Gute. Prinz Largus begleitete mich auf etlichen meiner Reisen. Wir durchwanderten die Wälder des Ostens, die Grassteppe des Westens, die Bergwelt des Nordens und das Ackerland im Süden des Königreichs. Wo ich auch hinkam, fand ich gelehrige Schüler, denen ich mein Wissen über Gott und die *Kraft des Guten* weitergeben konnte. Ich lehrte sie Tugendhaftigkeit und Pflichtbewusstsein, Wahrhaftigkeit, Nächstenliebe und Reinheit in Gedanken, Worten und Werken.

So wurde der Einfluss des Bösen zurückgedrängt und im ganzen Land herrschten fester Glaube, Friede und Eintracht. Überall lobte man die Volksnähe von König Aurelian und seinen Söhnen. Ich aber wurde älter und weiser, und die *Kraft des Guten* wurde Tag für Tag stärker in mir.

3. Die Herrin der Finsternis

Fast dreißig Jahre waren vergangen. König Aurelian war gestorben und sein ältester Sohn Carus war neuer König von Haldnerackmáhn geworden. Aurelians zweiter Sohn Largus trug jetzt den Titel *Herzog* und residierte in einer Burg im Süden des Landes. Die Bewohner der umliegenden Dörfer schätzten ihn, da er stets ein offenes Ohr für ihre Sorgen und Anliegen hatte. Wenn ich gerade nicht durchs Land zog und predigte, wohnte ich auf der Burg meines Freundes Largus und unterstützte ihn bei seinen Aufgaben.

Largus' Bruder Carus lebte mit seiner Familie im Königsschloss in der Mitte des Reichs. Carus' Frau war bei der Geburt ihres Sohnes Dymon gestorben und man munkelte schon damals, dass ein Fluch auf dem Knaben liege.

Im Lauf der Jahre hatte sich Dymon zu einem hemmungslosen Draufgänger entwickelt, der nur sein Vergnügen im Sinn hatte. Von klein auf lehnte er mich als seinen Erzieher ab. Als Kind quälte er mit Vorliebe Tiere, spielte dem Gesinde bei Hof hässliche Streiche und verprügelte die Söhne und Töchter der Bediensteten. Als er herangewachsen war, begann er zu trinken, stürzte sich in allerlei zwielichtige Abenteuer und verbrachte seine Zeit am liebsten in *Sin City*, einer Stadt im Nordwesten des Landes.

Eine Horde Gesetzloser hatte einige Jahre zuvor am Rande der Zivilisation, wo das Grasland allmählich in die öde Felsenwüste übergeht, ein paar Holzhäuser als Unterschlupf errichtet. Innerhalb kürzester Zeit ließ sich dort immer mehr Gesindel nieder. Da es in der Nähe weder eine Kirche noch einen Priester gab, konnte sich das Laster in der Siedlung ungehindert ausbreiten. So war schließlich mitten in der Wildnis eine kleine Stadt entstanden, die bald unter dem Namen *Sin City* eine zweifelhafte Berühmtheit erlangte. Diese Stadt der Sünden übte auf Dymon eine geradezu magische Anziehungskraft aus und ließ ihn nicht mehr los. Er liebte die Frauen, den Alkohol und das Glücksspiel.

Herzog Largus und mir gefiel es überhaupt nicht, dass dieser Dymon einmal König werden sollte. Doch sein Vater Carus war schon seit geraumer Zeit krank und hatte nicht die Kraft, seinen Sohn zur Räson zu bringen. Dann starb König Carus plötzlich, und wieder wurde am Königshof gemunkelt, dunkle Mächte seien im Spiel gewesen.

Dymon ließ sich zum König krönen und kündigte an, er werde bald heiraten und so dem Land eine Königin und einen Thronerben schenken. Seinem Onkel Largus, der ihn oft wegen seines Lebenswandels kritisiert hatte, verbot er, das Königsschloss zu betreten. Professor Formulus musste die königliche Universität verlassen und bekam für seine Forschungsarbeit ein bescheidenes Labor etliche Kilometer vom Schloss entfernt zugewiesen. Dort durfte er auf Befehl Dymons nur noch solche Erfindungen machen, mit denen der junge König seine Macht vergrößern konnte. Mir wurde untersagt, durchs Land zu ziehen und öffentlich zu predigen. Ich durfte mich künftig nur noch in der Burg meines Freundes Largus aufhalten und hatte diese nicht mehr zu verlassen.

Wir alle ahnten, dass dies der Anfang einer furchtbaren Entwicklung war. Und dann – einige Wochen später – gab König Dymon, der damals sechsundzwanzig Jahre alt war, seine Vermählung mit Santana, der Herrscherin der Unterwelt, bekannt.

*

Ich hatte Santana bisher nie gesehen. Ich hielt mich zu den Hochzeitsfeierlichkeiten heimlich am Königshof auf und mischte mich unter die Schaulustigen. So begegnete ich ihr zum ersten Mal, der Herrin der Finsternis, der Hohenpriesterin des Bösen. Ihre Haut schimmerte grünlich und die Farbe ihrer Haare war eine Mischung aus blond und olivgrün. Sie trug ein schulterfreies, halbdurchsichtiges Brautkleid und eine Unmenge an Schmuck: Große goldene Reifen umgaben ihre Arme, dämonisch glitzernde Ringe steckten an ihren Fingern und von ihren Ohrläppchen hingen ein fünfzackiger Stern aus Silber und ein umgedrehtes Kreuz herab, die Symbole des Bösen. Über den Kopf hatte Santana einen dünnen Schleier gezogen, der ihre diabolischen Gesichtszüge und ihre funkelnden roten Augen aber durchaus erkennen ließ.

Santana war etwa dreißig Jahre alt, und ich spürte tief in meinem Innersten, dass sie das Kind war, das in der Nacht geboren wurde, als das Kloster Welldone einstürzte. Die Herrscherin der Unterwelt war keineswegs hässlich – von einem gewissen Standpunkt aus konnte man sie sogar als schön und begehrenswert bezeichnen. Wann, wo und auf welche Weise Dymon sie auch immer kennen gelernt hatte, er war ihren weiblichen Reizen erlegen. Santana hatte den jungen König geschickt umgarnt und vollständig hörig gemacht.

Die Hochzeit fand im großen Vorhof des Königsschlosses von Haldnerackmáhn statt. Kein Priester durfte anwesend sein, stattdessen hatte Santana allerlei Wesen aus der Unterwelt mitgebracht, die um sie und Dymon herumstanden und das Brautpaar hofierten.

Da waren zunächst dreizehn Dienerinnen Santanas. Einige von ihnen hatten menschenähnliche Gesichter, die allerdings eine maskenhafte Starre aufwiesen; andere hatten Köpfe, die eher an Tiere erinnerten. Wie alle weiblichen Geschöpfe der Unterwelt hatten sie in erster Linie die Aufgabe, ihrer Herrin möglichst viele furchtlose Krieger zum Kampf für das Böse zu gebären.

Eine Kompanie dieser Unterweltskrieger war zu Ehren Santanas im Schlosshof angetreten. Auch ihre Gesichter waren zum Teil menschlicher, zum Teil tierischer Art, und alle wirkten unnatürlich entstellt. Ihre Körper steckten in schweren Rüstungen, und die Waffen, die sie trugen, flößten den Bürgern von Haldnerackmáhn schon bei ihrem bloßen Anblick Todesangst ein. Wie alle männlichen Wesen der Unterwelt hatten sie entweder für ihre Herrin zu kämpfen oder mit den weiblichen Geschöpfen neue Krieger und Dienerinnen zu zeugen. Wenn sie im Alter für keine der beiden Aufgaben mehr taugten, wurden sie gnadenlos umgebracht, denn Santana duldete in ihrem Reich keine »nutzlosen Fresser«, wie sie sich auszudrücken pflegte.

Schließlich waren noch etliche Monster anwesend, hirnlose Kreaturen, die aus der Urzeit stammten und nahezu unsterblich waren. Sie lebten so lange, bis jemand sie im Kampf tötete. Dies kam aber so gut wie nie vor, denn sie waren alle zwischen zweieinhalb und drei Meter groß, besaßen grässliche Klauen an Händen und Füßen und verfügten über gigantische Kräfte. Glücklicherweise konnten sie sich nicht fortpflanzen, so dass ihre Zahl wenn schon kaum kleiner, so doch wenigstens nicht größer wurde. Einige der Monster hatten unförmige, haarlose Schädel, die ebenso wie der Rest ihrer massigen Körper mit grünen Schuppen bedeckt waren; andere waren von knochiger Gestalt, hatte eine fahle, runzlige Haut und furchterregende Totenkopffratzen mit tiefliegenden Augen. Ein besonders widerwärtiges Exemplar durfte die Schleppe von Santanas Brautkleid halten.

Neben der zukünftigen Königin von Haldnerackmáhn stand ein eigenartiges Wesen mit gedrungenem Körper, dunkelbraunem Fell und einem Kopf, der eine gewisse Ähnlichkeit mit dem einer Fledermaus hatte; es war Santanas Zofe Ebru, die untertänig zu ihrer Herrin aufschaute.

Dymon hatte anlässlich der Trauung den Oberbefehlshaber seiner Armee an seiner Seite stehen, dazu eine Vielzahl von Soldaten und Hofschranzen, deren Aufgabe es war, den ganzen Tag pausenlos »Heil König Dymon!« und »Es lebe Königin Santana!« zu rufen. In meinen Augen war die ganze Zeremonie eine einzige Geschmacklosigkeit.

Nachdem der Zeremonienmeister die Ehe offiziell besiegelt hatte, drückte Santana ihrem Gemahl einen ordinären Kuss auf den Mund und rief selbstgefällig aus:

»Jetzt sind wir endlich Mann und Frau, Dymon, und ich bin Königin von Haldnerackmáhn!«

Ihre Zofe Ebru sah sie immer noch unterwürfig an und fragte:

»Aber wollt Ihr wirklich in diesem armseligen Schloss wohnen, edle Santana? Euch gebührt ein prächtigeres Domizil.«

Dymon schaute etwas verlegen und meinte:

»Nun ja, mein Schloss ist nicht besonders groß. Aber mein Vater Carus, mein Großvater Aurelian, überhaupt alle Könige von Haldnerackmáhn haben hier gewohnt und regiert.«

»Aber du bist nicht irgendein König«, entgegnete Santana und ihre roten Augen glühten unter ihrem Schleier. »Du bist

Dymon, mein Gemahl! Und das Kind, das ich unter dem Herzen trage, wird zugleich König von Haldnerackmáhn und Herrscher über die Unterwelt sein. Es soll nicht in dieser ärmlichen Hütte aufwachsen.«

»Meinst du denn, dass wir ein größeres Schloss bauen sollen, Liebling?« fragte Dymon kleinlaut.

»Ja!« rief Santana und breitete majestätisch die Arme aus. »Ich will einen riesigen Palast mit goldenen Fensterrahmen, Treppen aus Elfenbein, Leuchtern aus Kristallglas und mit vielen Spiegeln, in denen ich meine Schönheit bewundern kann. Versprichst du mir das, Dymon?«

Der junge König wurde noch verlegener.

»Aber woher sollen wir das Geld dafür nehmen?« stammelte er.

Santanas Gesichtszüge wurden hart:

»Ganz einfach: Wir werden die Steuern drastisch erhöhen, Liebster. Dem Volk geht es ohnehin viel zu gut. Jeder Bürger darf ab sofort nur noch so viel besitzen, dass es gerade zum Überleben reicht. Wer sein Geld nicht freiwillig hergibt, wird dazu gezwungen. Außerdem lassen wir die Kirchen ausräumen, da gibt es genug Gold und Silber zu holen. Ich habe sowieso vor, die Kirchen schließen und die Religion verbieten zu lassen. Das Volk soll nur noch mich und die Kraft des Bösen anbeten.«

Dymon blickte seine Frau mit verklärten Augen an:

»Es wird alles so geschehen, wie du es wünschst, Santana: Die Bürger und Bauern sollen ihren ganzen Besitz für den Bau des neuen Palasts abgeben. Die Kirchen werden geschlossen und enteignet; die Ausübung der Religion wird bei Todesstrafe verboten. Das Volk soll nur noch dich verehren, Geliebte.« Er sprach die Worte wie in Trance.

Santana wandte sich an die Soldaten und Hofschranzen:

»Ihr habt gehört, was euer König befohlen hat. Herolde sollen seinen weisen Beschluss überall verkünden! Wer sich widersetzt, wird eingesperrt, gefoltert und schließlich getötet!«

Ihr Blick wurde noch ein wenig teuflischer als zuvor. Was sie dann sagte, ließ fast das Blut in meinen Adern erstarren:

»Damit das Kind in meinem Bauch bestmöglich gedeiht, werde ich täglich das warme Blut eines Neugeborenen trinken. Sorge also dafür, Dymon, dass bis zu meiner Niederkunft jeden Tag ein neugeborenes Kind geschlachtet wird. Deine Soldaten sollen dazu die Kinder der Bürger und Bauern nehmen, die ihre Steuern nicht pünktlich bezahlen.«

Dann drehte sie sich zu den Kreaturen aus der Unterwelt und rief triumphierend:

»Und ihr, meine Geschöpfe der Finsternis, schwärmt aus und lasst das Volk spüren, wer jetzt die Macht über Haldnerackmáhn hat!«

Die Unterweltskrieger salutierten und marschierten im Gleichschritt aus dem Schlosshof. Die Monster verneigten sich stumm und setzten sich ebenfalls in Bewegung, um das ganze Land dem Bösen zu unterwerfen.

*

An den folgenden Tagen ereigneten sich etliche Dinge, die zur größten Sorge Anlass gaben:

Vor allen Kirchen des Landes standen Soldaten, die die Bürger an der Ausübung der Religion hinderten und ihnen den Zugang zu den Kirchen versperrten. Den Geistlichen wurde verboten, Gottesdienste zu halten; Priester, die ihrem Glauben nicht abschworen, wurden grausam gefoltert, und viele überlebten die Qualen nicht. Die Kirchen wurden von den Unterweltskriegern restlos ausgeplündert; Gold, Silber und Edelsteine wurden geraubt und für den Bau des neuen Palastes verwendet.

Bürger und Bauern wurden von den Soldaten misshandelt und in Ketten gelegt, wenn sie sich weigerten, Santana zu huldigen und ihre Ersparnisse und Habseligkeiten abzugeben. Neugeborene Kinder, die von ihren Eltern nicht gut genug versteckt worden waren, wurden aus ihren Bettchen gerissen, ins Schloss geschleppt und dort für Santanas grausames Ritual geschlachtet. Dymons Schergen wüteten überall, zündeten die Scheunen der Bauern an, raubten ihr Vieh und schändeten ihre Frauen und Töchter.

Daraufhin bildete sich im Süden des Königreichs, wo der Glaube im Volk besonders fest verwurzelt war, eine Widerstandsbewegung unter der Führung des Gutsherrn Otto vom Wollenberg. Als die Soldaten in sein Dorf kamen, um die Steuern einzutreiben und sich wie immer die hübschen Töchter der Bauern zu nehmen, trat ihnen Otto mutig entgegen und rief:

»I denk' ja gar net dran, auch nur 'n einzigen Groschen dafür herzugeben, dass unser verrückter König und sei' böses Weib noch protziger leben können! Ihr kriegt kei' Geld von mir und mei' Tochter kriegt ihr scho' gar net, ihr Lumpeng'sindel! Und jetzt schaut, dass ihr euch schleicht, sonst jag' i euch von mei'm Hof!«

»Du wagst es, dich zu widersetzen, Drecksbauer!« fuhr ihn der Hauptmann der königlichen Brigade an. »Also gut, Männer: Macht ihn fertig!«

Die Soldaten gingen auf Otto los, doch im selben Moment stürmte eine Horde mit Heugabeln und Sensen bewaffneter Bauern von allen Seiten auf sie ein. Die Soldaten waren von dem Angriff der Dorfbewohner völlig überrascht. Bevor sie zu ihren Waffen greifen konnten, wurden sie mit Jauche übergossen, mit Kuhmist und Eiern beworfen und schließlich mit den Heugabeln aufgespießt oder mit den Sensen enthauptet.

Aber die Bauern hatten keine Gelegenheit mehr, ihren Sieg angemessen zu feiern. Denn kaum hatte Santana vom Widerstand der Landbevölkerung Kenntnis erhalten, schickte sie ihre Monster los, um Otto und seine Freunde für ihren Frevel zu bestrafen. Die Wesen aus der Unterwelt richteten ein fürchterliches Blutbad an. Kein Dorfbewohner konnte entkommen; alle Mitglieder der Widerstandsbewegung und ihre Angehörigen wurden auf grausamste Weise getötet. Einzig Hilda, Ottos Frau, überlebte das Massaker, weil sie sich rechtzeitig im Heuboden versteckt hatte.

Santanas Kreaturen steckten das ganze Dorf in Brand und verschwanden so schnell, wie sie gekommen waren. Mitten auf dem Hof fand Hilda vom Wollenberg ihren sterbenden Mann. Sie legte seinen Kopf auf ihren Schoß, streichelte ihn sanft und küsste ihn.

Otto sah seine Frau liebevoll an, nahm seine letzte Kraft zusammen und röchelte:

»Wir müssen etwas unternehmen, Hilda. Jemand muss diesem Morden ein Ende setzen. Der Einzige, der jetzt noch helfen kann, ist Herzog Largus. Geh zu ihm und bitte ihn um Hilfe!«

»Ja«, versicherte Hilda und wischte ihrem Mann die Schweißtropfen von der Stirn, »Largus ist ein guter Mensch und wird uns bestimmt beistehen. Ich mach' mich gleich auf den Weg zu seiner Burg.«

Doch ihre letzten Worte hörte Otto vom Wollenberg bereits nicht mehr.

4. Die Berufung der Helden

Alljährlich fand auf der Burg von Herzog Largus das große Turnier der besten und tapfersten Männer von Haldnerackmáhn statt. Ich wohnte – wie in den meisten Jahren – den Wettkämpfen bei und stellte fest, dass die jungen Männer auch in diesem Jahr wieder exzellente Leistungen boten.

Als ich den Turnierplatz betrat, lief gerade der Wettbewerb im Streitaxtwerfen. Die Aufgabe bestand darin, mit dem Kampfbeil aus zehn Metern Entfernung möglichst genau ins Zentrum eines rundes Holzbretts zu treffen. Es steckten schon mehrere Äxte in der Zielscheibe, aber noch niemand hatte sein Beil exakt in der Mitte platzieren können.

Perkeo, der kleinwüchsige Herold, der die einzelnen Wettbewerbe ansagen durfte, trat mit stolzgeschwellter Brust vor die Zuschauertribüne und gab bekannt:

»Verehrtes Publikum! Es folgt nun der große Favorit des Streitaxtwerfens: Siegfried Securius!«

Ein junger Hüne mit breiten Schultern, kräftigen Armen und blondgelocktem Haar stand auf. Er trat auf die Wurfmarke, hob seine Streitaxt, konzentrierte sich für einige Sekunden, dann schleuderte er die Waffe mit voller Kraft auf die Zielscheibe. Das Beil schlug genau in der Mitte des Bretts ein – und es hatte eine solche Wucht, dass es das Holz in zwei Teile spaltete.

Die Zuschauer applaudierten begeistert. Der kleine Perkeo trat wieder vor und verkündete:

»Sieger im Streitaxtwerfen wurde Siegfried Securius. Zuvor gewann im Lanzenwurf Lancelot du Mont. Die beiden erhalten nun ihre Siegespreise von Herzog Largus überreicht.«

Ehrfürchtig schritt der blonde Hüne auf Largus zu; ihm folgte ein drahtiger Jüngling, der einen feuerroten Helm mit einem mächtigen Federbusch trug. Es war Lancelot vom Berg, der beste Lanzenkämpfer des Königreichs.

Nachdem beide ihre Preise erhalten und danach auf der Tribüne Platz genommen hatten, um sich die weiteren Wettkämpfe anzusehen, erklärte Perkeo:

»Als nächster Wettbewerb folgt der Schwerterkampf. Das Finale erreicht haben Hartmut von Reckenstein und Bernhard von Löwenthal.«

Zwei mit Schwert und Schild bewaffnete Männer in eisernen Rüstungen traten in die Mitte des Turnierplatzes. Sie verneigten sich vor Herzog Largus, grüßten freundlich in die Menge, dann schüttelten sie sich die Hände zum Zeichen, dass dies ein friedlicher und unblutiger Wettkampf war.

Perkeo gab das Signal zum Beginn und die beiden gingen aufeinander los. Es wurde ein langer und spannender Kampf, und jedes Mal, wenn einer der beiden seinen Gegner fast am Boden hatte, jubelte die Menge dem vermeintlichen Sieger zu. Die Schilde der beiden waren schon ganz verbeult, als Bernhard von Löwenthal zum entscheidenden Schlag ausholte. Hartmut von Reckenstein, der den Schwerterkampf im Vorjahr gewonnen hatte, geriet ins Taumeln, dann stürzte er zu Boden. Bernhard tippte ihm mit der Spitze seines Schwertes leicht auf die Brust; damit war der Kampf entschieden.

Während die Menge klatschte, half Bernhard seinem Freund Hartmut wieder auf die Beine. Beide winkten ins Publikum, dann traten sie vor Herzog Largus, um ihre Preise entgegenzunehmen.

»Nun«, verkündete Perkeo, »folgt als letzter Wettbewerb des Turniers das Bogenschießen. Jeder Mann, der es sich zutraut, die Zielscheibe zu treffen, darf antreten.«

Eine Reihe von Bogenschützen trat vor und einer nach dem anderen schoss seinen Pfeil ab. Wer die Zielscheibe verfehlte, schied aus; wer getroffen hatte, durfte noch einmal schießen, diesmal aber aus größerer Entfernung. Schließlich waren noch fünf Schützen übrig. Der Erste von ihnen war Gary Archer, fast noch ein Knabe, der bei den bisherigen Durchgängen jedes Mal ins Schwarze getroffen hatte. Er spannte seinen Bogen und jagte den Pfeil zwei Finger von der Mitte entfernt in die Zielscheibe. Die Menge spendete Beifall, denn auf diese Distanz war das eine enorme Leistung.

Die drei nächsten Schützen trafen ebenfalls die Scheibe, aber keiner brachte seinen Pfeil so nahe ans Zentrum heran wie der junge Gary. Doch noch hatte er nicht gewonnen.

»Als letzter Bogenschütze«, kündigte Perkeo an«, kommt jetzt der Sieger der vier vergangenen Jahre: Jeff Arrows.«

Es wurde mucksmäuschenstill, als dein Vater den Schießstand betrat, Joe. Er galt seit Jahren als nahezu unfehlbarer Bogenschütze und war das Idol vieler junger Männer in Haldnerackmáhn, auch das von Gary Archer. Verglichen mit Siegfried Securius oder Lancelot du Mont war dein Vater nicht besonders groß, aber sein Körper war mindestens ebenso gut trainiert. Jeff zog einen Pfeil aus seinem Köcher, führte ihn an die Sehne, spannte den Bogen – und schoss den Pfeil exakt in die Mitte der Zielscheibe.

Die Menge tobte und rief voll Begeisterung: »Hoch Jeff Arrows!«

Gary Archer war der Erste, der seinem Vorbild gratulierte, und Jeff klopfte dem jungen Mann auf die Schulter und meinte freundschaftlich:

»Im nächsten Jahr gewinnst bestimmt du, Gary.«

Perkeo aber vermeldete gewissenhaft:

»Damit ist Jeff Arrows zum fünften Mal hintereinander der Sieger des Bogenschießens.«

Jeff trat vor Herzog Largus, der ihm anerkennend die Hand schüttelte und sagte:

»Jeff Arrows, empfange aus meiner Hand den goldenen Pfeil als Auszeichnung für den besten Bogenschützen des Königreichs!«

Dein Vater wollte sich gerade bedanken, als plötzlich Unruhe in der Menschenmenge entstand. Alle Augen richteten sich auf die etwas mollige Frau, die auf Herzog Largus zustürmte, sich vor ihm auf die Knie warf, die Hände nach oben streckte und ausrief:

»Herzog Largus, ich flehe Euch im Namen aller Bauern von Haldnerackmáhn an: Schützt uns vor der Willkürherrschaft von König Dymon und seiner Frau Santana!«

Es war Hilda, die Witwe Ottos vom Wollenberg. Largus ergriff die Hand der Bäuerin und sagte freundlich:

»Steh auf, Frau! Sprich: Wie kann ich euch helfen?«

Ich hatte mich von meinem Platz erhoben, als die Frau angerannt kam, und war neben Largus und Jeff Arrows getreten. Hilda stand auf und blickte abwechselnd Largus und mich an:

»Seit König Dymon diese grässliche Santana geheiratet hat, lässt er das Land grausam ausbeuten. Seine Soldaten und die Kreaturen aus der Unterwelt überfallen uns, foltern unsere Männer, rauben unsere Kinder und schänden Frauen und Mädchen, wenn wir nicht unseren ganzen Besitz für den Bau des neuen Palasts abgeben. Mein Mann und einige andere Bauern haben sich widersetzt; daraufhin wurden sie von Santanas Monstern getötet. Außerdem sind die Kirchen geschlossen und geplündert worden. Die Ausübung der Religion ist bei Todesstrafe verboten. Herzog Largus, Ihr müsst uns helfen! Ihr seid unsere letzte Hoffnung.«

Ich bemerkte die Tränen in den Augen der Frau; dann blickte ich Largus an, der etwas unschlüssig dastand. Immerhin war Dymon sein Neffe.

»Die Frau hat Recht«, ergriff ich das Wort. »Wir müssen dem Volk beistehen. Einst war dein Vater Aurelian König von Haldnerackmáhn und er regierte das Land weise und umsichtig zum Wohl des ganzes Volkes. Auf ihn folgte dein Bruder Carus, und auch unter seiner Herrschaft ging es der Bevölkerung gut. Leider verstarb Carus viel zu früh, und sein Sohn Dymon wurde König. Dymon war schon immer labil und anfällig für Verführungen aller Art. Aber seit er Santana kennen gelernt und geheiratet hat, ist er völlig verrückt geworden. Wir müssen seinen Untaten ein Ende setzen!«

Der Herzog zögerte immer noch und schien zu überlegen. Schließlich gab er mir zur Antwort:

»Ich werde mit Dymon reden und versuchen, ihn von seinen Plänen abzubringen. Aber ich glaube kaum, dass ich mehr Einfluss auf meinen Neffen habe als Santana. Er ist ihr voll und ganz hörig.«

»Ich sehe es genauso, Largus«, erwiderte ich. »Reden hilft jetzt nichts mehr. Wir müssen handeln!« Mit lauter Stimme, dass alle auf dem Turnierplatz Versammelten es hören konnten, fuhr ich fort: »Seit Dymon die Religionsausübung verboten hat, nimmt der Einfluss des Bösen in unserem Land von Tag zu Tag zu. Wenn wir nicht so schnell wie möglich Widerstand leisten, ist bald ganz Haldnerackmáhn dem Bösen verfallen.«

»Natürlich hast du Recht, mein weiser Freund Hanck al Menhard«, meinte Largus nachdenklich. »Aber wie sollen wir Dymon Widerstand leisten? Er hat die ganze Armee auf seiner Seite, dazu die Unterweltskrieger und die Monster Santanas. Selbst wenn alle Bauern auf unserer Seite kämpfen würden, wären wir immer noch hoffnungslos unterlegen.«

Ich strich mir mit der Hand durch meinen damals noch dunklen Bart, überlegte kurz und erklärte:

»Wir brauchen keine Armee, Largus. Wir brauchen nur eine kleine Gruppe tapferer junger Männer, die bereit sind – wenn es sein muss – ihr Leben für die Befreiung Haldnerackmáhns zu opfern. Du hast hier die tüchtigsten Männer des ganzen Königreichs zu deinem Turnier versammelt. Lass uns die besten von ihnen auswählen!«

Largus nickte zustimmend. Dann wandte er sich an die Menge:

»Ihr jungen Männer von Haldnerackmáhn, hört mir zu! Ihr alle wisst, wie grausam Dymon und Santana das Land unterdrücken. Das Volk hat mich gebeten, den Untaten Dymons ein Ende zu setzen. Wer mir dabei helfen will, soll vortreten!«

Schlagartig erhob sich eine Schar junger Burschen, die uns entschlossen zuriefen: »Wir machen mit!«

Ein besonders vorwitziger Knabe ballte die Hand zur Faust und schrie: »Santana soll sich wieder zurück in die Unterwelt scheren, wo sie herkommt!«

Die Menge tobte und brüllte: »Nieder mit Santana! Weg mit ihr!«

Ich blickte in die leuchtenden Augen der jungen Männer. Die meisten von ihnen hätten am liebsten sofort zu den Waffen gegriffen, das war mir klar. Natürlich wären sie direkt in ihren Untergang gerannt. Darum trat ich vor und hob beschwichtigend die Hand:

»Halt, Freunde! Wir brauchen keine ungestümen Draufgänger, die blind in ihr Verderben rennen. Herzog Largus und ich werden eine kleine Schar junger Helden auswählen: Männer, die zu allem bereit sind, die bei allem, was sie tun, nicht an sich selbst, sondern nur an das Wohl unseres Landes denken. Sie müssen auf alles verzichten können, enthaltsam und einfach leben, gehorsam und treu zu Herzog Largus stehen und bereit sein, ihr Leben ganz für die Sache des Guten einzusetzen. Nur solche Männer können wir brauchen.«

Dein Vater war die ganze Zeit neben Largus und mir gestanden und hatte schweigend zugehört. Nun aber ergriff er das Wort:

»Ich möchte Euch gern helfen, Herzog Largus und Hanck al Menhard. Wenn ich Euch würdig erscheine ...«

»Jeff Arrows, du bist seit Jahren der beste Bogenschütze des Landes und ein tapferer Krieger«, unterbrach ihn Largus. »Selbstverständlich können wir dich brauchen.«

Der blonde Hüne, der das Streitaxtwerfen gewonnen hatte, trat vor und sagte mit fester Stimme:

»Auch ich möchte mit Euch gegen das Böse kämpfen.«

Während Largus zustimmend nickte, trat ich auf den schweigsamen Mann mit dem auffallend roten Helm zu und sprach zu ihm:

»Auch du bist auserkoren, Lancelot du Mont, unerschrockener Kämpfer mit der Lanze!«

Lancelot stellte sich neben Jeff und Siegfried.

»Dann nehmen wir noch Bernhard von Löwenthal und Hartmut von Reckenstein, die besten Schwertkämpfer des Königreichs«, entschied Herzog Largus.

Jeff Arrows hatte mittlerweile den jungen Gary zu sich gewinkt und schob ihn nach vorn:

»Ich möchte noch meinen Freund Gary Archer vorschlagen. Er ist ein tapferer junger Mann und schießt mit dem Bogen fast genauso gut wie ich.«

»Was meinst du, Hanck?« fragte mich Largus.

Ich musterte Gary, der mir selbstsicher in die Augen schaute.

»Er ist noch sehr jung, aber ich denke, wir können ihn brauchen«, erklärte ich.

»Gut«, meinte Largus. »Dann nehmen wir noch den Samurai Asumoto Bushido und Blowing Gun, den Mann mit dem Blasrohr.«

Die beiden Genannten traten aus der Menge nach vorn. Asumoto Bushido war ein schlitzäugiger Säbelfechter aus dem Nordosten des Königreichs; Blowing Gun, der einen prächtigen Federschmuck auf dem Kopf trug, stammte aus der Grassteppe des Westens und galt als bester Blasrohrschütze des Landes. Beide würden uns bestimmt eine große Hilfe sein.

Während Largus und ich überlegten, wer sich noch als Mitstreiter für den Kampf gegen das Böse eignen könne, kam ein ganz in Leder gekleideter Mann mit einem breitkrämpigen Hut auf uns zu und hielt lässig eine Pistole in die Höhe.

»Ich bin mit dem Schießeisen verdammt schnell und habe damit schon etliche Banditen zur Strecke gebracht«, äußerte er und ließ die Waffe locker um seinen Finger kreisen. »Ich denke, ich kann auch diese Missgeburten aus der Unterwelt ohne große Probleme wegpusten.« Um seine Worte zu untermauern, feuerte er blitzschnell einen Schuss aus der Hüfte ab, dann ließ er die Pistole in sein Halfter zurückgleiten und fragte: »Na, was ist, habt ihr auch für einen Revolvermann Verwendung?«

»Warum nicht?« meinte ich und sah mir den verwegenen Kerl etwas genauer an, der den Eindruck erweckte, als treibe er sich bevorzugt in den Saloons des Westens herum. »Wenn es dir um die gute Sache geht und du mit uns gegen das Böse kämpfen willst, bist du uns willkommen. Wie heißt du?«

»Bill Cannon ist mein Name, gefürchtet im ganzen Westen des Königreichs.«

»Ich habe von deinen Schießkünsten gehört, Bill Cannon«, sagte ich anerkennend. »Auch hier im Süden ist dein Name nicht unbekannt. Du kannst dich uns anschließen.«

»Du bist nun der Neunte in unserem Kreis«, erklärte Herzog Largus.

Kaum hatte sich Bill Cannon in die Schar der Auserwählten eingereiht, trat ein einfach gekleideter junger Bauer vor. Er trug einen Trachtenhut und hielt eine Heugabel in der einen Hand und eine Sense in der anderen.

»I bin kei' großer Krieger wie die andern hier«, begann er im holprigen Dialekt des Südens zu reden, »aber bei die Bauernwettkämpf' war i immer der Beste im Kampf mit Heugabel und Sens'. Santanas Monster haben meine Eltern getötet und unsern Hof niedergebrannt. I tät' Euch gern helfen woll'n. Wenn Ihr auch 'nen einfachen Bauernsohn brauchen könnt, bin i dabei. I heiß' Schorsch.«

Ich musterte den Burschen von Kopf bis Fuß, erforschte sein Inneres und stellte fest, dass er ein reines und tapferes Herz hatte. Deshalb sprach ich zu ihm:

»Ob Sohn eines Grafen, eines Kriegers, eines Kaufmanns oder eines Bauern spielt keine Rolle, mein Freund. Es kommt uns nur auf die Tapferkeit und Reinheit unserer Männer an. Du machst mir einen anständigen Eindruck, Schorsch. So sei der Zehnte in unserer Truppe – und dein Name soll ab sofort Georg Agricola sein!«

»Wie soll unsere Truppe heißen?« fragte Jeff Arrows.

»Die Helden von Haldnerackmáhn«, antwortete ich, »denn das werdet ihr sein, wenn eure Ausbildung abgeschlossen ist: die größten Helden, die je in unserem Königreich gelebt haben. Einer soll der Anführer der Heldentruppe sein, der in Abwesenheit von Herzog Largus den Oberbefehl hat.«

Siegfried Securius, der blondgelockte Hüne, ergriff das Wort:

»Ich schlage Jeff Arrows vor. Er war der Erste, der sich gemeldet hat, und er ist der Klügste von uns.«

»Ja, Jeff soll unser Anführer sein«, unterstützte ihn der junge Gary Archer.

»Jeff Arrows!« riefen die anderen wie aus einem Munde.

Damit war dein Vater offiziell zum Anführer der Helden von Haldnerackmáhn gewählt.

»So lasst uns nun an eure Ausbildung gehen«, schlug Herzog Largus vor. »Mein weiser Freund Hanck al Menhard wird diese Aufgabe übernehmen. Er wird euch körperlich in die beste Form bringen, die ein Mensch haben kann. Aber er wird euch auch beibringen, eure geistigen Kräfte zu gebrauchen. Er wird euch Selbstbeherrschung, Meditation und Ehrfurcht vor Gott lehren.«

Die Augen aller Helden richteten sich nun auf mich. Ich erwiderte den Blick und sprach:

»Seit fünfzig Jahren lebe ich nun auf dieser Welt und ich kann sagen, dass mein Leben fast immer glücklich war. Denn das wahre Glück liegt darin, dass man Gott dient und seinen Mitmenschen Gutes tut. Glück ist nicht die Folge von Reichtum oder Macht, und noch weniger von Nachsicht gegen sich selbst. Darum müsst ihr lernen, auf alles zu verzichten, auf Bequemlichkeit und persönliche Wünsche. Wir werden die Natur durchstreifen und unter freiem Himmel schlafen. Ich werde eure Sinne schärfen und euch beibringen, selbst die schwächsten Zeichen und Spuren zu lesen. Ihr werdet lernen, euch überall zurechtzufinden: in den schneebedeckten Bergen des Nordens ebenso wie im fruchtbaren Ackerland des Südens, in der heißen Grassteppe des Westens ebenso wie in den dunklen Wäldern des Ostens. Wenn einer von euch in Gefahr gerät, müssen die anderen ihm beistehen. Jeder muss sich bedingungslos auf seine Gefährten verlassen können. Ihr müsst euer Leben ganz in den Dienst der Gemeinschaft stellen und es – wenn es nötig ist – für die gute Sache aufs Spiel setzen. Seid ihr dazu bereit?«

Alle nickten stumm, und dein Vater erklärte stellvertretend für die anderen Helden:

»Wir sind zu allem bereit, denn es ist unsere Pflicht gegenüber Gott, unserem Land und unseren Mitmenschen.«

»Recht gesprochen, Jeff Arrows!« lobte ich ihn. »So wollen wir nun alle den Schwur leisten, nicht eher zu ruhen, als wir Dymon, Santana und die Mächte des Bösen besiegt haben.«

Jeder der zehn Helden trat einzeln vor, hob seine Hand und sprach feierlich: »Ich schwöre!«

»Gut, meine Freunde!« sagte ich abschließend. »Nun kommt mit! Wir beginnen sofort mit eurer Ausbildung.«

5. Die Kraft des Guten

Mehrere Wochen hatten sich die zehn Helden von Haldnerackmáhn intensiv auf die bevorstehende Auseinandersetzung mit den Soldaten Dymons und den Mächten der Unterwelt vorbereitet. Sie hatten hart trainiert und ihre Körper in eine exzellente Form gebracht; sie strotzten vor Kraft und Ausdauer; sie waren in der Lage, tage- und nächtelang zu marschieren, ohne müde zu werden.

Darüber hinaus hatten sie gelernt, in der freien Natur zu überleben und sich mit einfachen Mitteln Nahrung und Schutz vor Sonne, Regen und Kälte herzustellen. Sie konnten sich fortbewegen, ohne Spuren zu hinterlassen, und sich so gut tarnen, dass kein Feind imstande war, sie ausfindig zu machen. Ich hatte auch die Sinne der jungen Männer geschult: Ihre Augen durchdrangen die tiefste Dunkelheit und den dichtesten Nebel, ihre Ohren nahmen selbst die leisesten Geräusche wahr; sie spürten jede Gefahr im Voraus und konnten sich so dagegen wappnen. Jeff Arrows war in allem der Gelehrigste und rechtfertigte dadurch seine Wahl zum Anführer der Truppe.

Schon kurz nach der Berufung der Helden hatte ich Balthasar Formulus in seinem Labor aufgesucht und ihn gebeten, darüber nachzudenken, wie er uns beim Kampf gegen Santana helfen könne. Einige Wochen später kam er in unserem Lager im Vorhof der Burg von Herzog Largus an und hatte etliche interessante Dinge mitgebracht.

Ich stellte Balthasar die jungen Helden vor und erklärte ihnen, dass Formulus der genialste Erfinder in der Geschichte unseres Königreichs ist. Dann erteilte ich dem Professor das Wort.

»Ich hoffe«, begann Balthasar etwas steif, »dass euch meine Erfindungen im Kampf gegen das Böse von Nutzen sein werden. Doch seht selbst!«

Er zog aus seinem Reisesack einen prächtigen Bogen hervor; er war aus Esthloxýl gefertigt, einem Edelholz, das nur im fernen Osten unseres Königreichs wächst, und er wurde gespannt von der Sehne eines Karibu, einer Hirschart, die im äußersten Nordwesten des Landes beheimatet ist.

»Seit der Zeit, da ich für Meister Skant gearbeitet habe, habe ich keine Waffe mehr hergestellt«, erklärte Balthasar Formulus. »Aber nun schien es mir notwendig, eine besondere Waffe für den Kampf gegen das Böse zu schaffen. Es ist ein Bogen, der nie sein Ziel verfehlt; ich nenne ihn *Pantabal*, das bedeutet so viel wie *alles treffend*. Ich überreiche ihn eurem Anführer Jeff Arrows.«

Während Jeff den Bogen dankbar entgegennahm, holte der Professor eine Flasche mit einer gelblichen Flüssigkeit aus seinem Gepäck und hielt sie in die Höhe:

»Das ist ein Mittel, das man trinken kann. Es verleiht für kurze Zeit eine stark erhöhte Wahrnehmungsfähigkeit und Reaktionsgeschwindigkeit. Ihr seht und hört heranstürmende Feinde dann schon viel früher und könnt so schnell auf ihre Angriffe reagieren, dass der Gegner besiegt am Boden liegt, bevor er selbst einen einzigen Hieb mit seiner Waffe machen konnte.«

Formulus legte die Flasche beiseite, kramte in seinem weißen Kittel und brachte schließlich eine Tube zum Vorschein:

»Dies ist eine Salbe. Wenn ihr euch damit einreibt, bekommt eure Haut eine Art Panzer aus Horn. Ihr werdet dadurch nahezu unverwundbar. Die Wirkung der Salbe hält allerdings immer nur einen Tag an; ihr dürft also nicht vergessen, euch jeden Morgen am ganzen Körper einzureiben.«

Er überreichte jedem der zehn Helden eine Tube mit der Salbe und eine Flasche mit dem gelblichen Mittel. Dann zog er eine große runde Dose aus seinem Reisesack:

»Für den Fall, dass ihr einmal fliehen müsst, habe ich hier ein Nebelpulver. Ihr müsst es nur in den Wind streuen, dann kann euch der Gegner nicht mehr sehen – das heißt, er sieht dann gar nichts mehr. Zu guter Letzt habe ich hier noch ein Gerät, das anzeigt, wenn sich ein Lebewesen im Umkreis von zwanzig Metern versteckt hält.« Er holte einen Gegenstand aus silbrigem Metall hervor, der einer Wünschelrute nicht unähnlich war.

»Am besten führe ich es euch gleich einmal vor«, meinte Formulus und schaltete die Maschine an. »Wenn zum Beispiel da drüben im Gebüsch jemand säße, würde der Detektor jetzt in diese Richtung ausschlagen und mich dorthin ziehen – he, was ist das? Halt! Halt, hab' ich gesagt!«

Während Balthasar die letzten Worte sprach, zog ihn das Gerät tatsächlich zu dem Busch, der keine zehn Meter von seinem Standort entfernt war.

Jeff Arrows reagierte am schnellsten.

»Da sitzt einer im Busch!« rief er und eilte mit dem schussbereiten Bogen *Pantabal* in die Richtung, in die das Gerät ausgeschlagen hatte.

Die übrigen Helden sprangen ebenfalls auf und zerrten Sekunden später einen kleinen, schmächtigen Mann aus dem Gebüsch. Er hatte kurzgeschnittene rote Haare und sein Gesicht war übersät mit Sommersprossen. Am Körper trug er eine schwarz-rot karierte Jacke und auf dem Kopf eine flache Kappe.

Jeff fragte ihn mit scharfer Stimme:

»Wer bist du, Bursche, und warum belauschst du uns?«

Siegfried Securius ballte seine Hand zur Faust und ging auf den Fremden zu:

»Sprich, Kerl, oder wir prügeln es aus dir heraus!«

»Er ist bestimmt ein Spion von Dymon und Santana«, vermutete Gary Archer.

Bill Cannon zog seinen Revolver und meinte kühl:

»Am besten legen wir ihn gleich um.«

Eilig trat ich zwischen die ungestümen Helden und hob beschwichtigend meine Hand:

»Halt, Freunde! Was habe ich euch beigebracht? Seid gut zu jedermann und betrachtet jeden als Freund, solange er sich euch gegenüber nicht feindselig benommen hat! Dieser Mann hat euch nichts getan.« Ich wandte mich an den Kleinen und fragte freundlich: »Wer bist du, Fremder? Was willst du von uns?«

»Ich heiße Cut McKnife«, stellte sich der kleine Mann vor. »Meine Waffe ist das Wurfmesser. Ich habe von eurer Heldentruppe gehört und möchte euch im Kampf gegen Dymon und Santana helfen.«

Ich betrachtete den Kleinen eingehend und ergründete seine innersten Gedanken. Dann sagte ich:

»Du hast ein ehrliches Gesicht, Cut McKnife. Wenn du bereit bist, dich in unsere Gemeinschaft einzuordnen und wenn du ein sicherer Messerwerfer bist, können wir dich brauchen.«

»Ich werde mich den Regeln der Helden von Haldnerackmáhn unterwerfen«, versprach Cut. »Und was ich mit dem Messer kann, beweise ich euch sofort. Schaut zu dem Apfelbaum dort drüben!«

Er zog sein Wurfmesser und visierte einen der Äpfel an. Einen Wimpernschlag später durchschlug die Waffe die Frucht und zerteilte sie sauber in zwei gleichgroße Hälften.

Jeff Arrows ging auf Cut McKnife zu, reichte ihm die Hand und sagte anerkennend:

»Du bist aufgenommen.«

Ich aber fuhr mir mit der Hand durch meinen damals noch dunklen Bart und murmelte nachdenklich:

»Es sind erst elf.«

*

Wir saßen im Vorhof der Burg von Herzog Largus im Kreis um das hell lodernde Lagerfeuer. Es war fast Mitternacht, aber die Helden waren nicht müde. Andächtig schauten die elf jungen Männer auf mich, ihren Lehrmeister während der zurückliegenden Wochen.

Ich saß im Schneidersitz, hatte die Hände ineinandergelegt, sah die Männer an, in deren Händen nun das Schicksal des ganzen Königreichs lag, und begann zu sprechen:

»Meine Freunde, in den vergangenen Wochen und Monaten habe ich eure Körper trainiert und in die beste Verfassung gebracht, die ein Mensch erreichen kann. Ihr seid mit mir durch alle Teile des Landes marschiert und habt eure Nächte unter freiem Himmel verbracht; ihr habt gelernt, mit wenig Schlaf auszukommen, Hitze und Kälte zu trotzen, auf Nahrung, protzige Kleidung, jede Art von Luxus und auf die Befriedigung körperlicher Bedürfnisse zu verzichten. Ich habe auch eure Herzen geschult: Ihr seid aufrichtig und treu, gehorsam und diszipliniert, selbstbeherrscht und enthaltsam, gutherzig und rein in Wort und Tat. Vor allem das reine Herz ist wichtig, denn nur so könnt ihr das Böse überwinden.«

Ich machte eine kleine Pause und ließ meine Worte wirken. Die Blicke der elf Helden waren weiterhin andächtig auf mich gerichtet. Keiner sagte ein Wort.

»Nun hört mir genau zu, meine Helden von Haldnerackmáhn!« fuhr ich fort. »Das Gute und das Böse sind zwei Seiten derselben Medaille. Wo Licht ist, da ist auch Schatten; wo Gutes ist, da ist auch Böses. Die Kraft des Bösen ist ebenso groß wie die *Kraft des Guten*. Santana und ich sind einander ebenbürtig. Sie ist die Hohepriesterin des Bösen, ich bin der Bewahrer des Guten. Wer am Ende siegen wird, liegt nicht zuletzt an euch. Das Böse ist auf der Welt, damit wir es überwinden, aber um es besiegen zu können, müsst ihr all eure geistigen Kräfte aktivieren. Darum geht in euch, steigt tief hinab in euer Innerstes und nehmt Kontakt auf zu der allgegenwärtigen und allmächtigen *Kraft des Guten*, die wir Gott nennen!«

Bill Cannon, der raue Bursche aus dem Westen, hatte mich schon seit einigen Minuten recht ungläubig angesehen. Nun erhob er sich und fragte kopfschüttelnd:

»Was soll das, Hanck al Menhard? Wozu soll das gut sein? Ich habe die ganze körperliche Schinderei der letzten Wochen bereitwillig mitgemacht, weil ich eingesehen habe, dass dies für unseren Kampf gegen Santana notwendig ist. Aber in dieser Übung kann ich keinen Sinn erkennen. Ich stelle mich lieber zum offenen Kampf, als untätig dazusitzen und ›in mich zu gehen‹, wie Ihr das nennt. Jedenfalls habe ich mehr Vertrauen zu meinen Waffen als zu diesem altmodischen Hokuspokus.«

»Du zweifelst an der *Kraft des Guten*, Bill Cannon?« entgegnete ich sanft. »Gut, nimm das Schwert dort!«

»Was soll ich?« fragte Bill verwundert.

»Nimm das Schwert, Bill Cannon! Nimm es und greif mich an! Schlag auf mich ein! Na los, worauf wartest du?«

Wütend ergriff Bill das Schwert, trat auf mich zu und wollte die Waffe auf mich niederfahren lassen. Ich blieb ruhig auf meinem Platz sitzen, hob nur die rechte Hand und konzentrierte mich ganz auf den Revolvermann.

»Mein Arm!« rief Bill Cannon entgeistert aus. »Was ist mit ihm? Ich kann ihn nicht mehr bewegen!«

»Es ist die *Kraft des Guten*, die deinen Arm festhält«, erklärte ich ohne Zorn. »Ich bin nur das Medium.«

Ich schnippte mit dem Finger, worauf der Revolverheld nach hinten kippte und sich unversehens auf dem Boden wiederfand.

»Verstehst du nun, Bill Cannon?« fragte ich.

Bill rappelte sich auf und sah mich betreten an.

»Ja, Hanck al Menhard«, stammelte er. »Verzeiht mir meine Kleingläubigkeit!«

Die übrigen zehn Helden waren während der ganzen Zeit regungslos dagesessen und hatten die Szene aufmerksam beobachtet. Ich wandte mich wieder allen zu und sprach langsam und mit eindringlicher Stimme:

»Setzt euch in den Schneidersitz – legt die Hände ineinander – schließt die Augen – geht in euch – nehmt Kontakt auf – spürt die *Kraft des Guten* – und lasst sie in euch wirken!«

Alle elf Helden hatten die Augen geschlossen und waren mit ihren Gedanken ganz bei Gott. Die *Kraft des Guten* durchströmte sie, und sie spürten, dass sie stärker waren als alle anderen Menschen unseres Königreichs.

So schulte ich die geistigen Kräfte der jungen Helden von Haldnerackmáhn und lehrte sie Ehrfurcht vor der *Kraft des Guten*, die uns alle umgibt.

*

Sechs Monate waren seit der Hochzeit von Dymon und Santana vergangen. Sechs Monate, in denen sich das Böse immer weiter über Haldnerackmáhn ausbreitete. Sechs Monate, in denen das Kind im Bauch Santanas wuchs, der Thronerbe von Haldnerackmáhn. Aber auch sechs Monate, in denen die *Kraft des Guten* in den jungen Helden stark geworden war.

Nachdem sich die elf Helden mit den Erfindungen von Professor Formulus vertraut gemacht hatten, verließen sie die Burg von Herzog Largus und zogen durch das Land im Süden des Königreichs, um dort dem Bösen Einhalt zu gebieten. So kam es bald zu den ersten Zusammenstößen mit den Soldaten Dymons.

Einmal kamen Jeff Arrows und Gary Archer gerade dazu, wie zwei Soldaten mehrere Gläubige mit Waffengewalt daran hindern wollten, die Kirche ihres Dorfs zu betreten.

Unerschrocken ging Jeff auf die Soldaten zu und forderte in scharfem Ton:

»Lasst die Leute in die Kirche! Sie wollen beten und tun niemandem etwas zuleide.«

»Die Ausübung der Religion ist bei Todesstrafe verboten!« herrschte ihn einer der Soldaten an.

»Wenn ihr nicht sofort den Eingang zur Kirche freigebt, werdet ihr gleich tot sein!« erklärte Jeff mit fester Stimme.

Der Soldat begann schallend zu lachen, zog sein Schwert und sagte zu seinem Kollegen:

»Schau dir diese Witzbolde an! Erschlagen wir sie, bevor wir uns noch über sie totlachen!«

Doch bevor die Soldaten ihre Schwerter gegen Jeff und Gary erheben konnten, lagen sie auf den steinernen Stufen des Gotteshauses – und jedem der beiden steckte ein Pfeil zwischen den Rippen. Die Dorfbewohner aber, die dabeistanden, betraten die Kirche und dankten Gott für die unerwartete Hilfe.

Am Abend desselben Tages beobachtete Cut McKnife, wie ein Soldat auf offener Straße über eine junge Bäuerin herfiel. Cut warf sich beherzt dazwischen und verlangte:

»Lass die Frau los, sonst bekommst du es mit mir zu tun!«

Der Soldat war über einen Kopf größer als der kleine Cut. Er sah ihn mitleidig an und knurrte:

»Verschwinde, du Zwerg, bevor ich dich in Stücke haue!«

»Ich warne dich ein letztes Mal«, entgegnete McKnife. »Lass die Frau in Ruhe – oder ...«

Der Soldat grinste nur und versuchte, der Frau die Bluse vom Leib zu reißen.

»Du hast es nicht anders gewollt!« rief Cut McKnife aus, und im selben Moment sank der Soldat röchelnd zu Boden.

Die verdutzte Frau bedankte sich tausendfach und wollte ihrem Retter die Hälfte ihrer Ersparnisse als Belohnung geben. Doch Cut lehnte das Geld entschieden ab; er versprach der Bäuerin, dass bald Schluss sei mit derartigen Übergriffen, dann zog er sein Messer aus dem Körper des Soldaten und machte sich auf den Weg ins nächste Dorf, um auch dort dem Bösen entgegenzutreten.

Tags darauf kam es dann zu einer größeren Auseinandersetzung: Bernhard von Löwenthal, Hartmut von Reckenstein, Asumoto Bushido und Georg Agricola wurden Zeugen, wie eine Horde übermütiger Soldaten im Begriff war, einen Gutshof auszuplündern. Die vier Helden stürmten den Hof, machten die Soldaten nieder und retteten die Bewohner, die schon mit ihrem Leben abgeschlossen hatten.

Die Nachricht von diesen Ereignissen verbreitete sich wie ein Lauffeuer in der ganzen Umgebung. Der kleine Perkeo zog im Auftrag von Herzog Largus durchs Land und trug die Kunde von den Taten der Helden bis ins kleinste Dorf. Die königlichen Soldaten versuchten verzweifelt, den Herold gefangen zu nehmen oder zu beseitigen, doch aufgrund seiner geringen Körpergröße gelang es ihm jedes Mal, seinen Häschern im letzten Augenblick zu entwischen. Während sie vergeblich alle erdenklichen Schlupfwinkel durchstöberten, tauchte er bereits wieder an einem anderen Ort auf, um lauthals zu verkünden, dass das Ende der Schreckensherrschaft in greifbarer Nähe sei.

Dadurch fasste die Landbevölkerung neuen Mut; noch einmal wurde eine Widerstandsbewegung gegründet, der sich täglich weitere Mitglieder anschlossen. Herzog Largus selbst übernahm den Oberbefehl. Gemeinsam gelang es den Bauern und unseren Helden schließlich, innerhalb weniger Wochen den ganzen Süden des Königreichs von Dymons Soldaten zu befreien.

*

Am Königshof herrschte natürlich große Aufregung ob dieser Geschehnisse. Um herauszufinden, welche Gegenmaßnahmen Santana plante, hatte ich mir die Rüstung eines der gefallenen königlichen Soldaten angelegt und mich durch geistige Kraft ins Schloss versetzt. Auf diese Weise konnte ich unerkannt aus nächster Nähe mitverfolgen, was dort vor sich ging:

König Dymon war zutiefst bestürzt über den Verlust so vieler seiner Soldaten. Santana kochte vor Wut, aber sie konnte nicht selbst in den Kampf eingreifen, denn sie stand kurz vor der Geburt ihres ersten Kindes. So ließ sie alle in Haldnerackmáhn befindlichen Unterweltskrieger und Monster antreten und befahl:

»Macht euch sofort auf den Weg in den Süden! Zerschlagt diesen Bauernpöbel und tötet diese sogenannten Helden von Haldnerackmáhn! Es sind doch noch ganz junge Kerle und nur sehr wenige. Und erledigt vor allem diesen Hanck al Menhard! Schlagt ihm den Kopf ab und bringt ihn mir her, damit ich ein Spielzeug für mein Kind habe, das bald zur Welt kommen wird!«

Unwillkürlich musste ich unter meinem Helm schmunzeln. Wie hätte Santana wohl reagiert, wenn sie gewusst hätte, dass ich nur wenige Meter von ihr entfernt war?

»Was hast du vor, Santana?« hörte ich Dymon besorgt einwerfen. »Willst du etwa die gesamte Bevölkerung des Südens niedermetzeln lassen?«

»Unsinn!« ereiferte sich die Herrscherin der Unterwelt. »Wie ich in Erfahrung gebracht habe, ist der Anführer der Rebellen dein Onkel Largus. Meine Krieger werden einen gezielten Schlag gegen seine Burg führen und ihn gefangennehmen. Wenn Largus erst einmal in unserer Hand ist, wird die Rebellion schnell zusammenbrechen. Währenddessen werden meine Monster diesen selbsternannten Helden den Garaus machen.«

Die Unterweltskreaturen verneigten sich stumm vor ihrer Herrin und marschierten los.

»Und wenn inzwischen in einer anderen Region noch ein Aufstand ausbricht?« fragte der König ängstlich.

»Am besten stationierst du in jeder größeren Siedlung eine Garnison deiner Soldaten«, schlug seine Frau vor. »Sie werden das Volk durch ihre bloße Anwesenheit so einschüchtern, dass jeder Aufruhr im Keim erstickt wird.«

»Aber ich habe dazu nicht genügend Männer zur Verfügung«, gab Dymon zu bedenken. »Außerdem muss unbedingt eine Schutztruppe zur Verteidigung des Schlosses hier bleiben – für den Fall dass ...«

»Ich werde sofort Verstärkung aus der Unterwelt kommen lassen«, fiel ihm Santana ins Wort. »Dann wird eine gewaltige Armee meiner Krieger und Monster zu unserem Schutz bereitstehen. Sie werden jeden in Grund und Boden stampfen, der es wagt, sich gegen uns zu erheben.«

Sie rief ihre Dienerinnen zu sich und gab ihnen ihre neuesten Anweisungen bekannt: Die fledermausköpfige Ebru sollte im Schloss bleiben, um ihrer Herrin als Hebamme bei der Geburt ihres Kindes zur Seite zu stehen, die innerhalb der nächsten zwei Wochen erwartet wurde. Die übrigen Dienerinnen sollten sich in die Unterwelt begeben und alle Geschöpfe im wehrfähigen Alter, sowie sämtliche Monster nach Haldnerackmáhn beordern. Lediglich schwangere Dienerinnen, sehr junge, noch nicht kampftaugliche Kreaturen und ein Monster zu ihrem Schutz sollten in der Unterwelt zurückbleiben.

Nachdem ich genug erfahren hatte, versetzte ich mich wieder in die Burg von Herzog Largus, um meine Freunde von der bevorstehenden Offensive zu unterrichten.

*

An den folgenden Tagen kam es dann zu den ersten Kämpfen zwischen unseren Helden und den Monstern Santanas. Die elf jungen Männer setzten all ihre Fähigkeiten ein und wandten erfolgreich an, was ich ihnen beigebracht hatte: Sie besiegten viele der hirn- und seelenlosen Kreaturen nicht mit Waffengewalt, sondern durch den Einsatz ihrer geistigen Kräfte. In besonders kritischen Situationen musste ich selbst in letzter Sekunde mit meinen Wunderkräften eingreifen, um meine Freunde aus höchster Lebensgefahr zu retten.

Meist war dies jedoch nicht nötig, denn die jungen Helden waren durch die Unverwundbarkeitssalbe gegen die scharfen Klauen der Monster gefeit. Auch die anderen Erfindungen von Balthasar Formulus erweisen sich als sehr nützlich im Kampf gegen die Geschöpfe der Unterwelt.

So stand Blowing Gun einmal am Rand einer tiefen Schlucht einem Ungeheuer gegenüber. Er hatte schon alle seine Blasrohrpfeile auf das Monster abgeschossen, ohne es dadurch ernsthaft zu verletzen. Nun stürmte die riesige Kreatur auf den Mann mit dem Federschmuck zu und versuchte, ihn in den Abgrund zu stoßen. In äußerster Verzweiflung füllte der Blasrohrschütze etwas von dem Nebelpulver, das er in seinem Brustbeutel hatte, in sein Blasrohr und blies den gesamten Inhalt dem Monster ins Gesicht. Das Ungeheuer schlug vor Schmerz wild um sich und stieß markerschütternde Schreie aus. Da das Pulver seine Augen zerfressen hatte, verfehlte das Monster seinen Gegner und stürzte selbst in die Schlucht, wo es verendete. Balthasar Formulus rieb sich zufrieden die Hände, als er von dem überwältigenden Erfolg seiner Erfindung erfuhr.

Leider gab es auch Rückschläge: Asumoto Bushido erlitt im Kampf mit einem Monster schwerste Verletzungen im Gesicht, da er vergessen hatte, sich zuvor mit der Unverwundbarkeitssalbe einzureiben. Siegfried Securius konnte ihn gerade noch vor dem sicheren Tod bewahren, indem er dem Ungeheuer durch einen gezielten Wurf mit seiner Streitaxt den Schädel spaltete. Der Samurai musste drei Tage das Bett hüten, und die tiefen Narben in seinem Gesicht waren ein bleibendes Andenken an seinen Leichtsinn.

Während sich die Helden mit den Monstern herumschlugen, fiel die Kompanie der Unterweltskrieger, die Santana in den Süden geschickt hatte, über die Burg von Herzog Largus her. Doch zu ihrem Ärger mussten sie feststellen, dass Largus zusammen mit seiner Frau und seinem Sohn Rhadal auf meinen Rat die Festung schon zwei Tage zuvor verlassen hatte und sich an einem geheimen Ort versteckt hielt. Vor lauter Wut plünderten die Unterweltskrieger die Burg restlos aus und steckten sie danach in Brand.

Als sie wieder abrücken wollten, erlebten sie die nächste Überraschung: Georg Agricola hatte mit mehreren hundert Bauern die Festung umstellt, und Jeff Arrows und Gary Archer nahmen den Ausgang unter Dauerbeschuss. Ein Teil der Unterweltsgeschöpfe starb durch die Pfeile der beiden Bogenschützen, andere stürzten bei dem Versuch, den Geschossen auszuweichen, in den Burggraben und ertranken, wieder andere verbrannten in dem Feuer, das sie selbst gelegt hatten. Der größte Teil derer, die aus dem brennenden Gebäude entkommen konnten, wurde von Georg und seinen Bauern niedergemacht. Die wenigen Überlebenden der Kompanie flohen schwer geschlagen zum Königsschloss zurück.

In der Zwischenzeit hatte ich mich nacheinander in die verschiedenen Regionen des Königreichs versetzt und dabei festgestellt, dass die Menschen überall um die baldige Befreiung von der Schreckensherrschaft beteten. In mehreren Landesteilen hatten sich die Bewohner gegen die Unterdrücker erhoben und Dymons Schergen davongejagt. Unser jüngster Sieg über Santanas Kreaturen verlieh dem Volk zusätzlichen Mut: Die Bürger wussten jetzt, dass die Helden von Haldnerackmáhn imstande waren, die Mächte der Finsternis zu bezwingen. Immer häufiger erklang die Forderung, gemeinsam gegen das Königsschloss vorzurücken und das Herrscherpaar vom Thron zu stoßen.

Herzog Largus hatte unterdessen sein Hauptquartier in den Wald östlich des Königsschlosses verlegt. Nachdem ich dort eingetroffen war, beratschlagten wir über unser weiteres Vorgehen. Wir beschlossen, dass der Herzog einen letzten Versuch unternehmen sollte, seinen Neffen zur Abdankung zu bewegen. Largus hoffte, Dymon würde einsehen, dass ein Waffengang nur ein sinnloses Blutvergießen auf beiden Seiten zur Folge hätte. Wenn der König dagegen jetzt kampflos aufgäbe, sollten er, Santana und ihre Kreaturen freien Abzug erhalten.

Doch ich wusste, dass Santana dies nie zulassen würde. Die Herrscherin der Unterwelt hatte inzwischen eine gewaltige Armee aus all ihren Kreaturen und dem Rest von Dymons Soldaten im Schloss zusammengezogen. Die große Auseinandersetzung schien unmittelbar bevorzustehen. Aber in meinem Innersten spürte ich, dass uns zum entscheidenden Schlag noch etwas fehlte.

Am Tag darauf versammelten sich die elf Helden im Wald östlich des Königsschlosses, unweit von Largus' Versteck, um sich auf ihren vielleicht letzten großen Kampf vorzubereiten. Plötzlich sahen sie eine drei Meter große Gestalt aus einer dunklen Höhle kommen. Zunächst dachten sie, es sei ein Monster Santanas, und stürmten mit gezückten Waffen darauf zu. Dann aber bemerkten sie das menschenähnliche Aussehen des Wesens, das nun seinerseits unter lautem Gebrüll zum Angriff überging; zwei wilde Augen funkelten in seinem Gesicht, das von pechschwarzen, struppigen Haaren und einem ebensolchen Bart umrahmt wurde. Mit seinen riesigen Händen packte das Wesen den erstbesten der Helden und wirbelte ihn durch die Luft. Dann begann es, mit seinen stahlharten Fäusten auf die jungen Männer einzudreschen.

Nur mit äußerstem Einsatz all ihrer körperlichen und geistigen Kräfte gelang es den elf Helden nach langem Ringen, den Riesen zu Fall zu bringen und am Boden festzuhalten.

»Jetzt haben wir das Ungetüm!« rief Siegfried Securius, der ja selbst nicht gerade ein Zwerg war, triumphierend aus.

»Denkt daran, was uns Hanck al Menhard beigebracht hat!« ermahnte Jeff Arrows seine Kameraden. »Wir wissen nicht, warum uns das Wesen angegriffen hat und ob wir es nicht als Freund gewinnen können. Der Bursche sieht jedenfalls nicht aus wie ein Monster aus der Unterwelt. – Sprich, Fremder: Wer bist du?«

Der Riese öffnete den Mund und sagte mit einer tiefen Stimme:

»Ich bin Golo, der Letzte der Giganten, die vor vielen Jahrhunderten die Wälder des Ostens bevölkerten. Warum stört ihr mit euren Waffen meinen Frieden?«

»Bist du denn der Einzige im ganzen Land, der nicht weiß, was los ist?« fragte Jeff verwundert. »Das Volk von Haldnerackmáhn ist im Kampf gegen den grausamen König Dymon und sein böses Weib Santana.«

»Euer Volk geht mich nichts an«, entgegnete Golo verärgert, »und mein Volk ist ausgestorben. Mir ist egal, wer König ist. Ich will nur meine Ruhe haben und mein Leben in Frieden und Freiheit beenden.«

»Wenn Dymon den Kampf gewinnen sollte, wirst du keine ruhige Minute mehr in deinem Wald haben, Golo«, erwiderte Jeff. »Santanas Monster werden dich fangen und versklaven. Nur wenn du *uns* hilfst, kannst du deine Freiheit erhalten und wirst zudem immer treue Freunde haben. Du bist riesengroß und bärenstark. Mit deiner Hilfe können wir die Mächte des Bösen besiegen.«

»Ich will kein Sklave des Bösen sein«, versicherte Golo. »Und nach Freunden sehne ich mich schon lange. Jedenfalls seid ihr Menschen mir allemal lieber als die Kreaturen aus der Unterwelt. Ich werde euch im Kampf gegen Santana helfen.«

»Dann komm mit uns zu unserem Meister Hanck al Menhard!« forderte Jeff den Giganten auf. »Er wird dich zu einem Helden von Haldnerackmáhn machen.«

Ich unterhielt mich gerade mit Balthasar Formulus, der uns wieder etliche seiner Wundermittel mitgebracht hatte, über unsere nächsten Schritte, als die Helden mit Golo ankamen.

Jeff Arrows stellte uns den Riesen vor:

»Das ist Golo aus dem Wald. Er hat mehr Kraft als drei von uns und er will uns helfen, Dymon und die Mächte der Finsternis zu besiegen.«

Ich musterte den Giganten und erforschte seine Gedanken. Er hatte ein fast kindliches Gemüt und es war nichts Böses in ihm. So sprach ich zu ihm:

»Knie nieder, Golo!«

Der Riese folgte meiner Aufforderung. Selbst im Knien war er immer noch ein Stück größer als ich.

»Ich schreibe dir das Zeichen des heiligen Kreuzes auf die Stirn«, fuhr ich fort. »Nun bist du ein Mitglied der Helden von Haldnerackmáhn. Erhebe dich, Golo da Silva, denn das ist ab jetzt dein Name!«

Golo stand auf; und Jeff Arrows reichte ihm kameradschaftlich die Hand und sagte feierlich:

»Golo, wir nehmen dich in unsere Gemeinschaft auf. Du gehörst jetzt zu uns. Wir brauchen dich.«

Alle Helden jubelten laut und streckten ihre Arme zum Himmel. Auch ich blickte dankbar nach oben.

»Jetzt sind es zwölf«, murmelte ich zufrieden in meinen Bart.

6. Die Entscheidungsschlacht

Mitternacht war längst vorüber, als Herzog Largus zu uns zurückkehrte. Er war am Morgen zuvor zum Königsschloss aufgebrochen, um mit Dymon über einen sofortigen Waffenstillstand zu verhandeln. Überall im Land tobte jetzt der Bürgerkrieg, und es waren schon hunderte von Opfern in der Bevölkerung zu beklagen. Der König hatte angekündigt, er werde jeden auf der Stelle töten lassen, der sich nicht bedingungslos unterwerfe.

Als Largus endlich wieder bei uns eintraf, saßen wir alle noch wach am Lagerfeuer: Balthasar Formulus, die zwölf Helden und ich. Largus kam auf uns zu und erklärte mit ernster Miene:

»Morgen ist der Tag der Entscheidung. Ich habe versucht, Dymon begreiflich zu machen, dass er selbst im Falle eines vollständigen Sieges seiner Truppen am Ende als Verlierer dastünde, da es dann kein Volk mehr gebe, das er regieren könne. Doch er hörte mir gar nicht zu, sondern hetzte die Monster auf mich. Er ist voll und ganz dem Bösen verfallen. Santana hat gestern ihr Kind geboren und will, dass es einmal über Haldnerackmáhn herrschen soll. Wir müssen das verhindern.«

»Es ist der richtige Zeitpunkt um anzugreifen«, meinte ich. »Jetzt ist Santanas Kraft durch die Geburt ihres Kindes geschwächt. In einer Woche wird sie sich davon erholt haben. Dann sind unsere Chancen schon wieder geringer.«

Jeff Arrows erhob sich und trat vor Largus und mich:

»Herzog Largus! Hanck al Menhard! Wir alle sind bereit für unseren Glauben, für Haldnerackmáhn und für Euch zu kämpfen und – wenn es sein muss – zu sterben.«

»Vom Sterben sprich erst, wenn du tot bist, Jeff Arrows!« sagte ich aufmunternd zu ihm. »Und ihr werdet noch lange nicht sterben, ihr Helden von Haldnerackmáhn. Im Gegenteil: Ihr werdet unsterblichen Ruhm erringen. Morgen wird es zu der Entscheidungsschlacht zwischen Gut und Böse kommen, und ihr werdet siegen. Tretet nun einzeln vor und lasst euch segnen! Dann trinkt aus diesem Kelch, und die *Kraft des Guten* wird euch durchdringen! Niemand wird euch dann noch besiegen können.«

Ich nahm den Kelch mit dem geweihten Trank und reichte ihn als Erstes Jeff Arrows, dem Anführer der Heldentruppe. Jeff nahm einen Schluck, und ich erteilte ihm den Segen.

Dann traten – einer nach dem anderen – die übrigen elf Helden vor. Jeder trank aus dem Kelch und erhielt den Segen:

Siegfried Securius, der blondgelockte Streitaxtkämpfer aus dem hohen Norden.

Lancelot du Mont, der schlanke Krieger mit der Lanze und dem leuchtendroten Helm.

Bernhard von Löwenthal, der gebildete Schwertkämpfer mit den feinen Gesichtszügen und der blonden Mähne.

Hartmut von Reckenstein, der unerschrockene Haudegen mit den kurzgeschnittenen dunklen Haaren.

Gary Archer, der Jüngste der zwölf Helden, der so trefflich mit Pfeil und Bogen umzugehen vermochte.

Asumoto Bushido, der Samurai, der eine Gesichtsmaske trug, seit Santanas Monster ihn entstellt hatten.

Blowing Gun, der schweigsame Blasrohrschütze mit dem stolzen Federschmuck auf dem Kopf.

Bill Cannon, der hitzköpfige Revolvermann aus dem Westen des Landes.

Georg Agricola, der Bauernsohn aus dem Süden, der mit Heugabel und Sense kämpfen konnte wie andere mit Schwert und Streitaxt.

Cut McKnife, der Kleinste von allen, der mit dem Wurfmesser treffsicherer war als jeder andere im Königreich.

Und Golo da Silva, der Riese aus dem Wald, der keine besondere Waffe brauchte, weil seine gewaltigen Hände seine besten Waffen waren.

Ich trank den letzten Schluck des heiligen Getränks, nachdem ich zuvor auch Herzog Largus und Balthasar Formulus den Kelch gereicht hatte. Dann sagte ich andächtig:

»Kreuzt die Waffen!«

Alle folgten der Anweisung.

»Lasst uns noch einmal einen feierlichen Schwur sprechen!« fuhr ich fort. »Wir geloben, unsere Waffen nicht eher abzulegen, als wir die Mächte des Bösen endgültig besiegt haben.«

»Wir geloben!« riefen alle Helden wie aus einem Munde.

»Für Gott, Haldnerackmáhn und Herzog Largus!« sprach ich vor.

»Für Gott, Haldnerackmáhn und Herzog Largus!« wiederholten alle.

*

Als die Helden bei Morgengrauen aufbrachen, versetzte ich mich wieder als Soldat verkleidet ins Königsschloss und verfolgte mit, was im Thronsaal geschah: Santana wiegte ihr neugeborenes Kind auf dem Arm. An ihrer Seite stand Ebru, ihre Zofe, und lächelte Mutter und Kind freundlich zu. König Dymon dagegen lief nervös im Saal auf und ab. Sein Blick war nicht so zuversichtlich wie der der beiden Frauen aus der Unterwelt. Zu viele Soldaten hatte er bei den Kämpfen der vergangenen Wochen verloren. Um die Moral der Truppe stand es nicht zum besten, denn wo immer die Soldaten hinkamen, wurden sie beschimpft, mit Eiern beworfen, verwundet oder gar getötet. Viele fragten sich bereits, ob es richtig sei, für eine Königin aus der Unterwelt und gegen ihr eigenes Volk zu kämpfen. Dymon wusste nicht, wie lange er seine Armee noch bei der Stange halten konnte. Doch seine Gattin teilte seine Zweifel offenbar nicht.

Ein Hofschranz betrat hastig den Thronsaal, grüßte unterwürfig und meldete mit zitternder Stimme:

»Die Rebellen greifen an! Sie marschieren direkt auf das Schloss zu.«

Dymon erbleichte. Santana dagegen grinste teuflisch und höhnte:

»Diese Narren! Sie laufen uns geradewegs in die Arme. Es sind nur zwölf junge Männer, dazu dieser Menschenfreund Largus und dieser Spinner Hanck al Menhard mit seiner veralteten Religion. Schon am Tag meiner Geburt feierte ich meinen ersten Triumph, als ich das Kloster Welldone dem Erdboden gleichmachte. Als Einziger von den Mönchen überlebte damals dieser Hanck al Menhard. Aber nun ist auch sein letzter Tag angebrochen.«

Dymon war zum Fenster gelaufen und starrte – immer noch totenbleich – nach unten. In der Ferne war undeutlich die kleine Schar furchtloser Helden zu erkennen, die vom Wald her zielstrebig auf das Schloss zumarschierten.

Santana hatte ihr Kind der Zofe gegeben und war neben ihren Gemahl getreten. Sie legte ihre Hand auf seine Schulter und zischte:

»Wir werden sie vernichten! Du selbst wirst unsere Truppen in die Schlacht führen, Dymon, und den größten Sieg erringen, den je ein König von Haldnerackmáhn errungen hat. Meine Geschöpfe der Unterwelt werden dir hilfreich zur Seite stehen.«

Dann wandte sie sich an ihre Krieger und Monster:

»Tötet sie alle, diese selbsternannten Helden! Ihr tut es auch für mein Kind, das einmal Herrscher über Haldnerackmáhn und die Unterwelt sein wird. Und nun kämpft und siegt!«

Die Kreaturen der Finsternis verneigten sich schweigend und rüsteten sich zum Kampf. Dymon legte seine Waffen an und ließ alle seine Soldaten antreten. Wäre er ein gläubiger Mensch gewesen, hätte er wahrscheinlich ein Stoßgebet zum Himmel gesandt. So aber blieb ihm nur das Vertrauen in die satanischen Kräfte seiner Gemahlin. Er gab das Kommando zum Abmarsch und zog mit dem, was von der königlichen Armee noch übrig war, und mit einer Vielzahl von Unterweltsgeschöpfen gegen die immer näher rückenden Helden. Ein Teil der Monster blieb allerdings zum Schutz Santanas und ihres Kindes im Schloss zurück.

Die entscheidende Schlacht fand an jenem Ort am Fuß des Schlossbergs statt, der heute *Tal der Schwerter* genannt wird. Dymons Truppen waren zahlenmäßig haushoch überlegen und versuchten, unsere Helden zu umzingeln. Nachdem sich der Kreis geschlossen hatte, gab der König das Zeichen zum Angriff.

Santana beobachtete zusammen mit Ebru von der Brüstung des Schlosses aus, was sich im Tal ereignete. Als sie sah, dass die Helden vollständig eingekesselt waren, verzog sie das Gesicht zu einer grinsenden Fratze und rief siegessicher aus:

»Jetzt werden sie sterben, diese Narren! Dymon wird sie besiegen, und die Kraft des Bösen wird sie vollends vernichten!«

Ebru, der auffiel, dass die zwölf Helden nach allen Seiten ausschwärmten und hinter Büschen und in Bodenfurchen Deckung nahmen, gab zu bedenken:

»Ich weiß nicht, ob Ihr Recht habt, Herrin. Diese jungen Burschen sind listig wie die Schlangen und kämpfen wie die Löwen. Denkt daran, wie viele unserer Krieger sie bereits bezwungen haben!«

»Papperlapapp!« erwiderte Santana bissig. »Sie werden vernichtet, wenn ich es sage!«

Sie hatte den Satz noch nicht zu Ende gesprochen, da fiel mit einem Mal ein dichter Nebel in das Tal. Dies löste am Königshof eine erhebliche Verwunderung aus, war es doch bisher ein heller, klarer Tag gewesen. Jetzt aber war vom Schloss aus nicht mehr zu erkennen, was sich dort unten abspielte. Santana stieß einen lauten Fluch aus, denn zu gern hätte sie den erwarteten Triumph ihrer Krieger mit eigenen Augen mitverfolgt.

Die Herrscherin der Unterwelt hätte bestimmt noch heftiger getobt, wenn sie bis zu dem kleinen Hügel am gegenüberliegenden Rand der Ebene hätte sehen können. Dort nämlich vollführte Balthasar Formulus einen wahren Freudentanz um ein ziemlich unförmiges Gerät mit einem langen Metallrohr. Es handelte sich um eine Pressluftkanone, die der geniale Erfinder in den vergangenen Wochen konstruiert hatte. Mit ihr hatte er den gesamten Vorrat seines Nebelpulvers über dem Tal versprüht, so dass man die Hand vor Augen nicht mehr erkennen konnte.

Während Dymon und seine Krieger wie blind durch die Gegend irrten, verließen die zwölf Helden ihre Deckung und griffen nun ihrerseits an. Der Nebel stellte für ihre geübten Augen kein Hindernis dar. Die *Kraft des Guten* und die Wundermittel von Professor Formulus verliehen ihnen übernatürliche Stärke und machten sie unbesiegbar. Wie aus dem Nichts tauchten sie plötzlich vor ihren Gegnern auf, streckten sie mit Schwert, Streitaxt, Lanze, Messer, Blasrohr, Revolver oder Pfeil und Bogen nieder und waren sofort wieder im Nebel verschwunden.

Die königlichen Soldaten waren zu Tode erschrocken, als sie merkten, mit welch atemberaubender Geschwindigkeit die jungen Helden kämpften und dass sie durch keine Waffe zu verwunden waren. Jedes Mal, wenn die Soldaten vorrücken wollten, prasselte ein wahrer Pfeilhagel auf sie nieder. Als dann noch der riesige Golo auf sie einstürmte und sie mit seinen Fäusten verprügelte, rannten auch die Letzten von Dymons ehemals so stolzer Armee in panischer Angst davon.

In der Zwischenzeit hatte Herzog Largus mit etlichen hundert Bauern und zahlreichen Bewohnern anderer Landesteile das Tal umstellt, so dass den Soldaten jede Möglichkeit zur Flucht genommen war. Angesichts dieser Tatsache ergaben sich die meisten von ihnen und viele erklärten spontan, sie würden nun auf der Seite von Herzog Largus gegen König Dymon kämpfen, dessen Streitmacht jetzt nur noch aus Unterweltskreaturen bestand. Diese zeigten sich unbeeindruckt und griffen ohne Rücksicht auf eigene Verluste weiter an. Dabei geschah es häufig, dass die hirnlosen Monster ihre eigenen Mitstreiter töteten, weil sie aufgrund der schlechten Sicht nicht zwischen Freund und Feind unterscheiden konnten.

»Dymons Soldaten sind geschlagen!« rief Ebru auf der Brüstung des Schlosses verzweifelt aus, als sich der Nebel allmählich verflüchtigte. »Die Einzigen, die noch standhalten, sind die Geschöpfe der Unterwelt. Aber wie lange noch, Herrin?«

Santana war über den Lauf der Ereignisse einigermaßen verwundert. Sie befahl sämtlichen im Schloss verbliebenen Monstern und sogar den weiblichen Kreaturen, Dymon zu Hilfe zu eilen und alle Gegner gnadenlos niederzumachen. Dabei drückte sie ihr Kind fest an ihre Brust und meinte zuversichtlich:

»Noch ist nichts verloren, mein Kleines. Im äußersten Notfall muss ich eben selbst mit all meiner Macht eingreifen, um diesen Haufen Wahnsinniger zu zerschlagen.«

»Ihr seid noch geschwächt durch die Geburt Eures Kindes, Herrin«, gab Ebru zu bedenken.

»Um diese Schwachköpfe zu vernichten, bin ich immer noch stark genug!«

Mit diesen Worten versetzte sich Santana durch geistige Kraft vom Königsschloss an den Rand des Schlachtfelds, um dem Kampfgeschehen näher zu sein. Ihr neugeborenes Kind hatte sie auf dem Arm. Ebru folgte ihrer Herrin auf dieselbe Weise, denn als enge Vertraute Santanas verfügte sie ebenfalls über allerlei magische Kräfte.

Auch ich versetzte mich ins Tal der Schwerter. Ich kam gerade dazu, wie die von Jeffs Bogen *Pantabal* im Sekundentakt abgefeuerten Pfeile dutzende heranstürmender Unterweltswesen durchbohrten. Kaum weniger erfolgreich war der junge Gary Archer. Neben den beiden stand Siegfried Securius und spaltete mit seiner Streitaxt einem Monster nach dem anderen den Schädel. Auf der anderen Seite des Tales machten Lancelot, Bernhard und Hartmut eine ganze Kompanie von Unterweltskriegern nieder; Asumoto Bushido, Georg Agricola und Cut McKnife rieben eine weitere Division restlos auf, während ein anderer Trupp von Bill Cannon und Blowing Gun unter Dauerbeschuss genommen wurde. Der Tapferste der Helden war Golo da Silva, der viele der Monster mit bloßen Händen zur Strecke brachte.

Santana erkannte, dass die Schlacht verloren war, wenn sie nicht schnell eingreifen würde. Gegen ihre Zauberkräfte waren selbst die Helden von Haldnerackmáhn machtlos, da war sie sich sicher. Sie krümmte die Finger der linken Hand zur Faust und schrie:

»Jetzt werde ich euch Mistkerle mit der geballten Kraft des Bösen vernichten!«

Im selben Moment verfinsterte sich der Himmel. Im Tal wurde es stockdunkel, obwohl es erst früher Nachmittag war. Die Erde bebte, Blitze zuckten über den Himmel und grollender Donner war zu vernehmen. Ich fühlte mich stark an jene Nacht erinnert, in der das Kloster Welldone zugrunde gegangen war.

Ebru blickte furchtsam zu Santana und sagte ahnungsvoll:

»Tut es nicht, Herrin! Es nimmt kein gutes Ende für uns.«

Santana fuhr herum und warf ihrer Zofe einen hasserfüllten Blick zu:

»Du wagst es, mir zu widersprechen! Verschwinde mir aus den Augen, du Abschaum der Unterwelt! Du bist nicht länger wert, meine Dienerin zu sein!«

Ebru starrte ihre Gebieterin entsetzt an. Ihr ganzes Leben hatte sie Santana gedient. Immer war sie ihre engste Vertraute gewesen. Bei der Geburt ihres Kindes hatte sie die Aufgabe der

Hebamme übernommen. Und nun das! Ebru war völlig vor den Kopf gestoßen. Konnte es sein, dass Santana angesichts der drohenden Niederlage wahnsinnig geworden war?

»Herrin, ich wollte doch nur ...«, stammelte die Zofe.

»Fort mit dir!« brüllte Santana sie an. »Fort – oder ich werde dich genauso vernichten, wie dieses Gesindel hier!«

Das war zu viel für Ebru. Die fledermausköpfige Dienerin drehte sich ruckartig um und verschwand im nahegelegenen Wald. Sie ward nie wieder gesehen; aber auf jeden Fall war sie – abgesehen von Santana – das einzige der Wesen, die aus der Unterwelt nach Haldnerackmáhn gekommen waren, das diesen Tag überlebte.

Santana hob erneut die geballte linke Faust und schrie:

»Und nun werdet ihr sterben, ihr widerliches Pack!«

Wieder schoss ein greller Blitz über den Himmel, wieder grollte der Donner.

Doch im selben Augenblick stand ich neben Santana. Ich hatte mich lange durch Gebet und Meditation auf diese Begegnung vorbereitet. *Chryson*, das goldene Kreuz von Pater Robb Welldone, verlieh mir zusätzliche Stärke. Ich versetzte mich durch meine geistige Kraft unmittelbar neben die Herrin der Finsternis und streckte ihr die geöffnete rechte Hand entgegen:

»Nein, Santana! Deine Kraft ist gebannt!«

Ich deutete mit dem Zeigefinger zum Himmel, und sogleich wurde es wieder hell im Tal der Schwerter. Das Blitzen und Donnern hörte schlagartig auf.

»Die *Kraft des Guten* und die Kraft des Bösen sind gleich stark, Santana«, erklärte ich. »Meine Kraft neutralisiert die deine. Keiner von uns kann den anderen je vollständig besiegen. Aber meine Helden werden deine Kreaturen bezwingen. Sieh zu, wie die Geschöpfe der Unterwelt sterben – sie werden alle getötet werden!«

Santana sah, dass ich Recht hatte. Ringsum fielen ihre Krieger und Monster in Scharen.

»Nein! Nein!« rief sie mit schmerzverzerrtem Gesicht.

»Alle werden sterben«, fuhr ich fort, »alle außer deinem neugeborenen Kind, das noch ohne Sünde ist.«

Bestürzt schaute sich Santana um und erblickte inmitten des Kampfgetümmels ihren Ehemann, der von Herzog Largus und dessen Mannen eingekreist war.

»Nein, nicht Dymon!« stieß sie hervor.

»Auch dein Gemahl Dymon, den du zum Bösen verführt hast«, sagte ich hart.

Mit unterschiedlichen Gefühlen beobachteten wir, wie der König sein Schwert mit beiden Händen fest umklammerte und in höchster Verzweiflung schrie:

»Santana! Rette mich!«

»Sie kann dir jetzt nicht mehr helfen, Dymon!« rief Largus seinem Neffen zu. »Ergib dich, und ich garantiere dir einen fairen Prozess!«

»Niemals!« brüllte der König und wollte sich auf seinen Onkel stürzen. In seiner blinden Wut bemerkte er nicht, dass ein Soldat an Largus' Seite zur Verteidigung des Herzogs das Schwert gezückt hatte. So rannte ihm Dymon direkt in die ausgestreckte Klinge. Er sank zu Boden und hauchte sein unglückliches Leben aus.

Entgeistert starrte Santana auf das Schlachtfeld, auf dem gerade die letzten Unterweltskreaturen verendeten. Dann sah man nur noch die siegreichen Helden durch das Tal der Schwerter schreiten.

Ich hob erneut die rechte Hand und sprach:

»Du bist besiegt, Santana. Verlasse Haldnerackmáhn und hebe dich hinweg in die Unterwelt, aus der du gekommen bist!«

Die Geste, die ich dazu machte, war eindeutig.

Santana hob den Kopf und schaute mich hasserfüllt an.

»Ich habe dich unterschätzt, Hanck al Menhard«, stieß sie wütend hervor. »Du hast gewonnen – dieses Mal. Ich kehre zurück in die Unterwelt. Aber ich werde wiederkommen und mich blutig an euch rächen.«

Nach diesen Worten entschwand sie mit ihrem Kind auf dem Arm in die Unterwelt. Seither habe ich sie nicht wiedergesehen. Doch ich bin sicher, dass sie nie aufgehört hat, Einfluss auf das Leben der Menschen in Haldnerackmáhn zu nehmen.

7. Nach dem Sieg

Triumphal waren wir ins Königsschloss eingezogen: Herzog Largus mit seiner Frau und seinem neunzehnjährigen Sohn Rhadal, die zwölf Helden, Professor Formulus und ich. Überall jubelte man uns zu, denn alle Bewohner von Haldnerackmáhn waren froh, dass die Schreckensherrschaft nun ein Ende hatte.

Largus und ich berieten im Schloss mit den Abgesandten der einzelnen Landesteile über die Zukunft des Königreichs. Wir kamen überein, dass der halbfertige neue Palast wieder abgerissen und alles Gold und Silber den rechtmäßigen Eigentümern zurückgegeben werden sollte. Die Bürger und Bauern sollten so weit wie möglich für das ihnen angetane Unrecht entschädigt werden. Außerdem sollte ein neuer König für ganz Haldnerackmáhn gewählt werden.

Derweil saßen die zwölf Helden und Balthasar Formulus im Vorhof des Schlosses am Lagerfeuer und feierten ihren Sieg. Es war schon spät am Abend, doch die lodernden Flammen ließen den Schlosshof hell erstrahlen. Bernhard von Löwenthal, der nicht nur ein exzellenter Schwertkämpfer, sondern auch ein vorzüglicher Sänger und Lautenspieler war, nahm sein Instrument zur Hand und unterhielt seine Kameraden mit lustigen Liedern. Georg Agricola hatte ein großes Fass aus altem Eichenholz mitgebracht und füllte jedem den Humpen bis zum Rand mit dem würzigen Gerstensaft, den sich die Helden nach der siegreichen Schlacht redlich verdient hatten.

Während Largus das Schloss, in dem er als Kind und junger Mann gewohnt hatte, genauestens inspizierte, um festzustellen, was Santana und Dymon dort alles verändert hatten, gesellte ich mich zu den Helden. Sie stießen gerade ihre Krüge zusammen, dass der Schaum nur so spritzte.

»Auf die Helden von Haldnerackmáhn!« rief Siegfried Securius fröhlich aus.

»War schon toll, wie ihr die Unterweltsmonster mit euren Pfeilen durchlöchert habt«, meinte Hartmut von Reckenstein anerkennend zu Jeff und Gary.

»Aber ihr mit euren Schwertern wart auch nicht übel«, gab Jeff das Kompliment zurück.

»Vergessen wir nicht Golo!« warf Lancelot du Mont ein. »Der hat die Unterweltskerle ja förmlich in der Luft zerrissen.«

»Alle waren wir gut«, erwiderte der Riese bescheiden.

»Ja«, stellte Jeff fest, »jeder von uns hat hervorragend gekämpft: Bernhard und Hartmut mit den Schwertern, Asumoto mit dem Säbel, Siegfried mit der Streitaxt, Lancelot mit der Lanze, Gary mit Pfeil und Bogen, Blowing Gun mit dem Blasrohr, Bill mit dem Revolver, Cut mit dem Messer, Schorsch mit Sense und Heugabel und Golo mit den Fäusten.« Er nahm einen großen Schluck aus dem Krug.

»Und natürlich unser Anführer Jeff Arrows!« jubelte Gary Archer überschwänglich.

Alle prosteten sich zu und riefen laut:

»Auf unseren Sieg, Brüder!«

Asumoto Bushido ergriff das Wort und sagte mit schwerer Zunge:

»Santana hat vielleicht dumm aus der Wäsche geschaut, als sie mit ihrem Kind fliehen musste.«

»Die wird jetzt in der Unterwelt sitzen und noch grüner werden, als sie eh schon ist«, meinte Cut McKnife, und alle lachten.

Bill Cannon, der mit Abstand am meisten getrunken hatte, lallte:

»Santana wird – wird wohl nie begreifen, wie wir – wir zwölf Helden ihre – ihre gesamte Armee besiegen konnten.«

»Große Unterstützung hatten wir aber auch durch die genialen Erfindungen von Professor Formulus«, fügte Jeff Arrows hinzu.

Alle zwölf Helden riefen wie aus einem Mund:

»Hoch Professor Formulus!«

Bernhard von Löwenthal zupfte die Saiten seiner Laute und begann zu singen:

»Der Professor Formulus – immer was erfinden muss – ja das ist ein Hochgenuss! – Er mixt Wundermittel fein – baut Maschinen groß und klein ...«

» ... doch heut' trinkt er Bier und Wein!« vollendete Georg Agricola den Reim.

Golo da Silva nahm den Erfinder vorsichtig in seine starken Hände und hielt ihn in die Höhe.

»Sachte, sachte!« mahnte Formulus. »Macht mich nicht kaputt! Vielleicht braucht ihr mich noch mal.«

»Mit Sicherheit, Herr Professor!« erklärte Jeff Arrows. »Wissen Sie was: Wir ernennen Sie zu unserem Ehrenhelden.«

Ich war bisher etwas abseits gestanden, nun trat ich ans Feuer und schüttelte Balthasar und den zwölf Helden dankbar die Hände.

Bernhard von Löwenthal griff wieder in die Saiten und sang:

»Hanck al Menhard macht uns Mut – dass jeder stets das Rechte tut – ihm zu folgen, das ist gut! – Denn in ihm da wirkt die Kraft – mit der er einfach alles schafft – das ist wirklich fabelhaft!«

Alle jubelten und leerten ihre Krüge, damit Georg Agricola wieder neu einschenken konnte.

Plötzlich ertönte der Ruf: »Herzog Largus kommt!«

Auf einen Schlag waren die Helden wieder nüchtern und erhoben sich, um den Herzog mit der nötigen Ehrerbietung zu empfangen.

Largus trat – begleitet von etlichen Volksvertretern – in den Kreis der Helden, da begann Jeff Arrows zu sprechen:

»Herzog Largus, wir brauchen einen neuen König, da Dymon ja tot ist. Ihr seid sein nächster Verwandter; darum sollt Ihr ab heute König von Haldnerackmáhn sein.«

»Ich soll König werden?« meinte Largus verlegen. »Das war nie meine Absicht. Mir ging es nur darum, unser Land von den Mächten der Finsternis zu befreien.«

»Jeff Arrows hat Recht, Largus«, schaltete ich mich in das Gespräch ein. »Das Volk braucht einen König, und du bist der beste Mann für dieses Amt. Es wurde beschlossen, eine Wahl durchzuführen, aber ich bin sicher, dass das Volk nur dich zu seinem König wählen wird.«

»Es lebe König Largus!« riefen die Helden einstimmig.

»Also gut!« erklärte Largus. »Ich bin bereit, die Königswürde zu übernehmen – aber nur, wenn ihr mir dabei helft. Ihr Helden müsst mir weiter treu zur Seite stehen und dafür sorgen, dass

Recht und Ordnung im ganzen Königreich herrschen und niemand unseren Frieden stört. Und du, mein weiser Freund Hanck al Menhard, musst mein Berater sein, der immer dafür sorgt, dass ich nur gute und sinnvolle Entscheidungen treffe.«

Alle reckten die Arme in die Höhe und riefen:

»Es lebe Hanck al Menhard, der Bewahrer des Guten!«

Ich war gerührt. So hob ich beide Hände und sprach:

»Wir alle wollen das Gute bewahren, das uns die Kraft gab, das Böse zu besiegen. Tut, was König Largus gesagt hat: Steht ihm treu zur Seite und schützt unser Königreich vor inneren und äußeren Feinden! Denkt bei allem, was ihr tut, an das Wohl unseres Landes! Verwendet Zeit und Geld nicht dazu, um euch Vergnügen zu schaffen, sondern denkt immer zuerst daran, wie ihr der Allgemeinheit von Nutzen sein könnt! Seid hilfsbereit gegen jedermann! Gebt Geld und Speise, wo es nötig ist, und lebt weiter sparsam und einfach, um dies tun zu können! Bewahrt das Gute in euren Herzen, dann wird es weitere Wunder vollbringen! Versucht, die Welt ein bisschen besser zurückzulassen, als ihr sie vorgefunden habt! Wenn dann euer Leben einmal zu Ende geht, könnt ihr beruhigt sterben in dem Bewusstsein, eure Zeit nicht vergeudet, sondern stets euer Bestes getan zu haben.«

»Wir schwören es!« riefen alle wie aus einen Mund.

»Ja, meine Freunde«, fuhr ich fort, »ich wisst ja: Das Leben ist ein immerwährender Kampf zwischen Gut und Böse, aber am Ende wird stets das Gute siegen, wenn wir nur fest daran glauben. Denn gute und reine Menschen sind gegen die Macht des Bösen immun. Die *Kraft des Guten* macht uns stark und unbesiegbar.«

Alle streckten ihre Arme zum Himmel und sprachen andächtig:

»Die *Kraft des Guten* macht uns stark!«

So lebten wir viele Jahre glücklich und Gott wohlgefällig in unserem Königreich. König Largus regierte das Land weise und umsichtig, die Helden von Haldnerackmáhn standen ihm hilfreich zur Seite, und ich predigte überall im Land das Gute. Dadurch wurde der Glaube neu belebt; die Kirchen waren wieder gut besucht, und die Menschen in den Städten und Dörfern hörten auf die Worte ihrer Priester.

*

Knapp zehn Jahre vergingen, und alles schien gut zu sein. Doch im Laufe der Zeit merkte ich immer deutlicher, dass Santana von der Unterwelt aus begann, wieder Einfluss auf Haldnerackmáhn zu nehmen, denn es ereigneten sich Dinge, die ohne Santanas Wirken kaum möglich gewesen wären:

Im Westen des Landes brachen Unruhen aus, es kam zu Gewalttaten, ja sogar zu Morden. Bill Cannon und Blowing Gun, die aus dem Westen stammten und dort für Recht und Ordnung zu sorgen hatten, wurden angewiesen, die Sache in die Hand zu nehmen. Sie fanden schnell heraus, dass das Zentrum des Übels die Stadt Sin City war, in die das Laster in vielfacher Weise zurückgekehrt war. Ganoven und skrupellose Geschäftemacher hatten den Bürgermeister und den Priester aus der Stadt gejagt und die Macht an sich gerissen. Bald hatten Glücksspiel, Prostitution und Rauschmittel aller Art in der Stadt Einzug gehalten.

Als Bill Cannon in Sin City eintraf, verfiel er offenbar den Verführungen der Halbwelt. Schon seit geraumer Zeit spürte ich, dass Bill von allen zwölf Helden am stärksten gefährdet war, vom Pfad der Tugend abzuweichen, und in Sin City boten sich dazu mannigfaltige Gelegenheiten. Statt gegen das Böse anzukämpfen, ließ sich Bill mit leichten Mädchen ein und starb eines Tages unter mysteriösen Umständen im Bett einer höchst zweifelhaften Person. So jedenfalls meldete es uns Blowing Gun, bevor er selbst plötzlich spurlos verschwand.

Von Sin City aus schien sich der Einfluss des Bösen über das ganze Land auszubreiten. Der Süden des Königreichs wurde von schlimmen Unwettern heimgesucht, die einen großen Teil der Ernte vernichteten; die Folge war eine landesweite Hungersnot. Im Norden brach eine bis dahin unbekannte Krankheit aus; bevor Balthasar Formulus ein geeignetes Heilmittel gefunden hatte, waren bereits hunderte von Menschen der Seuche zum Opfer gefallen, darunter auch Asumoto Bushido und Lancelot du Mont, die in den Bergen des Nordens ihren Dienst verrichteten.

Meine Sorge um die Zukunft von Haldnerackmáhn wuchs von Tag zu Tag. Ich war mir sicher, dass Santana ihre Finger im Spiel hatte, aber wie sehr ich auch nachforschte, ich fand nirgends einen Beweis dafür.

Dann geschah das Schlimmste: Am zehnten Jahrestag seiner Königskrönung wollte Largus vor dem Volk eine Rede halten. Er trat auf den Balkon des Schlosses und grüßte freundlich in die Menschenmenge, die sich im Schlosshof versammelt hatte. Das Volk jubelte ihm minutenlang zu.

Als sich die Masse beruhigt hatte, begann Largus zu reden:

»Meine lieben Mitbürger! Heute habe ich ...«

Er stockte plötzlich und fasste sich ans Herz. Ein Schmerz schien ihn zu durchdringen, dann sank er zu Boden. Sein Sohn Rhadal, inzwischen neunundzwanzig Jahre alt, und ich waren als Erste bei ihm und stützten ihn.

Largus sah erst mich, dann seinen Sohn und dann wieder mich an und röchelte:

»Wehret dem Bösen! Es bedroht ...«

Dann war er tot.

*

Es brachen schwere Zeiten an für Haldnerackmáhn. Largus' einziger Sohn Rhadal hatte die Nachfolge seines Vaters angetreten. Seine Gemahlin hieß Miko und entstammte einer Adelsfamilie aus dem Nordosten des Königreichs. Die beiden hatten eine kleine Tochter namens Amanda, die bei der Thronbesteigung ihres Vaters fünf Jahre alt war. Zwei Jahre nach Amanda hatte Königin Miko noch ein Mädchen zur Welt gebracht, doch das Kind war schon bald nach seiner Geburt auf rätselhafte Weise verschwunden und konnte trotz intensivster Suche nicht wiedergefunden werden.

Bis zu dem überraschenden Tod seines Vaters hatte sich Rhadal hauptsächlich seiner Frau und seiner Tochter gewidmet;

in Regierungsgeschäften war er völlig unerfahren. Ich ging davon aus, dass ich dem neuen König ebenso als Berater zur Seite stehen würde wie seinem Vater Largus. Also teilte ich Rhadal gleich nach seiner Krönung meine Überlegungen mit:

»Bedenke, was in letzter Zeit alles geschehen ist, Rhadal: das Verschwinden deiner zweiten Tochter, die Unruhen im Westen, Hungersnot und Seuche, der Tod von vier unserer Helden und nun das plötzliche Ableben deines Vaters! Das alles geht nicht mit rechten Dingen zu. Jeff Arrows soll die Heldentruppe zusammenrufen! Wir müssen dahinter kommen, was Santana als Nächstes vorhat.«

Rhadal unterbrach mich unwirsch:

»Ich glaube, Ihr habt einen Santana-Komplex, Hanck al Menhard! Für alles Unheil, das sich ereignet, soll sie verantwortlich sein. Dabei habt Ihr sie vor zehn Jahren selbst in die Unterwelt verbannt, und von da an hat keiner mehr etwas von ihr gesehen oder gehört. Der Tod meines Vaters betrübt mich ebenso wie der Verlust meiner zweiten Tochter, aber das ist noch lange kein Grund ...«

»Bist du denn blind, Rhadal?« fragte ich ihn. »Alles, was geschehen ist ...«

Weiter kam ich nicht, denn erneut fiel mir der junge König ins Wort:

»Ihr wolltet mich immer erziehen, Hanck al Menhard. Aber Ihr seid ein alter Mann und ein Anhänger dieser längst überholten Philosophie von Pater Robb Welldone. Ich bin jetzt König und habe in Haldnerackmáhn das Sagen. Ich werde mich nicht so von Euch beschwatzen lassen wie mein Vater. Ich werde in Zukunft auf Eure Dienste als Berater verzichten. Ihr seid hiermit entlassen.«

Königin Miko, die mich noch nie hatte leiden können, ging auf ihren Mann zu und sagte bissig:

»Glaubst du denn, dass er aufhören wird, sich in unsere Angelegenheiten einzumischen? Er hat großen Einfluss im Land, und viele Bürger glauben den Unsinn, den er predigt. Du musst ihn verbannen, so weit weg vom Schloss wie möglich!«

Ich wollte noch etwas erwidern, doch Rhadal erklärte unbarmherzig:

»Meine Frau hat Recht. Hanck al Menhard, ich verbanne Euch in den äußersten Norden meines Königreichs, dorthin, wo einst das Kloster Welldone stand. Dort seid Ihr aufgewachsen, dort sollt Ihr nun auch Euren Lebensabend verbringen! Ihr werdet mein Schloss noch heute verlassen!«

Er wandte sich von mir ab und zog sich mit seiner Frau in die Privatgemächer zurück. Bis heute hatten wir keinerlei Kontakt mehr zueinander.

Seit jener Zeit lebe ich hier in den Bergen, wo einst der heilige Pater Robb Welldone sein Kloster errichtet hat.

Eines Tages besuchte mich dein Vater in der bescheidenen Blockhütte, die ich mir mühsam zusammengezimmert hatte. Er erzählte mir von weiteren seltsamen Dingen, die sich seit meiner Verbannung ereignet hatten:

Das Land am Ufer des Großen Sees wurde in zunehmendem Maße von Piraten unsicher gemacht. Bernhard von Löwenthal und Hartmut von Reckenstein, die die Küstenwache übernommen hatten, waren plötzlich verschwunden. Wenig später fand man ihre Leichen im Wasser treiben. Kurz darauf überfiel ein riesiger Heuschreckenschwarm das Ackerland im Süden und drohte, die gesamte Ernte aufzufressen. Georg Agricola, der den Bauern zu Hilfe eilte, kam bei der Bekämpfung der Plage ums Leben. Im Osten brachen kilometerweite Waldbrände aus: Golo da Silva starb in den Flammen, der kleine Cut McKnife wurde von umstürzenden Bäumen erschlagen.

Am meisten aber schmerzte Jeff der Tod seines Freundes Gary Archer, des Jüngsten der Helden von Haldnerackmáhn: Auf der Jagd nach einer Räuberbande durchstöberte er ein Haus, das plötzlich explodierte, unmittelbar nachdem Gary es betreten hatte.

Nun waren von den Helden nur noch Jeff Arrows und Siegfried Securius am Leben. Während Siegfried unvermählt geblieben war, hatte dein Vater drei Jahre nach dem Sieg über Santana und Dymon geheiratet. Neun Monate später wurdest du geboren, Joe. Deine ersten Lebensjahre verbrachtest du mit deinen Eltern am Königshof von Haldnerackmáhn. Vor zwölf Jahren –

nach dem überraschenden Tod deiner Mutter – brachte dich dein Vater hierher zu mir, damit ich deine Erziehung übernehme. Er selbst hatte vor, zusammen mit Siegfried Securius das ganze Land zu durchstreifen, um endlich der Ursache von all dem Übel auf den Grund zu gehen. Doch auch die beiden letzten übrig gebliebenen Helden verloren ihr Leben.

Vielleicht erinnerst du dich noch daran, dass wenige Wochen nachdem dein Vater dich zu mir gebracht hatte, Siegfried Securius schwer verwundet auf meine Hütte zuwankte – den Bogen *Pantabal* in seiner Hand. Stöhnend presste er hervor, dass dein Vater tot sei und im Sterben den Wunsch geäußert habe, du mögest *Pantabal* bekommen. Nur der feste Wille, den letzten Wunsch seines Freundes zu erfüllen, hatte Siegfried am Leben erhalten. Er drückte mir den Bogen in die Hand, dann brach er zusammen und starb.

In den letzten zwölf Jahren habe ich mich nur noch deiner Erziehung und Ausbildung gewidmet, Joe. Ich habe dir alles beigebracht, was ich einst die alten Helden von Haldnerackmáhn gelehrt habe – alles, was ich vor langer Zeit selbst im Kloster Welldone gelernt habe. Zuletzt habe ich dir nun auch die Geschichte von Haldnerackmáhn erzählt, die zum großen Teil auch *meine* Geschichte war und die nun *deine* Geschichte sein wird.

Damit, Joe Arrows, ist deine Ausbildung abgeschlossen.

II. Buch

Santanas Rache

1. Freunde und Feinde

Joe Arrows hatte der Erzählung des alten Weisen andächtig zugehört. Einiges davon hatte er schon gewusst, aber vieles war ihm bisher völlig unbekannt gewesen.

»Was wird jetzt geschehen?« fragte Joe seinen Lehrmeister, der immer noch mit dem Rücken an die Hüttenwand gelehnt auf seinem Hocker saß.

»Die Tatsache, dass Santana mich ausspionieren lässt, zeigt, dass sie irgendetwas im Schilde führt«, erklärte Hanck al Menhard. Er erhob sich und ging zur Tür. »Komm mit, Joe!«

Joe folgte Hanck schweigend nach draußen. Im Freien wehte ein starker Wind und es war eisig kalt. Doch wie sein Vater hatte Joe gelernt, der Kälte zu widerstehen. Wenn er sich konzentrierte, spürte er sie gar nicht mehr und in seinem Inneren war es angenehm warm. Er war Hanck dankbar dafür, dass er ihm dies und vieles andere beigebracht hatte.

»Knie nieder, Joe Arrows!« hörte er den Fünfundsiebzigjährigen sagen. Der Wind ließ die braune Kutte am hageren Körper des Weisen schlottern.

Joe kniete sich auf den schneebedeckten Boden. Er hatte *Pantabal* über der Schulter hängen und trug den Köcher mit seinen sämtlichen Pfeilen festgebunden auf dem Rücken.

Hanck al Menhard hob sein Schwert *Hiéromach*, das er einst zusammen mit Balthasar Formulus in Skants Werkstatt geschmiedet hatte, und ließ es langsam auf Joes Schulter sinken.

»Hiermit schlage ich dich zum *Helden von Haldnerackmáhn*«, sprach der Alte feierlich. »Du bist der Letzte von ihnen. Sei dir deiner Verantwortung immer bewusst, Joe Arrows!«

Er ließ Joe wieder aufstehen und fuhr fort:

»Geh nun zum Königsschloss und biete König Rhadal deine Dienste an! Ich spüre, dass er sie schon bald benötigen wird.«

Dann überreichte er dem jungen Mann das Schwert, mit dem er ihn soeben zum Helden geschlagen hatte.

»Nimm auch *Hiéromach* mit! Ich habe es seit über fünfzig Jahren nicht mehr benützt; es ist heute noch genauso scharf wie damals. Es wird dir nützen, wenn Pfeil und Bogen einmal nicht ausreichen sollten. Und denk immer daran, Joe: Ein wahrer Held weiß, wann er es gebraucht und wann nicht! Wenn du darüber hinaus Hilfe benötigst, so wende dich vertrauensvoll an meinen alten Freund, Professor Balthasar Formulus! Wie du weißt, waren seine Erfindungen stets nützlich für die Helden von Haldnerackmáhn.«

Hanck al Menhard machte eine Pause und blickte seinem Schüler tief in die Augen. Joe sah seinem Vater sehr ähnlich, nur trug er die hellbraunen Haare etwas länger, gehalten von einem ledernen Stirnband. Für einen Moment überfielen den Alten Zweifel, ob er Joe wirklich fortschicken solle, aber eine innere Stimme, die von dem goldenen Kreuz auf seiner Brust ausging, sagte ihm, dass der Zeitpunkt des Abschieds gekommen war. Der Weise legte Joe die Hand auf die Schulter:

»Pass auf dich auf, Joe, und nimm dich in Acht vor Santana! Sie ist gefährlich und mächtig – und sie sinnt auf Rache.«

Er griff in die Tasche seiner Kutte und zog einen kleinen viereckigen Gegenstand heraus, den er Joe mit den Worten gab:

»Solltest du einmal in Lebensgefahr geraten, kannst du mich mit diesem Sender zu Hilfe rufen. Balthasar Formulus hat ihn vor vielen Jahren für mich konstruiert.«

Er umarmte den jungen Mann und sprach mit feuchten Augen:

»Geh jetzt, Joe Arrows! Folge dem Weg von den Bergen hinab durch die Wälder – dem Weg, den ich vor knapp fünfundfünfzig Jahren ging, als Santana in der Unterwelt geboren wurde!«

Er erteilte Joe den Segen, dann umarmte er ihn noch einmal und sagte:

»Ich wünsche dir viel Glück, Joe. Die *Kraft des Guten* sei mir dir!«

Joe Arrows liefen die Tränen über das Gesicht, und er schämte sich ihrer nicht. Er war unfähig, auch nur ein Wort zu sagen. Er drückte seinen Lehrmeister fest an sich und stammelte dabei so etwas wie »Leb wohl, Hanck!«

Erst nach mehreren Minuten ließen sich die beiden Männer los, und Joe setzte sich langsam in Bewegung. Der Wind heulte immer noch um die kleine Holzhütte. Hanck al Menhard sah Joe wehmütig und zugleich hoffnungsvoll nach, wie er durch den tiefen Schnee stapfte und dabei deutliche Fußspuren hinterließ, das Letzte, was den alten Weisen für einige Zeit noch an seinen Zögling erinnerte.

Nach einigen Metern blickte sich Joe noch einmal um und sah die hagere Gestalt Hanck al Menhards mit wehender Kutte dastehen und ihm freundlich zuwinken. Joe winkte ein letztes Mal zurück, dann begann er mit dem Abstieg ins Tal zu den scheinbar endlosen Wäldern von Haldnerackmáhn.

*

Unruhig wälzte sich König Rhadal in seinem Bett. Neben ihm lag seine Frau Miko und schlummerte tief und fest. Doch der König konnte nicht schlafen. Er war erwacht, als die Uhr des Schlossturms zum zwölften Mal geschlagen hatte: Mitternacht – Geisterstunde.

Rhadal versuchte, wieder einzuschlafen, aber es gelang ihm nicht. Da war diese unheimliche Stimme, die plötzlich mitten in seinem Kopf stand:

»Rhadal! König Rhadal! Erwache!«

Rhadal hob den Oberkörper, schlug die Augen auf – und starrte völlig entgeistert in das grüne Gesicht, das ihn von der Decke des Schlafgemachs aus heimtückisch angrinste. Die Erscheinung bewegte ihre Lippen, und Rhadal hörte deutlich, wie sie mit boshafter Stimme sprach:

»Ich bin Santana, die Herrscherin der Unterwelt, die Witwe von König Dymon, der einst der rechtmäßige König über Haldnerackmáhn war.«

Rhadal erinnerte sich daran, Santana schon einmal gesehen zu haben. Er war damals achtzehn Jahre alt gewesen und hatte der Hochzeit seines Cousins Dymon mit der Herrscherin der Unterwelt beigewohnt. Rhadal entsann sich, dass er Santana zu jener Zeit durchaus als Schönheit empfunden hatte, wenngleich ihre grüne Hautfarbe und ihr ewig zynisches Lächeln ihrem Aussehen etwas Diabolisches verliehen hatten. Nun aber blickte Rhadal in eine teuflische Fratze, aus der ihm unversöhnlicher Hass entgegenschlug. Die Herrin der Finsternis wirkte alt und abstoßend, obwohl sie doch erst Mitte fünfzig sein konnte. Wahrscheinlich hatten sie die vielen Jahre der Verbannung in der Unterwelt so hässlich gemacht.

Santana bemerkte mit Genugtuung das Entsetzen im Gesicht des Königs und redete weiter:

»Vor fünfundzwanzig Jahren zog dein Vater Largus gegen Dymon und mich zu Felde, um uns vom Thron zu stürzen. Zusammen mit dem Magier Hanck al Menhard, mit Jeff Arrows und den sogenannten Helden von Haldnerackmáhn gelang es deinem Vater, unsere Truppen zu besiegen und sich selbst zum König zu machen. Mein Gemahl wurde im Kampf getötet und ich musste mit meiner neugeborenen Tochter Roxana in die Unterwelt fliehen. Schon damals schwor ich Rache, aber ich konnte Largus und seine Helden lange nicht bezwingen.«

Sie hielt inne und wartete die Wirkung ihrer Worte ab.

Rhadal glotzte sie immer noch regungslos an – unfähig auch nur einen Ton von sich zu geben.

»Inzwischen hat sich jedoch vieles geändert«, fuhr Santana fort. »Dein Vater ist tot, und du bist König von Haldnerackmáhn. Hanck al Menhard, der Einzige, dessen geistige Kraft der meinen ebenbürtig ist, ist isoliert in der Verbannung und kann mir nicht mehr gefährlich werden. Die Helden von Haldnerackmáhn sind tot, keiner von ihnen ist mehr am Leben. In der Unterwelt hingegen wurden zahlreiche neue Wesen geboren, die für mich kämpfen. Jetzt endlich bin ich stark genug, um dich zu vernichten.«

Wieder machte sie eine Pause und sah, dass Rhadal sie immer noch ängstlich und verwirrt anstarrte.

»Nun hör gut zu, König Rhadal!« forderte Santana, und ihre roten Augen funkelten gefährlich. »Meine Tochter Roxana, die inzwischen fünfundzwanzig Jahre alt ist, ist das einzige Kind des rechtmäßigen Königs von Haldnerackmáhn. Ich verlange, dass du als König abdankst und Roxana und mir die Herrschaft über Haldnerackmáhn übergibst. Ich lasse dir dafür vierundzwanzig Stunden Zeit. Solltest du bis dahin meiner Aufforderung nicht nachgekommen sein, werde ich an deinem eigenen Fleisch und Blut ein Exempel statuieren, um dir meine Macht zu beweisen.«

Das Grinsen in ihrem grünen Gesicht wurde noch ein klein wenig teuflischer.

»Und nun schlaf weiter, wenn du kannst! Du hast keine Chance gegen mich. Haldnerackmáhn gehört mir und den Mächten der Finsternis!«

Mit diesen Worten verschwand die unheimliche Erscheinung von der Decke des königlichen Schlafgemachs.

Verstört rieb sich Rhadal die Augen – unsicher, ob er das alles vielleicht nur geträumt hatte. Erschöpft ließ er sich auf sein Bett zurücksinken. Aber einschlafen konnte er in dieser Nacht nicht mehr.

*

Eineinhalb Tage nach dieser für König Rhadal so schrecklichen Nacht befand sich Joe Arrows gegen Mittag im Wald nahe dem Königsschloss. Der junge Held war viele Tage und Nächte gewandert und hoffte, nun endlich sein Ziel zu erreichen. Es stand fest, dass er sich nach Süden halten musste, und so folgte er einfach der Sonne. Aber er konnte nirgendwo einen Weg entdecken, der zum Schloss führte.

Joe blieb stehen, schaute sich um und lauschte: Die Vögel des Waldes zwitscherten, der Wind rauschte leise in den Baumwipfeln; von fern war der Ruf eines Kuckucks zu vernehmen. Nach einer Weile erspähte Joe einen schmalen Trampelpfad, der nach Süden führte. Doch schon nach wenigen hundert Metern endete der Weg in dichtem Gehölz. Joe verspürte keine große Lust, wieder umzukehren. Also zog er das Schwert *Hiéromach*, das Hanck al Menhard ihm zum Abschied geschenkt hatte, und drosch damit auf die Äste ein, die ihn am Weitergehen hinderten.

Im selben Augenblick sauste ein Messer haarscharf an Joes Kopf vorbei und blieb in dem Baum neben ihm stecken. Joe drehte sich blitzartig um. Eine drahtige Gestalt sprang zwischen den Bäumen hervor und schnauzte Joe an:

»Bursche, was machst du hier in meinem Wald?«

Argwöhnisch betrachtete Hanck al Menhards Schüler den Fremden. Er war kaum älter als Joe und von etwa gleicher Größe. Bekleidet war er mit einer olivgrünen Hose und einer ebensolchen Jacke; seine Füße steckten in hohen braunen Lederstiefeln. Auf dem Kopf trug der junge Mann eine Pelzmütze, von der zwei buschige Marderschwänze herabbaumelten, und in der Hand hatte er ein langes, scharfes Buschmesser, das er Joe gefährlich nahe vors Gesicht hielt.

»Was suchst du in meinem Wald?« wiederholte der Mann mit der Pelzmütze seine Frage.

»Was geht dich das an, Fremder?« gab Joe verärgert zurück.

»Ich bin der Hüter dieses Waldes und schütze ihn vor Frevlern aller Art«, antwortete der andere. »Und nun verschwinde, du Eindringling!«

Er machte eine eindeutige Bewegung mit seinem Buschmesser.

Doch Joe hatte nicht vor, klein bei zu geben. Er hob sein Schwert und rief dem Fremden zu:

»Komm doch her, wenn du Streit suchst!«

Entschlossen gingen die beiden jungen Männer aufeinander los. Vorsichtig umkreisten sie sich; jeder wartete darauf, dass sich der andere eine Blöße gab.

Joe überlegte, wie er seinen Gegner entwaffnen könne, ohne ihn zu verletzen, denn ihm war bewusst, dass der Waldhüter nur seine Pflicht tat. Außerdem konnte er ihm vielleicht den Weg zum Schloss zeigen.

Während Joe noch grübelte, sprang der andere mit einem lauten Schrei auf ihn zu und führte einen Hieb mit dem Buschmesser, den Hanck al Menhards Schüler mit seinem Schwert jedoch problemlos parierte. Um besser kämpfen zu können, streifte Joe Bogen und Köcher ab. Diesen Moment der Unachtsamkeit nützte der Mann mit der Pelzmütze und schlug ihm blitzschnell das Schwert aus der Hand. Zu Joes Verwunderung warf der Waldhüter sein Buschmesser ebenfalls fort und ging mit den Fäusten auf ihn los.

Joe duckte sich und wich den Schlägen geschickt aus. Dann ging er zum Gegenangriff über: Mit voller Wucht rammte er seinen Kopf in den Bauch seines Kontrahenten, so dass dieser rücklings ins Gestrüpp purzelte. Dabei verlor er seine Pelzmütze, und Joe bemerkte, dass er sehr kurz geschnittene blonde Haare hatte. Während Joe das pfiffige Gesicht seines Gegners studierte und darin zu lesen versuchte, was dieser als Nächstes vorhatte, schnellte der Mann mit der olivgrünen Kleidung hoch, packte Joe an der Hüfte und riss ihn zu Boden.

Über eine halbe Stunde rangen die beiden jungen Männer miteinander. Joe hatte gehofft, den Kampf schnell zu seinen Gunsten entscheiden zu können; doch sein Gegner war ungeheuer zäh und ließ sich nicht unterkriegen. Im Gegenteil: Er schien allmählich sogar die Oberhand zu gewinnen und versuchte, seinen Arm um Joes Hals zu legen, um ihm die Luft abzuschnüren.

Joe konzentrierte sich auf sein Innerstes und aktivierte all seine geistigen Kräfte, wie er es von Hanck al Menhard gelernt hatte. Auf diese Weise konnte er sich zwar aus der Umklammerung befreien, aber es gelang ihm nicht, den Waldhüter niederzuringen. Schließlich sanken beide völlig erschöpft zu Boden und blieben benommen liegen.

Es dauerte eine ganze Weile, bis Joes Gegner als Erster den Oberkörper hob. Er rappelte sich auf, setzte seine Pelzmütze auf den Kopf, steckte sein Buschmesser in die lederne Scheide und zog das kleine Wurfmesser aus dem Baum. Dann half er Joe, der inzwischen ebenfalls wieder zu sich gekommen war, auf die Beine und fragte:

»Wer bist du, Fremder? Ich hab' noch nie mit einem gekämpft, der mir ebenbürtig war.«

»Ich bin Joe Arrows, der Sohn von Jeff Arrows, dem Anführer der legendären Helden von Haldnerackmáhn. Und wer bist du?«

»Man nennt mich Woody Walker. Ich streife im Auftrag des königlichen Forstmeisters durch diesen Wald und bewahre die Pflanzen und Tiere vor allen Gefahren, die ihnen durch gedankenlose Menschen drohen. Was suchst du hier, Joe Arrows?«

»Ich bin auf dem Weg zu König Rhadal, um in seinen Dienst zu treten«, antwortete Joe wahrheitsgemäß. »Aber ich habe mich im Wald verirrt. Kannst du mir sagen, wie ich zum Schloss finde?«

Woody Walker deutete in südwestliche Richtung:

»Das Schloss ist dort oben auf dem Hügel. Ich führe dich am besten hin, sonst verläufst du dich wieder und schändest noch einmal meinen Wald.«

Joe bemerkte, dass ihm der Waldhüter dabei gutmütig zuzwinkerte.

»In Ordnung, Woody!« lachte Hanck al Menhards Schüler. »Du bist ein guter Kerl. Lass uns Freunde sein!«

Er streckte dem Waldhüter die Hand entgegen.

Woody Walker zögerte kurz, dann erwiderte er:

»Wenn du versprichst, in Zukunft unschuldigen Bäumen keine Äste mehr abzuschlagen und dich im Wald anständig zu benehmen, können wir Freunde werden.«

Joe versprach es, worauf der Waldhüter seine ausgestreckte Hand ergriff und sie herzlich schüttelte. Dann nahmen beide ihr Gepäck auf, und Woody sagte:

»Hier lang, Joe! Auf zum Königsschloss!«

Er stapfte voran und Joe folgte ihm. Nach einer Weile endete der Wald, und vor ihnen lag eine grasbewachsene Ebene. Joe erinnerte sich, dass er als Kind schon einmal hier gewesen war. Dies war das Tal der Schwerter, wo einst die Entscheidungsschlacht zwischen der Heldentruppe seines Vaters und den Kriegern von Dymon und Santana stattgefunden hatte. Jenseits der Ebene erhob sich ein bewaldeter Hügel, auf dem Joe die ockergelben Mauern des Königsschlosses von Haldnerackmähn erkannte.

»Dort drüben führt der Weg nach oben«, erklärte Woody. »Heute findet im Schloss ein großes Fest anlässlich des zwanzigsten Geburtstags von Prinzessin Amanda statt. Wenn wir uns beeilen, bekommen wir vielleicht noch einen Teil des Programms mit.«

Die beiden neuen Freunde durchschritten das Tal der Schwerter und marschierten auf das Schloss zu.

2. Die Töchter des Königs

Im Vorhof des königlichen Schlosses von Haldnerackmáhn hatte sich eine riesige Menschenmenge versammelt. Es geschah nicht oft, dass der König ein so großes Fest gab, aber der zwanzigste Geburtstag seines einzigen Kindes schien ihm ein berechtigter Anlass zu sein.

König Rhadal und Königin Miko saßen mit ihrem Hofstaat auf einer eigens errichteten Tribüne, während das einfache Volk in einem großen Halbkreis um den freien Platz vor der Tribüne stand, auf dem Gaukler ihre Kunststücke zeigten, Barden klangvolle Balladen vortrugen und Musikanten zum Tanz aufspielten.

Am frühen Nachmittag erreichten Joe und Woody den Festplatz und mischten sich unter die Zuschauer. Ein Herold mit einem langen, schweren Metallstab trat in die Mitte des Platzes, stieß den Stab zweimal kräftig auf den Boden und verkündete mit lauter Stimme:

»Als besonderer Höhepunkt des Fests tanzt jetzt für uns die Tochter des Königs, Prinzessin Amanda.«

Sogleich begann die Musik zu spielen, und eine Reihe junger Hofdamen in prächtigen langen Gewändern betrat die Tanzfläche.

Joe überlegte, welche von ihnen wohl die Prinzessin sein mochte. Er kannte Amanda flüchtig aus der Zeit, als er mit seinen Eltern am Königshof gelebt hatte. Damals waren sie Kinder gewesen, und Joe war nicht sicher, ob er Amanda nach so vielen Jahren wiedererkennen würde.

Die Mädchen bewegten sich zu den Klängen der Musik, die sanft und beschwingt zugleich war. Ein Trommelwirbel ertönte, und in die Mitte der Tänzerinnen trat eine bezaubernde junge Frau mit langen dunkelgelockten Haaren, die weit über ihre Schultern reichten. Sie trug ein langes, weißes, mit Goldfäden durchwebtes Kleid, und ihren Kopf schmückte ein goldenes Diadem, in dessen Zentrum ein großer roter Edelstein im Licht der Sonne glänzte.

Das ist Amanda! schoss es Joe durch den Kopf. Das kleine, schmächtige Mädchen von einst war zu einer wahren Schönheit herangereift. Ihre grazile Figur, ihr zartes Gesicht, ihre vollen roten Lippen, all das faszinierte den jungen Helden auf den ersten Blick. Er drehte sich zu seinem Gefährten Woody Walker um, der das Geschehen eher gelangweilt beobachtete. Ihn schien der Tanz der Mädchen nicht sonderlich zu begeistern.

Die Musik wurde schneller, und die Tänzerinnen – allen voran die Prinzessin – bewegten sich immer rasanter auf der Tanzfläche. Das Publikum spendete stürmischen Applaus, doch in das Klatschen und Bravo-Rufen mischten sich auf einmal ängstliche Schreie. Die Unruhe wurde immer größer, dann begannen die Menschen auf der linken Seite des Festplatzes schreiend und kreischend davonzurennen.

Joe versuchte die Ursache des Tumults zu entdecken, konnte jedoch zunächst nichts erkennen. Dann aber sah er etwas, das ihm fast das Blut in den Adern gefrieren ließ: Ein fast drei Meter großes grünes Monster mit grässlichen Klauen an Händen und Füßen und furchterregenden Augen bahnte sich den Weg durch die Menge und stürmte auf die Tänzerinnen zu. Die jungen Hofdamen stoben in panischer Angst nach allen Seiten auseinander, doch das Ungeheuer hatte es auf keine von ihnen abgesehen.

Prinzessin Amanda stand immer noch starr vor Schreck mitten auf der Tanzfläche, als das Monster mit riesigen Schritten auf sie zugesprungen kam. Sie begann erst zu schreien, nachdem das Ungeheuer sie bereits gepackt hatte und mit ihr auf die Mauer des Schlossparks zurannte.

Joe zog einen Pfeil aus seinem Köcher und spannte seinen Bogen, wagte es dann aber nicht, den Pfeil abzuschießen, da er fürchtete, statt des rasenden Monsters womöglich die Prinzessin zu treffen. Während er noch überlegte, was er tun könne, bemerkte er, dass Woody Walker als Einziger der Zuschauer sofort reagiert hatte und dem Monster mit erhobenem Buschmesser hinterhergehetzt war. Kurz vor der Mauer hatte der Waldhüter das Ungeheuer, das durch die zappelnde Prinzessin etwas aufgehalten wurde, eingeholt. Er schwang seine scharfe Waffe und zielte auf die Beine des Monsters. Im selben Moment übersprang die grässliche Kreatur mit einem gewaltigen Satz die Mauer, so dass Woodys Hieb ins Leere ging. Der Waldhüter sah nur noch, wie das Ungeheuer mit Amanda im Wald verschwand.

Der König und die Königin, die das Geschehen von der Tribüne aus mitverfolgt hatten, waren zutiefst erschüttert. Kreidebleich blickte Rhadal seine sprachlose Frau an und stieß mit zitternder Stimme hervor:

»Das war Santanas Rache, weil ich ihrer Forderung abzudanken nicht gehorcht habe. Jetzt hat sie Amanda entführen lassen, um mir ihre Macht zu beweisen.«

Königin Miko sank in die Arme ihres Gemahls und jammerte:

»Oh Rhadal! Nun haben wir auch unsere zweite Tochter verloren!« Sie brach in Tränen aus.

Der König stand auf und trat vor die versammelte Volksmenge, die allmählich wieder zur Ruhe kam.

»Bürger von Haldnerackmáhn!« rief Rhadal laut aus, und die Menge verstummte. »Bürger von Haldnerackmáhn, hört alle her! Ich setze eine Belohnung für den aus, der meine Tochter Amanda aus den Klauen Santanas befreit. Ja noch mehr: Ich verspreche Amanda demjenigen zur Frau, der sie mir wohlbehalten zurückbringt. Ihr wisst, dass ich keinen Sohn habe, und so wird Amandas Ehemann einmal mein Nachfolger als König von Haldnerackmáhn werden.«

Joe spürte, dass seine Stunde gekommen war. Er schritt auf den König zu und sagte:

»Majestät, ich bin Joe Arrows, der Sohn von Jeff Arrows, der einst Eurem Vater im Kampf gegen Santana diente. Ich werde versuchen, Eure Tochter zu befreien.«

Woody war währenddessen neben Joe getreten. Er überreichte König Rhadal das goldene Diadem, das Amanda beim Sprung des Ungeheuers über die Mauer verloren hatte, und berichtete:

»Das Monster ist mit der Prinzessin in den Wald gerannt. Ich folge am besten seinen Spuren, um herauszubekommen, wohin es sie bringt.«

»Das ist mein Freund, Woody Walker«, erklärte Joe dem König. Dann wandte er sich an den Waldhüter: »Folge du der

Spur des Monsters, Woody! Ich möchte zunächst Professor Formulus aufsuchen; vielleicht kann er uns im Kampf gegen Santana helfen. Wisst Ihr, wo ich ihn finden kann, Majestät?«

Rhadal kratzte sich nachdenklich am Kinn:

»Formulus? Balthasar Formulus, dieser alte, ziemlich verschrobene Wissenschaftler?«

»Genau der«, antwortete Joe. »Er hat schon vor fünfundzwanzig Jahren durch seine genialen Erfindungen mitgeholfen, Santana und die Geschöpfe der Unterwelt zu besiegen.«

»Sein Labor befindet sich einige Kilometer westlich von hier«, teilte ihm der König sichtlich verlegen mit.

»Gut«, meinte Joe zu seinem Gefährten. »Wir treffen uns dann dort. Viel Glück, Woody!«

»Viel Glück, Joe!« erwiderte der Waldhüter.

Die beiden schüttelten sich die Hände und verabschiedeten sich von König Rhadal – nicht ohne noch einmal zu versprechen, dass sie ihm seine Tochter unversehrt zurückbringen würden.

Der König sah den beiden jungen Männern hoffnungsvoll nach.

»Viel Glück, ihr beiden!« rief er ihnen hinterher.

Doch da hatten Joe und Woody den Schlosshof bereits verlassen.

*

Mitten in den dichten Wäldern des Ostens von Haldnerackmáhn lag ein friedlicher kleiner See. Aus einem weißen Felsen entsprang ein kühler, klarer Quellfluss und ergoss sein Wasser in den Teich.

Ein Mädchen näherte sich der Quelle und schöpfte mit einer großen Muschel Wasser. Ihre dunklen Haare reichten bis über ihre Hüften. Sie trug ein knappes Leibchen, das aus gelben und braunen Stoffflecken zusammengenäht war, und einen kurzen, gefransten grünen Rock. Trotz dieser dürftigen Bekleidung fror sie nicht, denn ihr Körper war seit frühster Kindheit gegen Wind und Wetter abgehärtet. Hier im Wald war sie aufgewachsen und hier hatte sie die achtzehn Jahre ihres bisherigen Lebens verbracht.

Barfuß lief das Mädchen über den moosbedeckten Waldboden und trug die mit dem frischen Quellwasser gefüllte Muschel behutsam zu einer Höhle in der Nähe des Sees. Vor dem Höhleneingang saß ein seltsames Wesen, das sie bereits erwartete. Das Wesen war etwas kleiner als das Mädchen. Sein gedrungener Körper wurde von einem dunklen Fell bedeckt; der Kopf glich dem einer Fledermaus, und es war unschwer zu erkennen, dass dieses Geschöpf nicht in Haldnerackmáhn zur Welt gekommen war.

Das Mädchen reichte dem Wesen die Muschel und sagte:

»Hier bringe ich dir etwas zu trinken, Mutter!«

»Danke, Silvia«, erwiderte das Wesen und nahm einen großen Schluck. Dann atmete es tief durch und sprach: »Setz dich her zu mir, ich muss dir etwas sagen!«

Silvia nahm neben dem Wesen Platz und schaute es mit fragenden Augen an:

»Ja, Mutter?«

»Ich bin nicht deine Mutter«, eröffnete das fledermausköpfige Geschöpf dem Mädchen. »Ich habe dich hier im Wald gefunden, als du noch ein Baby warst, und dich wie meine Tochter aufgezogen. In Wirklichkeit bist du die Tochter von Rhadal, dem König von Haldnerackmáhn.«

Silvia blickte ihre Ziehmutter ungläubig an:

»Die Tochter unseres Königs?« fragte sie verwundert.

»Ja, Silvia«, bestätigte das Wesen. »Du wurdest kurz nach deiner Geburt von Räubern entführt, die hier im Wald ihr Lager hatten. Aber sie verloren dich auf der Flucht vor den Soldaten deines Vaters, nicht weit von meiner Höhle entfernt. Ich fand dich und nahm dich an Kindes Statt an. Doch nun hör zu, Silvia: Du hast eine Schwester; sie heißt Amanda und ist zwei Jahre älter als du. Ich weiß, dass sich Amanda in großer Gefahr befindet, denn Santana, die Herrscherin der Unterwelt, hat sie von ihrem Monster entführen lassen.«

Silvia hatte sich inzwischen wieder gefasst und erklärte tapfer:

»Wenn meine Schwester in Not ist, ist es meine Pflicht, ihr beizustehen.«

»Das denke ich auch«, meinte ihre Ziehmutter. »Aber pass auf dich auf! Ich weiß, wie mächtig und gefährlich Santana ist, denn auch ich war einst ein Geschöpf der Unterwelt und diente Santana als Zofe. Doch ich habe dem Bösen entsagt, der Unterwelt den Rücken gekehrt und mich in dieser Waldhöhle niedergelassen. Hier habe ich dich großgezogen und dir beigebracht, schneller zu laufen als irgendein anderes Wesen in diesem Land. Nütze diese Fähigkeit, wenn du in Gefahr gerätst!«

»Das werde ich tun«, antwortete Silvia selbstbewusst. »Wenn Santana mir an den Kragen will, laufe ich ihr und ihren Kreaturen einfach davon.«

»Ich wünsche dir viel Erfolg, Silvia«, sagte das Wesen und umarmte das Mädchen. »Und nun geh und befreie Amanda! Begib dich in den Wald nahe dem Königsschloss und folge den Fußspuren des Monsters, das Amanda verschleppt hat!«

»Ich werde mein Bestes tun«, versprach Silvia. »Leb wohl, Mutter!«

Während sie dies sagte, wurde ihr bewusst, dass sie ihre wirkliche Mutter gar nicht kannte. Für sie war immer dieses ehemalige Geschöpf der Unterwelt ihre Mutter gewesen. Sie drückte ihrer Ziehmutter einen Kuss auf das Fledermausgesicht, dann setzte sie sich in Bewegung. Die Richtung zum Königsschloss kannte sie ungefähr.

»Leb wohl, Silvia!« rief ihr die ehemalige Zofe Santanas nach.

Als das Mädchen aus ihrem Blickfeld verschwunden war, begab sich Ebru voll Hoffen und Bangen ins Innere ihrer Höhle. Sie hatte die Ereignisse vor fünfundzwanzig Jahren aus nächster Nähe miterlebt und wusste, welche Gefahren auf Silvia zukommen würden.

*

Silvia hatte ihren Heimatwald in Windeseile durchrast und befand sich nun in der Nähe des Königsschlosses. Der Wald wirkte hier nicht mehr so ruhig und friedlich: Vögel schwirrten nervös durch die Luft und ihre Stimmen klangen verängstigt, als hätte man sie aus ihren Nestern vertrieben. Im Dickicht kauerte ein

Hase und äugte furchtsam um sich. Ein unheilvolles Gefühl beschlich das Mädchen.

Silvia blieb stehen und betrachtete die Umgebung. Ihr Blick fiel auf etliche umgeknickte Bäume in nordwestlicher Richtung. Irgendjemand hatte sich hier rücksichtslos einen Weg durch den Wald geschlagen, und Silvia war klar, dass es sich dabei um kein menschliches Wesen handeln konnte. Dann entdeckte sie im Boden die Abdrücke riesiger Füße mit Klauen am vorderen Ende.

»Das muss das Monster gewesen sein, das Amanda entführt hat«, sagte sie zu sich selbst.

Sie bückte sich, um die Spur genauer zu untersuchen.

In diesem Moment schoss ein Wurfmesser knapp an ihrem Kopf vorbei und blieb neben ihr in einem Baum stecken. Erschreckt fuhr Silvia hoch.

»Mädchen, was suchst du hier?« fragte in scharfem Ton der junge Mann mit der Pelzmütze und der olivgrünen Kleidung, der offenbar das Messer geworfen hatte.

Silvia wusste nicht, wer der Fremde war und was er von ihr wollte. Auch hatte sie weder Zeit noch Lust, eine Unterhaltung mit ihm zu führen. So riss sie blitzschnell das Messer aus dem Baum und rannte damit so schnell sie konnte davon.

»He, du Göre, gib mir sofort mein Messer zurück!« rief der junge Mann aufgebracht und hetzte hinter ihr her.

So jagten die beiden durch das Gelände: Silvia, das Mädchen aus dem Wald, das soeben erfahren hatte, dass es die Tochter des Königs war, und Woody Walker, der Waldhüter, der gerade Freundschaft mit Joe Arrows, dem letzten Helden von Haldnerackmáhn geschlossen hatte. Weder Woody noch Silvia ahnten, dass sie beide dasselbe Ziel hatten: die Befreiung von Prinzessin Amanda aus den Klauen Santanas.

Die wilde Jagd dauerte nun schon eine ganze Weile, denn auch Woody war ein ebenso schneller wie ausdauernder Läufer – und hier im Wald kannte er jeden Baum und jede Lichtung. Um so verwunderter war er, dass es ihm immer noch nicht gelungen war, das Mädchen einzuholen. Im Gegenteil: Ihr Vorsprung wuchs langsam, aber stetig.

Die beiden rannten und rannten und kamen dabei in den nordwestlichsten Teil der riesigen Wälder von Haldnerackmáhn, der nicht mehr zu Woodys Revier gehörte. Der Waldhüter merkte, dass sich der Vorsprung des Mädchens weiter vergrößert hatte. Bisher war er noch keinem Menschen begegnet, der so schnell laufen konnte. Er fragte sich, ob es ein Zufall war, dass dieses Mädchen die Spur des Monsters entdeckt hatte, und wenn nicht, was sie veranlasst haben konnte, danach zu suchen.

Während er im Laufen diesen Gedanken nachging, fiel ihm auf, dass das Mädchen einen Haken geschlagen und die Richtung geändert hatte. Er beschloss, ihr den Weg abzuschneiden, und übersah dabei das Hindernis, dem Silvia ausgewichen war. So verlor er plötzlich den Boden unter den Füßen und plumpste in eine Fallgrube, die eigentlich zum Fangen von Tieren bestimmt war.

Silvia war unterdessen weitergerannt und bemerkte erst nach einiger Zeit, dass sie ihren Verfolger abgeschüttelt hatte. Erleichtert verlangsamte sie ihr Tempo, atmete tief durch, steckte das Wurfmesser, das sie erbeutet hatte, in den Gürtel ihres Rocks und setzte dann ungestört die Suche nach ihrer Schwester fort.

3. Helfer in der Not

Durch den Sturz in die Fallgrube hatte Woody Walker das Bewusstsein verloren. So bemerkte er nicht, dass sich sieben kleine Gestalten der Grube näherten und mit großen Kulleraugen höchst verwundert auf ihn herabblickten. Keines der Wesen war mehr als einen Meter zwanzig groß. Sie hatten alle eine rotbraune Hautfarbe und trugen wollene Gewänder mit Kapuzen, die ihre Köpfe bedeckten.

Die sieben betrachteten Woody eine Weile staunend, bis einer von ihnen fragte:

»Was ist denn das?«

»Es ist kein Tier«, bemerkte ein anderer.

»Sieht aus wie ein Mensch«, äußerte der Dritte.

»Was macht er dann da drin?« wollte der Vierte wissen.

»Holen wir ihn erst einmal heraus!« entschied der Fünfte. Er schien der Anführer der kleinen Waldbewohner zu sein.

Mit Hilfe von Seilen und Stangen gelang es ihnen, Woody aus der Fallgrube zu hieven. Neugierig begutachteten sie ihn nun von allen Seiten.

»Er ist verletzt«, stellte der Anführer sachlich fest.

»Dann müssen wir ihn verarzten«, meinte der Sechste der Waldbewohner. Er war der Kleinste und Jüngste der Gruppe.

»Und er braucht etwas zu essen«, erklärte der Siebte. Er war ein wenig größer und dicker als seine Kameraden. In der Hand hielt er eine lange Hartwurst, von der er hin und wieder ein Stück abbiss.

»Tragen wir ihn erst einmal in unsere Hütte!« entschied der Anführer.

»In Ordnung!« erwiderten die anderen sechs.

So packten die Kleinen den Bewusstlosen und trugen ihn mit vereinten Kräften fort.

Woody Walker erwachte und schlug die Augen auf. Erstaunt blickte er sich um: Er lag auf einer schlichten Bank in einer putzigen Holzhütte. Sieben kleine Wesen mit wollenen Kapuzenanzügen und rotbraunen Gesichtern standen um ihn herum und hatten offenbar auf sein Erwachen gewartet.

»Wo bin ich?« fragte der Waldhüter.

»Du bist in unserer Hütte«, antwortete der Erste der kleinen Gesellen.

»Wir sind die Sotkies«, erklärte der Zweite.

»Wir leben hier im Wald«, ergänzte der Dritte.

»Wir haben dich verarztet«, fügte der Vierte hinzu.

»Willst du etwas zu essen?« fragte der große dicke Sotkie und biss ein Stück von seiner Wurst ab. Dann hielt er den Rest der Wurst Woody auffordernd unter die Nase.

Der Kleinste der Gruppe meldete sich zu Wort:

»Nach den neusten psychoanalytischen und metaphysischen Erkenntnissen gilt als sicher, dass du ...«

Weiter kam er nicht, denn er wurde von den sechs anderen durch einen lauten Buhruf unterbrochen, und sein Nebenmann sagte entschuldigend:

»Mein Bruder redet immer so dummes Zeug. Er ist der ...«

»... Gescheiteste der Sotkies«, ergänzte der Kleine schnell.

Das Gesicht seines Nebenmanns zeigte Anzeichen von Ärger, denn es wurde noch etwas röter als es ohnehin schon war:

»Du sollst mich nicht dauernd unterbrechen ...«

»... wenn du redest«, vollendete der Kleine den Satz.

Woody hatte keine Lust, den Streit der Sotkies noch länger anzuhören. Darum stand er auf und sagte:

»Danke, dass ihr mir geholfen habt. Ich heiße Woody Walker. Ich bin der Spur des Monsters gefolgt, das ...«

»Des Monsters?« fiel ihm ein Sotkie ins Wort.

»Des großen grünen Monsters?« fügte ein Zweiter hinzu.

»Des Monsters, das die Prinzessin entführt hat?« ergänzte ein Dritter.

»Ihr wisst davon?« fragte Woody aufgeregt.

»Wir haben gesehen ...«, begann einer der kleinen Kerle.

»... wie das Monster die Prinzessin ...«, fuhr der Nächste fort.

»... in Richtung Unterwelt verschleppt hat«, vollendete der Kleinste.

Sein Nebenmann warf ihm einen strengen Blick zu:

»Du sollst mich nicht dauernd ...«

»... unterbrechen, ich weiß«, erklärte der Kleine schuldbewusst.

»Wie finde ich den Weg in die Unterwelt?« erkundigte sich Woody.

»Der einzige Zugang zur Unterwelt befindet sich am Masúz-Fluss«, antwortete der Anführer der Sotkies.

»Er wird von Marrha bewacht«, ergänzte ein anderer Sotkie.

»Marrha ist ein gefährliches Ungeheuer«, teilte ein Dritter mit.

»Wer sie berührt, der zerfällt zu Stein«, fügte ein Vierter hinzu.

»Steine kann man nicht essen«, gab der dicke Sotkie angewidert von sich und biss erneut ein Stück von seiner Wurst ab.

»Man muss sehr schlau sein, wenn man Marrha überlisten will«, erklärte der Anführer. »Allein hat man gar keine Chance.«

»So, so«, meinte Woody nachdenklich und kratzte sich am Kinn. »Eine andere Frage: Wisst ihr zufällig, wer das Mädchen ist, das hier im Wald herumläuft und mein Messer geklaut hat?«

»Ein Mädchen?« fragte einer der Sotkies verwundert.

»Ein schönes Mädchen?« wollte ein Zweiter wissen.

»Mädchen schmecken mir nicht«, äußerte der dicke Sotkie gelangweilt und biss wieder von seiner Wurst ab.

»Wir haben kein Mädchen gesehen«, erklärte der Anführer wahrheitsgemäß.

»Ist auch nicht so wichtig«, erwiderte Woody. »Zumindest weiß ich jetzt, wo ich nach Prinzessin Amanda suchen muss. Am besten breche ich sofort auf.«

»Du brauchst bestimmt etwas Marschverpflegung«, meinte der dicke Sotkie, wobei er den Rest seiner Wurst verschlang. Dann öffnete er eine Truhe, nahm ein paar lange Hartwürste und zwei Stangen Brot heraus und übergab sie an Woody – mit Ausnahme einer Wurst, die er für sich selbst behielt und sofort ein Stück davon abbiss.

»Denkst du eigentlich nur ans Essen?« erkundigte sich der Waldhüter, während er die Nahrungsmittel in den tiefen Taschen seiner olivgrünen Jacke verstaute.

»Er ist der Stärkste von uns«, informierte ihn der Anführer der Sotkies. »Er muss so viel essen, damit er bei Kräften bleibt.«

»Na, dann passt auf, dass er nicht irgendwann vor lauter Kraft nicht mehr laufen kann!« lachte Woody. »Noch einmal vielen Dank für eure Hilfe! Lebt wohl, meine kleinen Freunde!«

»Wir wünschen dir viel Glück, Woody«, sagte der Anführer und schüttelte dem Waldhüter herzlich die Hand.

»Wenn du Hilfe brauchst, kannst du ...«, ergänzte der Nebenmann des kleinsten Sotkies.

»... dich jederzeit an uns wenden«, vollendete der Kleine.

»Du sollst ...

»... mich nicht unterbrechen, ich weiß.«

Woody hatte während dieses Disputs die Hütte der Sotkies verlassen und versuchte sich im Wald zu orientieren. Wie vereinbart wollte er sich mit Joe im Haus von Professor Formulus treffen. Also machte er sich auf den Weg dorthin.

*

Es begann schon dunkel zu werden, als Joe Arrows die Wohnstätte von Balthasar Formulus endlich gefunden hatte. Es war ein schmuckes kleines Häuschen und befand sich in der Region, wo das fruchtbare Ackerland des Südens allmählich in die Grassteppe des Westens überging. Zum Haus gehörte ein größeres Grundstück, das von einem wenig fachmännisch zusammengenagelten Lattenzaun umgeben war. Am einen Ende des Grundstücks befand sich ein alter Ziehbrunnen, am anderen Ende stand ein hölzerner Aussichtsturm, auf den man über eine recht wackelig wirkende Leiter gelangen konnte. Er enthielt das Observatorium, von dem aus Formulus bei Nacht mitunter den Sternenhimmel beobachtete.

Joe ging geradewegs auf das Haus zu und klopfte an die Tür. Ein Mann von knapp dreißig Jahren mit einem weißen Laborkittel und einem ziemlich einfältigen Gesicht öffnete.

»Sie wünschen, junger Mann?« fragte er mit blökender Stimme.

»Grüß Gott!« sagte Joe höflich. »Ich möchte zu Professor Formulus. Sind Sie ...?«

»Ich bin sein Famulus. Der Professor ist in seinem Labor und erfindet.«

In diesem Augenblick war ein gewaltiger Knall zu hören. Dunkler Rauch drang aus dem Haus nach draußen und ein brenzliger Geruch stieg Joe in die Nase.

Sekunden später stürzte ein alter Mann mit rußverschmiertem Gesicht, wirren weißen Haaren, einer Brille auf der Nase und einem Kittel, der wohl einmal weiß gewesen war, nun aber wie das Gesicht des Mannes große schwarze Rußflecken aufwies, auf den Famulus zu, fasste ihn an den Schultern und rief freudig erregt aus:

»Es hat funktioniert! Ludwig, es hat funktioniert! Endlich habe ich wieder etwas erfunden, was funktioniert!«

Sein Blick fiel auf Joe, der immer noch vor der geöffneten Haustür stand.

»Nanu, Ludwig, wer ist denn das?« fragte er verwirrt.

»Ich weiß es auch nicht, Herr Professor«, antwortete der einfältig wirkende Gehilfe.

Joe hielt es für angebracht, sich vorzustellen:

»Ich bin Joe Arrows, der Sohn von Jeff Arrows.« Er reichte dem Professor die Hand zum Gruß und fuhr fort: »Mein weiser Lehrmeister Hanck al Menhard hat mich zu Ihnen geschickt.«

»Ach, mein alter Freund Hanck«, erwiderte Formulus erfreut. »Wie geht es ihm denn in seinem Exil?«

»So weit ganz gut«, antwortete Joe. »Er hat mich zu einem Helden von Haldnerackmáhn ausgebildet. Hanck erzählte mir, dass Sie schon viele nützliche Erfindungen gemacht haben – meine beiden Waffen wurden auch von Ihnen hergestellt.«

Der Professor musterte das Schwert und den Bogen.

»*Hiéromach* und *Pantabal*«, bestätigte er. »Lang, lang ist's her! Aber kommen Sie doch herein, Joe, dann zeige ich Ihnen mein Labor!«

Joe trat ein. In dem großen Raum im Erdgeschoss, der Balthasar Formulus als Labor diente, herrschte eine heillose Unordnung. An der einen Wand war ein alter Ofen angebracht, der dem Raum Wärme spendete. Auf der Ofenplatte stand ein Topf mit einer bräunlichen Flüssigkeit, die allmählich verdampfte. Auf der Kommode neben dem Ofen befanden sich einige Destillierkolben und ein Gestell mit mehreren Reagenzgläsern, die verschiedenfarbige Flüssigkeiten enthielten. Auf der anderen Seite stand ein wurmstichiger Schrank und daneben ein menschliches Skelett, das wohl zu Studienzwecken diente. Auf einem Tisch in der Mitte des Labors lagen mehrere wissenschaftliche Bücher, teils geöffnet und teils geschlossen mit Einmerkern darin. An der Wand hinter dem Tisch erstreckte sich ein langes Regal mit vielen dicken Ordnern, die auf dem Rücken Aufschriften trugen wie *Sehr wichtig!*, *Wird weiterverfolgt*, *Zurückgestellt* oder *Missglückte Versuche*.

»Hier arbeite ich«, erklärte Balthasar Formulus und zeigte auf das Chaos in dem Raum. Dann deutete er auf seinen Gehilfen. »Das ist übrigens mein Assistent Ludwig. Er ist nicht der Klügste, aber er ist willig und tut sein Bestes.«

Der Famulus nickte zustimmend.

»Zur Zeit arbeite ich an mehreren Wundermitteln«, fuhr der Professor fort. Er zeigte zunächst auf ein Reagenzglas mit einer blauschimmernden Flüssigkeit. »Dieses hier macht unsichtbar, das da« – er deutete auf ein Glas mit einer gelben Substanz – »verwandelt in ein Tier und dieses« – er wies auf eine rötliche Flüssigkeit – »habe ich soeben zusammengemixt. Es ist ein hochexplosiver Sprengstoff. Und was das da« – er deutete auf die braune Brühe auf dem Ofen, die scheinbar nutzlos verdampfte – »einmal wird, weiß ich noch nicht. Dabei arbeitete ich an diesem Experiment schon seit vielen Monaten. Aber es will und will nicht reagieren.«

Joe unterbrach den Redefluss des Wissenschaftlers:

»Das ist alles sehr interessant, Herr Professor. Sie sind zweifellos ein Genie. Könnte ich vielleicht diese Nacht in Ihrem Haus verbringen, bevor ich morgen weiterziehe?«

»Aber gern, junger Freund«, antwortete Formulus. »Ich habe im ersten Stock ein sehr schönes Gästezimmer. Leider hatte ich noch nie einen Gast. Sie sind der erste, Joe. Kommen Sie mit, ich zeige Ihnen das Zimmer!«

Joe und der Professor verließen den Laborraum, und Ludwig schloss hinter ihnen die Zimmertür. Dann wandte er sich dem Gestell mit den Reagenzgläsern zu.

»Der Professor ist gerade beschäftigt, da könnte ich doch mal das Unsichtbarkeitsmittel ausprobieren«, brabbelte er vor sich hin. »Welches war es gleich wieder?«

Er sah sich die Gläser der Reihe nach an und entschied sich dann für das mit der gelben Flüssigkeit. Vorsichtig nahm er das Gefäß aus der Halterung und sprach zu sich selbst:

»Unsichtbar sein, das war schon immer mein Traum.«

Er führte das Reagenzglas an die Lippen, schüttete ein wenig von dem Inhalt in seinen Mund und stellte das Glas mit dem Rest wieder zurück. Die Flüssigkeit schmeckte abscheulich. Ludwig schluckte sie herunter und stieß angewidert die Worte »Pfui Spinne!« aus.

Das war das Letzte, was er sagen konnte, denn im selben Moment verwandelte er sich – in eine fette schwarze Spinne, die verloren auf dem Boden des Laborraums saß und sich erst einmal orientieren musste. Um nicht zertreten zu werden, krabbelte das Tier am Bein des großen Tisches hoch, setzte sich auf eines der Bücher und sah sich mit seinen acht Augen vorsichtig um.

Die Labortür öffnete sich; Joe und Formulus betraten den Raum.

»Ist ja schlimm, was Sie mir da über Prinzessin Amanda erzählen«, sagte der Professor sichtlich erregt. »Hoffentlich gelingt es Ihnen, sie zu befreien.«

Er blickte sich im Labor nach seinem Gehilfen um.

»Ludwig!« rief er laut. »Ludwig! Wo steckt denn dieser nichtsnutzige Ludwig schon wieder?«

Sein Blick fiel auf die dicke Spinne, die mitten auf einem Buch mit dem Titel *Die Übertragbarkeit der Ergebnisse von Tierversuchen auf das Verhalten der Menschen* saß.

»Eine Spinne!« stieß Formulus voll Abscheu hervor. »Ich kann dieses Ungeziefer nicht ertragen!«

Panikartig riss er den nächstbesten Ordner aus dem Regal und ließ ihn mit lauten Knall auf die Spinne herabsausen. Dann zog er ein Taschentuch aus seinem Kittel und wischte die Überreste des Tieres ab. Etwas verlegen schaute er zu Joe und sagte entschuldigend:

»Es ist sonst nicht meine Art, aber wenn ich eine Spinne sehe, verliere ich leicht die Beherrschung.«

Mit zitternden Händen stellte der Professor den Ordner ins Regal zurück und las dabei die Aufschrift auf seinem Rücken.

»Missglückte Versuche«, murmelte er kopfschüttelnd.

Dann fiel ihm ein, dass er nach wie vor nicht wusste, wo sein Famulus abgeblieben war. Also rief er noch ein paar Mal laut seinen Namen. Als Ludwig sich immer noch nicht meldete, zuckte Formulus resignierend mit den Schultern und meinte zu Joe gewandt:

»Es hat wohl keinen Sinn, nach ihm zu rufen. Er hat bestimmt wieder etwas getrunken und schläft jetzt irgendwo seinen Rausch aus. Apropos schlafen: Es ist schon spät und ich bin müde von der vielen Erfinderei. Ich denke, wir sollten schlafen gehen.«

»In Ordnung, Herr Professor«, antwortete Joe. »Ich wünsche Ihnen eine gute Nacht.«

»Gute Nacht, junger Freund«, erwiderte Formulus.

Er löschte das Licht im Labor, dann begaben sich beide in ihre Schlafräume.

*

Die Sonne war gerade am Aufgehen, als Balthasar Formulus das Gästezimmer betrat und Joe zaghaft an der Schulter rüttelte.

»Junger Freund, wachen Sie auf!« stieß er aufgeregt hervor.

Joe hatte tief und fest geschlafen, denn das viele Laufen der letzten Tage hatte ihn doch ziemlich angestrengt. Schläfrig richtete er sich auf und rieb seine Augen.

»Was ist los?« fragte er den Erfinder.

»Da schleicht ein Unhold um mein Haus«, erklärte Formulus ängstlich. »Könnten Sie vielleicht einmal nachsehen, wer das ist und was er von uns will?«

»Mach' ich, Herr Professor«, sagte Joe bereitwillig.

Er schlüpfte flink in seine Kleidung, hängte sich den Köcher mit den Pfeilen um, ergriff den Bogen und das Schwert, eilte die Treppe hinunter und verließ das Haus. Formulus folgte ihm, blieb jedoch an der Eingangstür stehen.

Joe ließ seinen Blick über das Grundstück schweifen, konnte aber niemanden entdecken.

»Er ist nicht mehr zu sehen«, stellte Formulus fest. »Wahrscheinlich versteckt er sich hinter dem Haus.«

Joe zog einen Pfeil aus seinem Köcher und spannte die Sehne von *Pantabal*:

»Keine Panik, Herr Professor! Ich schau' mal nach.«

Vorsichtig schlich Joe an der Wand entlang. Er aktivierte all seine Sinne und spürte, dass sich ganz in der Nähe jemand befand. Vorsichtig lugte er um die Ecke. Eine auf der gegenüberliegenden Seite des Gebäudes stehende Gestalt warf einen langen Schatten auf das Grundstück. Den Umrissen nach zu schließen handelte es sich um eine Kreatur mit einem pelzigem Kopf, von dem zwei lange Zöpfe herabhingen.

Joe überlegte, ob es sich um einen Unterweltskrieger Santanas handeln könne. Er griff seinen Bogen noch etwas fester und konzentrierte sich darauf, den Pfeil abzufeuern. Dann sprang er beherzt auf die Gestalt zu. Seine Anspannung wich augenblicklich, denn er schaute in ein vertrautes, pfiffiges Gesicht.

»Ach du bist's, Woody!« rief er erleichtert aus.

Der Waldhüter klopfte ihm auf die Schulter:

»Tag, Joe! Ich habe gehofft, dass ich dich hier antreffe.«

Balthasar Formulus hatte die Szene aus der Distanz mitverfolgt und ging zögernd auf die beiden jungen Männer zu.

»Die Herren kennen sich?« murmelte er erstaunt.

»Das ist mein Freund Woody Walker«, stellte Joe den Waldhüter vor. »Er hilft mir, die Prinzessin zu befreien.«

»Ach so«, atmete Formulus erleichtert auf, »und ich dachte schon ...«

Woody streckte ihm freundlich die Hand entgegen:

»Entschuldigen Sie, wenn ich Sie erschreckt habe, Herr Professor!«

»Erzähle uns, was du herausgefunden hast, Woody!« bat Joe seinen Gefährten.

»Das Monster hat Prinzessin Amanda in die Unterwelt verschleppt«, berichtete Woody. »Der einzige Zugang zur Unterwelt befindet sich am Masúz-Fluss. Dort müssen wir hin. Kennen Sie den Weg zum Masúz-Fluss, Herr Professor?«

»Nicht genau«, antwortete Formulus. »Ich weiß nur, dass der

Masúz-Fluss in der Nähe der Stadt Sin City fließt. Vor vielen Jahren hat es mich einmal dorthin verschlagen. Sin City ist ein grässlicher Ort, ein einziger Sündenpfuhl. Dort trifft man nur Gangster, Falschspieler und Damen, über die ich mich nicht näher äußern möchte. Ihr kommt nach Sin City, wenn ihr der großen Straße immer nach Nordwesten folgt.«

»Dann machen wir uns am besten gleich auf den Weg dorthin!« schlug Joe voll Tatendrang vor.

»Einen Augenblick, Joe!« bremste Formulus den jungen Helden. »Wartet noch einen Moment!«

Er verschwand im Haus und kam kurz darauf vollbepackt wieder heraus.

»Es wird zweifellos gefährlich, wenn ihr in der Unterwelt Santana und ihren Kreaturen begegnet«, erklärte der Professor. »Darum gebe ich euch einige meiner Erfindungen mit.« Er überreichte Joe ein Fläschchen mit der blauschimmernden Flüssigkeit. »Hier ist etwas von meinem Unsichtbarkeitsmittel. Es ist nicht viel und wirkt nur wenige Minuten. Geht also bitte sparsam damit um!« Als Nächstes gab er Woody eine Reihe handlicher, zylindrischer Gegenstände. »Hier habt ihr einige Sprengkörper, für den Fall, dass ihr angegriffen werdet.«

Dann bekam jeder der beiden noch ein Fläschchen von dem Trank, der eine erhöhte Reaktionsgeschwindigkeit verleiht, und eine Tube mit der Salbe, die unverwundbar macht. Zu guter Letzt übergab Formulus Joe und Woody noch je eine dicke Wolldecke mit den Worten:

»Am Masúz-Fluss soll es recht kalt sein, und ob es in der Unterwelt überhaupt eine Temperatur gibt, weiß ich nicht. Mit diesen Decken werdet ihr jedenfalls nicht frieren.«

»Danke, Herr Professor«, sagte Joe. »Danke für alles. Aber jetzt müssen wir wirklich aufbrechen.«

»Dann geht, meine Freunde! Ich werde in Gedanken immer bei euch sein. Die *Kraft des Guten* möge euch beschützen!«

Joe und Woody füllten ihre ledernen Wasserflaschen am Brunnen auf und verabschiedeten sich von Balthasar Formulus. Dann verließen sie sein Grundstück und strebten der großen Straße zu, die sie nach Sin City führen sollte, in die Stadt der Sünden.

4. Sin City

Joe und Woody liefen nun schon längere Zeit auf der breiten Straße, die mitten durch die Grassteppe des Westens von Haldnerackmáhn führte. Die Sonne brannte heiß vom Himmel und kein Baum spendete Schatten. Auch bereitete das Laufen auf dem hartgepressten roten Sand den beiden Freunden erheblich mehr Mühe als der Weg durch den Wald, wo der Boden weicher und die Temperatur angenehmer gewesen war.

Ab und zu kamen die beiden durch kleinere Ansiedlungen aus einfachen Holzbauten, wie sie in diesem Teil des Landes üblich waren. Dabei begegneten sie immer wieder den typischen Bewohnern des Westens, verwegenen Gestalten, die alle breitkrämpige Lederhüte zum Schutz gegen die Sonne trugen. Viele von ihnen waren mit Revolvern bewaffnet, die meist ziemlich locker saßen.

Einmal wurden Joe und Woody Zeugen, wie sechs maskierte Banditen im Begriff waren, eine Postkutsche zu überfallen. Die beiden jungen Helden warfen sich tapfer dazwischen, schlugen die Gangster in die Flucht und bewahrten so die Reisenden davor, ausgeraubt oder vielleicht sogar umgebracht zu werden. Der Kutscher war nicht schlecht erstaunt, als die unbekannten Retter ihn fragten, ob sie auf dem richtigen Weg nach Sin City seien. Er teilte ihnen mit, dass sie nur der Straße immer weiter nach Norden folgen müssten, dann würden sie die Stadt bald erreichen.

So betraten Joe und Woody von Süden her die berüchtigtste Stadt von ganz Haldnerackmáhn. Links und rechts der Straße standen halbverfallene Ziegelhäuser, Flaschenscherben und Zigarettenkippen lagen überall auf dem Boden, und ein ekelhafter Gestank aus einer Rinne am Straßenrand stieg den beiden Freunden in die Nase. Von fern waren Stimmen zu vernehmen: Ein Mann und eine Frau stritten lautstark miteinander, kurz darauf begann ein Kleinkind zu schreien. Kein Hinweisschild verriet den Namen der Ortschaft, doch für Joe gab es nicht den geringsten Zweifel.

»Das muss Sin City sein«, sagte er zu seinem Gefährten.

Woody schaute sich um: Vor einem Haus, dessen Putz schon von der Mauer bröckelte, stand ein fast völlig zertrümmerter Pferdewagen. Am Straßenrand lag ein Mann, offenbar stockbetrunken, und schlief seinen Rausch aus.

»Sieht ja nicht sehr einladend aus«, bemerkte der Waldhüter und rümpfte die Nase.

Die beiden gingen weiter. Vor einem ziemlich verkommenen Gebäude standen zwei Mädchen, höchstens sechzehn Jahre alt. Die eine von ihnen hatte sehr lange dunkle Haare. Sie trug ein kurzes gelbes Kleid mit tiefem Ausschnitt; um ihre Schultern hing ein gehäkeltes schwarzes Cape. Ihre Lippen waren knallrot geschminkt. Sie ging auf Woody zu, sah ihn aufreizend an und hauchte hingebungsvoll:

»Na, Kleiner, wie wär's denn mit uns beiden?«

Das andere Mädchen hatte nackenlanges blondes Haar mit rot gefärbten Strähnen. Sie trug eine halb offene Bluse, die kaum etwas verbarg, und einen extrem kurzen roten Rock über den nackten Beinen; um ihren Hals hatte sie billigen bunten Flitter geschlungen. Ihr Mund war mit Lippenstift, ihre Augenränder mit Lidschatten und ihre Wangen mit rotem Puder aufgedonnert. Herausfordernd baute sie sich vor Joe auf und sagte mit ordinärer Stimme:

»Einen Bogenschützen hab' ich ja noch nie gehabt!«

Joe und Woody wussten im ersten Moment nicht, wie sie sich verhalten sollten. Die ganze Situation war ihnen mehr als peinlich.

Das dunkelhaarige Mädchen versuchte, Woody die Pelzmütze vom Kopf zu nehmen und ihn zu kraulen.

»Na, was ist, ihr zwei?« fragte die Blonde und öffnete einen weiteren Knopf ihrer Bluse. »Für euch machen wir es auch ganz billig.«

Joe fand als Erster die Fassung wieder.

»Komm weiter, Woody!« forderte er seinen Freund auf.

Die beiden ließen die Mädchen wortlos stehen und folgten dem Weg ins Innere der Stadt. Nach einer Weile kamen sie an einem schmucken Haus vorbei, das sich in seinem Aussehen angenehm vom Rest der Stadt unterschied. Vor dem Gebäude stand – lässig an den Zaun gelehnt – eine knapp dreißigjährige Frau mit toupierter blonder Löwenmähne und üppigen Rundungen. Ihr gut gebauter Körper steckte in einem tief dekolletierten schwarzen Kleid, das eine Hand breit oberhalb des Knies endete. Darunter trug sie eine schwarze Netzstrumpfhose und an den Füßen hohe schwarze Lederstiefel. Ihr Gesicht war dezent geschminkt, große goldene Ringe durchbohrten ihre Ohrläppchen, und in ihrem Mundwinkel hing locker eine Zigarette. Eine Wolke aus verlockenden exotischen Düften umgab die Person. Die Frau blies den Rauch ihres Glimmstängels Joe und Woody entgegen und säuselte mit verführerischer Stimme:

»Immer herein zu mir! Bei mir ist euer Geld gut angelegt.«

Dabei schob sie den Saum ihres Kleides langsam aber stetig immer weiter nach oben.

»Ist ja widerlich!« schleuderte Woody ihr entgegen und ging vorbei, ohne sie eines Blickes zu würdigen. Er war froh, ihrem Dunstkreis zu entkommen; ihm, dem Naturburschen, war der Geruch von Tannennadeln, Baumharz und Lagerfeuer erheblich lieber als der von Parfüm und Nikotin.

Joe folgte seinem Gefährten mit den Worten:

»Diese Weiber! Professor Formulus hat keinesfalls übertrieben.«

Bald darauf kamen den beiden ein paar völlig betrunkene Viehtreiber entgegen, die lauthals »So ein Tag, so wunderschön wie heute« grölten. Joe beschloss, sie anzusprechen, und erkundigte sich höflich, ob sie den Weg zum Masúz-Fluss wüssten. Die Trunkenbolde starrten die beiden Freunde verständnislos an, und einer von ihnen lallte:

»Ich ken-kenne hier nur ei-einen Fluss, und zwar den – Whiskey-fluss, und der fließt da-da drüben im –im Saloon!«

Er deutete wild gestikulierend in eine Richtung.

»Vielleicht kann uns dort jemand weiterhelfen«, sagte Woody zu Joe, während die Betrunkenen weiterwankten.

»Gute Idee«, erwiderte Joe. »Suchen wir den Saloon und fragen dort nach dem Weg!«

*

Der Saloon von Sin City unterschied sich in seiner Verkommenheit in keiner Weise vom Rest der Stadt. Es war dreckig und stickig vom Qualm der Zigaretten und Zigarren, und überall roch es nach hochprozentigem Alkohol. An der Theke lümmelten ein paar düster blickende Gestalten und kippten billigen Fusel in sich hinein. An der Wand gegenüber stand ein altes, verstimmtes Klavier; davor saß ein Mann, der gnadenlos mit den Fingern auf das Instrument einhämmerte und ihm dabei ein paar schräge Töne entlockte. Neben dem Klavier stand ein blutjunges Mädchen in einem langen schulterfreien Ballkleid und sang mit dünnem Stimmchen zu der Katzenmusik.

Die vier Männer an dem großen runden Tisch in der Mitte des Saloons schien der Gesang nicht weiter zu stören; zu sehr waren sie in ihr Pokerspiel vertieft. Jeder der Spieler hatte vor sich eine Vielzahl von Münzen aufgestapelt, und in der Mitte des Tisches lag ebenfalls eine Menge Geld – der Einsatz des Spiels, das gerade im Gang war.

Zwei der vier Männer waren der Kleidung nach einfache Viehtreiber, die nach Sin City gekommen waren, um hier ihren Lohn zu verspielen, zu vertrinken oder mit leichten Mädchen durchzubringen. Der dritte Kartenspieler trug eine Jacke aus schwarzem Leder und einen breiten Hut aus demselben Material; die beiden Schießeisen, die in seinem Halfter steckten, deuteten darauf hin, dass er ein Revolvermann war, und sein Gesicht zierte bestimmt so manchen Steckbrief im Westen von Haldnerackmáhn.

Der vierte Mann unterschied sich erheblich von den drei anderen: Er trug einen eleganten dunklen Anzug, ein blütenweißes Hemd und eine schwarze Fliege um den Kragen. Auf seinem Kopf saß ein schwarzer Zylinder, unter dem ebenso schwarze, von Pomade glänzende, sauber geschnittene Haare herausschauten. Kurz gesagt: Er wirkte wesentlich vornehmer als seine Mitspieler.

Der Mann mit dem Zylinder legte nacheinander seine Karten offen auf den Tisch und grinste seine Mitspieler triumphierend an. Dann streckte er die Hände nach dem Geld in der Mitte des Tisches aus und zog es langsam zu sich her.

»Tja, meine Herren«, meinte er schmunzelnd, »ich habe schon wieder gewonnen. Der ganze Zaster gehört mir.«

Während ihn die drei anderen neidisch anglotzten, rief er laut:

»Bedienung! Eine Runde Whiskey für alle!« Dann schob er die Spielkarten, die vor ihm auf dem Tisch lagen, dem Revolvermann zu: »Sie geben!«

Der Mann mit der schwarzen Lederjacke ergriff die Karten mit seinen langen Spinnenfingern und begann, sie sorgfältig zu mischen. Dabei warf er dem vornehm Gekleideten einen wütenden Blick zu und schnaubte:

»Diesmal werden Sie nicht gewinnen, Sie Gierschlund!«

Die Bedienung, eine junge Frau mit prallem Hintern und vollen Brüsten, kam an den Tisch und stellte jedem der vier Spieler ein Glas voll goldenem Whiskey hin. Der Mann mit dem Zylinder legte einen Arm um ihre Taille, zog sie ganz nah zu sich heran, zückte einen Geldschein und schob ihn der Bedienung genüsslich in den tiefen Ausschnitt ihrer Bluse.

»Danke, Püppchen«, sagte er und gab ihr einen Klaps auf ihr ausgeprägtes Hinterteil. »Vielleicht sehen wir uns noch, wenn ich hier fertig bin«, fügte er lustvoll hinzu.

Der Revolvermann hatte inzwischen jedem der Spieler fünf Karten ausgeteilt. Der Mann im dunklen Anzug nahm sein Blatt auf, betrachtete es kurz, dann warf er eine Münze in die Mitte des Tisches und erklärte:

»Ich setze fünfzig!«

Einer der beiden Viehtreiber knallte verärgert seine Karten auf den Tisch:

»Ich steig' aus! Heute bekomme ich einfach kein anständiges Blatt. Es ist zum Kotzen!«

»Vorher verlassen Sie aber bitte unseren Tisch!« raunte ihm der Mann mit den Zylinder zu.

Der Viehtreiber blickte ihn erbost an.

»Mach dir nichts draus!« meinte sein Kumpel. »Du weißt doch: Pech im Spiel – Glück in der Liebe!«

»Mit Liebe ist bestimmt auch nix los«, entgegnete der Erste. »Welches Mädchen will schon 'nen Kerl, der total abgebrannt ist?«

»Schnapp dir die Sängerin!« empfahl sein Freund. »So wie die jault, stellt die gewiss keine großen Ansprüche.«

»Du sollst nicht schwätzen, sondern Karten spielen!« schnauzte ihn der Revolvermann an. »Gehst du mit oder steigst du aus?«

»Ich geh' mit«, antwortete der Viehtreiber und schob eine Münze in die Mitte des Tisches.

»Die fünfzig und noch fünfzig dazu!« zischte der Revolvermann und warf zwei Münzen zu den beiden, die schon in der Mitte lagen.

Nun war die Reihe wieder an dem Mann mit dem Zylinder. Er hielt die Karten mit der linken Hand, die rechte hatte er an die Stirn gelegt, als ob er nachdenken würde. Er betrachtete sein Blatt eingehend, nahm die Hand von der Stirn, ergriff drei Münzen und sagte, wobei er die Geldstücke nacheinander in die Mitte des Tisches legte:

»Die fünfzig und hundert!«

Während die anderen noch über die Höhe des Einsatzes staunten, legte der Mann im dunklen Anzug seine rechte Hand wieder an die Stirn und hob mit dem Zeigefinger seinen Hut leicht an. Was nun folgte, erforderte bestimmt monatelanges Training der Fingerfertigkeit: Er zog mit seiner Rechten vier Karten aus dem Zylinder, senkte dann in Sekundenschnelle die Hände unter die Tischkante, brachte die vier Karten in seine Linke und ließ gleichzeitig vier andere Karten in seine Hosentasche gleiten. Keiner der Mitspieler schien etwas bemerkt zu haben, denn die beiden, die noch im Spiel waren, setzten munter weiter.

Eine immense Menge Geld hatte sich in der Tischmitte angesammelt, als der Viehtreiber forderte:

»Ich will sehen!«

Der Revolvermann deckte bedächtig seine Karten auf und verkündete siegesgewiss:

»Ich hab' vier Jungs!«

Tatsächlich bestand sein Blatt aus vier Buben, dazu noch ein As.

»Da kann ich leider nicht mithalten«, erwiderte der Viehtreiber missmutig und warf seine Karten auf den Tisch.

Der Revolvermann sah den Mann mit dem Zylinder auffordernd an.

»Tut mir furchtbar leid«, sagte dieser mit einem spöttischen Lächeln. »Aber ich habe vier wunderschöne bezaubernde Damen.«

Er legte seine Karten offen auf den Tisch und war im Begriff, auch diesmal das Geld an sich zu nehmen.

Doch der andere hatte blitzschnell sein Schießeisen gezogen und hielt es dem Mann im dunklen Anzug unter die Nase.

»Sie gottverdammter Falschspieler!« schrie er wutentbrannt. »Ich hab' genau gesehen, wie Sie die Karten aus ihrem Hut gezogen haben!«

»Den machen wir kalt!« riefen die beiden Viehtreiber, die nun auch begriffen, dass sie betrogen worden waren.

Die übrigen Besucher des Saloons waren auf die Kartenspieler aufmerksam geworden. Der Mann am Klavier unterbrach sein Geklimper und die Sängerin ging vorsorglich in Deckung. Jeder im Saloon wartete gespannt auf das, was gleich geschehen würde. Nur der Wirt hoffte, dass sich die Gemüter noch einmal beruhigen würden, denn er fürchtete um sein Inventar. Außerdem musste er hinterher die Sauerei aufwischen, die bei einer Schießerei zwangsläufig entstand.

In diesem Augenblick öffnete sich die Tür des Saloons, und herein traten – Joe Arrows und Woody Walker.

»Grüß Gott zusammen!« grüßte Joe höflich. »Mein Freund und ich wollen zum Masúz-Fluss. Kann uns jemand den Weg dorthin beschreiben?«

Der Mann mit Anzug und Zylinder sprang auf Joe und Woody zu:

»Ich kenne den Weg. Und ich führe euch gerne hin. Mit mir könnt ihr euch nicht verlaufen.«

Die drei Männer am Pokertisch brauchten einige Sekunden, um sich auf die veränderte Situation einzustellen. Sie sahen, dass Joe und Woody gut bewaffnet waren. Sollten sich die beiden auf die Seite des Falschspielers schlagen, war der Ausgang des Kampfs höchst ungewiss.

»Folgt mir!« hörten sie den vornehm Gekleideten rufen, und schon hatte er mit den beiden jungen Helden den Saloon verlassen.

Enttäuscht steckte der Revolvermann sein Schießeisen zurück ins Halfter. Zu gern hätte er den Falschspieler mit seinen Kugeln durchlöchert. Doch dann wurde ihm bewusst, dass ja noch das ganze Geld auf dem Tisch lag, das der Mann mit dem Zylinder gewonnen hatte. Schnell nahm der Revolvermann das Geld an sich, warf jedem der beiden Viehtreiber ein paar Münzen zu, dann winkte er die Bedienung mit den prallen Formen zu sich, küsste sie auf den Mund und verschwand mit ihr in einem der Zimmer des ersten Stockwerks. Aber ein bisschen wurmte es ihn schon, dass der feine Pinkel im dunklen Anzug beim Pokern besser betrügen konnte als er selbst.

5. Der Weg zum Masúz-Fluss

Eilig hatten Joe, Woody und ihr neuer Begleiter Sin City verlassen. Die beiden jungen Helden waren froh, die Widerwärtigkeiten dieser ekelhaften Stadt nicht länger ertragen zu müssen, und der Mann mit dem Zylinder wusste, dass sein Leben erst sicher war, wenn die Stadtgrenze von Sin City weit hinter ihm lag. Wortlos marschierten die drei so unterschiedlichen Männer nach Norden.

Erst als Sin City außer Sichtweite war, brach der Mann im dunklen Anzug das Schweigen:

»Das war ja Rettung in letzter Sekunde! Ich danke euch. Vielleicht kann ich mich mal erkenntlich zeigen. Mein Name ist übrigens Mark Dollard. Ich verdiene mein Geld mit Kartenspielen.«

»Ich bin Joe Arrows«, stellte sich Joe vor, »und das ist mein Freund Woody Walker. Sie sagten, Sie können uns zum Masúz-Fluss führen, Mark?«

»Ja«, bestätigte Mark Dollard, »er fließt etliche Kilometer nördlich von hier. Aber sagt: Was wollt ihr in diesem gottverlassenen Teil unseres Landes?«

Woody schaltete sich in das Gespräch ein:

»Ich habe gehört, dass am Masúz-Fluss der einzige Zugang zur Unterwelt sein soll.«

»So sagt man«, erwiderte der Kartenspieler. »Aber wieso interessiert euch das? Wollt ihr am Ende gar Santana persönlich einen Besuch abstatten?«

Während Joe überlegte, ob er Mark das Ziel ihrer Mission mitteilen sollte, fiel sein Blick auf mehrere mannsgroße Felsbrocken, die am Wegesrand lagen, als habe sie ein Riese vor Menschengedenken hier abgelegt.

»›Besuch‹ ist nicht ganz das richtige Wort«, antwortete Joe schmunzelnd. »Aber mit der Herrscherin der Unterwelt hängt es in der Tat zusammen.«

»Das ist ja ein Ding!« wunderte sich Mark Dollard. »Ihr wollt also wirklich in die Unterwelt.«

Woody Walker hatte die ganze Zeit argwöhnisch einen der riesigen Steine betrachtet, als ob er dort irgendetwas erspähen würde. Tatsächlich – da lugte doch ein Gesicht hinter dem Felsen hervor. Und dann diese extrem langen dunklen Haare! Woody war sicher, dass er die Person schon einmal gesehen hatte.

»Das ist die Göre, die mein Messer geklaut hat!« rief er aus. »Die schnapp' ich mir!«

Während Woody wie von der Tarantel gestochen auf den Felsen zurannte, sahen Joe und Mark eine langhaarige und langbeinige Gestalt hervorspringen, die versuchte, ihrem Verfolger zu entkommen. Woody hetzte mit schnellen Schritten hinter ihr her, aber es gelang ihm offenbar nicht, das Mädchen einzuholen. Schließlich verloren Joe und Mark die beiden aus den Augen.

Joe ließ sich auf einem der Steine nieder und sagte zu Mark Dollard:

»Woody ist bestimmt bald wieder da. Warten wir so lange!«

Der Kartenspieler setzte sich neben ihn.

»Was meinen Sie, Mark«, fragte Joe, »wann sind wir am Masúz-Fluss?«

»Wenn wir bis Einbruch der Dunkelheit im Marschtempo weiterlaufen und morgen sehr früh aufbrechen, können wir morgen Mittag dort sein. Aber was um alles in der Welt wollt ihr von Santana?«

Joe kam zu dem Ergebnis, dass es nichts schaden konnte, Mark die Wahrheit zu erzählen:

»Santana hat Prinzessin Amanda in die Unterwelt verschleppen lassen. Wir haben König Rhadal versprochen, seine Tochter zu befreien.«

»Da gibt es doch bestimmt eine Belohnung?« erkundigte sich der Mann im dunklen Anzug interessiert.

»Natürlich«, antwortete Joe. »Wollen Sie uns helfen, Mark? Wir könnten einen dritten Mann gut gebrauchen.«

Mark tat, als würde er nachdenken; schließlich sagte er:

»Tja, ich bin zur Zeit etwas knapp bei Kasse. Bei meiner überstürzten Abreise aus Sin City musste ich ja mein ganzes

Geld zurücklassen. Eine Belohnung würde ich mir gern verdienen. Ich helfe euch, die Prinzessin zu befreien.«

Er streckte Joe die Hand entgegen und dieser ergriff sie in der festen Überzeugung, einen neuen Freund gewonnen zu haben.

Kurz darauf kam Woody keuchend zu den beiden zurück:

»Ich hab' sie nicht erwischt. Ich bin ja bestimmt nicht langsam, aber die rennt wie der Teufel. So jemand wie die ist mir noch nie begegnet. Die muss ...«

»Lass es gut sein, Woody!« unterbrach Joe den für seinen sonst eher wortkargen Gefährten so untypischen Redeschwall. »So wichtig ist das Wurfmesser nun auch nicht. Komm, gehen wir weiter, dann sind wir morgen Mittag am Masúz-Fluss!«

Mit diesen Worten setzte er sich in Bewegung; Woody und Mark folgten ihm. Die Gegend wurde immer unwirtlicher. Am Wegesrand standen einige vertrocknete Bäume und Sträucher, ansonsten sahen die drei Wanderer nur noch nackte Felsen und Steine. Und als die Sonne allmählich hinter dem Horizont versank, wurde es unangenehm kalt. Es war eine geradezu furchterregende Kälte – ganz anders, als sie Joe während der zwölf Jahre bei Hanck al Menhard erlebt hatte. Alles deutete darauf hin, dass sie sich dem Eingang zur Unterwelt näherten.

*

Es war Nacht geworden, und die drei Wanderer hatten sich einen Platz zum Lagern gesucht. Sie hatten etwas Holz zusammengetragen, und Woody hatte ein Lagerfeuer entzündet. Joe saß mit geschlossenen Augen neben Woody am Feuer und meditierte. Mark Dollard hatte sich der Länge nach auf den Boden gelegt und war eingeschlafen.

Woody holte eine der langen Würste, die ihm die Sotkies geschenkt hatten, aus seinem Gepäck, steckte sie auf einen Ast und hielt sie über die Flammen. Als die Wurst langsam braun wurde und schon lecker duftete, fragte er seinen Freund:

»Willst du auch etwas essen, Joe?«

Da Joe nicht reagierte, stupste Woody ihn vorsichtig an:

»Joe! Willst du etwas essen?«

Joe schreckte aus seiner Versenkung hoch und blickte seinen Gefährten ein wenig verwirrt an:

»Was ist, Woody?«

»Entschuldige, Joe, wenn ich dich beim Meditieren gestört habe!« meinte der Waldhüter. »Aber die Wurst ist jetzt fertig.«

»Schon gut, Woody!« erklärte Joe. »Hanck al Menhard hat mir beigebracht, wie wichtig es ist, all seine geistigen Kräfte zu aktivieren, wenn man gegen die Mächte des Bösen bestehen will.«

»Sicher richtig«, erwiderte Woody. »Aber man muss auch körperlich fit sein. Hier hast du ein Stück Wurst!«

Er teilte die Wurst in der Mitte und reicht Joe die eine Hälfte.

Joe bedankte sich bei seinem Freund. Wortlos kauten die beiden ihr Essen und jeder dachte still darüber nach, was wohl der nächste Tag bringen würde.

Irgendwo huschte ein Irrlicht vorüber. Vielleicht hatte es sich aus der Unterwelt hierher verirrt.

»Was ist mit dem da?« brach Woody das Schweigen und zeigte auf Mark Dollard, der sich im Schlaf unruhig von einer Seite auf die andere wälzte.

Joe stand auf und rüttelte ein wenig an der Schulter des Kartenspielers. Doch dieser wachte nicht auf.

»Mark schläft«, stellte Joe fest. »Es war ein anstrengender Tag für ihn. Wir sind flott marschiert. Wahrscheinlich ist Mark noch nie so viel zu Fuß gelaufen wie heute.«

»Ich traue dem Burschen nicht über den Weg«, argwöhnte Woody. »Ich wette, mit dem bekommen wir noch Ärger.«

Wieder huschte ein Irrlicht an ihnen vorbei und verschwand in der Dunkelheit.

»Er ist ein Spieler«, meinte Joe beschwichtigend, »aber er ist kein schlechter Kerl. Deine Sorgen sind unbegründet, Woody. Er will uns helfen, die Prinzessin zu befreien.«

»Hofft wohl auf 'ne saftige Belohnung, was?« stichelte Woody weiter.

Joe dachte nach. Dann sagte er etwas verlegen:

»König Rhadal hat versprochen, Amanda demjenigen zur Frau zu geben, der sie aus den Klauen Santanas befreit. Aber wir sind zu dritt. Wer soll Amanda denn nun bekommen?«

»Na, der bestimmt nicht!« lachte Woody und deutete auf Mark Dollard, der inzwischen begonnen hatte, laut zu schnarchen. »Den interessiert doch sicherlich nur Geld.«

»Wahrscheinlich hast du Recht, Woody«, sinnierte Joe. »Aber dann bleiben immer noch wir beide. Hoffentlich bekommen wir uns deswegen nicht in die Haare!«

»Wir werden uns schon irgendwie einigen«, beruhigte ihn Woody. »Ich weiß sowieso noch nicht, was ich mache, wenn dieses Abenteuer vorüber ist. Schau, Joe, du bist der Sohn eines berühmten Helden von Haldnerackmáhn und wurdest ausgebildet vom weisen Hanck al Menhard. Ich dagegen bin nur ein einfacher Waldhüter und werde wohl nie etwas anderes sein. Wenn wir Prinzessin Amanda befreit haben, gehe ich zurück in meinen Wald und passe wieder auf meine Bäume und Tiere auf.«

Joe klopfte seinem Gefährten anerkennend auf die Schulter:

»Du bist in Ordnung, Woody. Aber nun lass uns schlafen! Morgen kommen wir in die Unterwelt und müssen vielleicht gegen alle möglichen Ungeheuer kämpfen. Da ist es wichtig, dass wir ausgeruht sind.«

»Du hast Recht, Joe«, erwiderte Woody. »Also dann: Gute Nacht!«

Beide legten sich neben das Feuer.

»Gute Nacht, Woody!« sagte Joe. »Schlaf gut!«

Er war froh, einen solchen Freund gefunden zu haben.

*

Der Masúz-Fluss war ein träges, schmutziges Gewässer, das irgendwo in den Bergen des Nordens entsprang und sich von dort nach Westen schlängelte. Nördlich von Sin City verschwand der Masúz-Fluss in einer Felsenschlucht und floss von dort offenbar in die Unterwelt. Am südlichen Ufer des Flusses, unmittelbar bevor er sich zwischen den Felsen verlor, saß eine furchterregende Gestalt mit vier Armen. Ihr dunkler, schuppiger Körper war dürftig mit etwas Schilf bekleidet, der einzigen Pflanzenart, die am Masúz-Fluss wuchs. Um das Wesen herum lag eine Anzahl größerer und kleinerer Steine.

Gegen Mittag erreichten Joe, Woody und Mark von Süden her den Masúz-Fluss. Es war eisig kalt und die drei froren erheblich. Als sie von weitem das Ungeheuer erblickten, versteckten sie sich schnell hinter einem der großen nackten Felsen.

»Das ist der Masúz-Fluss«, erklärte Mark Dollard. Dann zeigte er auf die Felsenschlucht, in der der Fluss verschwand. »Dort muss der Eingang zur Unterwelt sein. Kein Mensch hat sie je betreten.«

Woody deutete auf die schuppige Kreatur mit den vier Armen:

»Und das ist wohl Marrha, das Ungeheuer, das den Eingang bewacht. Wen sie berührt, der zerfällt zu Stein.«

Joe schluckte. Mit einem Mal verstand er, woher die größeren und kleineren Steine in Marrhas Nähe kamen.

»Es hilft nichts«, sagte er tapfer. »Wir müssen irgendwie an ihr vorbei.«

»Ich könnte versuchen, Marrha abzulenken«, schlug Mark Dollard vor. »Vielleicht kommt ihr dann unbemerkt durch.«

»Möglicherweise klappt es«, meinte Joe. »Probieren wir's!«

Mark verließ die Deckung und ging mit erhobenen Händen langsam auf Marrha zu. Die schuppige Kreatur erblickte ihn und fauchte ihn bösartig an. Mark blieb in gebührendem Abstand stehen und grüßte:

»Hallo, altes Ungeheuer! Wie geht es dir? Ist doch bestimmt ein total langweiliger Job, den du hier verrichtest. Kommt doch fast nie jemand vorbei.«

Ihm schlotterten die Knie, aber er versuchte, sich nichts anmerken zu lassen. Marrha fauchte erneut und richtete sich auf – bereit, sich jederzeit auf Mark zu stürzen. Dieser zog schnell ein Päckchen Spielkarten aus seinem Jackett und fragte das Ungeheuer:

»Hast du Lust zu einem kleinen Spielchen? Du kannst dabei auch etwas gewinnen.«

Er merkte, dass Marrha unentschlossen war, ob sie ihn angreifen sollte oder nicht. Eilig nahm Mark zwei Karten aus dem Spiel heraus und stellte sich so hin, dass Marrha Joe und Woody den Rücken zukehren musste, wenn sie die Karten sehen wollte.

»Schau her!« fuhr Mark fort. »Das ist die Herz-As und das ist die Kreuz-As. Ich mische sie jetzt unter die anderen Karten. Sieh genau hin!« Er begann, das Kartenspiel langsam durchzumischen.

»Los, Woody!« flüsterte Joe seinem Freund zu. »Jetzt oder nie!«

Lautlos sprangen sie aus ihrer Deckung, hinter dem Rücken Marrhas vorbei auf die Schlucht zu, in die sich das schlammige Wasser des Masúz-Flusses ergoss.

Ruckartig drehte Marrha sich um und sah die beiden zwischen den Felsen verschwinden. Mit einem Schlag wurde ihr bewusst, dass sie sich von Mark hatte ablenken lassen. Fauchend ging sie auf den Kartenspieler los, um ihm den Garaus zu machen. Mark ließ die Karten zu Boden fallen und hob beschwörend die Hände:

»Aber nicht doch, Marrha! Ich habe dir doch nichts getan. Ich wollte doch nur ...«

Das Ungeheuer hatte seine vier Arme bereits nach Mark ausgestreckt, und der Mann mit dem Zylinder sah schon sein letztes Stündchen gekommen – da brach Marrha plötzlich zusammen. Verwundert stellte Mark fest, dass ein Wurfmesser in ihren schuppigen Körper eingedrungen war und ihr Herz durchbohrt hatte, falls Marrha überhaupt ein Herz besessen hatte. Jedenfalls war sie nun offensichtlich tot.

Mark Dollard sah hoch und erblickte das Mädchen, dem Woody am Tag zuvor erfolglos hinterhergerannt war. Das Mädchen ging in einem großen Bogen an Marrhas Leichnam vorbei auf Mark zu; wahrscheinlich war es nicht sicher, ob nicht auch eine Berührung mit der toten Marrha gefährlich sein könne.

»Danke, Kleine!« stammelte der Kartenspieler. »Das ist ja grade noch mal gut gegangen. Setz dich zu mir, wir könnten ...«

Doch das Mädchen beachtete ihn gar nicht, sondern lief wortlos an ihm vorbei, geradewegs auf die Schlucht zu. Sekunden später hatten sie die Felsen verschlungen.

Mark starrte ihr ratlos nach. Genau wie Joe und Woody hatte er keine Ahnung, dass es Silvia war, die Schwester Amandas, die ihnen die ganze Zeit heimlich gefolgt war und nur ein Ziel kannte: ihre Schwester aus der Gefangenschaft zu befreien.

6. In der Unterwelt

In dem Moment, da Joe und Woody in die Felsenschlucht einstiegen, verschwamm die Umgebung um sie herum. Auch der Masúz-Fluss mit seinem schmutziggelben Wasser war verschwunden. Alles lag in einem dichten milchigen Nebel.

Die jungen Männer spürten, dass sie sich in einer anderen Welt befanden, einer Landschaft, wie sie sie noch nie erlebt hatten. Zunächst war nur ein lautes Dröhnen und Brausen zu hören. Als sich ihre Augen dann allmählich an die veränderte Wahrnehmung gewöhnt hatten, zeigte sich den beiden Freunden ein eigenartiges Farbenspiel: Schwarz-gelbe und rot-grüne Muster tanzten vor ihren Augen und nahmen bizarre Formen an. Einmal sahen die Gebilde aus wie riesige Bäume mit unzähligen Verästelungen, dann wieder wie Felsennadeln in einer endlosen Sandwüste. Von den Bäumen, Felsen oder was immer es war, schienen grässliche Monsterfratzen auf die Helden herabzublicken.

Nach einer Weile änderte sich das Bild erneut: Joe glaubte jetzt, sich in einer Eiswüste zu befinden, aus der Stalagmiten senkrecht nach oben ragten. Kurz darauf verwandelte sich die Gegend in einen roten Sumpf, in den von irgendwoher giftgrüner Schlamm herabtropfte. Doch auch dieses rot-grüne Chaos währte nicht lange, schließlich leuchtete die ganze Umgebung in den schillernden Farben des Regenbogens. Plötzlich spritzte eine Feuerfontäne aus dem Untergrund, und Joe konnte Woody gerade noch zurückreißen, sonst wäre der Waldhüter in die brodelnde Lava gestürzt, die sich aus einer Erdspalte über den Boden ergoss.

Joe und Woody versuchten, sich in dem Labyrinth der Farben zurechtzufinden. Vorsichtig tasteten sie sich vorwärts. Der Boden, auf dem sie gingen, schwankte und wackelte, und andauernd mussten die beiden aufpassen, nicht in eines der zahllosen Löcher zu fallen, die sich hier und da auftaten. Die überall herumschwirrenden Irrlichter stellten eine zusätzliche Behinderung dar.

Die Umgebung war inzwischen in ein schmutziges Braunviolett übergegangen, aus dem messerscharfe Speerspitzen heraussprangen, die neue Gefahren darstellten. In der Ferne erspähte Joe ein grünliches Leuchten und er deutete Woody an, dass sie darauf zugehen sollten. Unterhalten konnten sich die beiden schon lange nicht mehr, denn das Dröhnen und Brausen war zu einer Lautstärke angeschwollen, dass den beiden Freunden fast die Sinne schwanden.

Das Leuchten kam aus einer Höhle, die sich als Anfang eines Tunnels entpuppte. Kaum hatten sie ihn betreten, hörte das Tosen auf, und die beiden konnten nun auch wieder besser sehen. Der Tunnel endete in einer düsteren Felsenlandschaft, über der ein gespenstisches grünes Licht lag. Alles schien hier tot zu sein. Einige morsche Bäume mit fahler weißer Rinde und ohne Blätter säumten den Weg. Ein Geruch von Moder und Fäulnis lag in der Luft. Kein Geräusch war zu vernehmen.

Joe ging langsam voran, die Hand an seinem Bogen, für den Fall, dass sich ein Feind zeigen würde. Er spürte, dass Gefahr lauerte. Woody folgte ihm in knappem Abstand, sein Buschmesser hielt er fest im Griff. Langsam tasteten sich die beiden Helden weiter.

»Pass auf, Joe! Über dir!« ertönte auf einmal Woodys Stimme. Gleichzeitig war ein furchterregenden Fauchen zu hören.

Joe drehte sich blitzschnell um und riss einen Pfeil aus seinem Köcher. Während er *Pantabal* spannte, sah er über sich den Kopf eines riesigen Drachen, der sich auf ihn stürzen wollte. Im selben Augenblick schnellte Joes Pfeil von der Sehne und bohrte sich Bruchteile von Sekunden später durch das linke Auge des Ungetüms in sein Hirn. Das Fauchen verwandelte sich in ein markerschütterndes Brüllen. Sicherheitshalber schoss Joe noch einen zweiten Pfeil ab, diesmal in das rechte Auge des Ungeheuers. Der Drache bäumte sich ein letztes Mal auf, stieß noch ein paar Röchellaute aus, dann stürzte er zu Boden und verendete.

»Danke, Woody!« sagte Joe noch leicht zitternd. »Das hätte bös ins Auge gehen können.«

»Was heißt ›hätte‹?« schmunzelte Woody, den offenbar nichts

aus der Ruhe bringen konnte. »Dem Drachen ist es doch ins Auge gegangen – sogar in alle beide. Gehen wir weiter, Joe! Vielleicht führt dieser Weg direkt ins Zentrum der Unterwelt.«

*

Prinzessin Amanda hatte fürchterliche Tage hinter sich. Als wohlbehütete Königstochter war sie es nicht gewohnt, so respektlos behandelt zu werden. Das grässliche grüne Monster hatte sie quer durch Haldnerackmáhn zum Masúz-Fluss geschleppt und in die Unterwelt gebracht. Dort stand sie nun in der Mitte eines Kreises aus großen schwarzen Felsbrocken an einen der fahlen blattlosen Bäume gefesselt. Ihre Arme waren auf beiden Seiten schräg nach oben ausgestreckt und mit Seilen an Ästen festgebunden. Diese Stellung war sehr unbequem, und ihre Handgelenke taten furchtbar weh. Ihr langes, weißes, mit Goldfäden durchwebtes Kleid war zerrissen, und ihre Beine waren zerschunden.

Die Schmerzen hatten Amanda jedes Zeitgefühl verlieren lassen und sie wusste nicht, wie lange sie bereits an diesen Baum gefesselt war. Obwohl die Prinzessin nie eine Chance gehabt hätte zu entfliehen, wurde sie schärfstens bewacht. Vor ihr hatte sich Loof aufgebaut, der Stärkste aller Unterweltskrieger und seit geraumer Zeit Santanas Leibwächter. Er maß über zwei Meter und aus seinem gelben Gesicht ragte eine blaurote Nase. Auf seinem Kopf saß ein eiserner Helm, seine Brust wurde von einem Metallpanzer geschützt und ein langer giftgrüner Umhang, auf dem allerlei geheimnisvolle Symbole abgebildet waren, hing von seinen Schultern herab. Das Furchterregendste an ihm war jedoch sein Schwert: ein riesengroßer stählerner Bihänder, den ein normaler Mensch selbst mit zwei Händen niemals hätte tragen können.

Neben Loof stand das Monster, das Amanda hierher geschleppt hatte. Sein schuppiger grüner Körper überragte Santanas Leibwächter noch um mehr als einen halben Meter. Seine Gliedmaßen endeten in messerscharfen Klauen, sein kantiger Schädel war haarlos, und sein Gesicht hatte einen brutalen Ausdruck.

Loof und das Monster verneigten sich ehrfürchtig, als zwei Frauen in den Steinkreis traten. Die ältere der beiden war deutlich über fünfzig Jahre alt; ihr Gesicht schimmerte grünlich, ihre oliv glänzenden Haare waren zu einem Zopf geflochten. Sie trug ein langes blaugrünes Kleid und darüber einen pechschwarzen Mantel, der bis zum Boden reichte. Von einem ihrer Ohrläppchen hing ein umgedrehtes Kreuz aus Silber herab. Auf ihrem Gesicht lag ein hämisches Grinsen.

Die jüngere Frau war etwa fünfundzwanzig Jahre alt. Ihr schlanker Körper war bekleidet mit einer hautengen Hose aus dünnem schwarzen Stoff und einer Bluse aus demselben Material; darüber trug sie einen schwarzen Umhang und an den Füßen halbhohe schwarze Schuhe. Die dunkle Kleidung stand in krassem Gegensatz zu ihrer blassen, fast weißen Hautfarbe und zu ihren weißblonden lockigen Haaren, die üppig über ihre Schultern fielen. Die junge Frau war von einer unterkühlt wirkenden Schönheit; um ihre blutarmen Lippen lag ein zuckersüßes Lächeln, und das strahlende Blau ihrer Augen hätte selbst mit dem wolkenlosen Himmel von Haldnerackmáhn konkurrieren können.

»So, mein Täubchen!« lachte die ältere der beiden Frauen schrill. »Endlich lernen wir uns kennen. Ich bin deine Tante Santana, und das ist meine Tochter Roxana, das einzige Kind von König Dymon und somit rechtmäßige Thronerbin von Haldnerackmáhn.«

Santana, die Herrin der Finsternis! schoss es Amanda durch den Kopf. Und die andere ist Roxana, geboren vor fünfundzwanzig Jahren im Königsschloss von Haldnerackmáhn als Tochter von Dymon, dem Cousin meines Vaters Rhadal. Somit ist sie meine Cousine zweiten Grades.

Amanda wurde jäh aus ihren Gedanken gerissen, denn die Herrscherin der Unterwelt packte sie grob an ihrem Unterkiefer.

»Hier bist du gut aufgehoben, Schätzchen«, keifte sie. Dann richtete sie ihren Blick auf das Monster, das sich erneut unterwürfig vor seiner Herrin verneigte. »Du hast gute Arbeit geleistet, Monster. Die Prinzessin kann uns jetzt nicht mehr entkommen.«

Das Ungeheuer stieß einige Grunzlaute aus, durch die es seine Freude über das Lob ausdrückte.

Santana wandte sich nun ihrer Tochter zu, die Amanda mit spöttischer Miene ansah.

»Roxana«, erklärte die Herrin der Finsternis mit stolz geschwellter Brust, »Haldnerackmáhn gehört endlich uns! Denn ab morgen bekommt König Rhadal jeden Tag ein Stück vom Körper seiner Tochter zugesandt – so lange, bis er die Macht an uns übergibt.«

Sie bemerkte das blanke Entsetzen, das sich in Amandas Gesicht breit machte, und fügte mit leiser, aber keineswegs beruhigender Stimme hinzu:

»Keine Angst, mein kleiner Liebling! Wir fangen heute ganz harmlos an.« Während sie dies sagte, zog sie ein scharfes Messer hervor, ergriff Amandas schulterlanges Haar und schnitt ihr eine Locke ab. »Morgen kommt dein Ohr an die Reihe«, zischte sie teuflisch grinsend und ließ die Haarlocke in ihrem schwarzen Mantel verschwinden. »Aber ich hoffe in deinem Interesse, dass dein Vater so vernünftig ist, vorher abzudanken.«

Amanda versuchte, ihre Schmerzen für kurze Zeit zu vergessen. Sie nahm ihren ganzen Mut zusammen und schleuderte Santana trotzig entgegen:

»Mein Vater wird alle Hebel in Bewegung setzen, um mich aus deinen Klauen zu befreien, Santana!«

Die Herrscherin der Unterwelt hob die Hand, und Amanda fürchtete schon, dass Santana sie schlagen würde. Doch diese machte nur eine wegwerfende Geste und lachte:

»Dein Vater ist ein armseliger Dummkopf! Nicht nur, weil er meine Drohung nicht ernst genommen hat. Schon vor vielen Jahren hat dieser Trottel den entscheidenden Fehler begangen, als er Hanck al Menhard, den Einzigen, der mir hätte gefährlich werden können, in die Verbannung schickte.«

»Ist dieser Hanck al Menhard wirklich so gefährlich, Mutter?« erkundigte sich Roxana.

»Er ist ein Spinner«, antwortete Santana sarkastisch, »der letzte Vertreter einer aussterbenden Religion. Er glaubt an das Gute, und dass die *Kraft des Guten* das Böse besiegen kann. Er ist ein alter Narr – aber er verfügt über geistige Kräfte, die den meinen ebenbürtig sind. Nur durch seine Hilfe konnte Largus einst deinen Vater vom Thron stoßen. Er allein könnte unsere Pläne durchkreuzen. Aber was soll's? Er ist weit weg und kalt gestellt. Er hat keine Macht und keinen Einfluss mehr.«

»Dann kann ja nichts mehr schief gehen, Mutter«, meinte Roxana zuversichtlich.

»Nein, niemand kann uns mehr aufhalten«, erklärte Santana. »Du wirst als einziges Kind des rechtmäßigen Königs von Haldnerackmáhn die Nachfolge deines Vaters antreten, Roxana.« Sie ballte ihre linke Hand zur Faust und hielt sie Amanda unter die Nase. »Wir werden Dymons Tod rächen und die Familie Rhadals ausrotten – so wahr ich Santana heiße!«

Sie drehte sich um, als sie merkte, dass ein Soldat ihrer Leibgarde angelaufen kam. Er machte eine tiefe Verbeugung vor seiner Herrin und meldete mit bebender Stimme:

»Edle Santana! Etwas Unfassbares ist geschehen: Drei Menschen sind in die Unterwelt eingedrungen – zwei junge Männer und ein Mädchen. Sie haben Marrha und den Drachen getötet und sind jetzt auf dem Weg hierher.«

Santana stemmte wütend ihre Hände in die Hüften und wurde noch ein wenig grüner im Gesicht, als sie es sonst war.

»Drei Menschen, die es wagen, in die Unterwelt einzudringen!« rief sie erbost aus. »Das war ja noch nie da!« Sie blickte den Soldaten scharf an und befahl: »Trommle sofort meine Leibgarde zusammen, aber ein bisschen plötzlich!«

Der Soldat salutierte, verneigte sich und machte sich augenblicklich auf den Weg.

Roxana spürte, wie erregt ihre Mutter war, und legte ihr sanft die Hand auf die Schulter:

»Was können schon zwei Jünglinge und ein Mädchen ausrichten? Sie stellen doch keine Gefahr für uns dar, Mutter.«

»Trotzdem ist es besser, wenn wir auf Nummer sicher gehen«, meinte Santana. »Ich werde das Monster losschicken, damit es die Eindringlinge erledigt.«

Das Ungeheuer stieß ein paar schreckliche Laute aus und setzte sich in Bewegung.

»Und du«, befahl Santana ihrem Leibwächter, »bleibst hier und passt auf die Prinzessin auf, bis ich entschieden habe, was mit ihr geschehen soll!«

Loof schlug die Hacken zusammen: »Zu Befehl, Herrin!«

»Komm mit, Roxana!« wandte sich Santana an ihre Tochter. »Wir müssen beratschlagen, wie wir weiter vorgehen.«

»Falls das Monster die Eindringlinge nicht zur Strecke bringt, kann ich auch noch eingreifen, Mutter«, äußerte Roxana mit einem kalten Lächeln um die Lippen, während sie den Steinkreis verließen. »Ich besitze etliche deiner Zauberkräfte, dazu die Tapferkeit und Stärke meines Vaters. Es wird mir ein Vergnügen sein, die Kerle zu vernichten.«

Mehr von dem Gespräch konnte Amanda nicht verstehen, zu weit hatten sich die beiden Frauen bereits entfernt. Bei ihr zurückgeblieben war lediglich Loof, der sie auf sein mächtiges Bihandschwert gestützt bewachte.

*

Joe und Woody folgten einem schmalen Pfad durch die Unterwelt. Links und rechts ihres Weges standen riesige tote Bäume. Von fern hörten sie Trommelgeräusche, die nichts Gutes verhießen.

Woody blieb stehen und begutachtete den steinigen Boden:

»Den Spuren nach ist hier vor kurzem ein Monster gelaufen.«

»Hanck al Menhard hat mir erzählt, dass vor fünfundzwanzig Jahren fast alle dieser Urzeit-Ungeheuer getötet wurden«, erklärte Joe. »Nur ein einziges überlebte, weil es von Santana zum Schutz ihrer schwangeren Dienerinnen in der Unterwelt zurückgelassen worden war.«

»Dann hat dieses Monster Prinzessin Amanda verschleppt und das sind seine Fußspuren«, folgerte Woody. »Vielleicht führt der Weg hier zu Santanas Palast oder wo immer dieses Weibsstück haust.«

Schweigend folgten die beiden dem Pfad durch die gespenstische Gegend. Der Klang der Trommeln wurde immer lauter. Es war jedoch ein anderer Laut, der Woody veranlasste, sich plötzlich umzudrehen. Es war ein Knacksen, als ob jemand auf einen morschen Ast getreten war.

Woody fuhr herum und erblickte Silvia, die soeben hinter einem der toten Riesenbäume verschwand. Der Waldhüter wollte ihr hinterher springen, aber Joe, der das Mädchen ebenfalls gesehen hatte, hielt ihn zurück:

»Bleib da, Woody! Du kommst ihr sowieso nicht nach.«

Woody machte eine resignierende Geste und seufzte:

»Ich möchte bloß wissen, wer die Kleine ist und warum sie dauernd unseren Weg kreuzt.«

»Das wird wohl eines der ungelösten Geheimnisse der Weltgeschichte bleiben«, erwiderte Joe scherzhaft. Doch sofort wurde er wieder ernst, als er bemerkte, wie ein Geschöpf der Unterwelt mit gezücktem Schwert aus dem Dunkel auftauchte und auf seinen Freund zustürzte.

»Vorsicht, Woody!« konnte Joe gerade noch rufen.

Blitzschnell warf sich Woody herum und trennte der Kreatur mit seinem scharfen Buschmesser den Kopf vom Rumpf.

Joe sah nicht hin, als der leblose Körper zu Boden sank. Woody murmelte sein bekanntes »Ist ja widerlich!«, wischte sein mit grünem Blut besudeltes Buschmesser an einem der toten Bäume ab und steckte es wieder in die Scheide.

In diesem Moment kam aus der Richtung, in die Joe und Woody wollten, das riesige grüne Monster auf sie zugerannt. Es stieß fürchterliche Laute aus, die keinen Zweifel daran ließen, dass es beabsichtigte, die Eindringlinge in Stücke zu reißen.

Ohne eine Sekunde zu zögern nahm Woody die Sprengkörper, die er von Professor Formulus erhalten hatte, aus seiner Jackentasche und rief Joe zu:

»Ich halte das Monster auf. Befrei du inzwischen Amanda!«

Er zündete den ersten Sprengkörper und schleuderte ihn auf das heranstürmende Ungeheuer. Die Sprengladung explodierte unmittelbar vor den Füßen des Monsters, das erschreckt einen Satz zur Seite machte und dort erst einmal stehen blieb.

Während Woody den zweiten Sprengkörper zündete, zog Joe die Flasche mit dem blauschimmernden Mittel hervor, öffnete sie und trank den Inhalt in einem Zug aus. Auf der Stelle wurde er für Woody und das Monster unsichtbar. In Windeseile rannte er an dem Ungeheuer vorbei, das vollauf damit beschäftigt war, Woodys Geschossen auszuweichen, und lief in die Richtung, aus der das Monster gekommen war.

Der Pfad führte in einer Zickzacklinie zu einem großen runden Platz, der von hohen dunklen Felsbrocken umgeben war. In seiner Mitte sah Joe Amanda an einem der toten Bäume gefesselt stehen. Ihr hübsches Gesicht war schmerzverzerrt, und Joes Wut auf Santana wurde noch ein wenig größer. Lautlos schlich er sich an dem immer noch vor der Prinzessin wachenden Loof vorbei, der glücklicherweise nicht zu Amanda schaute, sondern seinen Blick starr in die Richtung gewandt hatte, aus der Joe kam. Aber selbstverständlich konnte auch Loof Joe nicht sehen.

Joe hatte die Prinzessin erreicht. Vorsichtig zog er sein Schwert und flüsterte, während er die Fesseln an Amandas rechtem Handgelenk durchschnitt:

»Prinzessin Amanda, ich bin ein Freund, der dich befreit. Verhalte dich ruhig und lauf erst los, wenn ich ›Jetzt‹ sage!«

Er durchtrennte auch das Seil an Amandas linkem Handgelenk. Die Prinzessin war nun frei. Dann hob Joe ein paar Steinchen vom Boden auf und warf sie in einen abgestorbenen Strauch, der sich auf der anderen Seite außerhalb des Steinkreises befand. Die List verfehlte ihre Wirkung nicht: Loof schritt argwöhnisch auf den Strauch zu und stocherte mit seinem riesigen Bihandschwert darin herum.

Joe nützte die Gelegenheit.

»Jetzt!« raunte er der Prinzessin zu und ergriff ihre Hand.

Amanda, die Joe natürlich auch nicht sehen konnte, klammerte sich an den Arm ihres unsichtbaren Retters und lief mit ihm mit.

Loof hatte mittlerweile erkannt, dass er auf eine Finte hereingefallen war. Doch bis er begriff, dass die Prinzessin geflohen war, waren Joe und Amanda längst aus seinem Blickfeld verschwunden.

Woody Walker hatte unterdessen seinen letzten Sprengkörper auf das Monster abgefeuert. Einmal hatte er geglaubt, das Ungeheuer voll getroffen zu haben, aber das Monster lebte noch immer und schien auch in keiner Weise verletzt zu sein. Mit großen Schritten kam es auf Woody zugeeilt.

Der Waldhüter zog sein Buschmesser, um für den Nahkampf mit dem Ungeheuer gerüstet zu sein. Das Monster wehrte Woodys Hieb mit seinen starken Pranken ab und schlug ihm das Buschmesser aus der Hand. Woody taumelte und fiel rücklings zu Boden. Er sah, wie das Monster zum vernichtenden Schlag ausholte. Doch bevor das Ungeheuer dazu kam, den Waldhüter zu töten, wurde es von hinten angesprungen. Verblüfft erkannte Woody, dass es sich um das langhaarige Mädchen mit dem gelbbraunen Leibchen und dem grünen Rock handelte, das am Rücken des Monsters hing und die Arme fest um seinen Hals geschlungen hatte. Überrascht ließ das Ungeheuer von Woody ab und versuchte, Silvia abzuschütteln, die ihm ihre Fingernägel in den Hals krallte und ihre Knie kräftig in die Seite rammte.

Der Waldhüter rappelte sich hoch und hob sein Buschmesser vom Boden auf. Als es dem Monster endlich gelungen war, Silvia abzuwerfen, war Woody zur Stelle und drosch mit seiner Waffe auf das Ungeheuer ein. Das Monster stieß grässliche Geräusche aus, zeigte aber ansonsten keine große Beeinträchtigung.

Während Woody und Silvia mit dem Monster kämpften, kam Joe, dessen Unsichtbarkeitsmittel inzwischen an Wirkung verlor und der allmählich wieder sichtbar wurde, mit Amanda angelaufen. Joe deutete der Prinzessin an, sie solle hinter einem der Bäume Deckung suchen; er selbst zog sein Schwert und ging nun ebenfalls auf das Monster los. Doch auch zu dritt konnten Joe, Woody und Silvia das riesige Ungetüm nicht zur Strecke bringen.

Die Trommeln waren mittlerweile verstummt. Santanas Leibgarde war offenbar versammelt – bereit, die Eindringlinge gefangen zu nehmen. Es blieb nicht mehr viel Zeit zur Flucht.

Das Monster hatte Amanda in ihrem Versteck erspäht. Da es wusste, dass jeden Moment Verstärkung eintreffen musste, ließ es von den drei anderen ab und versuchte, die Prinzessin zu fassen zu bekommen. Da rief Silvia den beiden jungen Männern zu:

»Bringt ihr Amanda in Sicherheit! Ich lenke inzwischen das Monster ab.«

Mit diesen Worten sprang sie erneut auf den Rücken des Ungeheuers und klammerte sich mit einer Hand an ihm fest, während sie mit der anderen auf seinen haarlosen Schädel einhämmerte.

Das Monster rannte mit Silvia auf den nächsten Baum zu, offenbar in der Absicht, das Mädchen zwischen sich und dem Baum zu zerquetschen. Doch Silvia war rechtzeitig abgesprungen, so dass das Monster mit voller Wucht gegen den Baum prallte.

Joe erkannte die Gunst des Augenblicks. Er fasste Amanda an der Hand und rief Woody zu:

»Los, weg hier!«

Dann rannten die drei so schnell sie konnten davon.

Silvia dagegen blieb zunächst stehen, warf ein paar Steine auf das Monster, um es zu reizen, und lief danach genau entgegengesetzt zu der Richtung, in die Joe, Woody und Amanda geflohen waren. Das Monster verfolgte sie mit großen Schritten. Es konnte ja nicht ahnen, dass es keine Chance hatte, Silvia jemals einzuholen.

*

Aufgebracht starrte Santana auf die Enden der zerschnittenen Seile, mit denen Amanda gefesselt gewesen war. Roxana sah mit rätselndem Blick abwechselnd ihre Mutter und den völlig verstörten Loof an.

»Weg!« schnaubte die Herrscherin der Unterwelt ihren Leibwächter an. »Sie ist weg! Wie konnte das passieren? Du hast nicht aufgepasst, du Vollidiot!«

Kochend vor Wut entriss sie ihm das schwere Bihandschwert und warf es klirrend zu Boden. Die Kraft des Bösen verlieh ihr die Stärke, das Schwert heben zu können, was kein normales Wesen ihrer Größe vermocht hätte.

Die kräftige gelbe Farbe wich aus Loofs Gesicht. Entschuldigend stammelte er:

»Ich – ich habe niemanden gesehen, Herrin. Der Kerl, der die Prinzessin befreit hat, muss unsichtbar gewesen sein.«

»Unsichtbar! Das glaubst du doch selbst nicht!« brüllte Santana. »Geschlafen wirst du haben, du Niete! Versager seid ihr, ausnahmslos Versager! Du genauso wie das Monster, das dieser dummen Göre hinterher rennt, anstatt die Prinzessin wieder einzufangen. Geh mir aus den Augen, du minderwertige Kreatur!«

Demütig verneigte sich Loof und verzog sich eilends. Er war froh, die peinliche Angelegenheit überlebt zu haben. Seinen Vorgänger hatte Santana wegen einem wesentlich harmloseren Fehler mit der geballten Kraft des Bösen in seine Atome aufgelöst.

Während Loof mit hängendem Kopf davonschlich, trat der Hauptmann der Garde schwerbewaffnet in den Steinkreis, salutierte und sprach in unterwürfigem Ton:

»Herrin, deine Leibgarde ist vollzählig angetreten und wartet gehorsam auf deine Befehle.«

»Jetzt kommt ihr!« schrie Santana ihn an. »Jetzt, wo die Eindringlinge geflohen sind! Bin ich denn von lauter Schwachköpfen umgeben?«

Roxana hatte einen derartigen Wutausbruch ihrer Mutter noch nie erlebt. Sie legte ihr die Hand auf die Schulter und sagte gelassen:

»Reg dich nicht auf, Mutter! Noch ist nichts verloren. Ich habe schon eine Idee, wie wir die Flüchtigen wieder einfangen können. Ich muss nur vor ihnen am Masúz-Fluss sein. Aber bis sie aus der Unterwelt herausgefunden haben, bin ich längst dort.«

Sie wandte sich an den Hauptmann, der immer noch unsicher vor den beiden Frauen stand:

»Die Leibgarde soll sich am Eingang der Unterwelt bereithalten. Ich werde sie bald brauchen.«

Der Offizier verneigte sich und ging.

Santana, die sich immer noch nicht ganz beruhigt hatte, schaute ihre Tochter fragend an.

»Verlass dich auf mich, Mutter! Ich werde die Sache wieder in Ordnung bringen«, erklärte Roxana siegesgewiss. »Bald kannst du stolz auf deine Tochter sein!«

»Ich weiß zwar nicht, was du vorhast«, erwiderte die Herrscherin der Unterwelt, »aber ich wünsche dir viel Erfolg. Du sollst einmal Königin von Haldnerackmáhn sein.«

Roxana warf sich ihren schwarzen Umhang über die Schulter und verließ den Kreis der schwarzen Steine. Santana blickte ihr nachdenklich hinterher. Einen Tag wie den heutigen hatte sie seit fünfundzwanzig Jahren nicht mehr erlebt.

7. Die Falle

Mark Dollard saß immer noch am Masúz-Fluss und starrte abwechselnd auf die tote Marrha und auf die Felsenschlucht, in der seine Begleiter verschwunden waren. Es war schon fast Abend, und die Sonne versank langsam hinter den Bergen. Gern hätte Mark gewusst, wie es Joe und Woody ergangen war; andererseits war er froh, dass er ihnen nicht in die Unterwelt gefolgt war. Wer konnte schon wissen, was dort für Gefahren lauerten?

Mark hatte seinen Zylinder abgenommen und wollte sich gerade im Schilf etwas aufs Ohr legen, als ihn ein Geräusch aus der Richtung der Schlucht aufschreckte. Doch was er sah, ließ ihn alle Bedenken vergessen. Er blickte in das Gesicht einer wunderhübschen jungen Frau, die ihn aufreizend anlächelte und mit einer verführerischen Stimme »Hallo« hauchte.

Mark betrachtete die weißblonde Lockenpracht der jungen Frau und ihre wohlgeformte Figur, die durch die hautenge schwarze Kleidung besonders gut zur Geltung kam. Trotz seiner Erregung bemühte er sich, ruhig zu bleiben, und sagte lässig:

»Sei mir gegrüßt, schönes Kind! Du bist der erste Lichtblick in dieser tristen Gegend. So etwas Schnuckeliges wie dich hab' ich schon lange nicht mehr gesehen.«

»Mein Aussehen ist nicht der einzige Vorzug, den ich habe«, säuselte die blonde Frau und setzte sich neben Mark ins Schilf.

»Hört sich ja interessant an«, erwiderte Mark und versuchte verzweifelt, sich seine immer größer werdende Erregung nicht anmerken zu lassen. »Schieß los, Kleine!«

»Ich kann dich sehr reich machen, Mark Dollard«, erklärte die junge Frau mit verführerischem Augenaufschlag.

»Woher kennst du meinen Namen, schöne Unbekannte?«

»Ich weiß sogar noch viel mehr«, antwortete die kühle Schönheit und rutschte dabei ganz nah an Mark heran, bis ihre Körper sich berührten. »Ich bin Roxana, die Tochter von Santana und König Dymon und somit rechtmäßige Königin von Haldnerackmähn. Was immer dir dieser Grünschnabel Joe Arrows versprochen hat, ich kann dir mehr bieten.«

Während sie dies sagte, fuhr sie Mark zärtlich durch das pechschwarze Haar. Gleichzeitig versuchte sie, weitere Einzelheiten aus seinen Gedanken lesen zu können.

Mark sah ihr sehnsüchtig in die himmelblauen Augen:

»Was muss ich dafür tun?«

Roxana legte ihren Arm um seine Schulter und wisperte:

»In Kürze werden deine Gefährten mit Prinzessin Amanda hier eintreffen. Sie werden einen Platz suchen, wo sie heute Nacht lagern können. Nicht weit von hier – dort drüben – befindet sich eine Lehmgrube. Du musst sie nur dorthin führen, damit meine Leute sie dort gefangennehmen können.«

Mark tat entsetzt: »Ich soll meine Freunde verraten?«

»Was heißt ›Freunde‹?« fiel ihm Roxana ins Wort. »Du hast mit ihnen doch nichts zu tun. Sie haben dir in Sin City geholfen, und du hast sie dafür hierher gebracht. Ihr seid also quitt. Und glaub mir: Ich werde dich reich belohnen.«

Sie zog einen Lederbeutel hervor und hielt ihn Mark unter die Nase. Dann schüttete sie mit der linken Hand eine große Zahl funkelnder Goldstücke in ihre geöffnete rechte.

Mark starrte abwechselnd Roxana und die Münzen an:

»So viel Geld auf einem Haufen hab' ich ja noch nie gesehen!«

»Schon heute Nacht kann es alles dir gehören, lieber Mark«, hauchte Roxana verführerisch und drückte dem Kartenspieler einen zarten Kuss auf die Backe.

»Göttin«, flüsterte Mark mit verklärten Augen, »ich bin dein ergebener Diener.«

»Wenn du nicht willst, dass Joe und Woody bei der Gefangennahme verletzt werden«, fuhr Roxana fort, »dann verstecke zuvor ihre Waffen. Sie müssen sich dann kampflos ergeben.«

Sie hielt inne und richtete ihren Spürsinn, mit dem sie jeden Winkel von Marks Gehirn durchforscht hatte, auf den Eingang zur Unterwelt.

»Ich glaube, sie kommen«, sagte sie. »Tu, was wir vereinbart haben, und das Geld gehört dir!«

Sie kippte die Münzen in den Beutel zurück, warf Mark einen flüchtigen Kuss zu und verschwand von einer Sekunde auf die andere. Mark Dollard aber saß verwirrt am Ufer des Masúz-Flusses und fragte sich, ob er sich die Begegnung mit der geheimnisvollen blonden Schönheit am Ende nur eingebildet hatte.

*

Joe, Woody und Amanda hatten nach längerem Suchen endlich den Tunnel erreicht, der aus der Unterwelt herausführte, waren durch das Labyrinth der Farben und durch die Nebelwand gegangen und standen nun in der Felsenschlucht am Masúz-Fluss. Joe kletterte voraus und streckte Amanda den Arm entgegen; Woody bildete das Schlusslicht. Von Silvia war nichts zu sehen.

»Wer war das Mädchen, das uns geholfen hat?« fragte Amanda, während Joe sie zu sich heraufzog.

»Woodys neue Freundin, mehr weiß ich auch nicht«, antwortete Joe schmunzelnd. »Sie kreuzt immer wieder seinen Weg, klaut ihm irgendetwas und rennt ihm dann davon.«

Woody war inzwischen ebenfalls am Rand der Schlucht angekommen.

»Dort drüben sitzt unser Freund, Mark Dollard«, sagte er, um das Thema zu wechseln. Das Wort »Freund« sprach er mit einem ironischem Unterton aus.

Joe ging auf den Kartenspieler zu, der sich vom Boden erhoben hatte:

»Mark, darf ich vorstellen: Das ist Prinzessin Amanda.«

Mark verbeugte sich tief und küsste Amanda die Hand.

»Angenehm, Hoheit!« sagte er und gab sich als vollendeter Gentleman.

Joes Blick fiel auf das leblos daliegende vierarmige Ungeheuer:

»Nanu, was ist denn mit Marrha passiert?«

Woody grinste und meinte:

»Wahrscheinlich hat Mark sie beim Kartenspielen betrogen, und da hat sie vor Verzweiflung der Schlag getroffen.«

»Falsch geraten«, erwiderte Mark mit einem breiten Grinsen. »Es war Woodys rasende Freundin, die ihr mit Woodys Wurfmesser den Garaus gemacht hat.«

»Was, mit meinem Messer!« rief der Waldhüter entrüstet aus. Er ging auf Marrha zu, zog das Messer aus ihrer schuppigen Brust, säuberte es im Schilf und steckte es ein.

»Das ist ja wirklich ein tolles Mädchen!« äußerte Amanda anerkennend.

»Machen wir, dass wir von hier fortkommen!« schlug Woody vor. »Santana lässt uns bestimmt verfolgen. Besser, wir sind nicht mehr hier, wenn ihre Truppen eintreffen!«

»Es ist schon fast dunkel«, gab Joe zu bedenken. »Wir sollten uns einen sicheren Platz als Nachtlager suchen.«

»Ich weiß ein gutes Versteck in der Nähe, wo uns Santanas Häscher nicht finden werden«, erklärte Mark Dollard und zeigte in die Richtung, die Roxana ihm angegeben hatte. »Eine Lehmgrube dort hinten. Ich führe euch hin. Dort können wir die Nacht verbringen und dann morgen weiterziehen.«

»Also gut!« entschied Joe. »Auf zu der Lehmgrube, Freunde!«

*

Die Lehmgrube war annähernd kreisrund, hatte hohe steile Wände und nur einen Zugang. Von dort betraten nacheinander Mark, Woody und ein Stück hinter ihnen Joe und Amanda den Ort, den Mark zum Lagern vorgeschlagen hatte.

»Na, Freunde«, sagte der Kartenspieler und schaute sich um, »ist das nicht ein herrliches Plätzchen: nach allen Seiten geschützt; und sogar eine Feuerstelle ist da.« Er rieb sich vergnügt die Hände.

»Dieses ›herrliche Plätzchen‹ kann sich aber auch leicht in eine Falle verwandeln«, meinte Woody argwöhnisch und betrachtete die steilen Lehmwände, die keine Fluchtmöglichkeit zuließen. »Wir sollten uns nach einem anderen Nachtlager umsehen!«

»Ach Woody!« schaltete sich Joe in das Gespräch ein. »Sieh doch nicht immer so schwarz! Warum sollten uns Santanas Leute ausgerechnet hier suchen?«

Er legte seine Waffen ab und ließ sich auf einem Baumstamm nieder, der nahe der Feuerstelle lag. Amanda setzte sich neben Joe und erklärte:

»Ich denke, wir sollten hier bleiben.«

»Tja, Woody!« grinste Mark. »Es steht drei zu eins. Also bleiben wir hier.«

»Im Vergleich zur Unterwelt ist es hier auf jeden Fall viel gemütlicher«, meinte Amanda. Dabei klapperte sie etwas mit den Zähnen, denn es war inzwischen dunkle Nacht geworden, und die Temperatur war drastisch gesunken.

Joe hängte der Prinzessin die Wolldecke um, die er von Balthasar Formulus bekommen hatte, und sagte fürsorglich:

»Hier hast du eine Decke, Amanda, damit du nicht so frierst.«

»Es wäre gescheiter«, äußerte Woody leicht verärgert, »wenn wir ein Feuer anzünden würden, dann haben wir es nämlich alle warm. Aber wir brauchen trockenes Holz, damit unsere Verfolger nicht am Rauch erkennen, wo wir sind.«

»Du hast Recht, Woody«, erwiderte Joe. »Komm, Amanda, gehen wir Holz holen!«

Er nahm die Prinzessin an der Hand und verließ mit ihr die Lehmgrube. Woody hatte währenddessen etwas Reisig aufgesammelt, das in der Nähe der Feuerstelle herumlag, und entzündete es. Dann legte er ein paar Holzscheite auf das Feuer und sagte zu Mark:

»Das Holz hier reicht nur für kurze Zeit. Hoffentlich bringen die beiden bald Nachschub!«

»Falls sie überhaupt Holz holen und nicht nur irgendwo Händchen haltend herumsitzen«, gab Mark zu bedenken.

»Auf Joe kann man sich verlassen«, verteidigte Woody seinen Freund. »Wenn er sagt, dass er Holz holt ...«

»Nun ja«, unterbrach ihn der Kartenspieler mit einem hintergründigen Grinsen, »ich habe so meine Beobachtungen gemacht – und bekanntlich werfen frisch Verliebte oft sehr schnell ihre ehernen Grundsätze über Bord. Vielleicht solltest du besser nachsehen, wo die beiden stecken!«

Woody begann zu grübeln: Joe hatte in den letzten Stunden nur noch Augen für die schöne Prinzessin gehabt. Glaubte er etwa, dass mit Amandas Befreiung aus der Unterwelt bereits alle Probleme gelöst waren? Konnte es sein, dass der Schüler des weisen Hanck al Menhard plötzlich leichtsinnig geworden war?

»Möglich ist alles«, meinte der Waldhüter nachdenklich. »Ich kümmere mich lieber selbst um Brennholz, bevor unser schönes Feuer wieder ausgeht.«

»Gib mir dein Buschmesser, dann mache ich derweil das Holz klein, das hier in der Grube herumliegt!« schlug Mark vor.

Woody reichte ihm das Buschmesser und stapfte auf den Ausgang der Lehmgrube zu. Kaum war Woody außer Sichtweite, nahm Mark Joes Schwert, seinen Bogen und den Köcher mit den Pfeilen an sich und versteckte die Waffen ebenso wie Woodys Buschmesser in einer Mulde am Rand der Lehmgrube.

Er war gerade damit fertig, als Joe und Amanda zurückkamen. Jeder der beiden hatte eine große Menge Holz aufgeladen, das sie nun neben der Feuerstelle ablegten.

»Nanu«, erkundigte sich Joe, »wo ist denn Woody?«

»Er ist selbst Holz suchen gegangen«, antwortete Mark. »Er sagte, ihr würdet wahrscheinlich nur irgendwo Händchen halten.«

»Der gute Woody wird doch nicht etwa eifersüchtig sein?« meinte Joe lachend.

»Eifersüchtig?« fragte die Prinzessin erstaunt.

»Ja, Amanda«, erwiderte Joe und legte seinen Arm um ihre Schulter. »Dein Vater hat nämlich versprochen, dich demjenigen zur Frau zu geben, der dich aus der Unterwelt befreit. Und an deiner Befreiung war Woody ebenso beteiligt wie ich.«

»Und ich auch«, ergänzte Mark. »Ohne mich wärt ihr nämlich nie hierher gekommen.«

»Ich sehe schon, ihr müsst mich dreiteilen«, scherzte Amanda.

In diesem Moment betrat Woody mit einer größeren Menge Holz die Grube. Er warf das Holz ab und sagte mit sorgenvoller Miene:

»Irgendetwas stimmt hier nicht. Es riecht nach Gefahr!«

Joe sprang auf:

»Du hast Recht, Woody. Auch ich spüre plötzlich das Böse, das hier überall lauert.«

Er hatte den Satz noch nicht zu Ende gesprochen, da erschienen am oberen Rand der Grube mit einem Mal schwer bewaffnete Gestalten mit hässlichen Fratzen. Joes Blick fiel auf das riesige grüne Ungeheuer, das Amanda aus dem Schlosshof verschleppt hatte. Neben dem Monster erschien eine zierliche, ganz in Schwarz gekleidete junge Frau mit lockigen weißblonden Haaren und bleichem Gesicht. Sie breitete ihren Umhang weit aus und rief den Menschen in der Lehmgrube zu, wobei sie Wort für Wort langsam betonte:

»Ergebt euch! Ihr seid umzingelt! Ich bin Roxana, die rechtmäßige Königin von Haldnerackmáhn. Jeder Widerstand ist zwecklos!«

Die Unterweltskrieger hatten den Kreis um die vier Personen am Feuer geschlossen und rückten Schritt für Schritt auf sie zu.

Joe blickte sich um.

»Wo sind *Pantabal* und *Hiéromach*?« stieß er aufgeregt hervor.

»Mein Buschmesser ist auch weg!« stellte Woody verärgert fest.

»Tja, Freunde«, grinste Mark Dollard, »eure Waffen sind gut versteckt.«

»Du gottverdammter Lump!« fuhr ihn Woody an. »Du hast uns verraten!«

Er zückte sein kleines Wurfmesser und wollte es auf Mark schleudern – aber er kam nicht mehr dazu: Vier Unterweltskrieger stürzten sich auf ihn, entrissen ihm das Messer und hielten ihn fest.

Joe erging es genauso. Betreten schaute er zu Mark und Woody.

Roxana betrat die Lehmgrube, ging auf Mark Dollard zu und strich ihm sanft über das pomadige Haar.

»Gut gemacht, Mark!« sagte sie. Dann wandte sie sich den Unterweltskreaturen zu und deutete auf die beiden jungen Männer: »Fesselt sie!«

Joe wurde brutal zu Boden gerissen und an Armen und Beinen zusammengeschnürt.

»In punkto Mark hast du deine Wette gewonnen, Woody!« rief er seinem Freund resignierend zu.

»Es wäre mir lieber, ich hätte sie verloren«, erwiderte Woody, während ihm ebenfalls Hände und Füße gebunden wurden.

Roxana ging auf Amanda zu, die wie ein Häufchen Elend am Feuer kauerte. Breitbeinig baute sie sich vor ihr auf und lachte hämisch:

»So, Cousinchen, jetzt haben wir dich wieder! Meine Mutter wird stolz auf mich sein.« Dann blickte sie zu Joe und Woody und meinte zynisch: »Was sie mit euch machen wird, weiß ich nicht. Vielleicht wird sie euch zur Feier von Amandas Rückkehr als Opfer darbringen. Schafft sie mir aus den Augen und bringt mir ihre Waffen!«

Der letzte Satz war an die Unterweltskrieger gerichtet, die Joe und Woody zum Eingang der Grube stießen und der künftigen Königin von Haldnerackmáhn Joes Schwert, Bogen und Pfeile, sowie Woodys Busch- und Wurfmesser übergaben.

Roxana wandte sich wieder Mark Dollard zu. Sie zog den Lederbeutel mit den Goldmünzen hervor und sagte kühl:

»Komm her und hol dir deinen Gewinn ab, Spieler!«

Aus ihren Worten sprach tiefste Verachtung für den Mann, der für ein paar lumpige Goldstücke seine Gefährten ans Messer geliefert hatte.

»Ich danke dir, göttliche Roxana«, erwiderte Mark mit gierigem Blick. »Endlich bin ich reich. Aber ich denke, ich habe mir noch eine zusätzliche Belohnung verdient.«

Er versuchte, das Geld an sich zu nehmen und gleichzeitig die junge Frau zu umarmen. Zu Marks Überraschung ließ Roxana den Beutel mit den Münzen zu Boden fallen. Mark bückte sich, um ihn aufzuheben, doch Santanas Tochter versetzte dem Lederbeutel einen Fußtritt, dass er bis zum Rand der Lehmgrube rollte.

Mark eilte zu der Stelle, an der der Beutel liegen geblieben war, hob ihn hastig auf und ließ ihn schnell in seiner Hosentasche verschwinden.

»Geh jetzt, Mark Dollard!« forderte ihn Roxana mit eisiger Stimme auf. »Was hier geschehen wird, ist nichts für deine Augen.«

»Aber Göttin«, schleimte Mark. »Ich könnte dich heute Nacht ...«

»Du nicht!« fiel ihm Roxana ins Wort. »Geh, bevor ich dich ebenfalls in Fesseln legen lasse!«

Mark erkannte, dass er hier fehl am Platz war. So erklärte er:

»Joe Arrows hat mir von dem genialen Professor Formulus erzählt. Ich werde ihn aufsuchen und ihm einige von seinen Wundermitteln abkaufen. Sie können mir in meinem Beruf gute Dienste leisten. Geld dafür habe ich ja jetzt genug.«

Als er merkte, dass ihn niemand mehr beachtete und Roxana sich längst wieder ihren Kriegern zugewandt hatte, machte er sich eilends aus den Staub. Was auch immer mit Amanda, Joe und Woody geschehen würde, er würde es nicht erfahren – und das war ihm auch lieber so. Ohne ein Wort des Abschieds verließ Mark Dollard die Lehmgrube.

»Auf, Leute!« rief Roxana. »Bringen wir die Gefangenen von hier weg!«

Die Unterweltskreaturen nahmen Joe, Woody und Amanda in die Mitte und stießen sie unsanft zum Ausgang der Grube. Santanas Tochter betrachtete das Schauspiel genüsslich. Da fiel ihr Blick auf eine schlanke langhaarige Gestalt, die geduckt hinter einem Busch am Grubeneingang hockte und offenbar das ganze Geschehen aus sicherer Entfernung beobachtet hatte.

»Das ist das Mädchen, das Marrha getötet hat!« schrie Roxana erregt. »Schnapp sie dir, Monster!«

Auch Woody hatte Silvia entdeckt und rief ihr zu:

»Lauf weg, Mädchen! Flieh zu den Sotkies! Sie sind die Einzigen, die uns jetzt noch helfen können.«

Silvia rannte los, noch bevor das Monster sie erreicht hatte.

»Ihr nach!« brüllte Roxana. »Hol sie zurück! Bring sie mir her!«

Das Ungeheuer hetzte ihr hinterher durch die dunkle Nacht. Doch Woody war sich absolut sicher, dass das Monster sie auch diesmal nicht einholen würde.

8. Um Leben und Tod

Verwirrt schlurfte Balthasar Formulus durch sein Labor. Irgendetwas suchte er, aber er konnte sich nicht mehr entsinnen, was es war. Seit sein Gehilfe Ludwig auf rätselhafte Weise verschwunden war, ging bei ihm alles drunter und drüber. Er war halt schon ein alter Mann von über siebzig Jahren und sehr zerstreut.

Es pochte an der Haustür und Formulus machte auf. Draußen stand ein Knabe von etwa sechzehn Jahren mit einem freundlichen Gesicht. Er musste aus dem Dorf kommen, das einige Kilometer südlich von dem Labor des berühmten Erfinders lag.

»Grüß Gott, Herr Professor!« sagte der Knabe höflich. »Ich habe gehört, Ihnen ist ein Diener abhanden gekommen. Könnte ich vielleicht seine Stelle übernehmen?«

Überglücklich strahlte ihn Formulus an:

»Grüß Gott, mein Junge! Dich schickt der Himmel! Ich habe seit Tagen nichts Warmes mehr gegessen, weil ich vor lauter Experimentieren einfach keine Zeit zum Kochen habe. Außerdem vergesse ich dauernd, was ich wo abgelegt habe. Im Moment suche ich zum Beispiel meine Brille.«

»Aber Sie haben sie doch auf der Nase, Herr Professor!« bemerkte der Knabe.

Formulus griff sich ins Gesicht: »Tatsächlich! Sehr gut beobachtet, mein Junge! Wie heißt du eigentlich?«

»Joachim ist mein Name.«

»Schade!« meinte der Erfinder leicht enttäuscht. »Mein früherer Famulus hieß Ludwig. Jetzt muss ich mich wieder an einen neuen Namen gewöhnen. Aber ich nehme dich trotzdem. Willkommen in meinem Haus, Joachim!«

Die beiden betraten den Laborraum, der noch genauso aussah wie bei Joe Arrows' Besuch. Auf dem großen Tisch türmten sich nach wie vor die Bücher und Ordner; die Destillierkolben und Reagenzgläser standen noch an derselben Stelle der Kommode, und auch die braune Brühe auf dem Ofen verdampfte weiter vor sich hin.

Der Professor händigte Joachim einen weißen Laborkittel aus und half ihm hinein.

»Neben kochen, spülen, putzen, kehren, abstauben, Betten machen, Holz hacken, Ofen schüren und einkaufen«, erklärte er, »gehört es zu deinen wichtigsten Aufgaben, in meiner Abwesenheit die Experimente zu beobachten. Vor allem das da liegt mir am Herzen.« Er deutete auf die braune Brühe auf dem Ofen. »Ich weiß zwar immer noch nicht, was es einmal wird; aber irgendwann muss es ja mal reagieren.«

In diesem Augenblick klopfte es laut an der Haustür.

»Es hat geklopft, Joachim«, sagte Formulus. »Schau nach, wer da ist. Wenn es der Lebensmittelhändler ist, sag ihm, ich zahle nächsten Monat!«

Joachim ging zur Tür. Gleich darauf kehrte er zu dem Erfinder zurück, der immer noch erwartungsvoll auf die dampfende Flüssigkeit blickte.

»Es ist ein fremder Mann, Herr Professor. Er sieht sehr vornehm aus.«

Bevor Formulus etwas erwidern konnte, kam ein Mann mit dunklem Anzug und Zylinder auf ihn zu und ergriff seine Hand:

»Guten Tag, Herr Professor! Mein Name ist Mark Dollard. Ich bin ein Freund von Joe Arrows und würde Ihnen gern einige Ihrer Erfindungen abkaufen. Besonders das Unsichtbarkeitsmittel interessiert mich. Was kostet denn ein Fläschchen davon?«

Formulus hatte den Eindruck, dass ihn sein Besucher überrumpeln wollte. So antwortete er:

»Meine Erfindungen sind unverkäuflich. Dass ich Joe etwas von dem Mittel gegeben habe, war eine Ausnahme.«

Mark holte den Lederbeutel, den er von Roxana bekommen hatte, aus der Hosentasche und öffnete ihn:

»Na, Professor, überlegen Sie es sich noch einmal! Ich habe viel Geld.«

Der Erfinder, in dessen Leben Geld noch nie ein große Rolle gespielt hatte, hob abwehrend die Hände:

»Ich habe *nein* gesagt, und das ist mein letztes Wort in dieser Angelegenheit. Nun verlassen Sie bitte mein Haus, ich habe zu arbeiten! Joachim, bring Herrn Dollard zur Tür!«

Während er dies sagte, verschwand er in einem Nebenraum seines Labors. Irgendwie war ihm die Sache nicht geheuer und dieser Mark Dollard wirkte auf ihn zutiefst unsympathisch.

Joachim wollte den Mann im dunklen Anzug zum Ausgang geleiten, doch der machte keine Anstalten zu gehen. Er nahm eine Münze aus seinem Lederbeutel und sprach zu Joachim:

»Na, mein Junge, willst du dir nicht etwas Geld verdienen? Du musst mir nur zeigen, welches das Unsichtbarkeitsmittel ist.«

»Der Professor hat gesagt, dass er nichts verkauft«, erklärte der Knabe pflichtbewusst.

»Ach was!« entgegnete Mark. »Schau, hier hast du ein Goldstück. Welches ist das Mittel?«

»Ich weiß es nicht«, antwortete Joachim, und das entsprach auch der Wahrheit, denn er hatte ja die Stelle als Gehilfe des Erfinders gerade erst angetreten.

Mark nahm eine zweite Münze aus dem Beutel und drückte sie Joachim in die Hand:

»Hier hast du noch ein Goldstück. Vielleicht hilft das deinem Erinnerungsvermögen. Welches ist das Unsichtbarkeitsmittel?«

Joachim schaute sich unsicher um, ob der Professor endlich zurückkäme und den aufdringlichen Gast hinauswerfen würde. Aber Formulus kam nicht.

Mark Dollard zog ungeduldig seinen Revolver aus dem Jackett und setzte ihn dem Jungen an die Schläfe:

»Manche Leute muss man zu ihrem Glück zwingen. Los, steck das Geld ein und sag mir, welches das Mittel ist, oder ich puste dir dein bisschen Hirn aus dem Kopf!«

Zitternd ließ Joachim die Münzen in die Tasche seines Laborkittels gleiten. Erneut schaute er, ob ihn der Professor nicht doch noch aus dieser misslichen Situation befreien würde. Er fürchtete, dass Mark Dollard ihn jedem Moment erschießen könne. Aber was sollte er tun? Er musste dem Ganoven irgendeine der Substanzen in den Reagenzgläsern nennen, dann war er möglicherweise zufrieden. So sagte der Knabe mit bebender Stimme:

»Das rote da, glaube ich. Ja, das rote ist das Mittel, das unsichtbar macht.«

»Na also! Warum nicht gleich?« freute sich Mark und steckte den Revolver weg. Dann nahm er das Glas mit der roten Flüssigkeit und sprach: »Und jetzt werde ich verschwinden.«

Joachim beobachtete, wie der Mann das Reagenzglas zum Mund führte und es in einem Zug leerte. Als Nächstes hörte er einen ohrenbetäubenden Knall und sah grelle Funken durch das Labor fliegen. Ein Geruch von verbranntem Fleisch stieg in seine Nase. Es dauerte mehrere Sekunden, bis Joachim wieder etwas sehen konnte. Überall lag Asche auf dem Boden. An der Stelle, an der zuvor Mark Dollard gestanden war, lagen ein völlig zerfetzter Zylinder und einige verkohlte Stücke, die entfernt wie Knochen aussahen.

Balthasar Formulus kam ins Labor gerannt und stürzte aufgeregt auf seinen neuen Gehilfen zu:

»Hat mein Experiment endlich funktioniert? Es hat doch eine chemische Reaktion gegeben. Nun rede schon, Joachim!«

»Ich weiß nicht recht, was geschehen ist«, stammelte der Knabe immer noch ziemlich durcheinander.

»Du hast wohl nicht aufgepasst!« tadelte ihn der Professor. »Ist Herr Dollard inzwischen gegangen?«

»Ja«, antwortete Joachim nervös. »Er ist – verschwunden. Nur das ist noch da.« Er deutete auf den zerstörten Zylinder, die Asche und die verkohlten Knochen.

»So eine Gemeinheit, auch noch meinen Boden zu verunreinigen!« schimpfte Formulus. »Hoffentlich besucht uns dieser unangenehme Mensch nicht noch einmal!«

»Ich glaube nicht, dass er noch einmal aufkreuzt«, äußerte Joachim.

»So, so«, gab der Professor von sich. Dann forderte er seinen neuen Famulus verärgert auf: »Nun steh nicht herum und kehr den Dreck hier zusammen! Dort sind Schaufel und Besen. Und pass beim nächsten Mal besser auf, wenn etwas explodiert!«

Kopfschüttelnd kehrte er an seine Arbeit zurück und murmelte: »Nichts als Ärger hat man mit dem Personal!«

*

Bei den Sotkies herrschte eine fröhliche Stimmung. Die kleinen Kerlchen tollten ausgelassen um ihre Hütte und vergnügten sich mit lustigen Spielen. Nur der große, dicke Sotkie stand an einen Baum gelehnt da und sah den anderen gelangweilt zu. Er hielt ein Stangenbrot in der einen Hand und in der anderen eine lange Hartwurst, von der er alle paar Sekunden ein Stück abbiss.

Der Kleinste der Sotkies kam auf ihn zugelaufen und fragte:

»Warum spielst du nicht mit? Es macht doch viel Spaß!«

Der Dicke mampfte genüsslich weiter und erwiderte:

»Ich muss auf meine schlanke Linie achten – und ich habe gehört, dass herumlaufen dick macht.«

»Das ist ja schlimm mit dir!« meinte der Kleine. »Ich glaube, ich muss dich einmal psychoanalytisch behandeln.« Er zog aus einer Tasche seines wollenen Gewands einen hölzernen Gegenstand, der an einer Kordel hing. »Schau immer ganz genau auf das Pendel!« forderte er.

»Kann man das essen?« erkundigte sich der Dicke interessiert.

»Nein, zum Kuckuck!« ereiferte sich der Kleine. »Du sollst nur genau hinschauen!«

Er ließ das Pendel langsam hin und her schwingen, und der Dicke folgte der Bewegung mit den Augen.

»Sprich mir nach!« sagte der Kleine mit melodischer Stimme. »Ich habe keinen Hunger mehr. – Ich habe keinen Hunger mehr.«

»Ich habe keinen Hunger mehr«, wiederholte der dicke Sotkie. Im nächsten Moment schreckte er aus seinem Trancezustand hoch und rief laut: »Hunger!« Er biss ein großes Stück von seiner Wurst ab und verschlang es gierig.

Der Kleine warf darauf missmutig sein Pendel auf den Boden und schimpfte:

»Verdammt! Es funktioniert nicht!«

Die übrigen Sotkies waren inzwischen hinzugetreten, und der Anführer fragte streng:

»Was macht ihr denn schon wieder für einen Unsinn?«

Der Kleine wollte gerade von seinem gescheiterten Hypnoseversuch berichten, als ein Mädchen mit dunklen wehenden Haaren angerannt kam. Völlig außer Atem keuchte sie:

»Hallo, ihr Kleinen! Ich komme von eurem Freund Woody Walker.«

»Von Woody?« fragte einer der Sotkies erstaunt.

»Von unserem Freund Woody?« fügte ein Zweiter hinzu.

»Hat bestimmt Hunger«, meinte der Dicke. »Soll ich dir etwas Proviant für ihn ...?«

»Er braucht bestimmt nichts zu essen«, unterbrach ihn der Anführer.

»Woody ist in großer Gefahr«, informierte Silvia die Waldbewohner.

»In Gefahr?« fragte eines der kleinen Wesen aufgeregt.

»In großer Gefahr?« erkundigte sich ein Zweites.

»Dann müssen wir ihm helfen«, erklärte der Anführer.

Der Kleinste der Sotkies meldete sich zu Wort:

»Mit meiner neuentwickelten psychoanalytischen Hypnosetechnik kann ich ...«

Die anderen unterbrachen ihn durch eine laute Missfallensäußerung, und sein Nebenmann sagte entschuldigend zu Silvia:

»Mein Bruder redet immer so dummes Zeug. Er ist der ...«

»... Gescheiteste der Sotkies«, ergänzte der Kleine schnell.

Sein Nebenmann warf ihm einen wütenden Blick zu:

»Du sollst mich ...«

»Schon gut«, entschuldigte sich der Kleine. »Ich weiß.«

»Kommt mit! Die Zeit drängt!« mahnte Silvia. »Wir müssen Woody und seine Gefährten vor Roxana und ihren Monstern retten!«

»Monster?« fragte einer der Sotkies.

»Gefährliche böse Monster?« fügte ein Zweiter hinzu.

»Kann man die wenigstens essen?« wollte der dicke Sotkie wissen.

»Glaubst du, uns graust es vor gar nichts?« entgegnete einer seiner Kameraden voll Abscheu.

»Wir brechen sofort auf, Brüder!« entschied der Anführer der Sotkies. »Nehmt Knüppel und Seile mit!«

*

Roxana war mit ihren Kriegern und den drei Gefangenen den Masúz-Fluss aufwärts in die Berge des Nordens von Haldnerackmáhn gezogen. Auf einem der schneebedeckten Gipfel, unweit der Stelle, an der der Fluss entsprang, befand sich eine alte heidnische Kultstätte. Dort erwartete Roxana ihre Mutter mit ihrem Gefolge. Die Kultstätte war ein großer sechseckiger Platz, umgeben von einer Vielzahl abgestorbener Bäume mit weißer Rinde. Zertrümmerte Knochen und Totenschädel lagen verstreut auf dem steinigen Boden und verliehen dem Ort ein schauriges Aussehen. Offenbar hatten hier früher einmal Menschenopfer stattgefunden.

Roxana hatte ihre Gefangenen an drei der weißen Bäume am Rand des Sechsecks festbinden lassen. Verzweifelt starrte Amanda auf die Überreste der armen Geschöpfe, die hier einen grausamen Tod gefunden hatten.

»Jetzt ist alles verloren«, seufzte sie und Tränen rannen über ihre zarten Wangen.

»Vielleicht kommt unsere rasende Freundin mit den Sotkies doch noch rechtzeitig, um uns zu retten«, versuchte Woody, ihr etwas Hoffnung zu machen.

»Im äußersten Notfall habe ich auch noch einen allerletzten Trumpf«, erklärte Joe geheimnisvoll.

»Schweigt, Gefangene!« herrschte Roxana die drei an. »Ihr seid endgültig in unserer Hand. Niemand kann euch mehr helfen.« Sie wandte sich ihren Kriegen zu: »Ihr umstellt die Opferstätte, und du, Monster, bleibst bei mir und passt auf, dass die Gefangenen keine Dummheiten machen!«

Dann ging Roxana auf Joe zu und musterte ihn von Kopf bis Fuß. Der junge Mann gefiel ihr. Er hatte Mut bewiesen, als er Amanda befreite, und er sah nicht übel aus mit seinen nackenlangen Haaren. Sie ging ganz nahe an ihn heran, strich ihm mit der Hand über das hellbraune Haar, spitzte den Mund und brachte ihre blutarmen Lippen in die Nähe seines Ohrs.

»Wärst du gern König von Haldnerackmáhn, Joe Arrows?« wisperte sie verführerisch. Sie schmiegte ihren weißblonden Lockenkopf an Joes Schulter und säuselte: »Wenn ich Königin dieses Landes bin, brauche ich einen König, einen starken Mann, einen Helden wie dich. Wir sind uns sehr ähnlich, Joe: Wir wurden beide von großen Lehrmeistern erzogen – du von Hanck al Menhard, ich von meiner Mutter. Wir könnten gemeinsam das Reich regieren – und nach uns unsere Kinder. Werde mein Gemahl, Joe! Du weißt gar nicht, wie scharf ich auf dich bin.«

Joe blickte sie mürrisch an:

»Niemals werde ich dich heiraten, Roxana. Wir stehen auf verschiedenen Seiten.«

»Du liebst wohl diese Amanda«, spottete Santanas Tochter. »Aber nicht *sie* wird Königin werden, sondern *ich*. Mit mir wirst du gewinnen, Joe; mit ihr wirst du alles verlieren. Also triff deine Wahl, solange du noch wählen kannst!«

Sie versuchte, Joe zu küssen, doch der drehte wortlos seinen Kopf zur Seite.

»Sei kein Narr, Joe Arrows!« zischte Roxana. »Wenn meine Mutter hier eintrifft, wird sie dich und deinen Freund mit der geballten Kraft des Bösen vernichten. Nur ich kann dich vor dem sicheren Tod retten. Was ist dir lieber: ein toter Held zu sein oder König zu werden? Denk darüber nach, Süßer!«

»Da brauche ich nicht nachzudenken«, schleuderte Joe ihr entgegen. »Lieber tot, als mit dir verheiratet zu sein, du Hexe!«

Wütend schlug Roxana ihm mit der Hand ins Gesicht.

»Schon sehr bald wirst du tot sein, Joe Arrows. Und glaub nicht, dass ihr kurz und schmerzlos sterben werdet! Ihr werdet noch wünschen, nie geboren zu sein!«

Bevor Joe etwas erwidern konnte, ertönten dumpfe Trommelschläge. Ein weibliches Unterweltswesen betrat die Kultstätte, verneigte sich vor Roxana und verkündete: »Die Herrin kommt.«

Die Trommelgeräusche wurden lauter. Dann hielt eine gespenstische Prozession Einzug in die Opferstätte. Voran schritt ein bockbeiniges Ungeheuer mit spitzen Hörnern auf dem Kopf. Es trug eine rot-grün gestreifte Trommel, auf die es im Sekundentakt einschlug. Nach ihm betrat Loof den Platz, Santanas Leibwächter; sein mächtiges Bihandschwert hatte er fest im Griff. Aufgrund seiner immensen Kampfstärke hatte ihn die Herrscherin der Unterwelt trotz seines Versagens bei Amandas Flucht begnadigt. Hinter ihm ging Santana, gehüllt in einen langen schwarzen Mantel. Ihr folgten zwei Dienerinnen, die den Saum ihres Mantels hielten. Dann kam eine Schar weiterer weiblicher Kreaturen in dunklen Gewändern. Den Schluss des Zuges bildete ein Wesen mit Totenkopffratze und einem violetten Umhang, auf dem allerlei satanische Symbole zu erkennen waren.

Roxana breitete ihre Arme aus und trat stolz auf Santana zu:

»Willkommen, Mutter! Ich übergebe dir meine drei Gefangenen. Hier liegen ihre Waffen.«

Santana umarmte Roxana und küsste sie auf die Stirn:

»Gut gemacht, meine Tochter! Nun gehört uns Haldnerackmáhn endgültig. Schon morgen wird uns König Rhadal die Herrschaft über sein Reich übergeben. Von morgen an wirst du an meiner Seite Haldnerackmáhn regieren. Und ihr selbst ernannten Helden werdet dann längst tot sein. Es ist mein endgültiger Triumph über Hanck al Menhard, wenn ich seinen letzten Schüler ins Jenseits befördere. Damit ist seine dümmliche Religion ein für allemal ausgestorben.«

Sie hob das Schwert vom Boden auf, das Joe von seinem Lehrmeister bekommen hatte. Fasziniert betrachtete sie das edle Metall und fuhr vorsichtig mit dem Finger über die Klinge.

»Das Wunderschwert *Hiéromach*!« frohlockte sie. »Nun ist mir auch noch diese einzigartige Waffe in die Hände gefallen. Ich werde sie gleich an meinen Gefangenen ausprobieren. Aber bevor ich Joe Arrows und diesem Waldläufer das Lebenslicht ausblase, tanzt mir zuerst den Totentanz!«

Die Gestalt mit dem Totenschädel sprang in die Mitte des Platzes; Santanas Dienerinnen bildeten einen Kreis um das Wesen, und das gehörnte Ungeheuer schlug wild auf sein Instrument ein. Die Kreaturen stimmten einen monotonen Sprechgesang an und begannen, mit bizarren Bewegungen zu den dröhnenden Trommelschlägen zu tanzen.

Amanda und Woody starrten gebannt auf das teuflische Spektakel. Joe dagegen versuchte in höchster Konzentration, mit seinem Mund die Brusttasche seines Hemdes zu erreichen. Aber so sehr er auch seinen Hals verrenkte, es gelang ihm nicht.

*

Silvia und die Sotkies waren zum Masúz-Fluss geeilt und dort den Spuren gefolgt, die die Unterweltskreaturen hinterlassen hatten. Nun näherten sie sich auf einem schmalen Hohlweg der Opferstätte.

»Überall stehen Wachen«, bemerkte Silvia. »Wir müssen sehr vorsichtig sein.«

»Versuch du vorbeizukommen!« schlug der Anführer der Sotkies vor. »Wir kümmern uns um die Wächter.«

Er gab seinen Kameraden ein Zeichen, und die kleinen Waldbewohner legten sich links und rechts des Hohlwegs auf die Lauer. Der dicke Sotkie aber, der natürlich auch diesmal wieder eine lange Wurst als Marschverpflegung bei sich hatte, spazierte mampfend auf die Unterweltskrieger zu und hielt dem Ersten von ihnen seine Wurst unter die Nase.

»Essen gefällig?« fragte er höflich.

Der Wächter knurrte bösartig und versuchte, den Störenfried mit einem Fußtritt zu vertreiben.

Der dicke Sotkie wurde zornig.

»Los, essen gefällig!« forderte er lautstark und knallte dem Wachposten die Wurst ins Gesicht.

Wutentbrannt wollte sich der Wächter auf den Sotkie stürzen, doch dieser rannte – schneller als man es ihm bei seiner Leibesfülle zugetraut hätte – den Hohlweg hinunter.

Zwei Unterweltskrieger nahmen seine Verfolgung auf. Doch die Jagd dauerte nicht lange, denn plötzlich sprangen fünf der anderen Sotkies mit Knüppeln bewaffnet vom Rand des Hohlwegs auf die Kreaturen ein und prügelten sie so lange, bis sie die Besinnung verloren. Dann zogen sie den Kriegern die Rüstungen aus. Ein Sotkie nahm einen seiner Kameraden auf die Schulter, so dass beide zusammen etwa die Größe eines Unterweltskriegers hatten. Danach legten sie sich die Rüstung von einem der Wächter an und marschierten auf den nächsten Wachposten zu. Dieser glaubte zunächst tatsächlich, einen seiner Kollegen vor sich zu haben. Als er den Irrtum erkannte, hatte der obere der beiden Sotkies ihm bereits seinen Knüppel auf den Kopf gedonnert. Während der Wachposten bewusstlos niedersank, sprang der obere der beiden Sotkies von seinem Untermann, und beide sausten den Hohlweg hinab – in der Hoffnung, dass ihnen weitere Unterweltskrieger nachlaufen würden.

Silvia und der Kleinste der Sotkies hatten indes die Verwirrung der Wachposten genutzt und waren den Hohlweg hinaufgeschlichen. Silvias Blick fiel auf Loof, der auf sein Bihandschwert gestützt den Zugang zur Kultstätte bewachte. Links und rechts des Weges ging es steil nach oben. Silvia überlegte, wie sie unbemerkt an Santanas Leibwächter vorbeikommen könne.

Da ging der kleine Sotkie geradewegs auf den hünenhaften Unterweltskrieger zu, zog sein Pendel hervor und begann, es vor Loofs Augen hin und her zu schwingen.

»Du bist ganz müde«, sagte der Kleine mit ruhiger, aber eindringlicher Stimme. »Ganz müde!«

Loof verfolgte gebannt die Bewegung des Pendels.

»Deine Augen werden schwer und immer schwerer«, hörte er den kleinen Kerl sagen. Er wollte die Waffe gegen ihn erheben, aber seine Arme gehorchten ihm nicht. Stattdessen drückte er mit seinem ganzen Körpergewicht das Schwert in den weichen Schneeboden.

»Du willst nur noch schlafen – tief schlafen!« vernahm er wie von fern die Stimme des Sotkies. Er gähnte laut, ließ sein Schwert los und sank langsam zu Boden. Der Bihänder aber blieb senkrecht im Schnee stecken.

Der kleine Sotkie hüpfte vergnügt um das Schwert und den schlafenden Loof herum und jubelte:

»Es hat funktioniert! Ich wusste doch: Ich bin ein Genie!«

Silvia war inzwischen am Gipfel des Berges angekommen. Sie versteckte sich hinter einem der weißen Bäume und betrachtete das seltsame Geschehen im Zentrum der Opferstätte. Immer noch schlug das gehörnte Ungeheuer seine rot-grüne Trommel, immer noch umkreisten die Tänzerinnen das Wesen mit der Totenkopffratze und machten ihre bizarren Bewegungen zum Takt der schaurigen Musik.

Silvia sah die drei Gefangenen gefesselt an den Bäumen stehen, sie sah Santana, die mit Joes Schwert in der Hand fasziniert das Schauspiel verfolgte, und sie sah Roxana und das große grüne Monster, die neben Santana standen.

Roxana schien ein verdächtiges Geräusch gehört zu haben, es war wohl der Jubel des kleinen Sotkies, dem es gelungen war, Loof zu hypnotisieren. Jedenfalls raunte sie dem Monster zu:

»Geh mal nachsehen, was da los ist!«

Das Monster verneigte sich, stieß ein paar Grunzlaute aus und lief auf den Hohlweg zu. Es kam an der Stelle vorbei, wo der große Bihänder im Schnee steckte und Loof schlafend daneben lag. Das Ungeheuer erhöhte sein Lauftempo und rannte nun mit voller Geschwindigkeit den Weg hinunter. So übersah es das Seil, das gut getarnt über dem Boden gespannt war. Als das Seil plötzlich wie von Geisterhand angehoben wurde, war es schon zu spät. Das Monster kam ins Stolpern und schlug der Länge nach auf dem Schneeboden auf. Im selben Augenblick sprangen die Sotkies von allen Seiten auf das Ungeheuer ein und warfen ein großes Netz über das am Boden liegende Monster. Das Ungeheuer versuchte sich zu wehren, verhedderte sich dadurch jedoch nur noch mehr in dem Netz. Die Sotkies aber hüpften triumphierend auf dem Monster herum und traktierten es mit ihren Knüppeln. Sie sahen darin die gerechte Strafe für seine Untaten.

Der Tanz in der Kultstätte war mittlerweile beendet; die Kreatur mit dem Totenschädel und die Tänzerinnen traten zur Seite. Santana schritt mit erhobenem Schwert auf ihre Gefangenen zu und fauchte Joe und Woody an:

»Jetzt ist eure letzte Minute gekommen! Und du, Prinzesschen wirst zusehen, wie deine Freunde sterben. Sprecht euer letztes Gebet! Es wird euch allerdings nicht viel nützen, wenn eure Seelen zur Hölle fahren.«

Sie brach in ein lautes, infernalisches Gelächter aus, dass die ganze Opferstätte widerhallte.

Joe konzentrierte sich noch einmal, um auch die letzten in seinem Innersten schlummernden Kräfte zu aktivieren. Er musste unbedingt an das Ding in seiner Brusttasche herankommen. Er schloss die Augen und richtete all seine Gedanken auf den kleinen rechteckigen Gegenstand. Und in der Tat: Das Gerät bewegte sich ein paar Zentimeter nach oben. Blitzschnell packte Joe mit den Zähnen zu, schaltete es mit der Zunge ein und ließ es sofort wieder in die Brusttasche zurücksinken.

Santanas Lachen war verklungen. Die Herrin der Finsternis schwang das Schwert und schrie:

»Und nun sterbt!«

»Hanck al Menhard, rette uns!« rief Joe in höchster Verzweiflung in den Sender, den ihm sein Lehrmeister gegeben hatte.

Im selben Augenblick erschien genau zwischen Joe und Santana eine hagere, bärtige Gestalt in einer braunen Mönchskutte mit einem goldenen Kreuz auf der Brust. Der Mann hob die rechte Hand, und schlagartig erstarrten alle Unterweltswesen mitten in der Bewegung, die sie gerade ausführen wollten. Der Mann in der Kutte aber sprach mit tiefer, ruhiger Stimme:

»Halt, Santana! Hier ist Hanck al Menhard! Es ist die *Kraft des Guten*, die dich und deine Leute jetzt erstarren lässt. Doch verlieren wirst du am Ende durch deine eigene Bosheit und Machtgier!«

Die Gestalt verschwand ebenso schnell wie sie erschienen war. Eine Sekunde später sprang Silvia hinter einem der Bäume hervor; flink griff sie sich Woodys Wurfmesser, das zu Santanas Füßen lag, lief auf Amanda zu und durchschnitt ihre Fesseln. Dann befreite sie Joe und schließlich Woody.

Die beiden Helden dehnten ihre steifen Glieder und hoben ihre Waffen vom Boden auf. Woody steckte sein Buschmesser in die Scheide, Joe hängte sich seinen Bogen *Pantabal* und den Köcher mit den Pfeilen um. Dann nahm er der erstarrten Santana das Schwert *Hiéromach* aus der Hand.

»Jetzt nichts wie weg hier!« rief er seinen Kameraden zu. »Wer weiß, wie lang der Bann anhält!«

Die vier jungen Menschen rannten den Hohlweg hinunter, vorbei an den von den Sotkies niedergeschlagenen Unterweltskreaturen. Die kleinen Waldbewohner schlossen sich ihnen unterwegs an. Sie alle waren froh, diesen Ort des Grauens verlassen zu können.

9. Abrechnung

»Ich glaube, jetzt sind wir in Sicherheit«, meinte Silvia erleichtert, als sie endlich den Wald am Fuß des Bergs erreicht hatten.

Joe und Amanda schnauften tief durch, und auch Woody keuchte. Die Sotkies ließen sich erschöpft auf den Boden fallen.

Amanda ging auf Silvia zu und reichte ihr die Hand:

»Ich danke dir, dass du uns das Leben gerettet hast. Mein Vater, König Rhadal, wird dich dafür reich belohnen. Sag mir deinen Namen, Mädchen!«

»Mach dich auf eine Überraschung gefasst, Amanda!« erwiderte Silvia geheimnisvoll. »Erinnerst du dich daran, dass du eine jüngere Schwester hattest, die schon kurz nach ihrer Geburt spurlos verschwand?«

Ahnungsvoll blickte Amanda Silvia an: »Bist du etwa ...?«

»Ja, ich bin deine Schwester Silvia. Ein ehemaliges Unterweltswesen hat mich im Wald gefunden und großgezogen. Meine Ziehmutter erzählte mir erst jetzt, dass ich die Tochter des Königs bin und dass meine Schwester in die Unterwelt verschleppt wurde. Da habe ich mich aufgemacht, um dich zu befreien.«

Wieder standen Amanda Tränen in den Augen; doch diesmal waren es Tränen der Rührung.

»Komm in meine Arme, Schwester!« rief sie glücklich aus.

Lange umarmten sich die jungen Frauen. Schließlich sagte Silvia, indem sie auf die kleinen Waldbewohner zeigte, die einen Kreis um die beiden Schwestern gebildet hatten:

»Ein großes Lob gebührt aber auch den Sotkies, die mir geholfen haben, euch zu befreien.«

»Richtig!« bestätigte Amanda und streichelte den Kleinen liebevoll über ihre Köpfe. »Ich danke euch, meine Freunde. Ohne euch wären wir verloren gewesen. Ihr habt Haldnerackmáhn gerettet. Sagt, wie ich euch belohnen kann!«

»Wir wollen keine Belohnung«, erklärte der Anführer der Sotkies bescheiden.

»Es war für uns eine Ehre, dir und Woody helfen zu dürfen«, fügte ein Zweiter hinzu.

»Jetzt kehren wir wieder zurück in unseren Wald ...«, meinte der Dritte.

»... wo wir in Frieden leben können ...«, ergänzte der Vierte.

»... und immer genug zu essen haben«, beendete der dicke Sotkie den Satz und verzehrte den letzten Rest seiner Wurst.

»Also dann, Brüder«, entschied der Anführer, »machen wir uns auf den Nachhauseweg!«

»Wir wünschen euch eine gute Heimkehr, ihr Helden von Haldnerackmáhn!« rief der Kleinste der Sotkies.

Die Augen der anderen Waldwesen richteten sich auf ihn, doch diesmal nicht verärgert, sondern voll Anerkennung.

Die Sotkies verabschiedeten sich ausgiebig von Amanda, Silvia, Woody und Joe, dann machten sie sich auf ihren Heimweg durch den dunklen Wald.

Amanda schaute ihre Retter an und fragte:

»Und wohin gehen *wir* jetzt?«

»Ich schlage vor, zu Professor Formulus, um auch ihm für seine Hilfe zu danken«, antwortete Joe. »Von dort ziehen wir dann weiter zum Königsschloss.«

Die drei anderen stimmten ihm zu, und alle vier setzten sich in Bewegung.

*

»Die Kraft Hanck al Menhards ist doch größer, als ich dachte«, knurrte Santana wütend, als die Starre abgeklungen war. »Aber unterlegen sind wir ihm noch lange nicht!«

»Richtig, Mutter!« stimmte ihr Roxana zu und rieb sich die Hände. »Jetzt gehen wir aufs Ganze. Jetzt werden wir unsere volle Macht demonstrieren.«

Sie rief den Hauptmann der Garde zu sich, der die Hacken zusammenschlug und vor den beiden Frauen salutierte.

»Lass alle verfügbaren Leute antreten, auch die Dienerinnen!« befahl Santanas Tochter. »Aber ein bisschen plötzlich!«

Während der Hauptmann ihren Befehl ausführte, blickte sie sich um:

»Wo ist das Monster?«

Das Ungeheuer hatte sich inzwischen aus dem Netz der Sotkies befreit und trat vor seine Herrinnen. Es verneigte sich und stieß entschuldigende Grunzlaute aus.

»Jetzt kannst du deine Fehler wieder gutmachen!« sagte Roxana in scharfem Ton. »Wir versuchen, die Entflohenen einzuholen. Ich habe schon eine Idee, wo sie zuerst hingehen.«

Der Hauptmann hatte mittlerweile alle Unterweltskreaturen in Reihe und Glied antreten lassen.

»Wir werden sie vernichten!« tönte Roxana siegesgewiss. »Dann werden wir beide gemeinsam Haldnerackmáhn regieren, Mutter!«

Santana nickte zustimmend, aber sicher war sie sich längst nicht mehr. Die Worte Hanck al Menhards klangen noch in ihren Ohren.

»Ganze Kompanie: Marsch!« befahl Roxana.

Entschlossen schritt sie voran, das Monster ging an ihrer Seite. Dahinter lief der Hauptmann, neben ihm das gehörnte Ungeheuer mit der Trommel; es folgten die Krieger und Dienerinnen.

Santana wandte sich an Loof, der sein langes Bihandschwert aus dem Schnee gezogen hatte und danach wieder an die Seite seiner Herrin getreten war:

»Geh du auch mit, du bist unser bester Kämpfer!«

Loof verneigte sich und folgte dem Tross. Nur ein kleines weibliches Wesen mit einem dunkelroten, kindlich wirkenden Gesicht blieb bei Santana zurück. Sorgenvoll schaute die Herrscherin der Unterwelt ihrer Tochter und ihrem Trupp nach.

*

Balthasar Formulus hatte ein wenig von der braunen Brühe aus dem Topf auf dem Ofen in ein Reagenzglas gefüllt. In der vergangenen Nacht war ihm ein Gedanke gekommen, was sich vielleicht aus dem bisher so erfolglosen Experiment machen ließe. Er überreichte das Glas seinem Gehilfen und wies ihn an, es über die Flamme eines Brenners zu halten. Dann holte der Professor ein Gefäß mit einem weißen Pulver aus dem Schrank, entnahm ihm einen Löffel voll und leerte ihn in das Reagenzglas. Die Flüssigkeit in dem Glas begann zu blubbern, und es bildeten sich Blasen.

Formulus nahm ein anderes Döschen aus dem Regal und öffnete es. Das Gefäß war nahezu leer. Ungehalten schüttelte der Professor den Kopf, dann ließ er vorsichtig den letzten Rest des blauen Pulvers aus der Dose in das Reagenzglas gleiten. Es zischte und rauchte, und die ursprünglich braune Brühe änderte ihre Farbe in ein milchiges Weiß. Dann begann der Inhalt des Glases zu schäumen und aus dem Behälter zu quellen. Die heiße Flüssigkeit ergoss sich über Joachims Finger, worauf der junge Assistent das Reagenzglas augenblicklich fallen ließ und seine schmerzenden Finger schüttelte.

Formulus schaute erst verwundert auf Joachim, der kräftig auf seine Hand blies, dann betrachtete er die Scherben des Reagenzglases auf dem Boden.

»Dass das Glas kaputtgegangen ist, ist nicht weiter schlimm«, meinte er. »Ärgerlich ist nur, dass ich nichts mehr von dem Metastrephin im Haus habe.«

Er drückte seinem Assistenten das leere Döschen in die Hand und forderte ihn auf:

»Joachim, fahr mit dem Moto-Birot in die Stadt und lass dir in der Drogerie die Dose mit Metastrephin füllen. Der Drogist soll den Betrag anschreiben, ich zahle bei Gelegenheit!«

Joachim schüttelte immer noch seine verbrannten Finger. Doch dann biss er die Zähne zusammen und erwiderte gehorsam:

»In Ordnung, Herr Professor! Ich besorge das Katastrophin.«

»Nein, du Dummkopf!« schalt ihn Balthasar Formulus. »Ich schreibe es dir besser auf, sonst gibt es wirklich noch eine Katastrophe. Die Substanz heißt Metastrephin.«

Er nahm einen Zettel, notierte mit krakliger Handschrift das Wort darauf und gab ihn Joachim.

»Beeil dich!« sagte er ungeduldig. Zu lange schon arbeitete er an diesem Experiment. Nun stand er kurz vor seiner Beendigung. Zuversichtlich blickte er Joachim nach, der das etwas unförmige zweirädrige motorgetriebene Gefährt, das Formulus vor kurzem zusammengebaut hatte, aus dem Anbau des Hauses holte und sich mit lautem Geknatter auf den Weg in die Stadt machte.

Einige Stunden waren vergangen. Balthasar Formulus hatte die Scherben des Reagenzglases zusammengekehrt, den Fußboden seines Labors geputzt, anschließend hatte er die braune Flüssigkeit aus dem großen Topf in mehrere Glaskolben umgefüllt, die von unten mit Brennern erhitzt wurden. Er war gerade dabei, die Kolben mittels kleiner Kunststoffröhrchen miteinander zu verbinden, als er von draußen ein Geräusch hörte.

Endlich kommt Joachim mit dem Metastrephin, dachte der Professor. Er konnte es kaum noch erwarten. Also beeilte er sich, alles für seinen nächsten wissenschaftlichen Triumph vorzubereiten. Dabei stand er mit dem Rücken zum Laboreingang. Er hörte, dass die Tür geöffnet wurde; dann waren Schritte zu vernehmen. Jemand trat von hinten auf ihn zu und legte ihm die Hand auf die Schulter.

»Ach lass doch den Unsinn, Joachim!« schimpfte Formulus leise.

Aber die Hand drückte noch fester auf seine Schulter.

»Joachim, hör auf!« sagte der Professor nun schon in etwas schärferem Ton. Er schlug mit seiner Linken auf die Hand, die auf seiner rechten Schulter lag. Erschreckt zog er seine Hand zurück, denn was er soeben berührt hatte, war eine widerliche schuppige Pranke mit gefährlich spitzen Klauen.

»Joachim!« schrie Formulus noch einmal, doch diesmal war es eher ein Hilferuf.

Vorsichtig drehte er sich um und starrte fassungslos in das brutale Gesicht des grünen Monsters, dessen riesige Pratzen sich langsam um seinen Hals legten.

»Joachim!« röchelte der Professor in der absurden Hoffnung, sein Assistent würde ihm vielleicht doch noch in letzter Sekunde zu Hilfe kommen.

Tatsächlich öffnete sich die Türe. Während die scharfen Klauen des Monsters in sein Fleisch eindrangen, bemerkte Formulus, dass eine Person das Labor betrat. In Zeitlupentempo sank der Professor zu Boden. Durch die zerbrochenen Gläser seiner Brille sah er eine ganz in Schwarz gekleidete junge Frau mit bleichem Gesicht und weißblonden Haaren, die zynisch grinsend auf ihn herabblickte.

Balthasar Formulus spürte keinen Schmerz. Wie durch einen Schleier nahm er wahr, wie die junge Frau auf das Ungeheuer zuging und ihm anerkennend auf den Rücken klopfte. Dann schlossen sich seine Augen für immer.

*

»Professor Formulus!« Joes Ruf schallte über das ganze Grundstück, als sich Joe, Woody, Amanda und Silvia dem Haus des Erfinders näherten.

»Professor Formulus!« rief Joe erneut. Doch es zeigte sich keine Reaktion.

»Ich schaue mal nach, wo er steckt«, sagte Joe zu den anderen und öffnete die Haustür. »Wahrscheinlich arbeitet er wieder an irgendeiner bedeutenden Erfindung.«

Joe begab sich in das Gebäude und betrat den großen Laborraum. Sekunden später kam er wieder heraus. Entsetzen stand in seinem Gesicht.

»Er ist tot!« stieß er mit bebender Stimme hervor.

»Und ihr werdet es auch gleich sein!« hörte Joe in diesem Moment jemanden sagen. Er kannte diese Stimme, die so süß und gleichzeitig so teuflisch war. Geistesgegenwärtig griff er in seine Tasche und zog das Fläschchen mit dem Mittel heraus, das eine erhöhte Wahrnehmungsfähigkeit und Reaktionsgeschwindigkeit verleiht. Er trank den Inhalt in einem Zug aus. Woody tat mit seinem Fläschchen dasselbe.

Roxana hatte die vier Personen inzwischen von ihren Kriegern und Dienerinnen umzingeln lassen und ging siegessicher auf Joe zu. Noch bevor sie etwas sagen konnte, hob Joe sein Schwert und fuhr Santanas Tochter an:

»Was sollte dieser unsinnige Mord, Roxana? Professor Formulus hat noch keiner Menschenseele etwas zuleide getan!« Er drehte sich zu seinem Gefährten um: »Zieh dein Buschmesser, Woody!«

»In Deckung, Silvia und Amanda!« rief Woody den beiden Schwestern zu, während er seine Waffe zückte und couragiert auf die Kreaturen der Finsternis losstürmte. Das erste Wesen, das ihm vor die Klinge kam, war das bockbeinige Ungeheuer, das in der Opferstätte die Trommel geschlagen hatte. Mit einem einzigen Hieb trennte Woody ihm seinen gehörnten Kopf vom Körper.

Joe wollte sich als Erstes Roxana vornehmen, doch Santanas Leibwächter schob sich schützend vor die Tochter seiner Herrin. Er deutete ihr an, sie solle sich zunächst von den Kampfhandlungen fernhalten. Auch die anderen weiblichen Kreaturen, die weder Waffen noch Rüstungen trugen, beteiligten sich vorläufig nicht an der Auseinandersetzung.

Joe sah sich einer Reihe von Unterweltskriegern gegenüber. Zum ersten Mal war er gezwungen, Hanck al Menhards Wunderschwert gegen mehr oder weniger intelligente Lebewesen einzusetzen. Es widersprach seiner Grundeinstellung, aber er wusste, dass ihm keine andere Wahl blieb. Joe erinnerte sich an Hancks Worte, als dieser ihm *Hiéromach* überreicht hatte: *Ein wahrer Held weiß, wann er es gebraucht und wann nicht!* Und jetzt war die Zeit gekommen, es zu gebrauchen. Mit Hilfe der einzigartigen Waffe und durch die Wirkung des Mittels von Balthasar Formulus gelang es Joe, fünf Gegner auf einen Schlag zu fällen. Auch Woody hatte bereits mehrere Kreaturen niedergemacht und ging nun mit seinem Buschmesser auf das grüne Monster los, das mit einem gewaltigen Prügel bewaffnet war.

Gut, dass wir uns jeden Morgen mit der Salbe von Professor Formulus eingerieben haben, dachte Joe bei sich. So können uns die Waffen der Gegner nicht verwunden. Allerdings: In den von den Haaren bedeckten Teil der Kopfhaut konnte die Salbe nicht vollständig eindringen, und da Joe und Woody keine Helme besaßen, waren ihre Köpfe nur unzureichend geschützt.

Während Joe diese Gedanken durch den Kopf gingen, bemerkte er, dass Silvia das Schwert eines der gefallenen Unterweltskrieger an sich genommen hatte. Furchtlos stürzte sich das Mädchen ins Kampfgetümmel und streckte gleich einen der Feinde nieder.

Amanda sah ihrer Schwester voll Bewunderung zu. Sie selbst – im Kämpfen unerfahren – ging lieber in Deckung und versteckte sich im Labor. Vorsichtig lugte sie durchs Fenster nach draußen, wo Roxana stand.

Santanas Tochter beteiligte sich ebenfalls nicht am Kampfgeschehen, sondern betrachtete es – beschützt von Loof – aus sicherer Entfernung. Sie war erstaunt, wie viele ihrer Krieger bereits von Joe, Woody und Silvia getötet worden waren, aber sie zweifelte nicht daran, dass die Übermacht ihrer Streitkräfte letztendlich siegen würde.

Joachim hatte in der Stadt das Metastrephin besorgt, was gar nicht so einfach gewesen war, da Professor Formulus in der Drogerie offenbar schon einige Schulden hatte, und der Drogist nichts mehr anschreiben wollte. Aber schließlich hatte er Joachim das Pulver doch – wenn auch widerwillig – gegeben.

Als sich Joachim auf dem Moto-Birot dem Haus seines Dienstherrn näherte, bemerkte er sofort, dass auf dem Grundstück eine mörderische Schlacht im Gange war. Was mit dem Professor geschehen war, konnte er nicht wissen, und so stand für ihn fest, dass ihn sein erster Weg ins Labor führen musste, um Formulus das Metastrephin zu bringen. Vor der Öffnung des Zauns versperrte ihm ein Unterweltskrieger den Weg. Joachim nahm seinen ganzen Mut zusammen und drückte den Geschwindigkeitsregler des zweirädrigen Fahrzeugs bis zum Anschlag durch. Der Krieger konnte durch einen raschen Sprung zur Seite gerade noch verhindern, über den Haufen gefahren zu werden. Zwei andere Kreaturen, die vor Joes Schwert zurückwichen, wurden vom Vorderrad des Moto-Birots erfasst und zu Boden geschleudert. Krampfhaft klammerte sich Joachim an dem Fahrzeug fest und steuerte es unbeirrt auf den Eingang des Hauses zu.

»Schnapp du dir den Kerl!« befahl Roxana Loof, der immer noch schützend neben ihr stand.

Ohne zu zögern stürmte Loof auf Joachim los. Der Gehilfe des Professors schloss die Augen und raste mit unverminderter Geschwindigkeit auf den hünenhaften Leibwächter Santanas zu. Doch Loof machte keine Anstalten, aus dem Weg zu gehen. Vielmehr richtete er sein riesiges Bihandschwert auf das herandonnernde Moto-Birot. Die scharfe Klinge zerschnitt das Schutzblech und die Felge des Vorderrads. Joachim wurde in hohem Bogen von dem Fahrzeug katapultiert und landete einen Wimpernschlag später unmittelbar vor der Haustür. Mit Schrecken sah er, wie Loof sein Schwert aus den Trümmern des völlig zerstörten Zweirads herauszog und auf ihn zugesprungen kam. Blitzschnell stürzte Joachim ins Haus, schlug dem Unterweltskrieger die Tür vor der Nase zu und verriegelte sie. Während Loof versuchte, die Tür mit seinem Bihänder einzuschlagen, lief Joachim in den Laborraum, wo sein Blick erst auf seinen toten Dienstherrn und dann auf die Tochter des Königs fiel.

»Was – ist hier eigentlich los?« stotterte der Knabe.

»Wir müssen meinen Freunden helfen!« rief die Prinzessin verzweifelt. »Wenn uns nicht schnellstens etwas einfällt, werden die Unterweltskreaturen sie ebenso töten wie den Professor.«

»Ich habe eine Idee«, erwiderte Joachim, ging zu dem großen Holzschrank, nahm sämtliche Sprengkörper heraus, die Formulus hergestellt hatte, und stopfte sie in die Taschen seines Kittels.

»Folgt mir nach oben, Hoheit!« sagte er und begab sich mit den Sprengkörpern in den ersten Stock des Gebäudes. Er öffnete das Fenster, von dem aus das Kampfgeschehen am besten zu beobachten war, und blickte hinaus.

Auf dem Grundstück vor dem Haus kämpfte Woody Walker immer noch verbissen mit dem riesigen grünen Monster. Mit seinem Buschmesser hatte er dem Ungeheuer zwar schon einige Wunden beigebracht, aber dennoch drosch das Monster unbeeindruckt mit seinem Prügel auf den Waldhüter ein. Woodys Kräfte ließen allmählich nach, so dass er sich der fürchterlichen Schläge des Ungetüms kaum noch erwehren konnte.

Joachim zündete einen der Sprengkörper und schleuderte ihn auf das Monster. Der Sprengsatz landete wenige Zentimeter neben den Füßen des Ungeheuers auf der Erde und explodierte. Die Detonation brachte das Monster aus dem Gleichgewicht, so dass es der Länge nach hinschlug.

Woody atmete tief durch und warf Joachim einen anerkennenden Blick zu. Im nächsten Moment hörte er einen Angstschrei. Ruckartig drehte sich der Waldhüter um und sah, dass der Hauptmann der Unterweltstruppe, der sich schon seit einigen Minuten ein hitziges Gefecht mit Silvia lieferte, dem Mädchen das Schwert aus der Hand geschlagen hatte. Silvia war durch die

Wucht des Hiebs zu Boden gegangen; schutzlos lag sie nun vor dem Krieger. Der Hauptmann lachte triumphierend und holte mit seinem Schwert aus. Aber statt das Mädchen zu durchbohren, ließ er die Waffe fallen und sank röchelnd nieder.

Silvia hob erleichtert den Kopf und schaute in Woodys verschmitztes Gesicht. Dann entdeckte sie das Wurfmesser, das im Hals des Hauptmanns streckte, genau an der einzigen ungeschützten Stelle zwischen Helm und Rüstung. Gern hätte Silvia ihrem Retter die Hand gedrückt; doch jetzt war keine Zeit für lange Dankesbekundungen. Das Monster hatte sich nämlich von seinem Sturz erholt und ging mit seinem Prügel erneut auf Woody los.

Joe, in dessen Hand das Wunderschwert *Hiéromach* nur so tanzte, hatte schon eine beträchtliche Zahl von Gegnern getötet, aber auch seine Kräfte begannen langsam zu erlahmen.

Währenddessen schleuderten Joachim und Amanda unentwegt Sprengkörper aus dem Obergeschoss des Hauses auf die Unterweltskrieger. Viele von ihnen wurden voll getroffen und durch die Explosion in Stücke gerissen.

Roxanas Miene hatte sich in den letzten Minuten verändert. Das zynische Grinsen war aus ihrem Gesicht verschwunden und hatte sich in eine zornige Fratze verwandelt. Rasend vor Wut beauftragte sie einen ihrer Armbrustschützen, auf den hölzernen Turm zu steigen, auf dessen überdachter Plattform das Observatorium von Balthasar Formulus untergebracht war, und von dort aus Joachim zu erschießen. Dann rief sie Loof zu sich, dem es nicht gelungen war, die Haustür zu zerschlagen:

»Du bist unser bester Krieger. Stell dich Joe Arrows zum Kampf und töte ihn! Bring den Mistkerl um!«

Loof salutierte und stürmte mit erhobenem Bihänder auf Joe los. Roxana beobachtete, wie Loofs schweres Bihandschwert und die wesentlich elegantere Waffe von Joe Arrows aufeinander prallten. Sie hatte diesen tapferen jungen Mann begehrt, sie hatte ihn zu ihrem Gemahl und damit zum König von Haldnerackmáhn machen wollen. Doch jetzt empfand sie nur noch abgrundtiefen Hass gegen Hanck al Menhards Schüler, der ihren Reizen nicht erlegen war, ja der sie zutiefst gedemütigt hatte. Sie wollte seinen Tod. Keine Träne würde sie ihm nachweinen, wenn Loof ihm den Schädel spaltete. Und sie hatte keinen Zweifel, dass dies geschehen würde.

Der Armbrustschütze hatte in der Zwischenzeit den Turm erklommen und legte einen Pfeil ein, um damit Joachim zu töten, dessen Wurfgeschossen bereits mehr als die Hälfte der Unterweltskrieger zum Opfer gefallen war.

Geistesgegenwärtig riss Silvia Woodys Wurfmesser aus dem Hals des toten Hauptmanns, zielte genau und warf das Messer auf den Armbrustschützen, der soeben mit seiner Waffe auf Joachim anlegte. Das Messer traf den Schützen, noch bevor er den Pfeil abfeuern konnte. Mit einem lauten Schrei stürzte er kopfüber vom Turm herab. Seine Armbrust schlug neben ihm auf der Erde auf. Silvia ergriff sie, ebenso alle seine Pfeile, und kletterte damit auf den Turm, um von dort die Unterweltskreaturen unter Beschuss zu nehmen.

Roxanas Männer wurden nun also von zwei Seiten bombardiert, zum einen von Silvias Pfeilen, zum anderen durch die Sprengkörper aus dem Haus des Professors. Nur noch eine Hand voll Krieger war am Leben, als Joachim seinen letzten Sprengsatz zündete.

Roxana befahl den weiblichen Unterweltswesen, die bisher nicht in den Kampf eingegriffen hatten, die Waffen der gefallenen Krieger an sich zu nehmen.

»Schlagt die Fenster ein und stürmt das Gebäude!« schrie sie. »Die beiden haben keine Sprengkörper mehr, somit sind sie wehrlos. Holt die Prinzessin heraus, aber lebend! Ich bin sicher, dass sich Joe Arrows und seine Mitstreiter ergeben werden, wenn Amanda in meiner Hand ist.«

Amanda und Joachim hatten sich wieder ins Labor im Erdgeschoss begeben. Der leblose Körper von Balthasar Formulus lag immer noch vor dem Tisch, auf dem die Glaskolben mit der dampfenden braunen Brühe standen. Kleine gebogene Röhrchen verbanden die Kolben miteinander.

Entsetzt sahen Amanda und Joachim, wie die Kreaturen die Laborfenster zertrümmerten, um in das Gebäude einzusteigen.

»Was nun?« fragte Amanda kreidebleich.

»Geht zur Haustür und öffnet den Riegel, Hoheit!« antwortete Joachim, während er die Dose mit dem Metastrephin aus seinem Kittel zog. »Ich weiß zwar nicht genau, was der Professor vorhatte, aber mir kommt da eine Idee. Es könnte funktionieren.«

Er schraubte den Deckel der Dose ab und stellte sich auf die der Zimmertür zugewandte Seite des Labortischs. Vorsichtig näherte er sich den Kolben mit der braunen Flüssigkeit.

»Nur die Ruhe bewahren!« sagte er zu sich selbst.

Er wartete, bis alle weiblichen Unterweltskreaturen durch die Fenster gestiegen waren und nun langsam mit gezückten Waffen auf ihn zukamen. Rasch leerte er den gesamten Inhalt der Dose in einen der Glaskolben und rannte aus dem Raum.

»Jetzt nichts wie raus hier!« rief er der Prinzessin zu. »Ich denke, es wird gleich verdammt warm werden.«

Während die beiden in Windeseile durch die Haustür ins Freie flohen, hörten sie aus dem Labor ein lautes Zischen und Brodeln, begleitet von gellenden Schreien. Dann quoll zunächst brauner Rauch und schließlich eine schäumende milchigweiße Flüssigkeit aus dem Gebäude.

Nachdem sich der Qualm verzogen hatte, blickten Amanda und Joachim durch eines der zerschlagenen Fenster in das Labor. Alle Unterweltsgeschöpfe lagen leblos auf dem Fußboden. Sie waren entweder durch die bei der chemischen Reaktion urplötzlich entstandene Hitze verschmort oder an den giftigen Dämpfen erstickt. Inmitten der Toten lag Balthasar Formulus in seinem weißen Laborkittel. Im Gegensatz zu den schmerzverzerrten Fratzen der Unterweltskreaturen zeigte sein Gesicht ein mildes Lächeln. Es schien, als sei der Professor stolz auf den überwältigenden Erfolg seines letzten Experiments.

Draußen ging die unerbittliche Schlacht in ihre entscheidende Phase. Während Silvia vom Turm aus mit der Armbrust die letzten von Roxanas Kriegern erledigte, kämpfte Woody immer noch verbissen gegen das grüne Monster, und Joe lieferte sich ein erbarmungsloses Gefecht mit Loof. Mit voller Kraft drosch Santanas Leibwächter auf den jungen Helden ein. Joe konnte die harten Schläge auf die Dauer nicht mehr parieren; er geriet ins

Straucheln, kippte nach hinten und schlug mit dem Rücken unsanft auf der Erde auf.

Loof hob sein Schwert und wollte es auf Joe niederfahren lassen, um ihm den Schädel zu spalten. Joe versuchte sich zur Seite zu rollen, doch sein Körper versagte ihm den Dienst. Abgekämpft lag er auf dem Rücken und hielt sein Schwert nach oben gestreckt Loof entgegen. Er sah, wie sich der Bihänder seinem Kopf näherte. In Todesangst entsann er sich, was ihm sein Lehrmeister beigebracht hatte. Joe aktivierte seine gesamte geistige Kraft und konzentrierte sich auf das Bewusstsein seines Gegners. Mit seinen Gedanken drang er tief in Loofs Gehirn ein. Und da: Santanas Leibwächter begann plötzlich zu taumeln. Joe wusste nicht, ob es Loofs Erschöpfung, das Gewicht des Bihänders oder seine geistige Kraft war, die seinen Gegner ins Wanken brachte. Jedenfalls stürzte er mit voller Wucht ins Joes ausgestrecktes Schwert. Die Waffe, die Hanck al Menhard und Balthasar Formulus einst in Skants Werkstatt geschmiedet hatten, durchstieß Loofs eisernen Panzer und bohrte sich in seinen Brustkorb. Mit weit aufgerissenen Augen starrte der hünenhafte Unterweltskrieger Joe an. Während Hanck al Menhards Schwert Loofs Körper vollständig durchschlug und am Rücken wieder heraustrat, entglitt der schwere Bihänder den Fingern von Santanas Leibwächter und fiel klirrend zu Boden. Joe ließ sein Schwert los und rollte sich erschöpft zur Seite. Für kurze Zeit verlor er das Bewusstsein. Das Wunderschwert *Hiéromach* aber, das Loof aufgespießt hatte, steckte mit dem Griff in der Erde, und die Spitze zeigte senkrecht zum Himmel.

Entsetzt hatte Roxana den Tod ihres besten Kriegers mitverfolgt. Doch dann erkannte sie ihre Chance. Während Joe bewusstlos am Boden lag, ergriff sie Loofs Bihandschwert. Die dämonischen Kräfte, die sie von ihrer Mutter geerbt hatte, gaben ihr die Stärke, die schwere Waffe heben zu können. Ein einziger Gedanke beherrschte ihr Handeln: Sie wollte Joe Arrows töten. Aber bevor sie zum vernichtenden Schlag ausholen konnte, wurde sie von der Seite angesprungen, so dass sie den Bihänder fallen ließ. Es war Prinzessin Amanda, die sich in letzter Sekunde auf Roxana gestürzt hatte.

Die beiden Cousinen rangen erbittert miteinander: Roxana, die Tochter des ehemaligen Königs Dymon, ganz in Schwarz gekleidet, mit weißblondem Lockenkopf und bleichem Gesicht, aus dem das süßliche Lächeln restlos verschwunden war, und Amanda mit den langen dunklen Haaren und dem mittlerweile nur noch in Fetzen herunterhängenden weißen Kleid, die Tochter des jetzigen Königs Rhadal, die durch die Ereignisse der letzten Tage vom wohlbehüteten Königstöchterlein zu einer mutigen und selbstbewussten jungen Frau geworden war.

Das grüne Monster hatte Woody inzwischen zu Boden geworfen und wollte ihm mit seinem riesigen Knüppel den Schädel einschlagen. Da wurde es von einem Armbrustpfeil getroffen, der in seinem schuppigen Körper stecken blieb. Wütend drehte sich das Monster um und erblickte Silvia auf der Plattform des hölzernen Aussichtsturms. Das hirnlose Ungeheuer vergaß, dass es eigentlich Woody töten wollte, warf seinen Prügel weg und rannte auf den Turm zu. Es erklomm die Leiter, die nach oben führte, und stürzte sich auf Silvia. Noch ehe das Mädchen einen neuen Pfeil einlegen konnte, hatte ihm das Monster die Armbrust aus der Hand geschlagen. Hier oben auf der engen Plattform, deren größter Teil von dem auf einem wuchtigen Eisengestell festmontierten schwenkbaren Teleskop eingenommen wurde, nützte Silvia auch ihre Schnelligkeit nichts. Davonlaufen war nicht möglich und hinunterspringen zu gefährlich. Ihre einzige Chance bestand darin, das Teleskop als Waffe gegen das Ungeheuer zu benützen. Sie versetzte das lange Fernrohr in schnelle Drehung, duckte sich und hoffte, das Metallrohr würde das Monster voll am Kopf oder am Oberkörper treffen und vom Turm schleudern.

Doch Silvias Hoffnung erfüllte sich nicht: Das riesige Ungetüm bremste den Schwung des rotierenden Teleskops mit seinen kräftigen Pranken und bog das Rohr u-förmig zusammen. Dann packte es Silvia an ihren langen Haaren und zog sie zu sich heran. Genüsslich grunzend legte es seine Klauen um den Hals des Mädchens. Dabei war dem Ungeheuer entgangen, dass Woody Walker sich wieder aufgerappelt hatte und ihm mit dem Buschmesser in der Hand hinterhergeeilt war. Unter Aufbietung aller Energiereserven hatte er sich die Leiter hinaufgeschleppt und war auf den Eisensockel des zerstörten Teleskops geklettert. Er befand sich nun in Augenhöhe des Monsters, das gerade im Begriff war, Silvia zu erwürgen. Mit letzter Kraft holte Woody aus und hieb mit seinem scharfen Buschmesser gegen den Nacken des Ungeheuers. Das Monster stieß einen markerschütternden Schrei aus und ließ Silvia los. Sofort führte Woody einen zweiten Schlag gegen dieselbe Stelle am Hals des Ungeheuers und gleich noch einen dritten, mit dem er ihm den Kopf vom Rumpf trennte. Der grässliche grüne Schädel flog in hohem Bogen vom Turm herab. Woody sprang vom Sockel des Teleskops und versetzte dem kopflosen Körper einen kräftigen Fußtritt, dass der Kadaver ebenfalls hinunterstürzte und krachend auf dem Erdboden aufschlug. Dann sanken sich Silvia und Woody erleichtert in die Arme.

Der Ringkampf zwischen Amanda und Roxana war immer noch nicht entschieden. Da zog Roxana auf einmal ihr Knie an und rammte es ihrer Cousine in den Bauch, dass ihr die Luft wegblieb. Als Nächstes versetzte sie ihr einen Schlag mit der Handkante gegen den Hals. Amanda sank benommen nieder. Roxana griff nun erneut nach dem Bihandschwert. Sie packte es fest mit beiden Händen und richtete die Spitze auf Amandas Herz. Ihr Gesicht war von Hass erfüllt.

»Stirb, du Möchtegern-Prinzessin!« schrie sie schrill. »Ich bin die wahre Herrscherin von Haldnerackmähn!«

Sie wollte zustoßen, doch im selben Augenblick spürte sie einen stechenden Schmerz in ihrer Brust. Roxana ließ den Bihänder fallen und griff sich an die schmerzende Stelle. Ein Pfeil steckte zwischen ihren Rippen. Während sie langsam niedersank, sah sie, wie Joe Arrows seinen Bogen *Pantabal* fallen ließ, auf Amanda zuging, ihr die Hand entgegenstreckte und sie zu sich hochzog. Spontan fielen sich die beiden um den Hals und küssten sich lange und innig.

10. Heimkehr

Woody und Silvia waren vom Turm herabgestiegen und hatten sich zu Joe und Amanda begeben. Während sich die Schwestern glücklich umarmten, schüttelten die beiden jungen Männer stolz ihre Hände. Sie hatten den triumphalen Sieg der alten Helden von Haldnerackmáhn über die Mächte des Bösen wiederholt.

»Das wäre geschafft!« stöhnte Joe und wischte sich den Schweiß von der Stirn. »Der Tod von Professor Formulus ist gerächt.

Er hob seinen Bogen auf und hängte ihn sich um; dann ging er auf den toten Loof zu und zog Hanck al Menhards Schwert aus seinem Körper. Joachim kam etwas schüchtern auf die Helden zu und fragte:

»Und was soll nun aus mir werden, da der Professor tot ist?«

»Du warst doch sein Assistent«, antwortete Amanda. »Also wirst du sein Werk weiterführen. Bring als Erstes das Labor in Ordnung und bahre Professor Formulus in seinem Haus auf! Ich werde veranlassen, dass sein Leichnam von den Männern meines Vaters abgeholt und auf dem königlichen Friedhof beigesetzt wird.« An die anderen gewandt fügte sie hinzu: »Jetzt aber nichts wie heim ins Schloss! Ich habe meinen Eltern entsetzlich viel zu erzählen.«

»Ich werde dich bald besuchen und dir bei der Arbeit helfen«, sagte Joe zu Joachim und klopfte ihm aufmunternd auf die Schulter. »Leb wohl!«

Mit diesen Worten ergriff er Amandas Hand und verließ mit ihr das Grundstück. Woody reichte Silvia den Arm, und die beiden folgten Joe und Amanda auf dem Weg zum Königsschloss von Haldnerackmáhn.

*

Es wurde schon langsam dunkel, als Santana vor dem Haus des Professors erschien. Eine geheimnisvolle Kraft, die ihr noch von früher in unangenehmer Erinnerung war, hatte sie davon abgehalten, in den Kampf einzugreifen. Bestürzt betrachtete die Herrscherin der Unterwelt die zahllosen Leichen ihrer Krieger. Ihr Blick richtete sich erst auf ihren durchbohrten Leibwächter, dann auf ihre Tochter. Joes Pfeil steckte nach wie vor in ihrer Brust, aber Roxana lebte noch. Dunkles Blut sickerte aus ihrer Wunde. Santana ging auf sie zu und brach in Tränen aus. Es war das erste Mal seit Jahrzehnten, dass die Herrin der Finsternis weinte.

»Roxana, meine arme Tochter!« stieß sie entgeistert aus. Sie kniete neben ihr nieder und hielt ihren weißblonden Lockenkopf.

Roxanas Gesicht war noch blasser als sonst; ihre blutleeren Lippen wirkten fast schwarz. Das süße, meist zynische Lächeln war gebrochen. Ihre ehemals so strahlend blauen Augen blickten Santana ausdruckslos an.

»Oh Mutter!« röchelte die junge Frau. »Jetzt – werde ich – doch nicht – Königin von – Haldnerackmáhn!« Ihr Kopf sank nach hinten, ihr Mund und ihre Augen waren weit geöffnet.

»Nein!« schrie Santana verzweifelt und warf sich auf den leblosen Körper ihrer Tochter. »Nein! Das ist nicht wahr! Das kann nicht sein! Das darf nicht sein!«

Ein Geräusch ließ die Herrscherin der Unterwelt hochschrecken. Sie drehte sich um und blickte sprachlos in das bärtige Antlitz von Hanck al Menhard, der neben ihr erschienen war.

»Ich sagte dir, dass du durch deine Bosheit und Machtgier verlieren würdest, Santana«, sprach der alte Weise mit seiner tiefen, ruhigen Stimme. »Nun hast du das Einzige verloren, das du je geliebt hast.«

Er schaute ernst in das grüne Gesicht Santanas, die abwechselnd den Bewahrer des Guten und ihre tote Tochter anstarrte.

»Es war ein harter Kampf zwischen Gut und Böse«, fuhr Hanck al Menhard fort, »doch das Gute hat schließlich den Sieg errungen. Kehre zurück in die Unterwelt, wo du hingehörst, und lass Haldnerackmáhn und die Menschen hier für immer in Ruhe!«

Nach diesen Worten verschwand der Alte wieder und ließ eine hemmungslos heulende Santana zurück, deren verquollene rote Augen noch immer starr auf der toten Roxana hafteten. Zum zweiten Mal hatten Hanck al Menhard und die Helden von Haldnerackmáhn über sie und die Mächte der Finsternis gesiegt.

*

Im Thronsaal des Schlosses von Haldnerackmáhn saßen König Rhadal und seine Frau Miko; ohne großes Interesse nahmen sie die belanglosen Berichte der Verwalter ihrer Ländereien entgegen. Seit Joe Arrows und Woody Walker aufgebrochen waren, um Amanda zu befreien, warteten sie täglich auf eine Nachricht von ihnen. Aber nichts hatte sich getan.

»Vielleicht ist es ein gutes Zeichen, dass Santana mir nicht mehr erschienen ist«, meinte der König, um seiner Frau etwas Zuversicht zu geben. »Wenn sie die beiden jungen Männer getötet hätte, hätte sie sich längst gemeldet und die Regentschaft für sich und ihre Tochter gefordert.«

Aber seine Stimme klang nicht sehr überzeugt.

»Sie sind tot«, seufzte die Königin. »Sonst hätten wir doch irgendein Lebenszeichen von ihnen erhalten. Sie sind tot, und Amanda ist es wahrscheinlich auch.«

Nur mühsam gelang es ihr, die Tränen zu unterdrücken. Rhadal legte seiner Frau tröstend die Hand auf den Oberschenkel. Aber auch er hatte kaum noch Hoffnung.

Auf einmal entstand Unruhe im Thronsaal. Ein Mädchen, die Tochter eines Bediensteten, kam in den Raum gerannt.

»Sie kommen! Sie kommen! Sie bringen Prinzessin Amanda zurück!« rief sie außer Atem.

König Rhadal sprang erregt auf. Wenig majestätisch eilte er aus dem Thronsaal, durch das große Eingangsportal hinaus in den Schlosshof. Die Königin folgte ihm.

Draußen standen die Hofschranzen und Hofdamen bereits Spalier, als sich die Heimkehrer unter Hoch- und Hurra-Rufen dem Schloss näherten. Amanda, die Joes Wolldecke über ihrem zerrissenen Kleid trug, ging freudestrahlend voran und warf Kusshändchen in die Menge. Joe und Woody folgten ihr in respektvollem Abstand und winkten dem Volk fröhlich zu. Nur Silvia wusste nicht so recht, wie sie sich verhalten sollte. Bisher war der Wald ihre Heimat gewesen; das Zeremoniell bei Hof war ihr fremd. So trottete sie etwas verlegen neben Joe und Woody her und grüßte die Umstehenden mit einem scheuen Lächeln.

Als Amanda ihren Vater erblickte, rannte sie ihm stürmisch entgegen und fiel jauchzend in seine Arme:

»Vater!«

»Amanda!« rief Rhadal überglücklich und küsste sie.

Königin Miko war mittlerweile neben ihren Mann getreten.

»Mein Schatz, endlich habe ich dich wieder!« jubelte sie mit Tränen in den Augen und umarmte Amanda voll Freude.

Joe, Woody und Silvia kamen langsam näher.

»Vater, Mutter, ich habe eine Überraschung für euch«, erklärte Amanda und deutete auf das leichtgeschürzte Mädchen. »Das ist Silvia, meine Schwester – eure verlorengeglaubte Tochter.«

König Rhadal war mehr als überrascht. Ungläubig betrachtete er das Mädchen mit den bis zu den Hüften reichenden dunklen Haaren und der Kleidung, die so gar nicht königlich aussah. Doch dann nahm er sie in die Arme, drückte sie fest an sich und sagte ergriffen:

»Vor einer Stunde fürchtete ich noch, ich hätte meine einzige Tochter verloren, und nun habe ich eine zweite hinzugewonnen. Willkommen im Schloss, in dem du geboren bist, Silvia!«

Jetzt standen auch ihm die Tränen in den Augen. Während Silvia und ihre Mutter sich lange und herzlich umarmten, ging der König auf Joe und Woody zu und schüttelte ihnen die Hände.

»Ihr wisst gar nicht, wie dankbar ich euch bin, ihr Helden von Haldnerackmáhn«, sprach er anerkennend. »Ich werde euch reich belohnen.« Er kratzte sich nachdenklich am Kinn. »Allerdings entsteht jetzt ein Problem: Ich habe Amanda demjenigen zur Frau versprochen, der sie mir wohlbehalten zurückbringt. Aber ihr seid zwei. Wer soll Amanda denn nun heiraten?«

Bevor Joe etwas sagen konnte, ergriff Woody das Wort:

»Joe natürlich. Schließlich hat er sie ja befreit. Und außerdem: Die Kleine« – er deutete auf Silvia – »ist auch ganz nett. Nur rennt sie mir dauernd davon.«

Silvia nahm den Waldhüter bei der Hand und lachte:

»Damit ist jetzt Schluss, Woody. Ich bleibe bei dir.«

»Und ich bleibe bei dir, Joe«, erklärte Amanda und küsste ihren Retter liebevoll. »Du wirst einmal Nachfolger meines Vaters als König von Haldnerackmáhn werden.«

»Bis dahin ist noch viel Zeit«, meinte Joe. »Zunächst baue ich für König Rhadal erst einmal eine neue Elitetruppe auf: *die Neuen Helden von Haldnerackmáhn*. Einen guten Mann hab' ich ja schon.«

Er blickte zu Woody, der zustimmend seine Hand hob:

»Geht klar, Joe! Ich bin dabei.«

»Dann hätte ich noch eine Bitte, Majestät«, fuhr Joe fort.

»Dir erfülle ich jede Bitte, Joe Arrows«, erwiderte der König. »Was immer du wünschst, es soll geschehen.«

»Vor vielen Jahren habt Ihr den weisen Hanck al Menhard von Eurem Schloss verbannt«, sagte Joe mit fester Stimme. »Er war mein Lehrer und er hat uns das Leben gerettet. Ohne ihn wären wir verloren gewesen. Ich wünsche, dass er an den Königshof zurückkehren darf.«

Rhadal schaute fragend zu seiner Frau. Die Königin, deren Augen immer noch feucht waren, nickte zögernd.

»So mag er uns im Schloss willkommen sein«, entschied der König. »Er soll wieder am Königshof wohnen, wie während der Regentschaft meines Vaters. Nun aber lasst uns fröhlich sein, singen, tanzen und ein großes Festmahl halten! Und nächsten Monat feiern wir Doppelhochzeit.«

Der Hofstaat jubelte. Überall waren Hochrufe zu hören.

Das Glück war nach Haldnerackmáhn zurückgekehrt. Das Gute hatte über das Böse triumphiert. Die Welt war wieder in Ordnung.

III. Buch

Joe Arrows' Prüfung

1. Der Bewahrer des Guten

Zwei Jahre waren vergangen, seit Santana von Hanck al Menhard zum zweiten Mal aus Haldnerackmáhn verbannt und in die Unterwelt zurückgeschickt worden war. Bald darauf war im königlichen Schloss von Haldnerackmáhn ein großes Fest gefeiert worden, denn die beiden Töchter König Rhadals vermählten sich am selben Tag: Prinzessin Amanda wurde die Frau von Joe Arrows, und ihre Schwester Silvia heiratete Woody Walker. Durch ihre Ehen mit den Königstöchtern wurden Joe und Woody in den Adelsstand erhoben und trugen von nun an den Titel *Prinz*.

Anlässlich der Doppelhochzeit hob König Rhadal feierlich die Verbannung Hanck al Menhards auf. Der Bewahrer des Guten durfte an den Königshof zurückkehren und sogar die Trauungszeremonie leiten.

Schon bald nach dem Hochzeitsfest war der Alltag wieder in Haldnerackmáhn eingekehrt. Die beiden jungen Ehepaare hatten ihre Gemächer im Schloss bezogen, und Hanck al Menhard hatte sich als Wohnstätte das Turmzimmer gewählt, das nicht weit von der königlichen Bibliothek entfernt war. So konnte er sich jederzeit dem Studium der zahlreichen Bücher widmen, die dort aufbewahrt wurden. Kurz nach seiner Rückkehr ins Schloss hatte der alte Weise begonnen, ein Buch über den heiligen Pater Robb Welldone und die *Kraft des Guten* zu schreiben, das nun – nach knapp zwei Jahren – vollendet war.

Manchmal – wenn er gerade nicht las oder schrieb – predigte der Bewahrer des Guten in der Schlosskapelle, und viele Bürger des Landes kamen, um ihm zuzuhören. Oft unterhielt er sich mit seinem Schüler Joe Arrows, der ihn – wann immer es seine Zeit erlaubte – im Turmzimmer oder in der Bibliothek besuchte.

Joe hatte in den vergangenen zwei Jahren eine Menge geleistet. Zuerst hatte er Joachim dabei geholfen, das Labor von Balthasar Formulus wieder in Ordnung zu bringen und die Arbeit des großen Erfinders fortzuführen. Im Lauf der Zeit gelang es dem ehemaligen Assistenten sogar, nach den Rezepturen des Professors das eine oder andere Mittel herzustellen. Doch die meisten der Aufzeichnungen waren für Joachim unverständlich. Sie wurden in die Schlossbibliothek gebracht und dort aufbewahrt, damit sie der Nachwelt erhalten blieben. Vielleicht würde es in naher oder ferner Zukunft einen Wissenschaftler geben, der ihren Sinn entschlüsseln könnte.

Als Nächstes hatte Joe Arrows zusammen mit Woody Walker eine neue Heldentruppe aufgebaut. Woody mitgezählt bestand die Truppe aus zwölf jungen Männern, in Erinnerung an die zwölf alten Helden von Haldnerackmáhn. Joe hatte sie ausgebildet und ihnen alles beigebracht, was er einst von Hanck al Menhard gelernt hatte.

Nachdem die Ausbildung der neue Helden abgeschlossen war, hatte Joe die Führung der Truppe seinem Freund und Schwager Woody Walker übertragen. Er selbst kümmerte sich nun mehr um die Regierungsgeschäfte und unterstützte seinen Schwiegervater, König Rhadal, bei dessen Arbeit. Joe sollte ja später einmal König von Haldnerackmáhn werden, und da schadete es sicher nicht, wenn er schon jetzt Erfahrungen sammelte.

*

Der Tag hatte begonnen wie die meisten Tage; doch irgendwie spürte Joe in seinem Innersten, dass es ein besonderer Tag für ihn werden sollte. Wie gewohnt war er bei Sonnenaufgang aufgestanden und hatte sich angekleidet. Als Prinz trug er jetzt eine elegante Hose, ein Hemd aus weißer Seide, eine braune Weste und darüber einen knapp über die Hüfte reichenden Umhang mit purpurrotem Kragen. Nach Morgengebet und Frühstück hatte sich Joe ins Regierungszimmer begeben, wo er die schriftlichen Berichte der Verwalter der einzelnen Landesteile studierte. König Rhadal befand sich mit seiner Frau Miko und seinen beiden Töchtern auf einer Reise durch sein Reich, und Woody war mit der Heldentruppe im Osten des Landes unterwegs, wo wieder einmal eine Räuberbande die Bürger drangsalierte.

Ein Höfling betrat den Raum, verneigte sich und meldete:

»Prinz Joe, ein Gesandter des Königs von Translakien ist angekommen und wünscht, von Euch empfangen zu werden. Er und seine Begleiter warten unten im Schlosshof.«

Joe stand auf und verließ das Regierungszimmer.

Translakien, dachte er, während er die Treppen hinunterging, unser mächtiger Nachbar im Süden, jenseits des Großen Sees. Seit über fünfzig Jahren herrschte Friede zwischen Translakien und Haldnerackmáhn. Damals hatte Hanck al Menhard viel dazu beigetragen, dass es nicht zum Krieg zwischen den Königreichen gekommen war. In den letzten Jahren hatte es kaum Kontakte zwischen den beiden Staaten gegeben, doch nun waren die Translakier anscheinend daran interessiert, wieder mit der Regierung von Haldnerackmáhn ins Gespräch zu kommen.

Joe durchschritt das Eingangsportal des Schlosses und begab sich in den Vorhof. Dort wurde er von der kleinen Delegation aus dem Nachbarland bereits erwartet. Der Gesandte war ein großer hagerer Mann mit auffällig blassem Teint. Alle Translakier hatten eine sehr helle Hautfarbe, aber dieser Mann, der etwa dreißig Jahre zählen mochte, hatte ein nahezu weißes Gesicht. Seine hellblonden Haare waren kurz geschoren. Er trug einen langen schwarzen Mantel mit hochgestelltem Kragen und wirkte ziemlich arrogant. Als Joe auf ihn zuging, blickte er ihn mürrisch an und drückte seine Verärgerung darüber aus, dass man ihn habe warten lassen. So eine Behandlung sei er als Neffe des translakischen Königs nicht gewohnt.

Joe reichte ihm die Hand und sagte freundlich:

»Seid mir gegrüßt, Translakier! Ich bin Prinz Joe Arrows, der Schwiegersohn von König Rhadal. Da der König zur Zeit eine

Reise durch sein Reich macht, vertrete ich ihn hier im Schloss. Folgt mir bitte ...«

In diesem Moment kam aus dem Schloss ein Page angelaufen, der gewöhnlich in der Bibliothek Dienst tat und es offenbar sehr eilig hatte. Er trat auf Joe zu und begann hastig zu reden:

»Prinz Joe, Euer Lehrmeister Hanck al Menhard schickt nach Euch. Er sagt, er müsse Euch dringend sprechen. Ihr sollt sofort zu ihm kommen. Ich glaube, er will sich von Euch – verabschieden.«

Joe war sichtlich verwirrt.

»Verabschieden? Ich muss zu ihm.« Er wandte sich dem translakischen Gesandten zu: »Entschuldigt mich bitte kurz und wartet hier! Ich bin gleich wieder zurück.«

Mit diesen Worten eilte er ins Schloss. Der translakische Gesandte aber schaute noch mürrischer, als er zuvor schon gewirkt hatte, und sagte wütend zu seinen Begleitern:

»So eine Unverschämtheit von diesem Grünschnabel! Wir reisen ab! Das wird schwerwiegende Folgen für die diplomatischen Beziehungen zwischen unseren Staaten haben.«

Damit verließ er den Schlosshof und warf dem Wächter am Tor noch einen bitterbösen Blick zu. Seine Begleiter folgten ihm schweigend. Sie stiegen in die noble Kutsche, mit der sie zum Königsschloss gefahren waren, und brausten nach Süden zum Großen See, wo ihr Schiff auf sie wartete.

Joe hatte sich mit schnellen Schritten ins Turmzimmer begeben. Der Raum war spärlich eingerichtet. An den Wänden hingen einige Bilder mit religiösen Motiven und ein großes Kreuz aus Holz. Unterhalb des Kreuzes befand sich ein schlichtes Bett, auf dem Hanck al Menhard mit aufeinandergelegten Händen ruhte. Auf dem kleinen Nachttisch neben dem Bett stand eine brennende Kerze, daneben lag das Buch über die *Kraft des Guten*, das Hanck al Menhard in den vergangenen zwei Jahren verfasst hatte. Der Bewahrer des Guten war inzwischen siebenundsiebzig Jahre alt. Er trug wie immer seine braune Kapuzenkutte und an einer Kette um den Hals das goldene Kreuz *Chryson*, das einst Pater Robb Welldone getragen hatte und das Hanck im jugendlichen

Alter erhalten hatte. Als Joe eintrat, erhob er sich, setzte sich auf die Bettkante und sagte mit seiner sanften, tiefen Stimme:

»Grüß Gott, Joe; schön, dass du kommst! Setz dich her zu mir! Ich habe etwas sehr Wichtiges mit dir zu besprechen, denn ich werde euch heute verlassen.«

Joe hatte auf dem einfachen Holzstuhl Platz genommen und starrte seinen alten Lehrmeister fragend an.

»Verlassen?« fragte er verstört. »Wohin gehst du?«

Hanck al Menhard fuhr bedächtig mit der Hand durch seinen langen weißen Bart:

»Viele Jahrzehnte habe ich in Haldnerackmáhn dem Guten gedient und es gegen das Böse verteidigt. Jetzt ist meine Zeit gekommen, von dieser Welt Abschied zu nehmen und in eine andere Welt zu gehen. Ich werde mich auf eine höhere Daseinsebene begeben, wo ich noch mehr Macht haben werde, als ich sie hier hatte. Ich werde dann alles wissen und allgegenwärtig sein, dort drüben, wo ich hingehe.«

Joe blickte seinen Lehrmeister fragend an:

»Hanck, heißt das, du wirst – du wirst – sterben?«

»Ihr Menschen nennt es wohl so«, gab der Alte zur Antwort, »aber in Wirklichkeit werde ich ewig leben.«

»Nein, Hanck, nein!« rief Joe besorgt aus. »Du darfst uns nicht verlassen! Wir brauchen dich hier!«

Der Weise schüttelte den Kopf:

»Nicht *mich* brauchen die Menschen dieser Welt, sondern einen, der meine Aufgabe weiterführt: einen neuen Bewahrer des Guten. Ich hatte viele Schüler in meinem langen Leben, aber selbst wenn von den anderen noch einer leben würde, wäre meine Wahl nicht anders. Du warst mein bester Schüler, Joe Arrows – ich hatte ja auch zwölf Jahre Zeit, dich auszubilden. Du wirst mein Nachfolger als Bewahrer des Guten sein und Haldnerackmáhn vor allem Bösen beschützen.«

Joe war immer noch völlig durcheinander.

»Ich soll *was*? Ich ...«

Der Alte hob den Zeigefinger ein kleines Stück:

»Du bist reif dafür, meine Aufgabe zu übernehmen, wenn ich jetzt eine noch schwerere Aufgabe in einer anderen Welt übernehme. Ich werde nun all meine geistigen Kräfte auf dich übertragen, Joe, so wie einst der heilige Pater Robb Welldone seine Kräfte auf mich übertrug. Dann wirst du dich an jeden Ort versetzen können, der dir bekannt ist, du wirst andere durch deine geistige Kraft erstarren lassen können und du wirst Santana ein ebenbürtiger Gegner sein.«

»Santana?« meinte Joe verwundert.

»Ja, Santana, die Herrin der Finsternis. Wir haben sie zwar vor zwei Jahren zurück in die Unterwelt geschickt, aber sie sinnt immer noch auf Rache. Mein Verschwinden aus dieser Welt wird ihr neuen Mut geben, wieder Einfluss auf Haldnerackmáhn zu nehmen.«

»Und ich soll gegen sie und ihre finsteren Mächte bestehen können?« fragte Joe unsicher.

Hanck al Menhard legte ihm väterlich die Hand auf die Schulter:

»Sie kann dir nichts anhaben, Joe. Das Böse ist auf der Welt, damit wir es überwinden. Nur eines könnte Santana zum Sieg verhelfen. Das würde allerdings den Untergang für ganz Haldnerackmáhn bedeuten.«

»Und was ist das?« wollte Joe wissen.

Der Weise strich erneut mit der Hand durch seinen Bart, dann sagte er eindringlich:

»Wenn du den rechten Weg verlassen und deine übernatürlichen Kräfte zu etwas Bösem verwenden solltest, wird Santana Macht über dich erlangen und dich am Ende – vernichten.«

Er machte eine Pause und ließ Joe Zeit, das Gehörte zu verarbeiten. Währenddessen nahm der Bewahrer des Guten das goldene Kreuz ab, das an einer schmalen Kette von seinem Hals herabhing, und fuhr fort:

»Drum geh behutsam mit deinen Kräften um und missbrauche sie nie! Damit du dir dessen immer bewusst bist, gebe ich dir *Chryson*, das goldene Kreuz von Pater Robb Welldone. Trage es Tag und Nacht auf deiner Brust! So werde ich immer bei dir sein und dich beschützen können. Solltest du einmal im Begriff sein, deine Kräfte falsch einzusetzen, wird das Kreuz auf deiner Brust brennen und dich so warnen.«

»Ich danke dir Hanck«, erwiderte Joe – immer noch zweifelnd. »Aber denkst du wirklich, dass ich dieser schweren Aufgabe gewachsen bin?«

»Du wirst es lernen, damit zurechtzukommen. Auch ich wurde nicht als Weiser geboren; auch mich haben erst die Jahre und Jahrzehnte zu dem gemacht, was ich heute bin. Die Erkenntnisse, die ich im Verlauf meines langen Lebens gewonnen habe, habe ich in diesem Buch niedergeschrieben.« Er nahm das Werk, das aus einer Vielzahl handschriftlich verfasster Seiten bestand, vom Nachttisch und überreichte es Joe: »Lies darin, wann immer du Zeit hast! Es kann dir bei der Erfüllung deiner Aufgabe von großem Nutzen sein.«

Erneut hielt er inne und schien in sich hineinzuhören. Er blickte zu dem Holzkreuz an der Wand und nickte mit dem Kopf. Dann wandte er sich wieder seinem Schüler zu:

»Nun wird es aber wirklich Zeit, Joe. Ich spüre, dass man mich ruft. Ich werde dich jetzt anhauchen und danach aus deinen Augen entschwinden. Und du wirst dann all das können, was ich konnte. Du wirst über Fähigkeiten jenseits aller Vorstellungskraft verfügen. Gebrauche sie gut, mein Freund!«

Er hängte Joe die Kette mit *Chryson* um den Hals, dann ergriff er Joes rechte Hand, legte seinen linken Arm um Joes Nacken und drückte den jungen Mann an sein Herz.

»Leb wohl, Joe Arrows! Auf Wiedersehen, irgendwann in der Welt, in die ich jetzt gehe und in die auch du einst kommen wirst. Die *Kraft des Guten* sei mit dir!«

Bei diesen Worten blickte der alte Weise dem Dreiundzwanzigjährigen, der nun seinen Platz einnehmen sollte, tief in die Augen und hauchte ihn an. Dann ließ er sich langsam auf sein Bett zurücksinken. Auf dem Rücken liegend faltete er seine Hände und schloss die Augen. Sekunden später löste sich seine Gestalt auf und entschwand Joes Blicken.

Erst langsam wurde Joe bewusst, was soeben geschehen war. Traurig warf er sich auf das leere Bett, auf dem kurz zuvor noch sein väterlicher Freund und Lehrmeister gelegen hatte. Tränen rannen über Joes Gesicht. Zum zweiten Mal innerhalb von zwei Jahren hatte er von Hanck al Menhard Abschied nehmen müssen.

Doch während es damals in der eisigen Kälte des Nordens von Haldnerackmáhn die Hoffnung auf ein Wiedersehen gab, erweckte dieser Abschied den Eindruck der Endgültigkeit.

Wie wird es ohne Hanck weitergehen? fragte sich Joe. Was wird die Zukunft bringen? Und werde ich meiner neuen Aufgabe als Bewahrer des Guten gewachsen sein?

Sorgenvoll schaute sich Joe im Turmzimmer des Schlosses um. Sein Blick blieb an dem großen Holzkreuz haften, das über dem Bett an der Wand hing. Ein wenig Zuversicht keimte in Joe auf. Er senkte den Kopf und betrachtete das goldene Kreuz auf seiner Brust. Für einen winzigen Moment glaubte er, in *Chryson* das bärtige Gesicht Hanck al Menhards zu erkennen. Es sah aus, als würde der Weise ihm aufmunternd zulächeln. Joes Zuversicht wuchs.

»Es wird weitergehen!« sagte er laut zu sich selbst. »Was immer geschehen mag: Das Gute wird siegen!«

Er nahm *Chryson* in die Hand und hob es ein wenig von seiner Brust ab. Das Sonnenlicht, das durch das Turmfenster fiel, ließ das Kreuz hell erstrahlen.

»Ich werde mich bemühen, dir ein würdiger Nachfolger zu sein, Hanck al Menhard«, versprach Joe feierlich.

Er senkte das goldene Kreuz wieder auf seine Brust, erhob sich von seinem Stuhl, machte eine Kniebeuge vor dem Holzkreuz an der Wand und verließ das Turmzimmer.

2. Kreaturen der Nacht

Der Wächter auf dem Turm blies kräftig in seine Posaune und eine Fanfare ertönte im ganzen Schlossbezirk. Joe ging ans Fenster und sah hinaus. In der Ferne erspähte er die Schar der zwölf Helden, die sich zügig dem Schloss näherten.

An der Spitze marschierte der Anführer, Woody Walker. Er trug nach wie vor seine olivgrüne Kleidung und die Pelzmütze mit den zwei langen Marderschwänzen. Sein Buschmesser steckte in der ledernen Scheide.

Neben Woody lief Sascha Iwanowitsch Rambowski. Er stammte aus den dunklen Wäldern des Ostens von Haldnerackmáhn. Seine Kleidung ähnelte der von Woody und seine blonden Haare waren stoppelkurz geschoren. Bewaffnet war er mit einem Schnellfeuergewehr und einer langen Machete, gegen die Woodys Buschmesser geradezu winzig wirkte.

Hinter Woody und Sascha gingen zwei Revolvermänner mit breitkrämpigen Lederhüten. Der größere der beiden war ganz in Schwarz gekleidet; er war im Südwesten des Königreichs geboren und nannte sich Zorro el Cazador. Sein wesentlich kleinerer Nebenmann trug einen braunen Hut und eine hellbraune Lederjacke. Er hieß Buddy the Kid und war der Jüngste der *Neuen Helden von Haldnerackmáhn*. Bereits im Jugendalter hatte er sich einen Namen als schneller und treffsicherer Schütze im Nordwesten des Landes gemacht.

Die dritte Reihe bildeten zwei Schwertkämpfer in eisernen Rüstungen mit Metallhelmen und großen Schilden. Auf dem Schild des einen war ein mächtiger Löwenkopf zu sehen. Sein Besitzer war Wolfgang von Löwenthal, dessen Vater Bernhard einst zu den alten Helden von Haldnerackmáhn gehört hatte. Der Schild des anderen Schwertkämpfers zeigte zwei gekreuzte weiße Pferdeköpfe auf blauem Grund. Philipp von Eisenraiff war der Name dieses Recken.

Hinter den beiden Schwertkämpfern marschierten zwei Männer, die so gar nicht zusammenzupassen schienen: Der eine war sehr groß und breitschultrig, hatte lange, zu Zöpfen geflochtene rotblonde Haare und einen wilden roten Bart. Bekleidet war er mit einem Gewand aus Eisbärfell; als Waffe trug er eine wuchtige Streitaxt. Sein Name war Thor Hägarson, und er stammte aus dem hohen Norden von Haldnerackmáhn. Sein Nebenmann war ein elegant gekleideter, schmächtiger junger Bogenschütze, der Etienne de Fleche genannt wurde. Sein Vater war Mitglied der Leibgarde von König Rhadal, und so hatte Etienne schon in jungen Jahren das Schießen mit Pfeil und Bogen erlernt.

Als Nächstes folgten zwei Männer, die mit Säbeln bewaffnet waren. Der eine war Vitali Puschkin aus dem rauen Nordosten des Landes; er trug einen Mantel und eine Kappe aus braunem Bärenfell. Sein Nebenmann war mit einem langen weißen Burnus bekleidet; er hieß Omar bin Chaled und war ein Wüstensohn aus dem heißen Südosten des Königreichs.

Den Schluss des Zugs bildeten zwei besonders verwegen aussehende Gestalten: Da war zum einen ein Mann mit braungebrannten Gesicht und einem schwarzen, an den Enden hochgedrehten Schnurrbart; um den Kopf hatte er ein rotes Tuch geschlungen, das an der Seite zusammengeknotet war. Sein Name war Mario Cuchillo, und seine Waffe war ein langer Dolch. Mario war unter den Piraten aufgewachsen, die den Großen See zwischen Haldnerackmáhn und Translakien unsicher machten. Er war selbst Seeräuber gewesen, bevor ihn Woody Walker zum Guten bekehrt und in seine Truppe aufgenommen hatte.

Neben Mario Cuchillo lief ein dunkelhäutiger Mann mit aufgemalten bunten Streifen im Gesicht und einem langen Holzspeer in der Hand. Er hörte auf den Namen Mbutu und war auf einer fernen Urwaldinsel geboren. Eines Tages war er mit seinem Kanu an der Küste von Haldnerackmáhn gestrandet. Woody und Silvia hatten den verletzten und halbverhungerten Insulaner gefunden und gesundgepflegt, worauf dieser sich der Heldentruppe angeschlossen hatte.

Joe eilte nach unten, um Woody und seine Männer zu begrüßen. Als die Zwölf das Eingangstor zum Schlosshof passierten, meldete der Wächter pflichtgemäß:

»Prinz Woodrow und seine Helden kehren zurück!«

»Woodrow! So hat mich seit meiner Kindheit keiner mehr genannt!« rief Woody lachend aus, als er den Schlosshof betrat.

Während die übrigen Helden Joe im Vorübergehen grüßten und sich dann zum Waschplatz begaben, um sich nach der anstrengenden Exkursion erst einmal gründlich zu reinigen, ging Woody auf seinen Schwager zu und schüttelte ihm die Hand.

»Grüß Gott, Joe!« begann er. »Ich habe interessante Neuigkeiten für dich. Ich ...« Er unterbrach sich, als er Joes eigenartigen Gesichtsausdruck bemerkte. »Sag mal, was ist mit dir? Du schaust so traurig aus.«

»Grüß Gott, Woody!« erwiderte Joe mit wenig Schwung in der Stimme. »Schön, dass du wieder da bist!« Nach einer kurzen Pause fuhr er fort: »Hanck al Menhard hat uns verlassen. Er sagte, er gehe in eine andere Welt, in der er noch mächtiger sei als hier.«

»Er war ein alter Mann«, versuchte Woody seinen Freund zu trösten. »Es war abzusehen, dass er einmal von uns gehen würde.«

»Hanck hat mich zu seinem Nachfolger als Bewahrer des Guten ernannt und all seine geistigen Kräfte auf mich übertragen«, informierte Joe seinen Schwager. »Ich trage jetzt eine immense Verantwortung und verfüge über eine ungeheure Macht, Woody. Und Hanck warnte mich ausdrücklich davor, diese Macht zu missbrauchen. Er sagte, das könne den Untergang von ganz Haldnerackmáhn bedeuten. Du bist mein bester Freund, Woody. Pass auf mich auf und hindere mich – notfalls mit Gewalt – daran, meine Kräfte zum Bösen zu verwenden!«

Woody legte Joe die Hand auf die Schulter und meinte brüderlich:

»Geht klar, Joe! Du weißt, ich bin dein Freund. Ich werde dir helfen, die schwere Verantwortung zu tragen, die jetzt auf dir lastet. Aber nun hör zu, was ich zu berichten habe: Ich habe mit den Neuen Helden von Haldnerackmáhn die Räuberbande zerschlagen, die die Menschen im Osten unseres Landes drangsaliert hat. Dabei erfuhr ich, dass in einem Haus in den östlichen Wäldern schreckliche Experimente mit dem Leben gemacht werden sollen. Und der Mann, der hinter allem stecken soll, heißt angeblich – Formulus.«

»Formulus?« fragte Joe irritiert. »Aber unser guter Professor Balthasar Formulus ist doch tot. Santanas Monster hat ihn vor zwei Jahren getötet. Außerdem würde er nie so schreckliche Experimente durchführen. Er hat immer dem Guten gedient und nur sinnvolle Dinge erfunden.«

»Du hast Recht, Joe«, antwortete Woody. »Aber seltsam ist die Sache doch. Ich werde auf jeden Fall in einigen Tagen mit den Helden wieder nach Osten aufbrechen und der Sache nachgehen.«

*

Ein halbverfallenes Gebäude mitten in den schier endlosen dunklen Wäldern des Ostens von Haldnerackmáhn. Es war finstere Nacht, kein Stern strahlte am Himmel und auch der Mond wagte sich nicht hervor. Im Inneren des Hauses ein düsterer Raum mit Spinnweben an den Wänden. Eine von der Decke herabhängende Öllampe und eine einsame Kerze spendeten spärliches Licht.

In einer Ecke des Raumes war ein großer Metallkessel aufgestellt, unter dem ein Feuer loderte. Aus dem Kessel ragte ein Rohr, das mit einem Wasserhahn endete. An der Wand unterhalb des Wasserhahns stand eine große Wanne aus Blech, in der ein Mensch bequem Platz hatte. Auf der anderen Seite der Wanne befand sich ein eisernes Gestell, in dem eine Vielzahl von Flaschen und Dosen mit allerlei geheimnisvollen Inhalten aufbewahrt wurden. Oben auf dem Gestell stand die Kerze, deren Flackern den Raum noch gespenstischer erscheinen ließ.

Zwei Gestalten vor der Wanne warfen dunkle Schatten an die Wand. Der eine Schatten kam von einem durchschnittlich großen, über sechzig Jahre alten Mann mit einem intelligenten, aber etwas heimtückisch wirkenden Gesicht, schütteren grauen Haaren, buschigen Augenbrauen und einem struppigen Oberlippenbart. Der Mann trug einen mausgrauen Kittel und auf der Nase eine Nickelbrille.

Die andere Gestalt maß höchstens eineinhalb Meter. Ihr unförmiger Schädel war kahl, das Gesicht wirkte ausdruckslos und stupid. Der klobige Körper steckte in einem Rupfensack, aus dem zwei erheblich zu lang geratene Arme und ein paar kurze, stämmige Beine herausschauten.

Der Mann im grauen Kittel winkte der Gestalt im Sackgewand zu: »Igor, komm her!«

»Jaaaaahhhhh!« antwortete der Angesprochene mit einer tiefen, monotonen Stimme und rückte ganz nahe an seinen Herrn heran. Dieser reichte Igor eine Flasche mit dunkelblauer Flüssigkeit und forderte ihn auf:

»Halt das mal! Ich brauche noch ein bisschen davon« – bei diesen Worten nahm er eine Dose mit einem schwarzen Pulver aus dem Regal – »das wird diesmal die optimale Mischung.« Er schüttete ein wenig von dem Pulver in die Wanne und sagte erwartungsvoll: »Ich spüre, dass gleich etwas ganz Großes geschehen wird.«

Im diesem Augenblick erklang ein eigenartiges Zischen, und die Luft begann zu flimmern. Mit einem Mal standen zwei weibliche Personen inmitten des düsteren Raums. Die kleinere der beiden war noch ein ganzes Stück kleiner als der plumpe Igor; sie hatte eine zierliche Figur und ein dunkelrotes, kindlich wirkendes Gesicht. Ihr Kopf war mit einem schwarzen Häubchen bedeckt, und auch sonst war sie ganz in Schwarz gekleidet. In der einen Hand hielt sie eine Kristallkugel, in der anderen eine Urne.

Die größere der beiden Frauen war wohl zwischen fünfzig und sechzig Jahre alt. Sie trug ein langes blaugrünes Kleid und darüber einen pechschwarzen Umhang, der bis zum Boden reichte. Ihr Gesicht war giftgrün, ihre Augen funkelten feuerrot, ihr Haar schimmerte oliv und von ihren Ohrläppchen hingen ein umgedrehtes Kreuz und ein fünfzackiger Stern aus Silber herab. Sofort nach ihrem plötzlichen Erscheinen sprach sie den Mann im grauen Kittel an:

»Sei mir gegrüßt, es war nicht leicht, dich zu finden, Formulus!«

Der Angesprochene musterte die Frau mit dem grünen Gesicht und äußerte kühl:

»Sieh an, die Herrscherin der Unterwelt, wenn mich nicht alles täuscht. Seid gegrüßt, erhabene Santana! Was führt Euch in mein Laboratorium?«

»Du kannst mir gute Dienste leisten, Formulus, und ich werde dich dafür reich belohnen«, antwortete die Herrin der Finsternis geheimnisvoll.

»Und womit kann ich Euch dienen, Santana?«

Santanas Gesicht verfinsterte sich:

»Seit Joe Arrows und Woody Walker meine ganze Armee niedergemetzelt haben und Hanck al Menhard mich in die Unterwelt verbannt hat, bin ich sehr einsam. Nur meine treue Zofe Blix ist mir geblieben.« Dabei deutete sie auf ihre kleine Begleiterin, die ehrfürchtig zu ihrer Herrin aufschaute.

Der Mann im grauen Kittel zeigte keine Gefühlsregung und meinte betont lässig:

»Bedauerlich! Aber was kann ich da tun?«

»Du bist aus anderem Holz geschnitzt als dein älterer Bruder Balthasar«, erklärte Santana undurchsichtig. »Du gibst dich nicht mit Unsichtbarkeitsmitteln und ähnlichem Unsinn ab. Du experimentierst mit dem Leben, Frank Formulus.«

»Frank *N*. Formulus, bitte!« korrigierte der Wissenschaftler. »Das *N* steht für *Nekrophilos*, das heißt soviel wie: einer, der eine besondere Vorliebe für Leichen ...«

»Ich kenne die Bedeutung dieses Wortes«, unterbrach ihn Santana unwirsch. »Und ich hoffe, dass du nicht so ein vertrottelter Spinner bist, wie es dein Bruder Balthasar war.«

»Ja, mein Bruder war ein alter Narr. Er hat sich leider mit diesem verrückten Hanck al Menhard eingelassen und ist zu einem Menschenfreund geworden. Ich war noch ein Kind, als die Räuber unser Dorf überfielen und niederbrannten. Sie nahmen mich mit und zogen mich groß. Während ich mit den Räubern durch die Wälder streifte und mir später dieses Laboratorium einrichtete, unterstützte mein törichter Bruder Hanck al Menhard im Kampf gegen dich, Santana. Aber er soll ja nun tot sein, habe ich beiläufig gehört.«

»Ja, er ist tot«, lachte die Herrscherin der Unterwelt diabolisch, »ebenso wie dieser Hanck al Menhard. Dieser Mümmelgreis hat es mit Hilfe der sogenannten *Kraft des Guten* tatsächlich geschafft, dass ich die Unterwelt bis gestern nicht verlassen konnte. Aber mit seinem Scheiden aus dieser Welt wurde auch der von ihm verhängte Bann unwirksam. Jetzt ist meine Stunde der Rache gekommen, und du wirst mir dabei helfen, Frank N. Formulus. Ich hörte, du kannst künstliches Leben erschaffen.«

»Das stimmt«, bestätigte Formulus mit geschwellter Brust. »Ich erzeuge hier aus den Zellen toter Lebewesen Kreaturen aus Fleisch und Blut, die man fast schon als Menschen bezeichnen kann.« Er zeigte auf die Gestalt in dem Rupfensack. »Igor hier ist mein Meisterwerk.«

»Die anderen Geschöpfe sind dir wohl noch mehr misslungen«, warf Santanas Zofe Blix verächtlich ein.

Igor blickte das kleine Unterweltswesen hasserfüllt an, streckte seine farblose Zunge heraus und gab einen langgezogenen Laut von sich, der sich wie »Bääääähhhhh!« anhörte.

»Er ist ein guter Gehilfe«, erklärte Frank N. Formulus entschuldigend. »Allerdings haben meine Kreaturen bisher recht wenig Verstand; das Hirn ist etwas unterentwickelt. Aber ich arbeite daran, das zu verbessern. Auch haben meine Geschöpfe keine Seele; dafür bist wohl eher du zuständig, Santana.«

Die Herrin der Finsternis nickte:

»Ich will dich auf die Probe stellen. Ich habe hier die sterblichen Überreste meines einstigen Leibwächters, der vor zwei Jahren von Joe Arrows im Kampf getötet wurde. Kannst du ihn wiedererwecken?«

Formulus schüttelte den Kopf:

»Wiedererwecken nicht; aber ich kann dir ein Wesen erschaffen, das ihm körperlich genau gleicht, das genauso stark ist wie er, nur – wie gesagt – keine Seele hat. Ein seelen- und willenloses Geschöpf, das du nach Belieben für deine Zwecke verwenden kannst, Santana.«

Die Herrscherin der Unterwelt schien mit der Antwort zufrieden zu sein.

»Nun gut, Formulus, beweise mir deine Kunst!« Sie wandte sich an ihre Zofe: »Blix, die Urne!«

»Hier, Herrin«, erwiderte das kleine Wesen und reichte Santana den Behälter mit Loofs sterblichen Überresten.

Santana gab die Urne an den Mann im grauen Kittel weiter:

»Fang an, Formulus!«

Frank N. Formulus drehte sich zu seinem Gehilfen um:

»Igor, komm her, du musst mir assistieren!«

Er drückte ihm eine Flasche mit einer grün schimmernden Substanz in die Hand.

»Pass auf, dass der Idiot keinen Fehler macht!« rief Blix aus.

Igor warf ihr einen bösen Blick zu, streckte erneut die Zunge heraus und brachte aus sabberndem Mund wieder sein langgezogenes »Bääääähhhhh!« hervor.

Formulus hatte inzwischen den Wasserhahn bis zum Anschlag aufgedreht und ließ die Blechwanne mit der heißen Flüssigkeit aus dem Metallkessel volllaufen. Er schüttete zunächst ein wenig von dem schwarzen Pulver hinein und rührte die Brühe mit einem langen Holzlöffel durch, dass sie zu schäumen begann. Danach öffnete er die Urne und sagte:

»So, jetzt die Asche hinein!« Dabei ließ er den gesamten Inhalt der Urne langsam in die Wanne gleiten. Erneut rührte er um; dann wandte er sich an seinen unförmigen Gehilfen: »Und jetzt, Igor, ein klein wenig hiervon ...«

Igor hatte die Flasche mit der grünen Substanz geöffnet. Ruckartig drehte er die Flasche um und kippte den größten Teil des Inhalts in die Wanne.

Entsetzt riss Formulus seinem Gehilfen die Flasche aus der Hand:

»Nicht so viel, du Trottel! Das war zu viel!«

Er sah, wie Blix vorwurfsvoll den Kopf schüttelte, und auch Santanas Gesicht verfinsterte sich zusehends.

In der Wanne begann es zu zischen und zu brodeln. Der Schaum nahm zu und trat über den Rand der Wanne.

»Es tut sich was!« strahlte Formulus und hoffte, dass auch Santana den Erfolg bemerkt hatte. Zuversichtlich rieb er sich die Hände: »Es funktioniert!«

Tatsächlich bewegte sich in der Wanne etwas. Durch den weißen Schaum schimmerte undeutlich helle Haut.

»Er entsteht!« rief Formulus verzückt aus. Er schaute zu Santana und Blix, die gespannt auf die Wanne starrten.

Der Schaumberg in der Wanne wurde immer höher und breiter; in seinem Inneren war eine Gestalt zu erkennen, die rasch auf eine Größe von zwei Metern anwuchs. Ein gelbes Gesicht mit einer blauroten Nase schaute heraus. Allmählich tauchten auch zwei kräftige Arme und eine breite behaarte Brust aus dem Schaumberg auf. Die Gestalt riss die Augen weit auf, hämmerte sich mit den Fäusten gegen den Oberkörper und ließ einen markerschütternden Schrei erschallen:

»Uaaaaahhhhh!«

Santana starrte immer noch den nackten Körper ihres wiedererstandenen Leibwächters an, der sich mit bizarren Bewegungen aus dem Schaum herausschälte.

Blix rümpfte ihre Stupsnase und sah Formulus vorwurfsvoll an: »Du hast ihn vermurkst!«

Formulus betrachtete in schnellem Wechsel sein Geschöpf und Santanas Gesichtsausdruck. Er war sich nicht sicher, wie die Herrin der Finsternis seine Arbeit beurteilte. Nur Igor glotzte gelangweilt vor sich hin. Sein stumpfsinniges Gesicht zeigte keinerlei Regung, auch dann nicht, als der schaumbedeckte Körper aus der Wanne sprang. Die Kreatur trommelte sich erneut mit den Fäusten gegen die Brust und stieß ein »Uaaaaahhhhh!« aus, diesmal noch lauter als beim ersten Mal. Dann stürmte das Wesen wie besessen auf die Tür des Laboratoriums zu, öffnete sie und verschwand in der Dunkelheit der Nacht und des Waldes.

»Ihm nach!« schrie Santana, die allmählich ihre Fassung wiederfand, Formulus an. »Hol ihn zurück!«

»Der ist schon weg, Herrin«, stellte Blix sachlich fest. »Aber ich könnte in der Kristallkugel nachsehen, wo er hinläuft.«

»Nicht so wichtig!« meinte Santana, die sich wieder etwas beruhigt hatte. »Wir werden die Missgeburt beizeiten auslöschen.«

»Das wird nicht ganz einfach sein«, teilte Formulus der Herrscherin der Unterwelt mit. »Meine Geschöpfe sind nämlich nahezu unsterblich. Eine meiner Kreaturen kann nur von einer meiner Kreaturen getötet werden, sonst von niemandem.«

»So, so«, sinnierte Santana. »Nun ja, das hat durchaus auch seine Vorteile. Aber einen Fehlschlag wie eben darf es nicht mehr geben!«

»Es war Igors Schuld«, entschuldigte sich Formulus. »Er hat ein bisschen zu ...«

»... zu wenig Hirn, wir wissen es«, fiel ihm Blix ins Wort und blickte Igor dabei voll Verachtung an.

»Dann ändere die Zusammensetzung!« befahl Santana gereizt. »Ich will Geschöpfe, die auch denken können.«

»Ich werde mein Bestes tun, erhabene Santana«, versprach Frank N. Formulus unterwürfig. »Schon in wenigen Tagen wird alles zu deiner Zufriedenheit funktionieren.«

»Das will ich hoffen«, erwiderte die Herrin der Finsternis streng. »Wenn ich wiederkomme, will ich, dass alles klappt!«

»Und zieh den Schwachkopf aus dem Verkehr!« fügte Blix schnippisch hinzu und deutete auf Igor. »Er schadet mehr, als er nützt.«

»Es wird alles klappen, das kann ich Euch versichern«, beteuerte Formulus noch einmal.

»Also dann: Bis bald, Frank N. Formulus!« sagte Santana. »Wir sehen uns wieder.«

Blix streckte sich zu ihrer ganzen Größe von knapp einhundertdreißig Zentimetern, sah Formulus eindringlich an und hob mahnend den Finger:

»Und keine Pannen mehr!« Sie drehte sich um, wobei ihr Blick Igor streifte. »Schwachkopf!« zischte sie leise, dann verschwand sie zusammen mit Santana ebenso plötzlich, wie die beiden erschienen waren.

In Frank N. Formulus' Gehirn begann es zu arbeiten. Igor stierte ihn mit seinem stupiden Gesichtsausdruck an und sagte mit seiner tiefen, monotonen Stimme:

»Ich mag diesen Zwerg nicht, Herr. Die soll beim nächsten Mal wegbleiben!«

*

Wieder ertönte die Fanfare im Königsschloss von Haldnerackmáhn. Joe und Woody saßen im Thronsaal und unterhielten sich über Woodys geplante Expedition in die Wälder des Ostens.

Ein Diener trat ein, verneigte sich und meldete:

»Prinz Joe, Prinz Woodrow! König Rhadal und seine Familie kehren ins Schloss zurück.«

Joe und Woody standen auf und gingen zum Eingangsportal, um die Heimkehrer zu empfangen. Die königliche Kutsche war soeben in den Schlosshof eingefahren.

Als Erster stieg König Rhadal aus. Er trug einen purpurroten Samtmantel und auf dem Kopf einen roten Dreispitz mit einer weißen Feder. Ihm folgte seine Frau Miko in einem langen blauen Kleid. Nachdem Rhadal ihr aus dem Fahrzeug geholfen hatte, entstiegen ihre Töchter der Kutsche. Amanda hatte ein knöchellanges rosafarbenes Kleid an; auf ihrem Kopf saß ein goldenes Diadem mit einem roten Edelstein in der Mitte, und ihre lockigen dunklen Haare reichten nach wie vor weit über ihre Schultern. Prinzessin Silvia, die lange Kleider nicht besonders schätzte, trug ein gelbes Kleidchen, das eine Hand breit oberhalb des Knies endete. Ihre Haare waren nicht mehr ganz so lang wie zwei Jahre zuvor, aber immer noch ein Stück länger als die ihrer Schwester. Auch wenn Silvia jetzt am Königshof lebte, war sie im Grunde ihres Herzens das abenteuerlustige Mädchen aus dem Wald geblieben, als das sie aufgewachsen war.

Während sich die Königin gleich in ihre Gemächer begab, um sich nach der langen Fahrt frisch zu machen, schritt der König auf seine beiden Schwiegersöhne zu und begrüßte sie herzlich. Amanda und Silvia umarmten und küssten ihre Ehemänner.

»Es war eine anstrengende Reise«, ergriff Rhadal das Wort, nachdem sie sich in den Thronsaal begeben hatten. »Aber man muss sich als König zwischendurch bei seinem Volk sehen lassen. Nun berichte, Joe: Was hat sich hier in meiner Abwesenheit getan?«

»Ein Gesandter des Königs von Translakien war hier«, antwortete Joe. »Er wollte mit mir sprechen. Doch ich musste dringend zu Hanck al Menhard. Hanck hat uns für immer verlassen und wollte mich zuvor noch einmal sehen. Leider ist der translakische Gesandte unterdessen verärgert abgereist.«

König Rhadal kratzte sich nachdenklich am Kinn:

»Das ist aber gar nicht gut. Wir können uns keine diplomatischen Verwicklungen mit unserem Nachbarland jenseits des Großes Sees leisten. Du musst das wieder in Ordnung bringen, Joe! Am besten reist du nach Translakien und sprichst mit König Canisius.«

»Es wird wohl das Beste sein, wenn ich so schnell wie möglich nach Translakien aufbreche«, meinte Joe.

»Und ich werde Joe auf seiner Reise begleiten«, schaltete sich Amanda in das Gespräch ein. »Wir waren lange genug getrennt.«

Der König blickte seine Tochter verwundert an:

»Aber Amanda ...«

»Ich bin Joes Frau und kann ihm vielleicht bei den Verhandlungen behilflich sein«, unterbrach Amanda ihren Vater. Selbstbewusst fügte sie hinzu: »Man sagt ja, dass Frauen die besseren Diplomaten sind.«

Rhadal überlegte kurz, dann antwortete er:

»Meinetwegen, Amanda. Begleite Joe nach Translakien!«

»Ich hätte auch etwas vorzubringen«, meldete sich Woody zu Wort. »Ich möchte mit meiner Heldentruppe noch einmal eine Expedition in die Wälder des Ostens unternehmen. Es soll dort einen Mann geben, der seltsame Experimente mit dem Leben durchführt. Ich will der Sache auf den Grund gehen.«

»Tu das, Woody!« erwiderte der König. »Schließlich sind die Helden von Haldnerackmáhn ja dazu da, um uns gegen mögliches Unheil zu schützen.«

»Und ich gehe mit!« erklärte Silvia mit fester Stimme. »Immerhin bin ich Woodys Frau.«

Rhadal hob beschwörend die Hände:

»Aber Silvia! Das ist doch viel zu gefährlich!«

»Ich habe schon ganz andere Abenteuer überstanden«, entgegnete Silvia stolz. »Und meine Fähigkeit, schneller zu laufen als jeder andere Mensch in unserem Land, wird Woody sicher von Nutzen sein.«

König Rhadal gab sich geschlagen:

»So geh denn mit deinem Mann, Silvia!« Er drehte sich um und verließ den Thronsaal, um nach seiner Frau zu sehen. Im Gehen murmelte er noch vor sich hin: »Es gibt nichts Schlimmeres, als Vater von zwei erwachsenen Töchtern zu sein.«

3. Adnama

Ebenso plötzlich wie beim ersten Mal erschienen Santana und ihre Zofe im Laboratorium von Frank N. Formulus. Sechs Tage waren seit damals vergangen.

»Da bin ich wieder, Formulus«, begann die Herrin der Finsternis ohne Umschweife. »Und ich hoffe, dass diesmal alles zu meiner Zufriedenheit funktioniert.«

»Aber gewiss, Santana«, erklärte Formulus enthusiastisch. »Ich habe die Substanz neu zusammengebraut. Mein nächstes Geschöpf wird ein sehr großes Hirn haben und von hoher Intelligenz sein.«

»Wir werden sehen«, meinte Santana kühl. »Blix, komm her!«

Die kleine Zofe mit dem kindlichen Gesicht trat neben ihre Herrin.

»Muss die Kröte wieder dabei sein?« fragte Igor mit seiner auf jegliche Betonung verzichtenden Stimme.

Blix warf ihm einen verächtlichen Blick zu.

»Schwachkopf!« war ihr einziger Kommentar.

»Blix hat eine Zauberkugel, mit deren Hilfe man auf jeden beliebigen Ort blicken kann und so miterlebt, was dort geschieht«, erklärte die Herrscherin der Unterwelt. »Schau in die Kugel, Formulus! Was siehst du?«

Frank N. Formulus stellte sich vor der kleinen Zofe auf und guckte angestrengt in die matt leuchtende Kristallkugel. Zunächst konnte er überhaupt nichts erkennen, denn in dem Glaskörper waren nur ein paar blaue Wellenlinien zu sehen, die ziellos hin und her tanzten.

»Konzentrier dich!« hörte er Santanas schneidende Stimme.

Allmählich wurde das Bild deutlicher: Die blauen Wellen gehörten zu einem großen Gewässer, auf dem ein Segelschiff majestätisch dahinglitt. An Deck des Schiffes erspähte Formulus zunächst den Steuermann, dann auf dem Achterdeck zwei Passagiere – einen jungen Mann und eine junge Frau mit langen dunkelgelockten Haaren.

»Das sind Joe Arrows und Prinzessin Amanda!« rief Formulus erstaunt aus. »Sie fahren mit dem Schiff über den Großen See.«

Das Bild wurde immer schärfer, schließlich waren die Gesichter der beiden genau zu erkennen und sogar ihre Stimmen zu vernehmen.

»Dort drüben sieht man schon die translakische Küste, Amanda«, sagte Joe soeben. »Wir werden bald in Translakien ankommen. Ich bin gespannt, wie man uns empfangen wird.«

»Es wird bestimmt alles gut gehen, Joe«, beruhigte ihn seine Frau. »Ich bin sicher, dass König Canisius uns freundlich empfängt. Und bei den Verhandlungen kann ich dich unterstützen. Immerhin habe ich oft genug den Verhandlungen meines Vaters beigewohnt.«

»Wir werden sehen«, meinte Joe nachdenklich und strich mit der Hand über das goldene Kreuz, das ihm Hanck al Menhard zum Abschied umgehängt hatte. »Jedenfalls habe ich so ein eigenartiges Gefühl in der Brust. Es verheißt nichts Gutes.«

Besorgt blickte Amanda ihren Gemahl an. Frank N. Formulus betrachtete das Bild der Prinzessin in der Kristallkugel. Mit ihren langen dunklen Haaren, ihren vollen Lippen und ihrer grazilen Figur, die in dem rosaroten Kleid gut zur Geltung kam, wirkte die junge Frau überaus attraktiv.

Santanas schrille Stimme schreckte Formulus aus seinen Gedanken:

»Schau sie dir genau an, Formulus! Ganz genau!« Sie sprach betont langsam und verlieh ihren Worten dadurch besonderen Nachdruck. »Du musst dir ihr Gesicht haarscharf einprägen – jeden Millimeter – jede Linie – jedes Grübchen! Schau sie dir ganz genau an, Formulus! Denn du sollst mir eine Doppelgängerin von Prinzessin Amanda erschaffen, ein Wesen, das ihr haargenau gleicht, genauso aussieht, genauso spricht, sich genauso verhält wie Amanda, so dass nicht einmal ihr Mann, Joe Arrows, sie unterscheiden kann.«

Erschrocken wandte Frank N. Formulus seinen Blick von der Kristallkugel und starrte Santana an.

»Was soll ich?« stieß er hervor.

Santana sah ihm scharf in die Augen:

»Schaffe mir eine zweite Amanda, ein Spiegelbild, eine Doppelgängerin von ihr! Das kannst du doch – oder?«

Einige Sekunden schauten sich Formulus und Santana wortlos an; Blix und Igor warfen sich feindselige Blicke zu. So bemerkte keine der vier Personen die gedrungene Gestalt, die entsetzt von draußen durch das Fenster die Szene mitverfolgte.

»Ich denke, dass es sich machen lässt«, antwortete Formulus, nachdem er sich wieder gefasst hatte. »Aber ich brauche dazu ein Stück vom Körper der echten Amanda, sonst geht es nicht.«

Im Stillen hoffte er, dass Santana nun passen müsste. Doch die Herrscherin der Unterwelt schien darauf vorbereitet zu sein, denn sie zog einen kleinen schwarzen Gegenstand aus der Tasche ihres Umhangs und sagte:

»Ich habe hier eine Haarlocke von Amanda, die ich ihr abgeschnitten habe, als sie in meiner Gefangenschaft war. Genügt das?«

»Ich weiß nicht«, erwiderte Formulus. »Doch ich werde mein Bestes versuchen.«

»Aber der Schwachkopf soll wegbleiben!« warf Blix ein. »Sonst geht wieder etwas schief.«

Igor glotzte sie hasserfüllt an und ließ sein langgezogenes »Bääääähhhhh!« hören.

»Ich selbst werde das Leben spendende Elixier hineinschütten, wenn es an der Zeit ist«, erklärte die Herrin der Finsternis mit blitzenden Augen. »Fang an, Formulus!«

Der Angesprochene öffnete den Wasserhahn und ließ die dampfende Flüssigkeit aus dem großen Metallkessel in die Blechwanne laufen. Dann schüttete er das schwarze Pulver hinein und verrührte es in der schäumenden Brühe.

Santana war ganz dicht an die Wanne herangetreten; in der einen Hand hielt sie die Flasche mit der grünen Substanz, in der anderen Amandas Haarlocke.

Blix und Igor standen etwas weiter von der Wanne entfernt; die kleine Zofe gab Acht, dass Igor nicht zu nahe heranging und am Ende doch noch einen Schaden anrichtete.

Die gedrungene Gestalt mit dem dunklen Fell beobachtete durch das Fenster mit Grauen, was im Laboratorium vor sich ging.

Frank N. Formulus hatte die Flüssigkeit in der Wanne kräftig durchgerührt und eine große Menge Schaum geschlagen. Er nickte Santana zu, und die Herrscherin der Unterwelt ließ die Haarlocke in die dampfende Brühe sinken. Dann öffnete sie die Flasche mit dem grünen Elixier und goss ein wenig von dem Inhalt in die Wanne. Dabei summte sie eine gespenstische Melodie, schließlich sprach sie in eigenartigem Singsang die Worte:

»*Sanatas edecca; lihin et taecra; engig mailif murarbenet.*«

Formulus nahm an, dass es sich um irgendeinen teuflischen Zauberspruch handelte, den die Herrin der Finsternis mehrmals wiederholte und dazu bizarre Bewegungen vollführte. Dann streckte sie ihre Hände über der Wanne aus. Blix trat neben sie und tat dasselbe. Santana warf Formulus einen auffordernden Blick zu, und der Mann im grauen Kittel hielt seine Hände ebenfalls ausgestreckt über die Wanne. Zu dritt starrten sie in die schäumende Brühe und flüsterten:

»Entstehe! – Entstehe! – Entstehe!«

In der Wanne zeigte sich Bewegung. Der Schaumberg wuchs. Lange dunkle lockige Haare wurden sichtbar.

»Sie entsteht!« rief Formulus voll Begeisterung aus.

Santana und Blix schauten dagegen noch recht kritisch auf die Gestalt, die allmählich aus dem Schaum auftauchte. Als das Gesicht zu erkennen war, hellte sich Santanas Miene merklich auf. Die junge Frau, die hier entstand, sah in der Tat aus wie Prinzessin Amanda. Der Oberkörper schälte sich aus dem Schaum. Verzückt betrachtete Frank N. Formulus die grazile Figur und die wohlgeformten Brüste. Blix verfolgte den Vorgang mit großem Interesse. Auch Igor gaffte, aber sein stupider Gesichtsausdruck verriet nicht, was er dabei empfand. Das Wesen hinter dem Fenster schüttelte entsetzt seinen fledermausähnlichen Kopf; es ahnte, welches Unheil von dieser Kreatur des Bösen ausgehen konnte.

Die junge Frau stand mittlerweile in voller Größe aufrecht in der Wanne. Der Schaum tropfte von ihrem nackten Körper. Santana musterte sie von oben bis unten, dann rieb sie sich vergnügt die Hände.

»Ein Meisterwerk, Formulus!« rief sie anerkennend aus. »Du hast dich selbst übertroffen!«

»Ja, Santana«, erwiderte Frank N. Formulus stolz. »Sie ist vollkommen. Eine perfekte Kopie – und sie hat keine Seele. Du kannst sie bedingungslos für deine Zwecke einsetzen.«

Die Herrscherin der Unterwelt hatte ihren schwarzen Umhang abgenommen und hängte ihn der jungen Frau um, die regungslos in der Wanne stand.

»Ich werde sie *Adnama* nennen, das ist Amanda rückwärts gesprochen«, erklärte Santana. »Sie wird mir helfen, Hanck al Menhards Nachfolger Joe Arrows zu vernichten.« Sie ging mit ihrem Mund ganz nah an das Gesicht der jungen Frau heran. »Und nun hauche ich dir die Seele ein, Adnama.«

Im selben Augenblick, da sie Santanas Atem traf, kam Leben in die bis dahin regungslose Doppelgängerin Amandas. Adnama blinzelte mit den Augen, stieg aus der Wanne und sah Santana ehrfürchtig an. Dann sagte sie mit einer Stimme, die der Stimme Amandas bis ins kleinste Detail glich:

»Ich stehe dir zu Diensten, Santana. Wie lautet dein Befehl?«

*

Woody Walker, seine Frau Silvia und die Neuen Helden von Haldnerackmáhn waren am Tag nach der Rückkehr König Rhadals aufgebrochen, um die Wälder im Osten des Landes unter die Lupe zu nehmen. Silvia trug während der Expedition, die sie in die Gegend führte, in der sie ihre Kindheit verbracht hatte, ihren kurzen gefransten grünen Rock und das aus gelben und braunen Stoffflecken zusammengenähte Leibchen. In dieser Kleidung war sie jahrelang durch den Wald gestreift und darin fühlte sie sich mit Abstand am wohlsten.

Die zwölf Männer und die junge Prinzessin hatten in den vergangenen Tagen einen großen Teil des Waldes systematisch durchkämmt, ohne dass ihnen dabei etwas Besonderes aufgefallen war. Nun waren sie auf einer kleinen Lichtung angekommen.

»Machen wir Rast, Freunde!« schlug Woody vor und setzte sich auf einen umgestürzten Baumstamm. »Ich weiß nicht, ob wir das Haus von diesem angeblichen Formulus überhaupt finden. Vielleicht haben uns die gefangenen Räuber angelogen und der

Kerl existiert überhaupt nicht. Jedenfalls müssen wir jetzt mal ausruhen.«

»Das Gebiet nördlich von hier kenne ich wie meine Westentasche«, erklärte Sascha Rambowski. »Dort gibt es garantiert kein Laboratorium. Lasst uns überlegen, ob wir weiter nach Osten marschieren oder uns eher nach Süden wenden sollen.«

Die Helden nahmen auf dem Boden oder auf Baumstümpfen Platz, und Silvia ließ sich neben ihrem Mann nieder.

»Weißt du eigentlich, dass ich hier ganz in der Nähe aufgewachsen bin, Woody?« fragte sie. »Meine Ziehmutter, die mich als Baby gefunden hat, hat mich in diesen Wald gebracht und hier großgezogen.«

In diesem Moment erschien am Rand der Lichtung eine gut zwei Meter große Gestalt mit einem gelben Gesicht, aus dem eine blaurote Nase ragte. Die einzige Bekleidung des Wesens war ein helles Tierfell, das notdürftig um die Lenden geschlungen war. Als das Wesen die dreizehn Menschen sah, trommelte es mit seinen Fäusten wild auf seine behaarte Brust und stieß einen gellenden Schrei aus:

»Uaaaaahhhhh!«

Erregt sprang Woody auf:

»Was ist das? Ein Ungeheuer! Fangt es ein!«

Alle Helden und natürlich auch Silvia stürmten auf die halbnackte Kreatur los, die in Windeseile davonrannte. Eine Weile verfolgten sie das Wesen durch den Wald, doch auf die Dauer war keiner von Woodys Männern imstande, das enorme Lauftempo durchzuhalten. Einer nach dem anderen ließ sich erschöpft auf den Boden sinken. Schließlich hetzten nur noch Woody und Silvia hinter ihm her. Als auch Woody spürte, dass seine Kräfte erlahmten, rief er keuchend seiner Frau zu:

»Ihm nach, Silvia! Du bist die Schnellste von uns. Nur du kannst den Unhold einholen!«

Das ließ Silvia sich nicht zweimal sagen. Bisher war sie noch nicht mit voller Geschwindigkeit gerannt, um sich nicht zu weit von Woody und seinen Helden abzusetzen. Nun aber war sie der einzige Verfolger des Wesens. Sie nahm ihre ganze Kraft zusammen und erhöhte ihr Lauftempo. Erstaunlicherweise verringerte sich der Abstand zu der Kreatur so gut wie gar nicht. Doch Silvia gab nicht auf. Noch nie war sie jemandem begegnet, der auch nur annähernd so schnell laufen konnte wie sie. So jagten die beiden ungleichen Wesen über eine Stunde durch den Wald.

Silvias Gedanken kreisten indes um eine andere Frage: Was mache ich eigentlich, wenn ich den Unhold tatsächlich einholen sollte? Oder wenn der Kerl statt vor mir davonzulaufen plötzlich zum Angriff übergeht? Kräftemäßig ist er mir bestimmt weit überlegen.

Während ihr diese Gedanken durch den Kopf gingen, vergaß Silvia, genau auf den Waldboden zu achten, auf dem sie lief. So übersah sie eine Wurzel, die ein Stück aus der Erde herausragte. Sie stolperte darüber und schlug der Länge nach auf dem Boden auf. Für einige Minuten verlor sie das Bewusstsein.

Als sie wieder zu sich kam, blickte sie in ein vertrautes Gesicht, das dem einer Fledermaus ähnelte.

»Mutter!« rief Silvia überrascht aus.

Sogleich wurde ihr bewusst, dass Ebru nicht ihre wirkliche Mutter war. Aber sie hatte sie im Säuglingsalter im Wald gefunden und achtzehn Jahre lange wie ihr eigenes Kind aufgezogen. Silvia sah in der ehemaligen Zofe Santanas, die dem Bösen bereits vor siebenundzwanzig Jahren entsagt hatte, mehr ihre Mutter als in Königin Miko, die sie zur Welt gebracht hatte.

»Gut, dass ich dich treffe, Silvia!« sagte Ebru erleichtert und half ihrer Ziehtochter auf die Beine. »Ich muss dir etwas sehr Wichtiges mitteilen: Es gibt hier im Wald einen Mann namens Formulus, der in seinem Laboratorium künstliche Kreaturen erzeugt. Eines seiner Geschöpfe hast du gerade verfolgt.«

Erstaunt schaute die Prinzessin ihre Ziehmutter an.

»Es kommt noch schlimmer«, fuhr Ebru fort. »Formulus hat in Santanas Auftrag eine Doppelgängerin deiner Schwester Amanda erschaffen, die ihr zum Verwechseln ähnlich sieht. Santana sagte, dass sie mit ihrer Hilfe deinen Schwager, Joe Arrows, vernichten wolle. Ich kenne Santana lange genug und weiß, wozu sie fähig ist. Du musst Joe und Amanda warnen, bevor ein Unglück geschieht!«

Silvia brauchte eine Weile, um alles zu verarbeiten, was ihr ihre Ziehmutter erzählt hatte. Dann erklärte sie entschlossen:

»Ich laufe gleich zurück zu meinem Mann Woody und bespreche mit ihm, was wir tun können. Beobachte du inzwischen weiter, was im Laboratorium von diesem Formulus vor sich geht!«

Sie drückte ihrer Ziehmutter dankbar die Hand, danach machte sie sich auf den Rückweg durch den Wald zu Woody und seiner Heldentruppe.

4. Translakien

Der Thronsaal des Königsschlosses von Translakien war prächtig geschmückt für den Empfang des hohen Besuchs; Musikanten und Tänzerinnen, Gaukler und Akrobaten warteten darauf, ihre Kunst zum Besten geben zu dürfen. Der Hofstaat war komplett versammelt, dazu etliche Mitglieder des ehrwürdigen Staatsrats. Denn niemand Geringerer als der Prinz und die Prinzessin von Haldnerackmáhn gaben sich die Ehre.

Genau zur selben Zeit, als Silvia mit ihrer Ziehmutter sprach, kamen Joe und Amanda im Schloss von Translakien an. Das Schloss lag auf einem hohen Berg inmitten der felsenreichen Landschaft Translakiens. Von außen wirkte es wie eine trutzige, uneinnehmbare Festung, bei weitem nicht so warm und einladend wie das Schloss König Rhadals.

Hofdamen und Höflinge in vornehmen Gewändern hatten sich in zwei langen Reihen aufgestellt, als die erlauchten Gäste in den Thronsaal einzogen. Der Zeremonienmeister stieß seinen goldenen Stab auf den Boden und verkündete mit lauter Stimme:

»Prinz Joe und Prinzessin Amanda von Haldnerackmáhn!«

Sogleich erklang eine feierliche Musik. Joe und Amanda schritten langsam durch das Spalier.

Am anderen Ende des Saales standen auf einem Podest fünf Thronsessel. Die beiden links stehenden waren leer. Auf dem mittleren saß ein alter Herr mit einem noblen Gesicht und einer schweren goldenen Krone auf dem Kopf. Bekleidet war er mit einem Mantel aus Leopardenfell; darunter trug er eine silbergraue Weste mit goldenen Brokatstreifen und eine dunkle Kniebundhose. Braune Pelzstiefel bedeckten seine Füße.

Das also ist König Canisius, der Sohn jenes translakischen Herrschers, der vor sechsundfünfzig Jahren den Friedensvertrag mit König Aurelian unterzeichnet hat, ging es Joe durch den Kopf, während er und Amanda sich dem Thron näherten. Vor einigen Jahren gab man ihm den Beinamen *Senilis*, weil er im Lauf seines langen Lebens ziemlich zerstreut und vergesslich geworden ist.

Neben dem König thronte der hagere blonde Mann mit der bleichen Gesichtsfarbe, der vor kurzem nach Haldnerackmáhn gereist war, um mit Joe zu sprechen. Auch diesmal trug er den langen schwarzen Mantel mit dem hochgestellten Kragen. Joe hatte den Eindruck, dass ihn der etwa Dreißigjährige aus der Entfernung feindselig betrachtete.

Auf dem fünften Thronsessel saß eine bezaubernde junge Frau von kaum zwanzig Jahren. Sie hatte volles, lockiges, dunkelblondes Haar, trug ein kleines Krönchen auf dem Kopf und über ihrem Kleid einen Umhang aus schwarzer Seide. Auch ihr Gesicht war blass, aber bei weitem nicht so bleich wie das ihres Nebenmanns. Herzlich lächelte sie dem Prinzenpaar aus dem Nachbarland zu.

Joe Arrows hielt eine kleine, kunstvoll verzierte Schatulle in den Händen. Als er und seine Gemahlin vor dem Königsthron angekommen waren, verneigte er sich tief und sagte feierlich:

»Wir entrichten König Canisius und seiner Familie die aufrichtigsten Grüße von König Rhadal von Haldnerackmáhn und überbringen ein Gastgeschenk.«

Erneut verbeugte er sich ehrfürchtig, während Amanda höflich einen Knicks machte.

König Canisius erhob sich von seinem Thron und bat die beiden Besucher mit einer Geste zu sich herauf. Er nahm die Schatulle in Empfang, schüttelte Amanda und Joe die Hände und sprach mit heiserer Stimme:

»Seid mir gegrüßt, Prinzessin Amanda und Prinz Joe! Willkommen in Translakien!« Dann zeigte er auf den bleichen Mann zu seiner Linken, der gleichzeitig mit ihm aufgestanden war. »Das ist mein Neffe Bazillus Corruptus. Da ich unvermählt und kinderlos bin, wird er einmal meine Nachfolge antreten.« Er wandte sich an seinen Neffen: »Bazillus, das ist Prinz Joe von Haldnerackmáhn.«

Bazillus bedeutet übersetzt *Stäbchen*, dachte Joe bei sich. Der Name passt zu diesem dürren Gestell!

Er wollte dem translakischen Prinzen die Hand zum Gruß reichen, doch der Mann mit dem bleichen Gesicht blieb stocksteif stehen und machte keine Anstalten, Joes Gruß zu erwidern.

»Wir kennen uns schon – flüchtig«, erklärte er eisig und blickte Joe boshaft an.

»Mein Neffe Bazillus – Prinzessin Amanda von Haldnerackmáhn«, stellte der translakische König weiter vor.

Die Miene von Bazillus Corruptus wurde mit einem Mal freundlicher. Lüstern begutachtete er Amanda vom Kopf bis zu den Füßen, dann küsste er ihre Hand und säuselte:

»Ich bin geblendet von Eurem Liebreiz, Prinzessin!«

König Canisius deutet auf die junge Frau neben Bazillus, die sich ebenfalls erhoben hatte, und krächzte:

»Meine Nichte Cordula – Prinz Joe Arrows.«

Cordula ging auf Joe zu und reichte ihm etwas schüchtern die Hand. Dabei hauchte sie:

»Ich begrüße Euch, Prinz Joe.«

»Prinzessin Cordula – Prinzessin Amanda«, stellte Canisius die beiden jungen Frauen einander vor, die sich daraufhin höflich die Hand gaben. »Nehmt Platz, meine Gäste!« bat der König. »Euch zu Ehren tanzt nun mein Hofballett.«

Die fünf Personen setzten sich, König Canisius auf seinen Thron in der Mitte, Bazillus und Cordula zu seiner Linken, Joe und Amanda zu seiner Rechten. Eine Flötengruppe begann zu spielen, und zehn hübsche junge translakische Hofdamen in farbenfrohen Gewändern traten in die Mitte des Saales und begannen, zu der Musik zu tanzen.

Während Joe die imposante Darbietung betrachtete, flüsterte er seiner Frau zu:

»Ist dir aufgefallen, wie dich dieser Bazillus angesehen hat, Amanda?«

»Ja«, antwortete die Prinzessin, »er hat mich mit den Augen richtig ausgezogen. Aber seine kleine Schwester hat dich auch ganz verklärt angeschaut.«

Die Musik wurde immer schneller, und die Mädchen drehten sich wild im Kreis, dass die Röcke flogen.

Bazillus schien das alles nicht übermäßig zu reizen. Er wandte sich seiner Schwester zu und meinte:

»Diese Amanda ist ja richtig schnuckelig. Ärgerlich, dass sie mit diesem Grünschnabel Joe Arrows verheiratet ist!«

»Ich finde ihn hinreißend«, entgegnete Cordula schwärmerisch.

»Dein Geschmack ließ schon immer zu wünschen übrig, Schwesterherz«, erwiderte Bazillus sarkastisch.

»Ich glaube nicht, dass du das verstehst, Bazi«, gab Cordula zurück. Verträumt schaute sie an ihrem Bruder und ihrem Onkel vorbei zu dem Platz, auf dem Joe saß.

Bazillus aber drehte sich zu König Canisius, der fast eingenickt war, und schlug vor:

»Wie wäre es, wenn du zum allgemeinen Tanz aufrufen würdest, Onkel!«

Der alte König schreckte hoch, senkte seine Hand auf den Oberschenkel seines Neffen und krächzte:

»Richtig, Bazillus!«

Er erhob sich von seinem Thron und klatschte in die Hände. Sogleich brach das Flötenspiel ab und die Hofdamen beendeten ihren munteren Reigen.

»Alle Anwesenden, die dazu Lust verspüren, dürfen jetzt tanzen!« verkündete der König.

Er hatte den Satz noch nicht ganz ausgesprochen, da stand Bazillus schon vor Amanda und streckte ihr die Hand entgegen:

»Darf ich bitten, Prinzessin!«

Amanda schaute unsicher zu Joe, doch der verzog keine Miene. So reichte sie Bazillus die Hand und begab sich mit ihm auf die Tanzfläche, auf der sich bald fast der ganze translakische Hofstaat tummelte.

Joe verharrte einige Minuten nachdenklich auf seinem Platz. Der alte König neben ihm war offenbar eingeschlafen. Prinzessin Cordula saß etwas verloren auf ihrem Thronsessel und schien vor sich hinzuträumen. Joe stand auf und sprach sie an:

»Wollen wir es auch versuchen, Cordula?«

Verzückt schaute die kleine Prinzessin zu Joe auf.

»Aber gern, Prinz Joe«, hauchte sie.

Joe nahm sie bei der Hand und geleitete sie zur Tanzfläche, auf der es immer voller wurde.

Inmitten der zahlreichen Paare drehten sich Bazillus und Amanda im Takt der Musik. Der translakische Prinz zog die

Prinzessin von Haldnerackmáhn immer enger an sich heran und flüsterte ihr ins Ohr:

»Ihr seid wunderschön, Amanda, und ihr seid von adligem Geblüt. Euer Großvater Largus war einst König von Haldnerackmáhn, Euer Vater Rhadal ist zur Zeit König, und Ihr werdet einmal Königin sein. Auch mein Großvater war König – von Translakien, und ich werde einmal König dieses Landes sein. Ich würde doch viel eher zu Euch passen als dieser bürgerliche, dahergelaufene Bogenschütze.«

Abfällig zeigte er auf Joe, der gerade mit Cordula etwas umständlich an ihnen vorbeitanzte.

Amanda verzog leicht das Gesicht und sagte höflich:

»Ihr vergesst da eine Kleinigkeit, Prinz Bazillus: Ich bin mit ihm verheiratet.«

Falls Amanda gehofft hatte, dass ihr Hinweis auf diese Tatsache die Annäherungsversuche des translakischen Thronfolgers beenden würde, sah sie sich nun getäuscht, denn Bazillus entgegnete mit süffisantem Lächeln:

»Das ist doch wirklich kein Hinderungsgrund, Amanda!«

Amanda war schockiert, doch als wohlerzogene Königstochter ließ sie sich äußerlich nichts anmerken. Aber sie nahm sich vor, den Tanz mit dem translakischen Prinzen so bald wie möglich zu beenden.

Joe bewegte sich unterdessen recht hölzern mit Cordula im Arm zu den Klängen der Musik. Immer wieder traten sich die beiden versehentlich auf die Zehen.

»Ihr wirkt etwas abwesend, Cordula«, äußerte Joe nach einer Weile.

Die Nichte von König Canisius errötete:

»Entschuldigt bitte, Joe, aber ich bin ein wenig durcheinander. Außerdem bin ich keine gute Tänzerin.«

»Ich bin auch kein großer Tänzer«, gab Joe unumwunden zu. »Ich denke, wir setzen uns besser wieder.«

Die beiden verließen die Tanzfläche, und jeder begab sich wieder auf seinen ursprünglichen Platz, Joe rechts und Cordula links von dem betagten translakischen König, der mittlerweile fest schlief und leise schnarchte.

Bazillus hatte Amanda inzwischen fest an sich gepresst. Er drückte ihr einen heißen Kuss auf die Lippen und stöhnte:

»Ich begehre dich, Amanda. Komm doch heute Nacht in mein Schlafgemach!«

Entrüstet über eine derartige Dreistigkeit stieß Amanda den translakischen Prinzen von sich.

»Schämt Euch, Bazillus!« fuhr sie ihn an, dass sich einige der Tänzer in ihrer Nähe neugierig umdrehten. Sogleich fand Amanda ihre Fassung wieder. »Gestattet, dass ich mich jetzt zurückziehe!« sagte sie höflich, aber bestimmt. »Die lange Reise hat mich doch etwas angestrengt.«

Ohne ein weiteres Wort ließ sie den frustrierten Prinzen auf der Tanzfläche stehen und eilte aus dem Saal.

*

»Ich denke, wir haben genug gesehen«, meinte Santana und ließ ihre Zofe mit der Kristallkugel zur Seite treten.

Interessiert hatten Santana, Adnama, Blix und Formulus das Geschehen im Thronsaal des translakischen Schlosses in der Kristallkugel verfolgt, während Igor wortlos den Ofen schürte.

Die Herrscherin der Unterwelt wandte sich an Amandas Doppelgängerin:

»Du kennst nun die Hauptpersonen in unserem Spiel, Adnama: den greisen König Canisius Senilis, seinen verschlagenen Neffen Bazillus Corruptus, dessen naives Schwesterchen Cordula und natürlich die beiden Wichtigsten: Joe Arrows, der jetzt über all die Wunderkräfte von Hanck al Menhard verfügt, und seine Frau Amanda, deren Platz du einnehmen wirst.«

»Ich verstehe, was du vorhast, Santana«, erwiderte Adnama eifrig. »Ich habe auch schon einen Plan, wie wir Joe Arrows zur Strecke bringen können. Dieser Lustmolch Bazillus wird mir dabei eine große Hilfe sein. Er ist ja richtig scharf auf Amanda. Aber während er hofft, Amanda vernaschen zu können, werde ich ihn in den Sack stecken. Wenn meine Mission beendet ist, werden uns Haldnerackmähn und Translakien gehören. Dann werden wir beide die alleinige Macht haben, Santana.«

Die Herrscherin der Unterwelt war beeindruckt:

»Ich sehe, du besitzt wirklich einen immensen Verstand, Adnama. Und du bist ein Wesen von meinem Geiste.«

»Ich verfüge über dieselben Zauberkräfte wie du, Santana?« wollte Adnama wissen.

»So ist es«, antwortete die Herrin der Finsternis. »Dein Körper ist von Formulus, aber dein Geist ist von mir geschaffen.«

»Dann wird es Zeit, meine Macht zu beweisen«, meinte Adnama selbstgefällig. »Ich begebe mich am besten sofort nach Translakien und übernehme Amandas Rolle. Verlass dich auf mich, Santana! Wir haben schon so gut wie gewonnen. Wenn ich zurückkomme, werde ich dir Haldnerackmáhn und Translakien auf einem goldenen Tablett überreichen. Bis bald!«

Sie lächelte hintergründig und war von einer Sekunde zur anderen verschwunden.

Santana blickte zu Frank N. Formulus, der sichtlich stolz über seine Schöpfung war.

»Wirklich ein Meisterwerk, Formulus!« lobte ihn die Herrscherin der Unterwelt. »Bei so viel Bosheit könnte sogar ich vor unserem Geschöpf fast ein wenig Angst bekommen.«

*

Adnama hatte sich in das Schlafgemach von Bazillus Corruptus im translakischen Königsschloss versetzt. Neugierig sah sie sich um und betrachtete die skurrilen Bilder an der Wand. Der Prinz musste einen seltsamen Kunstgeschmack haben.

Es dauerte nicht lange, und die Zimmertür öffnete sich. Bazillus trat herein und erblickte Adnama, die immer noch Santanas schwarzen Umhang auf ihrer nackten Haut trug.

»Amanda!« rief der translakische Thronfolger erstaunt aus. »Das ist aber eine Überraschung! Ich muss sagen, ich hatte keine große Hoffnung mehr. Um so mehr freut es mich, dass du jetzt ...«

»Ich begehre dich auch, Bazillus«, unterbrach Adnama den Redeschwall des Prinzen. Sie ging auf ihn zu und umarmte ihn. Mit verführerischer Stimme fügte sie hinzu: »Aber bevor ich dir ganz gehören kann, musst du erst etwas für mich tun.«

Sie schaute Bazillus tief in die Augen und öffnete dabei ihren Umhang einen winzigen Spalt breit.

Der translakische Prinz starrte sehnsüchtig auf Adnamas wohlgeformten Körper und sagte wie in Trance:

»Ich tue alles, was du von mir verlangst, Amanda. Ich bin dein ergebener Diener. Bestimme über mich!«

»Ich begehre dich und ich sehe aus wie Amanda«, säuselte Adnama geheimnisvoll. »Aber ich bin nicht Amanda.«

Ungläubig blickte Bazillus sie an.

»Die echte Amanda ist bei ihrem Mann, Joe Arrows, in eurem Gästezimmer«, fuhr Adnama fort. »Ich bin ihre Doppelgängerin.«

Bazillus starrte immer noch verwundert auf die schöne junge Frau mit den langen dunklen Locken.

»Aber ...«, begann er zögernd.

»Das spielt keine Rolle«, fiel ihm Adnama ins Wort, »denn ich werde Amandas Platz einnehmen, sobald sie verschwunden ist. Keinem wird etwas auffallen. Und nun hör gut zu, Bazillus! Mein Auftrag an dich lautet: Lass Prinzessin Amanda verschwinden, nimm sie gefangen, sperr sie ins Verlies oder töte sie am besten! Und mach es so, dass Joe Arrows nichts davon bemerkt, damit ich unerkannt an Amandas Stelle treten kann!« Sie strich ihm mit der Hand über die blonden Haarstoppel. »Hast du mich verstanden, Bazi?«

»Ja, Amanda, oder wie immer du heißt«, antwortete Bazillus gehorsam.

»Bleiben wir ruhig bei dem Namen Amanda!« meinte Adnama. »Denn für alle hier werde ich ab sofort Amanda sein. Also dann, Bazillus: Beseitige die echte Amanda, und ich gehöre dir, Geliebter!«

Sie öffnete ihren schwarzen Umhang, umarmte Bazillus und drückte ihm einen glühenden Kuss auf den Mund. Dann entschwand sie seinen lüsternen Blicken.

5. Das Komplott

Während im Königsschloss von Translakien Adnama und Bazillus Corruptus begannen, ihr teuflisches Komplott zu schmieden, war Silvia so schnell sie konnte zu der Lichtung zurückgerannt, wo Woody und seine Helden lagerten. Sie sorgte sich um ihre Schwester und hatte dadurch nicht bemerkt, dass sie heimlich verfolgt wurde. Die Sonne war bereits am Untergehen, als die Prinzessin völlig außer Atem bei ihrem Mann ankam. Keuchend stieß sie hervor:

»Woody, ich habe meine Ziehmutter getroffen. Es gibt diesen Formulus wirklich und er erzeugt tatsächlich bösartige Kreaturen. Er hat im Auftrag von Santana eine Doppelgängerin von Amanda geschaffen. Ich muss sofort nach Translakien und meine Schwester warnen.«

Woody benötigte einige Sekunden, um das Gehörte zu verarbeiten. Dann sagte er:

»Gut, Silvia! Lauf zur Küste und versuche, mit einem Schiff nach Translakien zu kommen!« Zu seinen Männern gewandt sprach er: »Ich möchte wissen, was Santana diesmal vorhat. Auf, Leute! Machen wir uns auf die Suche nach dem Laboratorium von diesem ›Frankenstein Formulus‹!«

Er verabschiedete sich von Silvia, die nach einer kurzen Verschnaufpause in Richtung Süden zum Großen See losrannte.

Die Helden wollten gerade nach Osten aufbrechen, als Mario Cuchillo, der ehemalige Pirat, der die schärfsten Augen von allen hatte, plötzlich aufgeregt ausrief:

»Da ist das Ungeheuer wieder!«

Woody schaute angestrengt in die Richtung, in die Mario zeigte, und erspähte nun auch zwischen den Bäumen die Gestalt von Santanas früherem Leibwächter. Das von Frank N. Formulus geschaffene Duplikat des hünenhaften Loof war offenbar den ganzen Weg zur Lichtung hinter Silvia hergelaufen und hatte sich im Wald versteckt, um die nächsten Schritte seiner Verfolger zu beobachten. Als er Marios Ruf hörte, raste er mit einem lauten »Uaaaaahhhhh!« in panischer Angst davon.

»Ihm nach!« rief Woody seinen Helden zu. »Vielleicht führt er uns direkt zu seinem Erzeuger.«

»Auf ihn!« brüllte der wilde Thor Hägarson und schwang seine Streitaxt.

Mit lautem Kriegsgeschrei stürmten die zwölf Helden los und nahmen die Verfolgung der Kreatur auf. Doch es war schon fast dunkel, und Woody fürchtete, dass es ihnen auch diesmal nicht gelingen würde, das Geschöpf von Frank N. Formulus einzuholen.

*

Auch in Translakien war die Nacht hereingebrochen. Joe und Amanda hatten sich in das schmucke Gästezimmer im ersten Stock des Königsschlosses begeben und waren dabei, zu Bett zu gehen. Amanda hatte ihr rosa Kleid abgelegt und ein langes weißes Nachthemd angezogen. Sie stieg in das vornehme Doppelbett und sagte:

»Stell dir vor, Joe: Dieser Bazillus hat mir einen unsittlichen Antrag gemacht! Ich kann diesen Fiesling nicht ausstehen. Er ekelt mich an.«

»Ich mag ihn auch nicht«, erwiderte Joe, während er seine Weste auszog, »und das beruht wohl auf Gegenseitigkeit. Mit ihm werden wir unsere Schwierigkeiten haben. Dagegen glaube ich, dass wir mit dem König ganz gut zurechtkommen werden. Er macht mir einen gutmütigen Eindruck.«

Joe wollte gerade aus der Hose schlüpfen, als es an der Zimmertür pochte, und eine Stimme vom Korridor her rief:

»Prinz Joe, König Canisius schickt mich. Er wünscht Euch zu sprechen. Ihr sollt sofort zu ihm kommen.«

»Seltsam«, meinte Joe und sah nachdenklich zu seiner Frau. »So spät noch? Na gut, ich gehe zu ihm, Amanda. Ich möchte mir sein Wohlwollen nicht leichtfertig verscherzen. Bleib du im Bett, ich mach' das schon allein!«

Er zog seine Weste wieder an und machte sich auf den Weg zum translakischen König.

Kaum hatte Joe das Gästezimmer verlassen, öffnete sich die Tür – und herein trat Bazillus Corruptus in Begleitung von zwei bewaffneten Soldaten seiner Leibgarde. Noch bevor Amanda auf diese neuerliche Unverschämtheit reagieren konnte, ging Bazillus auf sie zu und herrschte sie mit scharfer Stimme an:

»Prinzessin Amanda, Ihr seid meine Gefangene! Macht keine Mätzchen und kommt mit!«

Empört zog Amanda die Bettdecke über ihren Körper und entgegnete wütend:

»Ihr habt wohl den Verstand verloren, Bazillus!«

Einer der Soldaten zog ihr die Decke weg, der andere packte die Prinzessin am Arm und versuchte, sie aus dem Bett zu zerren.

»Los, mitkommen!« bellte er. »Oder soll ich Gewalt anwenden?«

»Loslassen!« kreischte Amanda und befreite sich aus dem Griff des Soldaten.

Sein Kollege kam ihm zu Hilfe, und zu zweit rissen sie Amanda, die nur mit einen dünnen Nachthemd bekleidet war, brutal aus dem Bett. Amanda schrie vor Schmerz, doch Bazillus hielt ihr den Mund zu und meinte zynisch:

»Widerstand ist zwecklos, Prinzessin! Es wäre auch zu schade, wenn wir dein hübsches Gesicht erst verunstalten müssten.« Er machte eine Handbewegung zu den beiden Soldaten: »Los!«

Bazillus öffnete die Zimmertür und schaute sich vorsichtig auf dem Korridor um, ob auch niemand seine Schandtat beobachtete. Dann winkte er den Soldaten, die Amanda mit sich schleppten.

»Kein Laut, Prinzessin!« zischte er. »Oder du bist auf der Stelle tot!«

Einer der beiden Soldaten zückte sein Schwert und setzte es Amanda an die Kehle. Bazillus und seine Schergen brachten die Prinzessin die Stufen hinab in die große Halle des Schlosses. Sie bemerkten nicht, dass zwei verträumte Augen ihnen dabei verwundert folgten.

Der Neffe des translakischen Königs sperrte eine schwere Eisentür auf und verschwand mit Amanda und den beiden Soldaten dahinter. Kalte Steintreppen führten nach unten. An den Wänden steckten ein paar brennende Fackeln in Metallhalterungen. Amanda fühlte sich unheimlich; außerdem fror sie entsetzlich, barfuß und leicht bekleidet wie sie war. Die Soldaten führten sie durch eine Vielzahl enger, dunkler Gänge in das Kellerverlies des Schlosses.

»Macht sie hier fest!« befahl Bazillus. »Und zwar so, dass sie auf keinen Fall loskommt!«

Amanda wurde gegen die Wand gestoßen und an Händen und Füßen angekettet.

»Das werdet Ihr bereuen, Bazillus!« schleuderte sie ihm wütend entgegen. »Wenn mein Mann davon erfährt, wird er Euch zur Rechenschaft ziehen.«

Bazillus grinste niederträchtig und erklärte geheimnisvoll:

»Er wird aber nichts erfahren, Prinzessin!«

Verwirrt blickte Amanda in das fahle Gesicht des translakischen Thronfolgers. Während Bazillus immer noch triumphierend grinste, machte sich in Amandas Augen blankes Entsetzen breit. Denn neben dem Prinzen erschien aus dem Nichts eine schwarzgekleidete junge Frau mit langen dunklen Locken.

»Ja, niemand wird es erfahren«, lachte die Frau der Gefangenen spöttisch ins Gesicht. »Guten Abend, Amanda!«

Fassungslos starrte die Tochter des Königs von Haldnerackmähn die Person an, die soeben zu ihr gesprochen hatte. Auch wenn es völlig unmöglich schien: Diese Frau war – sie selbst oder zumindest ihr exaktes Ebenbild, mit dem kleinen Unterschied, dass die Unbekannte einen langen schwarzen Umhang trug, während Amanda mit einem weißen Nachthemd bekleidet war.

»Das – das gibt's doch gar nicht!« stieß Amanda hervor. »Ich träume das doch alles nur!«

»Du träumst nicht«, hörte sie ihre Doppelgängerin sagen, und die Stimme klang wie ihre eigene. »Ich sehe aus wie du, ich spreche wie du – und ich werde deinen Platz einnehmen, ohne dass dein Mann etwas davon merkt. Ich bin ein Geschöpf Santanas, die du ja gut kennst. Und ich werde ihr helfen, Joe Arrows zu vernichten.« Dann wandte sie sich an die beiden Soldaten: »Passt gut auf sie auf! Sie darf auf keinen Fall entkommen!«

»Ihr habt es gehört!« fügte Bazillus barsch hinzu. »Ihr haftet mit euren Köpfen!« Bei diesen Worten machte er eine eindeutige Handbewegung, die die Soldaten nur zu gut verstanden.

»Jetzt muss ich mich aber beeilen«, meinte Adnama. »Ich muss im Gästezimmer sein, bevor Joe Arrows zurückkommt.«

Im nächsten Augenblick war sie verschwunden. Versteinert starrte Amanda auf die Stelle, an der ihre Doppelgängerin gerade noch gestanden war. Dann bemerkte sie das heimtückisch grinsende Gesicht von Bazillus Corruptus, und die schlimmsten Befürchtungen stiegen in ihr auf.

Bruchteile von Sekunden nachdem sie Amandas Augen entschwunden war, erschien Adnama im Gästezimmer des translakischen Schlosses. Sie löschte das Licht der großen Öllampe, die von der Decke herabhing, und entzündete eine Kerze auf ihrem Nachttisch. Dann legte sie ihren schwarzen Umhang ab, versteckte ihn im Schrank, zog sich eines von Amandas Nachthemden über und stieg in das Doppelbett. Sie hatte sich gerade zugedeckt, als die Zimmertür aufging und Joe hereinkam.

»Ich glaube, da wollte mich einer auf den Arm nehmen, Amanda«, sagte er und setzte sich auf die Bettkante. »Der König liegt schon im Bett und schläft. Er fühlt sich etwas krank und kann uns morgen möglicherweise gar nicht empfangen.«

Er zog seine Weste aus und legte das goldene Kreuz ab. In diesem Moment klopfte es erneut an der Tür.

»Was ist denn nun schon wieder los?« fragte Joe sichtlich verärgert über die neuerliche Störung.

»Prinz Joe, ich bin es – Cordula«, hörte Joe von draußen die Stimme der translakischen Prinzessin. »Ich muss Euch dringend sprechen.«

Joe öffnete die Tür einen kleinen Spalt weit und erkundigte sich in gereiztem Tonfall:

»Was gibt es denn, Cordula?«

»Ich habe etwas Schreckliches gesehen, Joe«, begann die Nichte des translakischen Königs aufgeregt. »Mein Bruder Bazillus hat Eure Frau gefangen nehmen und von seinen Leibwächtern ins Verlies schaffen lassen.«

»Aber Cordula!« versuchte Joe sie zu beruhigen. »Meine Frau liegt hier im Bett – unversehrt.« Er öffnete die Türe ganz und deutete auf das Doppelbett.

»Ja, ich bin hier, Cordula«, meldete sich Adnama, deren Gesicht unter der Bettdecke hervorspitzelte, »und mir geht es gut. Ihr müsst geträumt haben.«

»Aber ich habe doch gesehen...«, stammelte Cordula verwirrt.

»Es war ein Alptraum, Cordula!« unterbrach Joe die Prinzessin. »Geht wieder zu Bett und schlaft weiter! Gute Nacht!«

Er machte die Tür vor ihrer Nase zu und sagte kopfschüttelnd zu der Frau im Doppelbett, die er für Amanda hielt:

»Eine komische Familie ist das!«

Er zog seine restlichen Kleidungsstücke aus, hängte sich *Chryson* wieder um, das er Tag und Nacht auf seiner Brust trug, und legte sich ins Bett.

»Die Kleine muss ja schrecklich in dich verknallt sein, Joe«, meinte Adnama schmunzelnd. »Jetzt wünscht sie sich unbewusst, dass ich entführt werde und sie dich dann ganz für sich allein hat. Armes Kind!«

Sie lächelte hintergründig und blies die Kerze auf ihrem Nachttisch aus.

*

In Translakien graute der Morgen, als Bazillus Corruptus durch den Korridor des Königsschlosses geschlichen kam und sacht an die Tür des Gästezimmers klopfte. Leise öffnete Adnama, die in das rosa Kleid Amandas und damit endgültig in ihre Rolle geschlüpft war.

»Nicht so laut!« flüsterte sie. »Oder willst du, dass Joe aufwacht und etwas von unserem süßen Geheimnis erfährt? Es ist sowieso schon etwas schief gegangen: Deine kleine Schwester hat gesehen, wie ihr Amanda gefangengenommen habt.«

Bazillus schaute betreten drein und stotterte entschuldigend:

»Äh, peinlich, das ist ...«

»... im Moment nicht weiter schlimm«, fiel ihm Adnama ins Wort. »Joe glaubt, dass Cordula nur schlecht geträumt hat. Aber wir müssen jetzt schnell handeln, bevor alles auffliegt.« Sie sah dem Prinzen entschlossen in die Augen und fragte mit scharfer Stimme: »Willst du König werden, Bazillus?«

Verlegen schaute der Neffe des translakischen Königs Amandas Doppelgängerin an:

»Äh, ich ...«

»Stammle nicht herum!« fuhr ihn Adnama an. »Willst du König werden? König von Translakien und Haldnerackmáhn? – Nun sag schon!«

»Na-natürlich will ich König werden«, stieß Bazillus hervor, »aber ...«

»Und willst du mein Mann werden, Bazi?«

»Nichts lieber als das, Amanda, aber ...«

»Hör auf mit dem dauernden Aber! Ich werde dich heiraten und für immer dir gehören, wenn du König von Translakien bist.«

Bazillus blickte der schönen Frau zweifelnd in die Augen:

»Ja, aber ...«

»Schluss damit!« forderte Adnama gereizt. »Du wirst König, wenn dein Onkel tot ist. Nun, er ist alt und krank, er wird sicher bald sterben. Vielleicht könntest du da ein bisschen nachhelfen, Bazillus!«

»Ich soll *was?*« fragte der translakische Thronfolger entsetzt.

»Nun stell dich nicht so blöd an!« schimpfte Adnama. »Ich muss Joe Arrows töten, bevor ich dich heiraten kann. Und du wirst deinen Onkel umbringen. Dann sind wir uns auch in diesem Punkt gleich – wie in so vielem anderen.« Sie holte ein Fläschchen mit einer grünen Flüssigkeit hervor und hielt es Bazillus unter die Nase. »Ich habe hier ein schnell wirkendes Gift. Du gibst es deinem Onkel heute Abend in den Tee, und er wird sanft entschlafen. Und alle werden glauben, er sei eines natürlichen Todes gestorben.«

Fassungslos starrte Bazillus Adnama an. Was die junge Frau da von ihm verlangte, war selbst für einen Schurken wie ihn ungeheuerlich. Versteinert stammelte er:

»Das ist ja ...«

»... gar nicht so schwer, Bazillus«, meinte Adnama und lächelte den translakischen Prinzen verführerisch an. Dabei entging ihr, dass sie schon seit einigen Minuten beobachtet wurden.

Prinzessin Cordula hatte eine unruhige Nacht hinter sich.

Ich habe doch deutlich gesehen, wie mein Bruder Prinzessin Amanda gefangen nehmen und abführen ließ, dachte sie. Oder war es wirklich nur ein Traum, wie Joe Arrows vermutet hat?

»Nein, ich habe nicht geträumt«, sagte Cordula laut zu sich selbst.

Sie kleidete sich an und verließ ihr Schlafgemach, um Joe noch einmal im Gästezimmer aufzusuchen. Als sie sich dem Zimmer näherte, hörte sie Stimmen. Die eine gehörte eindeutig ihrem Bruder. Schnell versteckte sich Cordula hinter einer der eisernen Rüstungen, die im Korridor aufgestellt waren. Vorsichtig spähte sie hervor und sah Bazillus im Gespräch mit Prinzessin Amanda.

Cordula war verwirrt. Habe ich vergangene Nacht doch geträumt? fragte sie sich. Angestrengt versuchte sie, etwas von der leisen Unterhaltung der beiden mitzubekommen. Sie bemerkte, wie ihr Bruder die schöne Frau konsterniert anstarrte und hervorstieß:

»Das ist ja ...«

»... gar nicht so schwer, Bazillus«, unterbrach ihn seine Gesprächspartnerin mit einem sarkastischen Lächeln. »Übrigens wäre es gut, wenn du auch die echte Amanda beseitigst, bevor sie am Schluss noch entkommt. Man weiß nie!«

Entsetzt schlug Cordula die Hände vors Gesicht. Was sie da gehört hatte, war unglaublich. Während sie versuchte, die Zusammenhänge zu begreifen, hörte sie ihren Bruder aufgeregt sagen:

»Aber ich kann doch nicht ...«

»Tu es, Bazi!« hauchte Adnama verführerisch und strich ihm sanft über das blonde Haar. »Dann werde ich der Lohn für deine Taten sein.«

Sie umarmte ihn und küsste ihn leidenschaftlich auf den Mund. Im selben Augenblick öffnete sich die Tür des Gästezimmers, und Joe kam herausgestürzt. Er war aufgewacht und hatte festgestellt, dass seine Frau nicht neben ihm lag. Daraufhin war er schnell in seine Hose geschlüpft und hatte das Zimmer verlassen, um nach Amanda zu sehen. Das goldene Kreuz hing auf seiner nackten Brust.

»Was geht hier vor sich?« rief er erregt aus, als er seine Frau und Prinz Bazillus in inniger Umarmung auf dem Korridor erblickte.

Adnama reagierte blitzschnell. Empört stieß sie den Translakier von sich und wandte sich Schutz suchend an Joe:

»Er hat sich mir schon wieder unsittlich genähert!«

Betroffen schaute Bazillus erst Adnama, dann Joe an.

»Ich ...«, begann er zaghaft.

Doch Joe ließ ihn nicht zu Wort kommen.

»Nun reicht es, Bazillus!« fuhr er ihn an und hob die Faust zu einer Drohgebärde. »Lasst ein für allemal meine Frau in Ruhe, sonst bekommt Ihr es mit mir zu tun!«

Bazillus betrachtete Adnama, die keine Miene verzog, als sei nichts zwischen ihnen geschehen. Er begehrte die schöne junge Frau mehr denn je. Er musste sie besitzen und er war bereit, alles dafür zu tun.

»Ich werde mit Euch um Amanda kämpfen, Joe Arrows!« erklärte er trotzig.

»Und ich werde dich mit meinen übernatürlichen Kräften zerquetschen, du Wurm!« schleuderte Joe ihm entgegen. Er hob die rechte Hand und streckte sie nach Bazillus aus.

Obwohl Joe ihn nicht berührte, fasste sich der translakische Thronfolger an den Hals und begann zu röcheln, als ob ihm jemand die Kehle zuschnürte. Er wollte sich auf Amandas Mann stürzen, doch gegen dessen geistige Kraft hatte er nicht die geringste Chance. Langsam sank Bazillus zu Boden. Seine weit aufgerissenen Augen starrten hilfesuchend zu Adnama. Doch die junge Frau zeigte keine Gefühlsregung.

Dagegen verzog Joe plötzlich das Gesicht, als spüre er einen brennenden Schmerz. Stöhnend ließ er die rechte Hand sinken und griff sich an die Brust, genau an die Stelle, wo *Chryson* hing.

»Du hast Recht, Hanck«, flüsterte er demütig. »Ich darf meine Kräfte nicht missbrauchen. Entschuldige bitte!«

Bazillus rappelte sich umständlich hoch. Er verstand zwar nicht, was geschehen war, aber irgendein seltsamer Zauber hatte ihm offenbar das Leben gerettet. Verstohlen schaute er zu Adnama, die Joe liebevoll den Arm um die Schulter gelegt hatte.

»Beruhige dich, Joe!« bat die junge Frau mit sanfter Stimme. »Bazillus hat mir ja nichts zuleide getan. Er ist halt verrückt nach mir.« Dann wandte sie sich an den Translakier: »Und Ihr, Prinz Bazillus, tut, was ich Euch gesagt habe, sonst geschieht wirklich noch ein Unglück!«

Ohne dass Joe es sehen konnte, steckte sie Bazillus das Fläschchen mit dem Gift zu. Der nahm es hastig an sich und ließ es in seiner Hosentasche verschwinden.

»Ja-jawohl, Prinzessin Amanda!« stotterte er. »Ich habe verstanden.« Dann eilte er davon, vorbei an der eisernen Rüstung, hinter der sich seine Schwester verbarg, die Treppen hinab ins Erdgeschoss des Schlosses.

Joe hatte inzwischen seine innere Ruhe wiedergefunden. Adnama legte ihm erneut den Arm um den nackten Oberkörper und sagte:

»Komm, Joe, zieh dich an!«

Die beiden begaben sich zurück in ihr Zimmer. Joe setzte sich nachdenklich auf sein Bett, nahm das goldene Kreuz ab und legte es auf den Nachttisch. Während er sein Hemd überzog, erklärte er seiner vermeintlichen Frau:

»*Chryson* hat auf meiner Brust gebrannt und ich hörte plötzlich Hanck al Menhards Stimme, die mich ermahnte, dass selbst diese Bazille ein Recht auf Leben hat und dass ich die Kräfte, die Hanck mir verliehen hat, nicht zu persönlicher Rache verwenden darf. Hanck sagte, wenn ich meine Kräfte zu etwas Bösem verwende, würde Santana Macht über mich erlangen.« Er stand auf und legte seine Weste an.

Adnama hatte aufmerksam zugehört.

»Das ist ja interessant«, murmelte sie. Während Joe in seine Weste schlüpfte, nahm sie blitzschnell das Kreuz vom Nachttisch und verbarg es in ihrer Hand. »Übrigens hat mir Bazillus erzählt, König Canisius sei ernsthaft erkrankt. Ich werde mich erkundigen, ob das stimmt und wann er uns voraussichtlich zum Gespräch empfangen kann.«

Hastig eilte sie aus dem Zimmer. In ihrer Hand spürte sie einen brennenden Schmerz.

»Verflucht!« zischte sie. »Das Kreuz brennt wie Feuer!«

Sie rannte auf eine der eisernen Rüstungen zu, die in dem langen Korridor aufgestellt waren, und öffnete das Visier des Helms.

»Aber du kannst mich brennen, soviel du willst, Hanck al Menhard!« rief sie aus und grinste diabolisch. »Joe Arrows wird dem Bösen verfallen. Und du fahr zur Hölle!«

Mit diesen Worten warf sie das Kreuz in die Rüstung, schloss das Visier wieder und lief die Treppe hinunter.

Mit immer größer werdender Verwunderung hatte Cordula von ihrem Versteck aus alles beobachtet. Sie begriff zwar immer noch nicht, was hier gespielt wurde, aber sie spürte, dass sie Joe warnen musste. So ging sie auf das Gästezimmer zu, klopfte kurz an und öffnete danach sofort die Tür. Joe Arrows saß unruhig auf seinem Bett und schien nach etwas zu suchen.

»Entschuldigt, Prinz Joe, dass ich so einfach eintrete!« begann Cordula, und ihr Herz klopfte bis zum Hals. »Aber ich habe gesehen, wie mein Bruder und Amanda verdächtig miteinander getuschelt haben. Ich konnte nicht alles verstehen, was sie redeten, aber ich glaube, die beiden führen etwas gegen Euch im Schilde.«

Joe sah die translakische Prinzessin ungehalten an:

»Was soll *das* jetzt wieder, Cordula? Gestern Abend behauptet Ihr, dass Bazillus Amanda gefangen nehmen ließ, und heute sagt Ihr, dass sie mit ihm gegen mich Intrigen spinnt. Das schließt sich doch wohl gegenseitig aus, oder?«

Er tastet mit der Hand über das Bett, dann kniete er sich auf den Boden und setzte dort seine Suche fort.

»Vielleicht ist es gar nicht die echte Amanda«, meinte Cordula und beugte sich zu Joe hinunter. »Ich habe gehört, wie sie sagte ...«

»Ich glaube, Ihr spinnt, Cordula!« fiel Joe ihr gereizt ins Wort. »Ich kenne doch meine Frau!« Er langte unter das Bett und tastete Zentimeter für Zentimeter ab.

»Wo ist nur das Kreuz, das ich von Hanck al Menhard bekam?« fragte er verzweifelt. »Ich habe es doch hier irgendwo hingelegt.«

Cordula entschloss sich, noch einmal einen Vorstoß zu wagen:

»Joe, ich habe gesehen, wie Amanda ...«

»Ach sei doch ruhig, Kind!« fuhr Joe die Prinzessin zornig an. »Du bringst mich ganz durcheinander. Ich muss mein Kreuz wiederfinden. Lass mich in Ruhe!«

Enttäuscht und verärgert rannte Cordula aus dem Gästezimmer und knallte die Tür hinter sich zu. Joe hatte sie behandelt wie ein kleines dummes Mädchen. Dabei hatte sie es nur gut mit ihm gemeint.

Warum mische ich mich eigentlich ein? überlegte die Nichte des translakischen Königs. Es kann mir doch egal sein, ob Joe Arrows das Opfer eines Komplotts wird.

Doch sie wusste, dass es ihr nicht gleichgültig war. Sie konnte Joe nicht einmal böse für sein Verhalten sein. Dafür mochte sie ihn viel zu gern.

Plötzlich kam Cordula eine Idee: Hatte nicht Amanda vorhin irgendetwas in eine der Rüstungen geworfen? Die translakische Prinzessin ging auf die Rüstung zu und klappte das Visier hoch. Sie streckte ihren Arm und langte tief hinunter. Nach einigen Versuchen bekam sie eine schmale Kette zu fassen und zog sie zu sich hoch. Am Ende der Kette hing ein Kreuz aus purem Gold.

»Da ist ja das Kreuz, das Joe sucht«, murmelte sie. »Warum bedeutet es ihm so viel? Und warum hat Amanda es weggeworfen?«

Sie betrachtete das Kreuz und überlegte, ob sie es Joe bringen solle. In diesem Moment spürte sie eine ungeheure Kraft, die von dem Kreuz ausging, und sie glaubte, eine sanfte, tiefe Stimme zu hören:

»Prinzessin Cordula!«

Erschrocken schaute sich die Nichte des translakischen Königs um, doch weit und breit war niemand zu sehen.

»Wer spricht zu mir?« fragte sie ängstlich.

»Ich bin ein Freund von Arrows«, sagte die Stimme, die aus dem goldenen Kreuz zu kommen schien. »Folge dem Weg, den ich dich führe! Befreie Amanda, die dein Bruder ins Verlies sperren ließ! Und beeile dich, Cordula, denn die Soldaten sind im Begriff, Amanda zu töten!«

Mit einem Mal wusste Cordula, wohin sie zu laufen hatte. Sie rannte die Treppe hinunter in die große Halle, durch die schwere Eisentür, zu der nur die Mitglieder der königlichen Familie einen Schlüssel besaßen, die kalten Steinstufen hinab in den Keller des Schlosses. Sie kannte sich hier unten nicht besonders gut aus, aber *Chryson* wies ihr den Weg durch die engen, dunklen Gewölbe – bis zu einer Holztür, die von innen verriegelt war.

Cordula hielt das goldene Kreuz in die Höhe, und sogleich sprang die Tür auf. Die Prinzessin wollte das Verlies betreten, aber ein Soldat trat ihr entgegen und versperrte den Eingang:

»Was sucht Ihr hier, Prinzessin? Euer Bruder hat verboten ...«

»Lass mich vorbei!« schnitt ihm Cordula das Wort ab und hielt das Kreuz hoch.

Der Soldat erstarrte auf der Stelle. Cordula trat ein und erblickte Amanda, die an der Wand festgekettet war. Neben ihr stand ein zweiter Soldat mit gezücktem Schwert. Noch bevor er reagieren konnte, hatte Cordula das Kreuz erneut gehoben und auch den zweiten Wächter erstarren lassen.

»Cordula!« rief Amanda überrascht aus.

»Amanda!« erwiderte Cordula. »Ich wusste doch, dass ich nicht geträumt habe.«

»Mach mich los, schnell!« drängte die Tochter des Königs von Haldnerackmáhn. »Ich muss Joe vor der falschen Amanda warnen.«

»Er ist ihr bereits auf den Leim gegangen«, antwortete Cordula, während sie Amanda von den Ketten befreite. »Sie hat Joe dieses Kreuz gestohlen. Es hat mich hierher geführt und die Soldaten erstarren lassen.«

»Gib es mir bitte, Cordula!« sagte Amanda. »Joe muss es unbedingt zurückerhalten.«

Cordula überreichte ihr *Chryson* und meinte:

»Ich muss dich erst einmal in Sicherheit bringen. Mein Bruder hat nämlich vor, dich töten zu lassen. Komm mit!«

*

»Herrin!«

Aufgeregt hatte Blix das Wort ausgerufen. Die kleine Zofe saß auf einem Hocker im Laboratorium von Frank N. Formulus und hatte die Kristallkugel auf ihrem Schoß liegen. Mit Bestürzung hatte Blix darin die jüngste Entwicklung im Königsschloss von Translakien mitverfolgt. Ehrfürchtig schaute sie zu ihrer Herrin auf, die vor ihr stand und ebenfalls gebannt in die Kugel starrte.

»Ich habe es gesehen«, knurrte Santana. »Dieser Hanck al Menhard ist sogar nach seinem Tod noch eine Gefahr für mich. Doch all seine Macht wird ihm nichts nützen, denn Adnama und ich werden seinen Nachfolger Joe Arrows vernichten.«

»Aber die echte Amanda ist wieder in Freiheit, Herrin!« gab Blix zu bedenken. »Ihr müsst sie beseitigen!«

»Sag mir nicht, was ich zu tun habe!« herrschte Santana ihre Zofe an.

Sie spreizte die Finger der linken Hand und richtete sie gegen eine im Regal stehende bauchige Flasche, in der Formulus ein weißes Pulver aufbewahrte. Die Flasche zerplatzte in tausend Teile und der Inhalt rieselte auf den Steinboden des Laboratoriums.

»*Das* würde ich am liebsten mit Amanda machen«, bellte Santana. »Aber ich kann sie nicht töten, solange sie das Kreuz bei sich trägt. Die *Kraft des Guten* schützt sie. Ich muss als Erstes Adnama über die neue Situation informieren. Ich begebe mich sofort ins translakische Schloss und treffe mich dort mit ihr.« Abrupt drehte sie sich um: »Formulus!«

»Ja, edle Santana!« antwortete der Mann im grauen Kittel.

»Für die Zeit meiner Abwesenheit habe ich einen neuen Auftrag für dich«, eröffnete ihm die Herrin der Finsternis und drückte ihm ein paar grüne Hornschuppen in die Hand. »Schaffe mir eine Armee von Monstern, die für mich kämpfen! Stark und furchtlos müssen sie sein – und unbesiegbar. Wenn ich zurückkomme, müssen die ersten fertig sein. Blix wird hier bleiben und aufpassen, dass alles klappt.«

»Und dass der Schwachkopf keinen Fehler macht!« fügte die kleine Zofe schnippisch hinzu und streifte Igor mit einem verächtlichen Blick.

Der Gehilfe von Frank N. Formulus verzog sein stupides Gesicht und gab ein langgezogenes »Bääääähhhhh!« von sich.

»Ich beginne sofort mit der Erschaffung des ersten Monsters«, versprach Formulus.

»Schwätz nicht, fang an!« zischte Santana und verschwand von einem Moment auf den anderen.

6. Bekehrte Sünder

Die ganze Nacht hatten Woody und seine Freunde das Geschöpf von Frank N. Formulus durch den Wald verfolgt; keiner der Helden hatte ein Auge zugetan. Eine Zeit lang hatten sie die Kreatur noch laufen gesehen, doch dann war sie plötzlich im Unterholz verschwunden. Die Helden hatten das Waldstück systematisch durchkämmt. Einmal hatten sie Santanas neu erschaffenen Leibwächter aufgescheucht und waren ihm hinterhergejagt, aber kurz darauf war er ihnen erneut entwischt.

»Ich glaube, wir kriegen den Kerl nie zu fassen«, meinte Etienne de Fleche resignierend. »Der spielt doch nur Katz und Maus mit uns.«

»Schaut mal!« raunte Mario Cuchillo. »Da drüben ist er.«

Der ehemalige Pirat zeigte auf eine Stelle zwischen den Bäumen, wo der Unterweltskrieger regungslos auf dem Waldboden lag. Anscheinend schlief er.

»Leise, Männer!« flüsterte Woody seinen Leuten zu. »Schleichen wir uns an und umzingeln ihn! Dann kann er uns nicht mehr entkommen.«

Die zwölf Helden bildeten einen Kreis und rückten langsam auf das nur mit einem Stück Fell bekleidete Unterweltswesen zu.

»Auf ihn!« rief Woody, und die Helden stürzten sich mit lautem Kriegsgeschrei auf die am Boden liegende Kreatur.

Im selben Augenblick sprang eine gedrungene Gestalt mit braunem Fell und Fledermauskopf zwischen den Bäumen hervor und stellte sich schützend vor das Duplikat von Santanas Leibwächter.

»Halt! Tut ihm nichts!« bat sie. »Er ist nur ein seelenloses Geschöpf von Frank N. Formulus.« Sie wandte sich an den Anführer der Heldentruppe: »Du musst Woody Walker sein, der Mann von Silvia, die ich in diesem Wald großgezogen habe.«

»Ja, ich bin Woody Walker. Und du bist Silvias Ziehmutter, die einst Dienerin Santanas war.«

»Das ist lange her, Woody Walker«, erwiderte Ebru freundlich. »Aber damals, vor mehr als einen Vierteljahrhundert, habe ich viel von Santana gelernt. Vielleicht gelingt es mir, diese armselige Kreatur zum Denken zu bringen.«

»Uaaaaahhhhh!« stieß Loof aus und schlug wild mit den Armen um sich.

Drei der Helden packten ihn und hielten ihn fest.

»Kann er dadurch nicht noch gefährlicher werden?« fragte Woody Silvias Ziehmutter. »Ich meine, wenn er denken kann ...«

»Keine Sorge!« beruhigte ihn Ebru. »Santana hat ihn nicht angehaucht. Also hat er keine böse Seele. Es wird an dir liegen, Woody Walker, ob du ihn auf die Seite des Guten ziehen kannst. Möglicherweise kann er dir im Kampf gegen Santana und ihre Geschöpfe behilflich sein. Er ist stark und furchtlos, er kann kämpfen wie drei von euch – und er hat allen Grund gegen Santana und Formulus zu kämpfen; immerhin sind die beiden schuld an seinem Zustand.«

Woody kratzte sich nachdenklich am Kopf:

»Ich weiß nicht. Was meint ihr, Leute?«

»Wenn er sich gegen uns stellt, sind wir stark genug, um mit ihm fertig zu werden«, äußerte Sascha Rambowski. »Wenn er uns aber helfen will, ist er bestimmt ein Gewinn für uns.«

»Ich denke dasselbe«, erklärte Wolfgang von Löwenthal.

»Ich auch«, pflichtete Philipp von Eisenraiff ihm bei.

Die übrigen Helden nickten stumm.

»Also gut!«, entschied Woody. »Versuchen wir es!«

Ebru schritt auf Loof zu, der immer noch von Thor Hägarson, Vitali Puschkin und Mbutu festgehalten wurde. Sie blickte ihm tief in seine weit aufgerissenen Augen und sprach:

»Kreatur des Formulus, beginne zu denken!«

Nach diesen Worten hauchte sie ihn an.

»Uaaaaahhhhh!« brüllte Loof, und die drei Helden hielten ihn noch ein wenig fester, da sie fürchteten, der hünenhafte Unterweltskrieger würde auf sie einprügeln. Doch Loofs bisher so ausdrucksloses Gesicht begann menschliche Züge anzunehmen. Verstört betrachtete er nacheinander Ebru, Woody und die übrigen Helden.

»Was – ist – mit – mir?« brachte er mit einer eigenartigen Stakkatostimme hervor.

Woody ging auf ihn zu und hob die Hände zum Zeichen, dass er ihm nichts tun wollte.

»Wir sind deine Freunde«, beteuerte er. »Ich bin Woody Walker, der Anführer der Helden von Haldnerackmähn. Wir kämpfen gegen Santana und Frank N. Formulus, die dich ohne Hirn und Seele erschaffen haben.«

»Ja?« gab Loof verwirrt von sich. Die ganzen neuen Eindrücke, die so unerwartet auf ihn einprasselten, waren etwas viel für ihn.

»Wenn du uns helfen willst, dann führe uns zum Haus von Formulus!« schlug Woody vor. »Ich möchte nämlich mal ein Wörtchen mit diesem sauberen Herrn reden.«

Loof schien nachzudenken. Dann sprach er in seinem eigentümlichen Stakkato:

»Ich – glaube – ich – habe – mit – Formulus – auch – ein – Hühnchen – zu – rupfen. – Ich – werde – euch – helfen.«

»Dann los, Männer!« befahl Woody. »Nehmen wir das Laboratorium von Formulus unter die Lupe!«

»Mir – nach – Freunde!« sagte Loof und marschierte entschlossen voran.

Woody, die Helden und auch Ebru folgten ihm.

*

»Sie werden gleich da sein, Formulus!« rief Blix aufgeregt aus, nachdem sie Loofs Begegnung mit Woody und seinen Helden in der Kristallkugel beobachtet hatte.

»Um Himmels Willen!« stöhnte der Mann im grauen Kittel besorgt. »Was machen wir, wenn sie hier eindringen und Santana ist nicht da?«

Hilfe suchend ließ er seinen Blick durch das Laboratorium schweifen. Igor hantierte an der großen Blechwanne, in der es zischte und brodelte. Neben der Wanne stand ein gut zweieinhalb Meter großes grünes Monster. Formulus hatte es aus den Überresten jenes Ungeheuers erschaffen, das zwei Jahre zuvor Prinzessin Amanda in die Unterwelt verschleppt hatte und später von Woody Walker getötet worden war.

»Das erste Monster ist doch schon fertig«, erklärte Blix zuversichtlich. »Wir schicken es hinaus, damit es sich dieser wildgewordenen Horde entgegenstellt. Das Monster wird sie so lange aufhalten, bis die nächsten Kreaturen fertig sind. Zur Not muss der Schwachkopf hier halt auch noch mitkämpfen.«

Ruckartig drehte sich Igor um und starrte Blix entsetzt an.

»Iiiich?« presste er hervor.

»Na, besser doch nicht!« meinte Santanas Zofe. »Los, Monster, raus mit dir! Vernichte die Kerle, die da kommen!«

Das Monster stieß ein paar grässliche Laute aus und verließ das düstere Gebäude. Draußen schaute es sich um und bemerkte die vierzehn Personen, die durch den Wald auf das Laboratorium zumarschierten. Blindwütig rannte das Ungeheuer ihnen entgegen.

»Ein Monster!« rief Woody, der zusammen mit Loof die Spitze des Trupps bildete. »Tötet es!«

Die Helden wollten auf das Ungetüm losstürmen, doch da erklang Ebrus mahnende Stimme:

»Ihr könnt es nicht töten. Formulus-Kreaturen können nur von anderen Formulus-Kreaturen getötet werden.«

Ratlos blieben die Helden stehen. Das Monster kam mit riesigen Schritten immer näher

In dieser kritischen Situation ergriff Loof das Wort:

»Dann – werde – ich – das – Monster – erledigen. – Gib – mir – dein – Buschmesser – Woody!«

Woody zögerte keine Sekunde. Blitzschnell warf er Santanas ehemaligem Leibwächter die Waffe zu.

Das Monster war da. Brüllend wollte es sich auf Woody stürzen, doch Loof sprang mit gezücktem Buschmesser dazwischen. Es entbrannte ein hitziger Kampf zwischen dem über zwei Meter großen Unterweltskrieger und dem noch einen halben Meter größeren Monster. Die Helden umringten die beiden und versuchten, das Ungeheuer zu Fall zu bringen. Das Monster schlug mit den Pranken nach seinen Gegnern, aber es waren einfach zu viele. Schließlich stolperte es über den langen Speer, den ihm Mbutu vor die Füße gestoßen hatte. Das Monster verlor das Gleichgewicht und stürzte zu Boden.

Sofort war Loof zur Stelle. Durch einen gewaltigen Hieb mit Woodys scharfem Buschmesser trennte er den haarlosen Schädel des Ungeheuers von seinem schuppigen Rumpf.

Als der markerschütternde Todesschrei des Monsters verklungen war, klopfte Woody Loof freundschaftlich auf die Schulter:

»Gut gemacht, Kamerad!« Dann wandte er sich an seine Männer: »So, Leute, jetzt schauen wir uns diesen Herrn Formulus mal aus der Nähe an!«

Die Helden, Loof und Ebru schritten auf das düstere Haus zu. Vitali Puschkin ging zur Tür und versuchte, sie zu öffnen.

»Der Kerl hat zugesperrt!« meldete er.

»Das ist nun wirklich kein Hinderungsgrund!« erwiderte Woody und klopfte fest gegen die Tür.

»Hier ist Prinz Woodrow von Haldnerackmáhn!« rief er mit lauter Stimme. »Im Namen des Königs: Öffnen Sie die Tür!«

Nichts tat sich.

»Machen Sie auf!« forderte Woody erneut. »Oder wir müssen uns den Zutritt mit Gewalt verschaffen!«

Immer noch rührte sich nichts.

»Ich habe Sie gewarnt, Formulus!« rief Woody. »Also dann, Freunde: Auf geht's!«

Sascha Rambowski riss sein Gewehr hoch und feuerte so lange auf das Türschloss, bis es aufsprang. Dann stürmten die Helden in das Gebäude.

»Da entsteht schon wieder ein Monster!« rief Ebru aufgeregt und deutete auf die Blechwanne.

Tatsächlich konnte man in der blubbernden Brühe einen grünen Schädel erkennen, der sich allmählich aus dem Schaum herausschälte.

»Zerstört die Anlage!« befahl Woody.

»Nein, bitte nicht!« flehte Formulus.

Doch die Helden hatten bereits begonnen, die Apparaturen mit ihren Waffen zu zerschlagen.

»Aus – dem – Weg – du – Verbrecher!« brüllte Loof und stieß Formulus zur Seite. Er sprang auf die Wanne zu, in der er selbst erschaffen worden war, und schlug mit Woodys Buschmesser auf das schnell wachsende Ungeheuer ein.

»Nein!« schrie Formulus entsetzt. »Igor, halt ihn auf!«

Der knapp eineinhalb Meter messende Igor stellte sich dem mehr als einen halben Meter größeren Loof in den Weg und brummte mit seiner tiefen, monotonen Stimme:

»Hör auf!«

Dann begann er, mit den Fäusten auf Santanas früheren Leibwächter einzuhämmern und ihm mit den Füßen gegen die Beine zu treten.

Loof packte den unförmigen Gehilfen von Frank N. Formulus, hob ihn in die Höhe und brüllte:

»Weg – mit – dir – du – Missgeburt!«

Mit diesen Worten schleuderte er ihn in die brodelnde Brühe. Igor stieß einen letzten Schrei aus, danach war ein lautes Zischen zu hören, dann nichts mehr.

»Schwachkopf!« war der einzige Kommentar von Blix, wobei sie abschätzig in die Wanne schaute. Santanas Zofe war die ganze Zeit unbewegt dagesessen und hatte tatenlos mitangesehen, was im Haus von Formulus vor sich ging.

Während Loof mit dem Buschmesser so lange in der schäumenden Flüssigkeit herumstocherte, bis er sicher war, das im Entstehen begriffene Monster vernichtet zu haben, hatten die Helden den Rest des Laboratoriums auseinandergenommen. Überall lagen Scherben, zerbrochene Flaschen und Glaskolben herum. Der Raum war ein einziger Trümmerhaufen.

»Mein Laboratorium, meine Chemikalien, mein Assistent – alles hin!« jammerte Formulus und starrte erschüttert auf das Chaos.

Ungerührt baute sich Woody vor ihm auf, nahm sein Buschmesser wieder an sich und erklärte mit fester Stimme:

»Herr Formulus, im Namen von König Rhadal verhafte ich Sie wegen unerlaubten Experimentierens mit lebenden und toten Wesen und Herstellung gemeingefährlicher Monster. Es könnte Ihre Lage verbessern, wenn Sie ein umfassendes Geständnis ablegen.«

»Ich bin Wissenschaftler, kein Verbrecher!« beteuerte Formulus. »Santana hat mich gezwungen, für sie Monster zu erschaffen. Aber ich bereue, dass ich ...«

»Keine Ausflüchte!« unterbrach ihn Woody. »Wo steckt Santana jetzt?«

»Sie ist in Translakien, aber sie kommt bald zurück und sie hat verlangt, dass die Monster-Armee bis dahin fertig ist.«

»Das kann sie vergessen!« meinte Woody schmunzelnd und betrachtete mit Genugtuung den Scherbenhaufen. »Hier werden keine Monster mehr entstehen.«

»Es sieht so aus«, erwiderte Formulus zerknirscht. »Aber ich muss Euch warnen, Prinz Woodrow: Wenn Santana zurückkommt, das hier sieht, und Ihr seid noch da, wird sie Euch und Eure Leute mit der geballten Kraft des Bösen vernichten. Niemand außer Hanck al Menhard kann sie daran hindern.«

Woody überlegte kurz, dann sagte er zu seinen Männern:

»Hanck hat diese Welt verlassen und Joe ist in Translakien. Es ist wohl besser, wenn wir bei Santanas Rückkehr nicht mehr hier sind.«

»Ich mache Euch einen Vorschlag, Prinz Woodrow«, erklärte Formulus und rückte ganz nahe an Woody heran. »Vielleicht bringt mir das mildernde Umstände ein.«

Er zog Woody ein Stück zur Seite und flüsterte ihm etwas zu, so dass Santanas Zofe es nicht hören konnte.

Ebru hatte in der Zwischenzeit neben Blix Platz genommen. Mit ihren Fledermausaugen sah sie das kleine Unterweltswesen eindringlich an und sprach:

»Ich war lange vor deiner Geburt auch Dienerin bei Santana und ihr treu ergeben. Doch dann erkannte ich ihre ganze Bosheit und Machtgier – und habe mich von ihr abgewandt.«

»Damals hatte sie noch andere Diener und Leibwächter«, entgegnete Blix. »Heute hat sie nur noch mich. Ich werde sie nie im Stich lassen.«

»Auch ich habe lange so gedacht«, teilte ihr Ebru mit. »Ich war sogar Hebamme bei der Geburt ihrer Tochter Roxana. Aber am Ende begriff ich, dass ich Santana nie etwas bedeutet habe. Sie hat mich immer nur ausgenützt. Auch du wirst noch dahinterkommen.«

Die kleine Zofe dachte über die Worte ihrer Vorgängerin nach. Doch selbst wenn Ebru mit ihrer Einschätzung Santanas

Recht hatte, wusste Blix, dass sie es nie fertig bringen würde, Santana zu verlassen.

Verlassen! Dieses Wort schreckte Blix aus ihren Gedanken. Frank N. Formulus hatte es gesprochen. Hatte er gerade zu Woody gesagt, er könne sich auf ihn verlassen? Angestrengt versuchte Santanas Zofe, wenigstens noch den Rest des Gesprächs mitzubekommen.

»Also gut, Formulus«, meinte Woody Walker. »Aber wagen Sie es nicht, mich zu hintergehen!« Er wandte sich an seine Männer: »Hier gibt es für uns nichts mehr zu tun. Kehren wir zum Schloss zurück! Formulus und Blix bleiben hier. Und ihr beide« – er sah Loof und Ebru an – »versteckt euch im Wald vor dem Haus und passt auf, was hier geschieht!«

Er hob die Hand zum Abschiedsgruß und verließ das Laboratorium, gefolgt von den übrigen Helden von Haldnerackmáhn.

*

Während Woody und seine Helden Loof verfolgt hatten und ins Haus von Frank N. Formulus eingedrungen waren, war Silvia in Windeseile durch den Wald nach Süden gerast. Kurz bevor die Sonne hinter den Hügeln versank, erreichte sie die Küste des Großen Sees. Silvia schaute sich um und erblickte am Ufer ein Segelboot. Sie rannte darauf zu und erspähte im Zwielicht der Abenddämmerung einen Mann, der gerade im Begriff war, das Boot festzumachen. Der Mann hatte einen blonden Backenbart und trug eine Mütze auf dem Kopf. In seinem Mund hing lässig eine Tabakpfeife. Er war wohl der Besitzer des Boots.

»Hallo, Seemann!« begrüßte ihn Silvia atemlos. »Ich suche jemanden, der mich so schnell wie möglich über den See nach Translakien bringt.«

»Tja, Mädchen«, brummte der Mann und blies ihr den Rauch seiner Pfeife ins Gesicht. »Wirst hier wohl kaum jemand finden.«

Er schien die Prinzessin nicht zu erkennen, was bei ihrer Kleidung auch kein Wunder war.

»Könntest *du* mich nicht hinüberfahren?« erkundigte sich Silvia. »Ich denke, dass du ein schnelles Boot hast.«

»Schnell?« lachte der Seemann. »Meine *Möwe* ist das schnellste Schiff, das je über den Großen See gesegelt ist.«

»Genau das, was ich suche!« rief Silvia erfreut aus. »Bring mich nach Translakien! Ich zahle gut.«

Der Bootsbesitzer betrachtete die hübsche junge Frau mit den langen dunkeln Haaren und dem kurzen Röckchen von oben bis unten.

»Kannst mitfahren, Kleine«, meinte er schließlich. »Morgen früh brechen wir auf.«

Enttäuscht sah Silvia ihn an.

»Es eilt mir wirklich sehr«, sagte sie. »Kannst du nicht gleich losfahren?«

»In der Nacht?« erwiderte der Seemann. »Das ist viel zu gefährlich: Stürme, Felsenriffe, Piraten ...«

»Du bekommst eine Gefahrenzulage«, unterbrach ihn Silvia, die im Moment nicht vorhatte, ihr Inkognito zu lüften.

»Geld interessiert mich nicht«, erklärte der Seemann kühl. »Außerdem kann ich mir nichts mehr davon kaufen, wenn ich ersoffen oder von Piraten aufgeschlitzt bin.« Erneut ließ er seinen Blick über Silvias schlanken Körper gleiten. »Du bist ein flotter Käfer. Ich mache dir einen Vorschlag: Du verbringst die Nacht mit mir, und ich fahre dich morgen nach Translakien – kostenlos.«

Silvia war nahe daran, sich als Tochter des Königs erkennen zu geben und dem Bootsbesitzer zu befehlen, sie sofort nach Translakien überzusetzen. Doch dann kam ihr eine andere Idee. Sie machte ein ängstliches Gesicht und sah den Seemann flehend an:

»Eine Räuberbande ist hinter mir her. Du kannst dir denken, was sie mit mir anstellen, wenn sie mich fangen. Und dich werden sie bestimmt töten, wenn du mir hier Schutz gewährst.«

Der Mann kratze sich nachdenklich am Kopf.

»Bring mich sofort nach Translakien zu meiner Schwester!« bettelte Silvia. »Sie ist noch schöner als ich und wird sich dir gegenüber sicher auch erkenntlich zeigen.«

»Zwei von deiner Sorte!« staunte der Seemann. »Und du meinst, deine Schwester ...«

»... wird dich für die entgangene Nacht mit mir entschädigen«, fiel ihm Silvia ins Wort. »Nun mach dein Schiff startklar, bevor die Räuber hier sind!«

»Du mit deinen Räubern!« knurrte der Seemann und zog an seiner Pfeife. »Wenn uns die Piraten erwischen, geht es uns noch viel dreckiger.«

Jetzt wurde es Silvia zu dumm.

»Sag mal, was bist du eigentlich für ein Schlappschwanz?« fuhr sie den Bootsbesitzer an. »Behauptet, dass er das schnellste Schiff auf dem See hat, und fürchtet sich vor ein paar windigen Piraten. In der Dunkelheit können die uns gar nicht sehen, falls sie überhaupt wach sind und nicht betrunken auf ihren Schiffen liegen. Ich habe den Eindruck, dass du ein gottverdammter Feigling bist und ein schlechter Seemann dazu, sonst hättest du keine Angst vor Stürmen und Riffen. Und deine *Möwe* ist in Wirklichkeit nur eine lahme Ente.«

Der Bootsbesitzer riss entgeistert den Mund auf, dass ihm seine Pfeife herausglitt und zu Boden fiel.

»Schlappschwanz – Feigling – schlechter Seemann!« stieß er hervor. »Das hat noch keiner zum alten Gil zu sagen gewagt. Ich werde dir zeigen, was ich für ein Seemann bin und was meine *Möwe* für ein tolles Schiff ist.«

Er hob seine Pfeife vom Boden auf und begann das Boot loszumachen.

»Steig ein, Mädchen! Wir segeln sofort ab. Und glaub mir, Kleine: Diese Überfahrt wirst du dein Lebtag nicht vergessen! Noch vor Tagesanbruch sind wir in Translakien.«

7. Licht und Schatten

Prinzessin Cordula hatte sich in den dunklen Kellergewölben des translakischen Schlosses schon immer gefürchtet. Doch heute erschienen ihr die feuchten Steinwände, das flackernde Licht der Fackeln und der muffige Geruch, der hier unten herrschte, unheimlicher denn je. Auch war es unangenehm kalt, und Amanda war nur mit einem dünnen Nachthemd bekleidet. Cordula hatte ihren schwarzen Seidenumhang abgenommen und ihn Amanda gegeben, damit sie nicht gar so fror.

Die translakische Prinzessin dachte nach: Sie hatte Amanda aus dem Verlies befreit und die Wachsoldaten erstarren lassen. Aber aus diesem Labyrinth herauszufinden und Amanda unbemerkt in Sicherheit zu bringen war etwas anderes. Zurück ins Schloss wollte sie auf keinen Fall, denn sie fürchtete, dass Bazillus und Adnama sie entdecken könnten. So suchte sie einen anderen Weg ins Freie, den es hier irgendwo geben musste.

Den ganzen Tag irrten die beiden jungen Frauen bereits durch die Kellergewölbe, und Amanda konnte sich des Eindrucks nicht erwehren, dass dunkle Mächte sie hier unten festhalten wollten. Lautstark meldete sich auch ihr Magen, denn sie hatte seit dem Abend ihrer Gefangennahme nichts mehr gegessen. Sie vermutete, dass es wohl schon später Nachmittag sein musste.

»Kann es sein, dass wir die ganze Zeit im Kreis herumlaufen?« fragte sie, als sich der Gang wieder einmal gabelte.

»Schwer zu sagen«, antwortete Cordula. »Es sieht hier überall gleich aus. Wenn das die Stelle sein sollte, an der wir vor einer Stunde vorbeigekommen sind, sind wir dort nach rechts gegangen. Also gehen wir diesmal nach links!«

Vorsichtig schlichen die beiden Prinzessinnen weiter. Amanda hatte mit einem Mal ein ungutes Gefühl – und es kam nicht von ihren leeren Magen. Es schien, als ob das goldene Kreuz, das sie sich um den Hals gehängt hatte, sie vor irgendetwas warnen wollte. Der Gang machte eine Biegung; Amanda lugte vorsichtig um die Mauer und fuhr erschrocken zurück.

»Schau mal, Cordula!« flüsterte sie aufgeregt.

Nun bemerkte auch die Translakierin, was Amanda so in Schrecken versetzt hatte: An der Verzweigung zweier Gänge standen – Adnama und Santana.

Amanda und Cordula drückten sich eng an die Mauer, um nicht gesehen zu werden. Mucksmäuschenstill versuchten sie, das Gespräch der beiden zu belauschen.

»Du kommst spät, Adnama!« hörten sie Santana sagen.

»Ich konnte Joe nicht alleine lassen, sonst hätte er Verdacht geschöpft«, erwiderte Adnama, die Amandas rosa Kleid und ihr goldenes Diadem trug. »Aber nun hat er sich hingelegt und schläft. Was gibt es denn so Wichtiges, Santana?«

»Dieses kleine Biest Cordula hat mit Hilfe von Hanck al Menhards Kreuz Amanda aus dem Verlies befreit«, teilte ihr die Herrin der Finsternis mit. »Die beiden müssen hier irgendwo in diesen Gewölben stecken.«

»Dann vernichte sie, Santana!« zischte Adnama. »Es wäre peinlich, wenn plötzlich zwei Amandas herumlaufen.«

»Ich kann sie nicht töten, solange sie das Kreuz bei sich tragen«, erklärte Santana verärgert. »Aber ich werde sie hier unten festhalten, bis sie verhungert sind. Wie läuft es denn bei dir, Adnama?«

»Bestens!« strahlte Amandas Doppelgängerin. »Joe Arrows hält mich für seine Frau, und dieser Bazillus ist mir vollkommen hörig. Er ist gerade dabei, seinen Onkel zu vergiften. Dann wird *er* König von Translakien.«

»Sehr gut!« freute sich die Herrscherin der Unterwelt und rieb sich begeistert die Hände. »Als Nächstes beseitigst du Joe Arrows und heiratest Bazillus. Dann bist du Königin von Translakien und Thronerbin von Haldnerackmáhn.«

»Ich weiß nicht, ob es ganz einfach ist, den Schüler und Nachfolger Hanck al Menhards zu töten«, gab Adnama zu bedenken. »Aber ich habe eine noch bessere Idee: Ich werde versuchen, Joe Arrows auf die Seite des Bösen zu ziehen. Er war schon einmal im Begriff, seine Kräfte zu etwas Bösem zu verwenden, als er Bazillus töten wollte. Jetzt hat er das Kreuz nicht mehr, das ihn davor warnt. Wenn ich es schaffe, dass er seine Kraft *einmal* zum Bösen missbraucht, dann ist er dir verfallen, Santana.«

»Gut, Adnama!« meinte die Herrin der Finsternis. »Versuch es! Ich bin von deinen bisherigen Erfolgen sehr angetan. Unser Triumph wird endgültig sein, wenn es uns gelingt, den Bewahrer des Guten zum Sklaven des Bösen zu machen. Dann wäre ganz Haldnerackmáhn dem Bösen verfallen und das Gute wäre ein für allemal ausgestorben. Aber wenn Joe am Leben bleiben soll, was hast du dann mit Bazillus vor?«

Adnamas Gesichtszüge wurden hart:

»Der blöde Kerl geht mir allmählich auf die Nerven. Ich werde ihn wegschmeißen, wenn ich ihn nicht mehr benötige. Im Moment brauche ich ihn allerdings noch.«

Santanas Mund verzog sich zu einem breiten Grinsen:

»Mach es, wie du es für richtig hältst, Adnama! Ich vertraue auf deine Fähigkeiten.«

»Verlass dich auf mich, Santana!« erwiderte Adnama selbstsicher. »Sorge du nur dafür, dass Amanda und Cordula hier unten nicht mehr herauskommen! Bis bald!«

Von einer Sekunde auf die andere war sie verschwunden.

»Viel Glück, Adnama!« rief Santana ihr nach. Ihr grünes Gesicht geriet in Verzückung, ihre Stimme wurde schwärmerisch: »Wirklich ein Wunderwerk des Bösen! Wenn ich ein Mann wäre, könnte ich mich glatt in sie verlieben.«

Mit diesen Worten ging sie langsam in einen der Seitengänge und verschwand im Dunkel.

»Das ist ja furchtbar, was die beiden vorhaben!« stieß Amanda entsetzt hervor. »Ich muss Joe warnen.«

»Zunächst müssen wir hier raus«, meinte Cordula. »Es gibt hier irgendwo einen Geheimgang, der außerhalb des Schlosses ins Freie führt. Einer meiner Vorfahren hat ihn vor langer Zeit als Fluchtweg anlegen lassen. Ich weiß nicht, ob ich ihn finde, aber ich hoffe, das Kreuz wird uns den Weg weisen.«

»Also los!« entschied Amanda. »Wir müssen nur aufpassen, dass wir Santana nicht in die Arme laufen.«

Leise schlichen die beiden jungen Frauen durch die Gewölbe. Erneut kreuzten sich zwei Gänge. Mitten auf der Kreuzung stand Santana; Gott sei Dank drehte sie den Prinzessinnen den Rücken zu.

»Sie weiß wohl, dass wir hier vorbei müssen«, flüsterte Amanda.

»Halt das Kreuz hoch!« raunte Cordula ihr zu. »Dann wird sie uns nicht wahrnehmen.«

»Versuchen wir's!« sagte Amanda hoffnungsvoll. »Die *Kraft des Guten* wird uns schützen.«

Sie nahm *Chryson* von ihrem Hals und hielt es in die Höhe. Vorsichtig setzte sie einen Fuß vor den anderen und schlich auf Zehenspitzen an Santanas Rücken vorbei. Cordula folgte dicht hinter ihr. Unbemerkt erreichten die beiden Prinzessinnen den gegenüberliegenden Gang.

»Das hätten wir geschafft!« atmete Cordula erleichtert auf, als sie außer Hörweite Santanas waren. Dankbar blickte sie auf das goldene Kreuz in Amandas Hand. Mit einem Mal fiel die Angst von ihr ab und sie spürte eine starke innere Sicherheit.

»Nun hier lang!« erklärte sie selbstbewusst. »Dieser Gang führt unterirdisch fast bis zur Küste.«

Sie nahm die Fackel, die den Eingang des Stollens notdürftig beleuchtete, aus der Halterung und ging tapfer voran. Amanda folgte ihr fröstelnd.

*

Die Sonne war hinter den translakischen Bergen versunken, und die Nacht war angebrochen. Zufrieden betrat Bazillus Corruptus sein Schlafgemach. Er wunderte sich nicht, als er auf seinem Bett Amandas Doppelgängerin sitzen sah, die ihn bereits sehnsüchtig erwartete.

»Alles erledigt«, begrüßte er sie und rieb sich die Hände. »Mein Onkel ist tot; er starb während des Abendessens. Ärztlich bescheinigte Todesursache: Herzversagen. In Kürze wird mich der Staatsrat zum König krönen. Dann werden die beiden schönsten Dinge der Welt mir gehören: die Königskrone und du, Amanda.«

Er setzte sich neben die junge Frau auf das Bett, legte seine linke Hand auf ihr Knie, seinen rechten Arm um ihre Schulter und versuchte, sie zu küssen.

Adnama jedoch wehrte den dreisten Annäherungsversuch ab: »Immer mal langsam, Bazi! Zum einen bist du noch nicht gekrönt, zum anderen lebt mein Mann noch. Wir müssen gut überlegen, wie wir ihn am besten loswerden.«

»Könntest du ihn nicht auch vergiften, Amanda?« fragte der Prinz und sah die schöne Frau begierig an.

»Unfug, Bazillus!« zischte Adnama. »Wer glaubt schon, dass ein so junger Mann wie Joe plötzlich an Herzversagen stirbt. Ich habe da eine bessere Idee: Es gibt doch bei euch in Translakien die gute alte Sitte des Duellierens.«

Bazillus blickte Adnama verwundert an: »Ja, aber ...«

»Du wirst Joe zu einem Duell auf Leben und Tod herausfordern«, unterbrach ihn Amandas Doppelgängerin, »und ich werde der Preis für den Sieger sein.«

Erschrocken zuckte der translakische Thronfolger zusammen.

»Keine Angst, Bazi!« beruhigte ihn Adnama und zog eine doppelläufige Pistole hervor, die sie dem verdutzten Bazillus unter die Nase hielt. »Benütze im Duell diese Waffe und verlass dich auf mich! Joe wird sterben und ich werde für immer dir gehören, Geliebter.«

Sie drückte dem Translakier die Pistole in die Hand und strich ihm zärtlich über das kurze blonde Haar. Dann stand sie auf und ging wortlos aus dem Zimmer.

Joe Arrows lag im Bett, als Adnama das Gästezimmer des translakischen Schlosses betrat. Den ganzen Tag hatte Joe darauf gewartet, dass König Canisius ihn zum Gespräch empfangen würde. Doch man hatte ihm mitgeteilt, dass der Gesundheitszustand des Monarchen eine Unterredung nicht zulasse. Auch Bazillus und Cordula hatte Joe seit den Ereignissen am Morgen nicht mehr gesehen. So war er nach dem Mittagessen mit seiner vermeintlichen Frau im Schlosspark spazieren gegangen, danach hatten sie die Ahnengalerie und die Gemäldesammlung besichtigt. Während des Abendessens, das das Prinzenpaar von Haldnerackmähn im Gästezimmer eingenommen hatte, war Joe plötzlich müde geworden und hatte sich aufs Ohr gelegt. Er konnte nicht ahnen, wer für seinen unfreiwilligen Schlaf verantwortlich war.

Jedenfalls erwachte er erst, als die Zimmertür aufging und jemand Licht machte.

Überrascht, dass es draußen schon dunkel war, hob Joe den Oberkörper und erblickte seine Frau, die mit wütendem Gesicht auf ihn zuging und entrüstet ausrief:

»Stell dir vor, Joe: Bazillus will sich mit dir duellieren, und ich soll der Preis für den Sieger sein!«

Aufgebracht fuhr Joe hoch:

»Der spinnt doch! Ich werde den Kerl mit meinem Pfeil durchbohren oder ihn mit meiner geistigen Kraft vernichten.«

»Nein, Joe!« fiel ihm Adnama ins Wort. »Was glaubst du, wird geschehen, wenn der Thronfolger von Haldnerackmáhn den Kronprinzen von Translakien auf dessen eigenem Grund und Boden tötet? Es könnte sogar zum Krieg zwischen beiden Ländern kommen. Ich habe da eine viel bessere Idee. Hör zu!«

*

Der unterirdische Gang, durch den Amanda und Cordula seit geraumer Zeit liefen, schien kein Ende zu nehmen. Ringsum war es stockdunkel, nur die Fackel, die Cordula vor sich her trug, spendete ein wenig Licht. Amanda hatte jedes Zeitgefühl verloren, aber es musste lange nach Mitternacht sein. Seit ihrer Flucht aus dem Verlies waren bestimmt schon zwanzig Stunden vergangen.

Vielleicht hat sich Cordula geirrt, und dieser Gang führt nicht ins Freie, sondern immer tiefer ins Innere der Berge von Translakien, überlegte Amanda.

Obwohl sie Cordulas schwarzen Umhang trug, fror sie entsetzlich, und ihr Magen knurrte von Minute zu Minute stärker.

»Ich kann nicht mehr!« stöhnte Amanda.

»Wir dürfen nicht stehen bleiben«, entgegnete Cordula. »Die Fackel kann jeden Moment ausgehen.«

Mit Schrecken sah Amanda, dass die Fackel in Cordulas Hand fast ganz heruntergebrannt war. Die translakische Prinzessin legte ihr den Arm um die Schulter, Amanda tat bei Cordula dasselbe. Eng aneinandergeschmiegt schleppten sich die beiden jungen Frauen weiter.

»Bald haben wir es geschafft«, versuchte Cordula Amanda Mut zuzusprechen.

In diesem Augenblick erlosch die Fackel. Tiefste Finsternis umgab nun die beiden Prinzessinnen. Doch Cordula marschierte unbeirrt vorwärts. Ihre linke Hand lag auf Amandas Schulter, mit der rechten tastete sie sich an der Wand entlang.

Gleich klappe ich zusammen, dachte Amanda.

Auf einmal begann Cordulas Hand auf ihrer Schulter zu zucken.

»Schau, dort!« rief die translakische Prinzessin aufgeregt aus.

Amanda strengte ihre Augen an und entdeckte nun auch einen kleinen hellen Fleck – weit, weit entfernt. Neue Hoffnung keimte in ihr auf, und sie bemühte sich, mit Cordula Schritt zu halten, die zielstrebig auf den Fleck zueilte.

In dem unterirdischen Gang herrschte jetzt keine völlige Dunkelheit mehr. Von irgendwoher schien etwas Licht einzufallen, und die beiden jungen Frauen liefen optimistisch darauf zu. Von Schritt zu Schritt wurde es ein wenig heller und die Mauern des Ganges waren immer deutlicher zu erkennen. Erschöpft erreichten sie schließlich das Ende des Stollens; eine schmale Steintreppe führte nach oben.

»Sonnenlicht!« rief Amanda befreit aus, während sie die Stufen hinaufhastete.

Tatsächlich war mittlerweile die Sonne über Translakien aufgegangen und sandte ihre warmen Strahlen auf das Land herab.

»Du bist gerettet, Amanda!« meinte Cordula erleichtert und umarmte die Tochter des Königs von Haldnerackmáhn.

Amanda nahm den schwarzen Umhang ab und gab ihn Cordula dankbar zurück. Dann streckte sie ihre steifen Glieder zum Himmel und wärmte sie im Sonnenschein. Der blaue Himmel war wolkenlos; der junge Tag schien wunderschön zu werden.

Neugierig schaute sich Amanda um: Sie und Cordula standen am Fuß der translakischen Berge. Hinter ihnen führte die Straße zum Königsschloss hinauf. Vor ihnen lag eine grüne Landschaft, und in der Ferne konnte man das Ufer des Großen Sees erkennen. Dann bemerkte Amanda die schlanke Gestalt, die sich ihnen in schnellem Lauf näherte. Verwunderung machte sich in ihrem Gesicht breit. Die Figur, die langen dunklen Haare, die Kleidung –

es gab keinen Zweifel: Die Person, die da angerannt kam, war – ihre Schwester.

Auch Silvia war nicht schlecht erstaunt, als sie Amanda von fern erblickte. Die Tatsache, dass ihre Schwester nur mit einem Nachthemd bekleidet war, befremdete sie zusätzlich. Was auch immer geschehen war, sie musste Amanda vor der Gefahr warnen, die ihr drohte. Eilends hetzte sie den Weg hinauf. Schwer atmend kam sie bei Amanda und Cordula an.

»Gut, dass ich dich treffe, Amanda«, schnaufte Silvia. »Santana hat eine Doppelgängerin von dir erschaffen, die ...«

»Ich weiß schon, Silvia«, unterbrach Amanda ihre Schwester. Sie wandte sich Cordula zu und stellte vor: »Das ist meine Schwester Silvia. Silvia, das ist Prinzessin Cordula von Translakien, die mir soeben das Leben gerettet hat.«

»Aber du bist noch nicht in Sicherheit, Amanda«, entgegnete Silvia. »Ich habe ein Segelboot an der Küste liegen. Es wird uns nach Haldnerackmáhn zurückbringen.«

»Und was wird aus Joe?« fragte Amanda beunruhigt.

»Joe kann sich selbst helfen«, meinte Silvia. »Er verfügt doch über all die Wunderkräfte von Hanck al Menhard.«

»Deine Schwester hat Recht, Amanda«, schaltete sich Cordula in das Gespräch ein. »Bringt ihr euch in Sicherheit! Ich laufe ins Schloss zurück und warne Joe.«

Amanda überlegte kurz, dann umarmte sie die translakische Prinzessin und sagte mit Tränen in den Augen:

»Danke, Cordula – danke für alles. Wir werden immer Freundinnen bleiben.« Sie drückte Cordula fest an sich und küsste sie liebevoll auf die Stirn. »Leb wohl und rette Joe!« schluchzte sie.

»Leb wohl, Cordula!« ergänzte Silvia und reichte ihr freundschaftlich die Hand.

»Lebt wohl, ihr beiden!« erwiderte die Nichte des translakischen Königs den Abschiedsgruß. »Gute Heimkehr nach Haldnerackmáhn!«

Noch einmal drückten die Prinzessinnen ihre Hände, dann eilten Amanda und Silvia den Weg zur Küste hinunter. Cordula sah ihnen noch eine Weile nach, bevor sie sich auf den Weg zurück zum Schloss machte.

8. Verdienter Lohn

Gil, der Seemann, traute seinen Augen nicht, als die beiden jungen Frauen auf sein Boot zugelaufen kamen.

Potz Blitz! dachte er. Die Kleine mit den langen Haaren und dem kurzen Rock ist ja schon ein flotter Käfer. Aber ihre Schwester ist ja wirklich ein Traum von einer Frau. Und dann hat sie nur ein Nachthemd an. Das kann ja interessant werden!

Umso überraschter war er, als ihm Silvia bereits aus etlichen Metern Entfernung zurief:

»Mach die Leinen los, Seebär! Wir müssen sofort absegeln! Kurs Haldnerackmáhn!«

Verdutzt schaute Gil die beiden attraktiven Frauen an. Allmählich wurde es Zeit für die Belohnung, die ihm versprochen war.

»Du wolltest unbedingt hierher«, sagte er zu Silvia. »Gut, ich habe dich hergebracht. Aber jetzt bin ich am Zug. Du hast behauptet, dass deine Schwester ...«

»Meine Schwester und ich müssen so schnell wie möglich hier weg«, unterbrach ihn Silvia. »Die gesamte translakische Armee ist hinter uns her. Wenn die Soldaten uns bei dir entdecken ...«

»Du mit deinen Schauergeschichten!« fiel ihr der Bootsbesitzer verärgert ins Wort. »Erst die Räuberbande in Haldnerackmáhn, jetzt die Armee von Translakien! Sagt mal: Was seid ihr eigentlich für heiße Weiber?«

Nun platzte Silvia endgültig der Kragen. Wütend stemmte sie die Hände in die Hüften und fuhr Gil wenig damenhaft an:

»Jetzt reicht es, du Sohn eines stinkenden Haifischs und einer schleimigen Seeschlange! Bring uns sofort nach Haldnerackmáhn, oder der Blitz soll dich treffen und samt deinem gottverdammten Kahn im See versenken!«

»Immer mal langsam, Kleine!« versuchte Gil Silvias Schimpfkanonade zu bremsen. »Ich habe dich einmal über den See gefahren, mitten in der Nacht und in einem mörderischen Tempo. Ich habe meinen Teil unserer Abmachung erfüllt. Du hast mir versprochen, dass deine Schwester ...«

Er hielt im Reden inne, stierte auf Amandas wohlproportionierten Körper und versuchte zu erahnen, was das dünne Nachthemd nur unzureichend verbarg.

Silvia wollte schon zur nächsten Wortsalve ansetzen, doch Amanda deutete ihr an, dass sie schweigen solle. Majestätisch ging sie auf Gil zu, sah ihm scharf in die Augen und sagte mit ruhiger, aber eindringlicher Stimme:

»Du wirst bekommen, was du verdienst, Seemann. Wenn du meine Schwester und mich wohlbehalten nach Haldnerackmáhn bringst, werde ich dafür sorgen, dass du Kapitän in der königlichen Flotte wirst. Wenn du uns jedoch Schwierigkeiten machst oder gar ein Leid zufügst, wird dir unser Vater, König Rhadal, den Kopf abschlagen lassen, oder mein Gemahl, Joe Arrows, wird dich mit seinen Pfeilen durchlöchern. Du hast die Wahl, Seemann!«

Zum zweiten Mal innerhalb von zwei Tagen fiel Gil die Pfeife aus dem Mund. Ungläubig starrte er erst Amanda, dann Silvia, dann wieder Amanda an. Er hatte die Töchter des Königs von Haldnerackmáhn bisher nie zu Gesicht bekommen, aber nach allem, was man sich im Königreich über die beiden erzählte, konnte es tatsächlich sein, dass ...

»Ihr behauptet also, die Töchter von König Rhadal zu sein«, knurrte der Bootsbesitzer und bemühte sich, das Zittern in seiner Stimme zu verbergen. »Könnt ihr das beweisen?«

Amanda war klar, dass eine Prinzessin, die im Nachthemd durch die Gegend lief, nicht sehr glaubwürdig wirkte. Doch da fiel ihr etwas ein: Sie zog *Chryson* hervor, das unter dem Nachthemd auf ihrer Brust hing, und hielt es Gil unter die Augen.

»Das ist das Kreuz von Pater Robb Welldone«, erklärte sie ehrfürchtig. »Der weise Hanck al Menhard hat es jahrzehntelang getragen und bei seinem Abschied meinem Mann, Joe Arrows, geschenkt. Genügt das als Beweis?«

Gil starrte einige Sekunden wie gebannt auf das Kreuz. Das Licht der Sonne wurde von dem Gold reflektiert und blendete seine Augen. Demütig wandte der Seemann seinen Blick ab und fiel vor Amanda auf die Knie.

»Hoheit, vergebt mir elendem Wurm!« flehte er. »Ich will tausendfach für meine Unverschämtheit büßen. Mein Boot gehört Euch und Eurer Schwester. Das ist das Mindeste, was ich tun kann, um wenigstens einen Teil meiner Schuld wieder gutzumachen.«

Amanda ergriff seine Hand und sprach huldvoll:

»Steht auf, Kapitän Gil de Lago! Meine Schwester und ich vergeben Euch. Aber nun bringt uns so schnell wie möglich nach Haldnerackmáhn!«

Gil küsste Amanda ergeben die Hand. Dann hob er seine Pfeife vom Boden auf, deutete auf sein Boot und sagte:

»Steigt ein, meine Damen! Die *Möwe* wird sogleich in See stechen.«

Während die beiden Prinzessinnen an Bord gingen, machte Gil das Boot los und sprang hinein.

»Heute Abend sind wir in Haldnerackmáhn«, erklärte er eifrig. »Kein Sturm und kein Piratenschiff kann uns aufhalten.«

»Ihr seid ein mutiger Mann, Kapitän Gil«, meinte Silvia und zwinkerte ihm freundlich zu. »Ich werde mit meinem Mann, Woody Walker, sprechen. Jemanden wie Euch kann er bestimmt in seiner Heldentruppe brauchen.«

*

Prinzessin Cordula war auf der Straße zum translakischen Schloss zurückgelaufen. Sie hatte bewusst darauf verzichtet, noch einmal den unterirdischen Gang zu benutzen, denn zum einen war ihre Fackel abgebrannt, zum anderen fürchtete sie, dass Santana immer noch in den dunklen Kellergewölben lauerte.

Cordula ging also den offiziellen Weg, der durch den großen Schlosspark führte. Die Sonne stand mittlerweile fast im Zenit, es musste also bald Mittag sein. Als die Prinzessin den Park betrat, fielen ihr die vielen Menschen auf, die sich in einem weiten Oval aufgestellt hatten und offenbar ein besonderes Schauspiel betrachteten. Vorsichtig näherte sich Cordula der Menschenmenge, doch da sie ein Stück kleiner war als die meisten Schaulustigen, konnte sie nicht erkennen, was hier vor sich ging. So kletterte sie flink auf einen Baum, um von dort das Geschehen mitzuverfolgen.

Was sie sah, ließ es ihr eiskalt den Rücken herunterlaufen. Inmitten des Ovals stand der königliche Hofmarschall, neben ihm Amandas Doppelgängerin, vor ihnen Joe Arrows und ihr Bruder Bazillus. Alle machten sehr ernste Gesichter.

»Wählt Eure Waffen!« hörte sie den Hofmarschall feierlich sagen. »Prinz Joe Arrows!«

»Ich wähle den Bogen«, antwortete Joe und hielt *Pantabal*, den er auf jeder Reise dabeihatte, in die Höhe, dass alle ihn sehen konnten.

»Prinz Bazillus Corruptus!« fuhr der Hofmarschall fort.

»Ich wähle die Pistole«, erklärte Bazillus und zeigte stolz die doppelläufige Schusswaffe, die ihm Adnama in der Nacht zuvor gegeben hatte.

»Beide Duellanten begeben sich jetzt auf ihre Plätze«, verkündete der Hofmarschall emotionslos. »Es wird geschossen, bis einer von beiden tot ist.«

Joe und Bazillus stellten sich Rücken an Rücken auf, und jeder ging zehn Schritte geradeaus. Mit heftig pochendem Herzen beobachtete Cordula von ihrem Versteck aus, was nun geschah. Die beiden Duellanten hatten ihre Position erreicht.

»Schießt!« rief der Hofmarschall laut aus.

Blitzschnell drehte sich Joe um und spannte den Bogen. In dem Moment, als er die Sehne loslassen wollte, krachte ein Schuss, Bruchteile von Sekunden später ein zweiter. Joe sackte zusammen und stürzte der Länge nach auf den Boden.

Cordula schlug entsetzt die Hand vors Gesicht, dass sie um ein Haar vom Baum gefallen wäre.

»Um Gottes Willen!« entfuhr es ihr.

Bestürzt schaute sie sich um, doch niemand im Park hatte sie bemerkt. Die Translakier blickten alle anerkennend auf ihren Kronprinzen und jubelten ihm begeistert zu. Bazillus schwenkte triumphierend seine noch rauchende Pistole. Adnama ging auf den regungslos am Boden liegenden Joe zu, beugte sich zu ihm hinunter und untersuchte die blutende Wunde in seiner Brust. Dann kehrte sie zu Bazillus und dem Hofmarschall zurück und teilte ihnen in beherrschtem Ton mit:

»Er ist tot.«

Sie wandte sich an zwei translakische Hofdiener, die neben ihren Prinzen getreten waren, und wies sie an:

»Tragt ihn ins Schloss und bahrt ihn in meinem Zimmer auf!«

Kreidebleich sah Cordula zu, wie die beiden Diener Joes leblosen Körper hochhoben und forttrugen. Dabei hörte sie den einen Diener zu seinem Kollegen sagen:

»Das ist nun schon der zweite Tote im Schloss innerhalb weniger Stunden. Wird ein bisschen viel gestorben zur Zeit!«

Die Aufmerksamkeit der Menge richtete sich nun wieder auf Adnama, die in die Mitte des Ovals trat und mit lauter Stimme verkündete:

»Ich habe Prinz Bazillus versprochen, dass ich seine Frau werde, wenn er das Duell gewinnt. Ich werde ihn heiraten, wenn er zum König gekrönt ist.«

Bazillus legte den Arm um ihre Schulter und küsste sie auf die Wange.

»Ich lasse mich noch heute krönen«, erklärte er mit erhobenem Kopf. »Notfalls setze ich mir die Krone sogar selbst aufs Haupt.«

»Sobald du König bist, gehöre ich für immer dir, Geliebter«, säuselte Adnama und drückte ihm einen flüchtigen Kuss auf die Lippen. Dann nahm sie ihn bei der Hand und schlenderte mit ihm Arm in Arm auf das Schloss zu.

Als sich die Menschenmenge aufgelöst hatte, stieg Cordula zutiefst erschüttert von ihrem Baum herab. Joe Arrows war tot. Und wenn sie es richtig mitbekommen hatte, war auch ihr Onkel Canisius gestorben. Bazillus sollte zum neuen König gekrönt werden, und er beabsichtigte die falsche Amanda, Santanas Geschöpf, zu heiraten und zur Königin von Translakien zu machen. Das alles war zu viel für Cordula. Sie war übermüdet und mit den Nerven am Ende. Schluchzend rannte sie davon und verkroch sich im hintersten Winkel des Schlossparks. Sie wollte keinen Menschen sehen, schon gar nicht ihren Bruder und dessen zukünftige Frau.

*

Da der Thronsaal des translakischen Schlosses bereits anlässlich des Empfangs von Joe und Amanda festlich geschmückt worden war, waren für die Krönungsfeierlichkeiten keine besonderen Vorbereitungen vonnöten. Während des Mittagessens hatte Bazillus Corruptus offiziell bekannt gegeben, dass er sich noch am selben Abend zum König krönen lassen wolle. Die Mitglieder des Staatsrats und einige weitere Ehrengäste sollten – soweit sie nicht sowieso schon bei Hofe weilten – sofort herbeigeholt werden.

Am Abend waren dann die Honoratioren des Landes im Thronsaal versammelt. Bazillus hatte auf dem Königsthron Platz genommen, an seiner Seite saß Adnama und schaute zufrieden in die Menge. Vor den beiden standen der Hofmarschall, sowie der Bischof und ein Herzog aus dem Süden des Königreichs als Sprecher des Staatsrats.

»Also, meine Herren«, sagte Bazillus ungeduldig, »wir machen alles in einem Aufwasch: Königskrönung und Hochzeit. Ich kann es gar nicht erwarten, mit Amanda vereint zu sein. Los, fangt an!«

Der Bischof nahm die Königskrone aus den Händen des Hofmarschalls und trat vor den bleichen, hageren Mann.

»Prinz Bazillus Corruptus!« sprach er feierlich. »Im Namen des Staatsrats kröne ich Euch zum König von Translakien.«

Behutsam setzte er dem neuen Monarchen die Krone aufs Haupt. Adnama verfolgte die Zeremonie eher gelangweilt.

»König Bazillus«, fuhr der Bischof fort. »Ich hoffe, dass ...«

»Genügt!« schnitt Bazillus ihm unwirsch das Wort ab. »Und nun die Trauung!«

»König Bazillus«, begann der Bischof von neuem. »Wollt Ihr Prinzessin Amanda von Haldnerackmáhn zur Frau nehmen?«

»Natürlich«, antwortete Bazillus gereizt.

»Prinzessin Amanda«, sprach der Bischof weiter. »Wollt Ihr König Bazillus von Translakien zum Manne nehmen?«

Adnama legte ihre Hand auf die von Bazillus und erwiderte mit einem hintergründigen Lächeln:

»Bis dass der Tod uns scheide.«

Der Bischof senkte seine Hand sanft auf die Hände des Brautpaars und verkündete feierlich:

»Dann erklärte ich Euch hiermit für Mann und Frau. Amanda, Ihr seid nun Königin von Translakien.«

»Na endlich!« murmelte Adnama grinsend.

Hastig nahm Bazillus die Glückwünsche des Bischofs, des Hofmarschalls und des Herzogs aus dem Süden entgegen, dann rief er der versammelten Menge zu:

»Jetzt alle raus hier! Ich will mit meiner Frau allein sein.«

Frustriert blickten die Gäste ihren neuen König an. Sie hatten sich auf eine rauschende Festnacht mit Musik, Tanz und einem opulenten Mahl gefreut; nun wurden sie derart vor den Kopf gestoßen. Der Herzog, der am Nachmittag noch schnell eine Rede verfasst hatte, versuchte, wenigstens einige Worte loszuwerden, doch Bazillus wies ihn mürrisch an, den Mund zu halten und zusammen mit dem übrigen Volk den Thronsaal zu verlassen.

Nachdem sich der Saal geleert hatte, verschloss Bazillus die Türen. Adnama hatte inzwischen zwei hohe Gläser mit prickelndem Sekt gefüllt. Bazillus eilte auf sie zu und küsste sie voll Leidenschaft. Dabei tastete er nach dem Verschluss ihres Kleides und versuchte, ihn zu öffnen. Mit gierigem Blick sagte er:

»Und nun, Liebling ...«

»... stoßen wir auf unsere immerwährende Liebe an«, fiel ihm Adnama ins Wort und drückte ihm eines der beiden Gläser in die Hand. »Nimm Platz auf deinem Thron!«

Der König tat, wie ihm geheißen.

»Prost, mein Schatz!« rief Adnama vergnügt aus und stieß ihr Glas gegen das seine.

»Prost, du wunderbarstes aller Geschöpfe!« stöhnte der translakische König wollüstig und führte des Glas mit der rechten Hand zum Mund. Seine Linke legte er auf Adnamas Knie und begann, sich langsam an ihrem Oberschenkel hinaufzutasten. In einem Zug leerte er sein Glas. Er sah, wie auch Adnama ihr Glas an ihre vollen Lippen setzte und ihn zweideutig anlächelte.

Auf einmal spürte er einen stechenden Schmerz in der Brust. Er wollte schreien, doch kein Ton kam über seine Lippen. Seine rechte Hand sank nach unten, das Glas entglitt seinen Fingern und fiel klirrend auf den Boden. Mit weit aufgerissenen Augen nahm er wahr, wie Amandas Doppelgängerin seine linke Hand angewidert von ihrem Oberschenkel stieß. Dann sackte er in seinen Thronsessel. Wie durch einen Nebel glaubte er, das Gesicht seiner Angebeteten zu erkennen. Ein teuflisches Grinsen lag auf ihrem Antlitz. Von weit her hörte er sie spöttisch sagen:

»Verreck, du Bazille!«

Dann setzten seine Sinne für immer aus.

9. Im Bann des Bösen

»Wie sieht es denn hier aus, Formulus?« waren die ersten Worte Santanas, als sie im Laboratorium erschien.

Zwei volle Tage hatte sie sich in Translakien aufgehalten und versucht, Amanda und Cordula in ihre Gewalt zu bekommen. Doch ein geheimnisvoller Zauber hatte die beiden Prinzessinnen ihrer Macht entzogen. Enttäuscht über ihren Misserfolg war die Herrin der Finsternis ins Laboratorium von Frank N. Formulus zurückgekehrt und erblickte nun ein fürchterliches Chaos: den zerstörten Metallkessel, die verbeulte Blechwanne und die Scherben zahlreicher zerschlagener Glaskolben und Reagenzgläser.

»Was ist passiert?« fragte sie aufgeregt und ihre roten Augen funkelten bösartig.

Formulus sah die Herrscherin der Unterwelt unterwürfig an und berichtete:

»Woody Walker und seine Helden sind eingedrungen und haben ein paar Geräte zerstört.«

»Wie konnte das geschehen, Blix?« fauchte Santana ihre Zofe an, die wie ein Häufchen Elend neben Formulus stand. »Ich habe dich doch beauftragt, während meiner Abwesenheit dafür zu sorgen, dass hier alles klappt. Du hast versagt, du Niete!«

Zerknirscht senkte Blix ihren Kopf. Sie schaute hilflos auf den Boden und stammelte:

»Herrin, ich habe ...«

»Ach, halt's Maul, du minderwertige Kreatur!« brüllte Santana. »Du bist einfach zu klein, um mir eine wirkliche Hilfe zu sein. Geh mir aus den Augen, Winzling!«

Die Herrin der Finsternis machte eine eindeutige Handbewegung, und Blix verzog sich zutiefst gedemütigt in eine Ecke des Laboratoriums. Noch nie hatte Santana sie so behandelt.

»Es ist doch alles gar nicht so schlimm«, versuchte Formulus die Herrscherin der Unterwelt zu besänftigen. »Bevor Woody Walker kam, waren die ersten Monster bereits fertig. Sie halten sich jetzt zusammen mit Igor im Wald versteckt und warten auf unsere Befehle.« Dann deutete er auf seine zertrümmerten

Apparaturen und erklärte: »Außerdem kann ich das hier alles in kurzer Zeit wieder reparieren. Schon bald wird dir eine ganze Armee von Monstern zur Verfügung stehen. Und kein auf natürlichem Wege geborenes Wesen kann sie töten.«

Halbwegs beruhigt betrachtete Santana den Mann im grauen Kittel, der sie zuversichtlich anstrahlte.

»Gut, Formulus, fang gleich damit an!« befahl sie. »Zusätzlich werde ich noch ein paar Räuber aus der Umgebung anheuern, dass sie das Laboratorium bewachen, bis die Monster-Armee steht.« Sie drehte sich um und rief mit scharfer Stimme: »Blix!«

Die kleine Zofe tauchte ängstlich aus ihrem Versteck auf:

»Ja, Herrin?«

»Komm her mit deiner Kugel!« bellte Santana. »Es ist mir nicht gelungen, Amanda und Cordula zu erwischen. Ich will sehen, was gerade in Translakien geschieht. Hoffentlich schafft es Adnama, Joe Arrows in ihren Bann zu ziehen und zum Bösen zu verführen, denn dann hätte ich endgültig gewonnen.«

Angestrengt schaute sie in die Kristallkugel, die Blix ihr gehorsam vor die Augen hielt. Die Herrin der Finsternis konzentrierte sich auf das translakische Königsschloss.

Im Land jenseits des Großes Sees graute der Morgen. Santana blickte in den Thronsaal und sah, wie Adnama gerade zwei Dienern befahl, den Leichnam von König Bazillus hinauszutragen.

»Der ist erledigt!« sagte die Herrscherin der Unterwelt mit Genugtuung. »Und nun der andere!«

Sie drang mit ihrem Blick tief in die Kristallkugel ein und konzentrierte sich auf das Gästezimmer des Schlosses.

Die Szene wirkte gespenstisch: Die Vorhänge im Gästezimmer waren zugezogen. Ein siebenarmiger Kerzenleuchter stand auf dem Nachttisch und warf lange Schatten an die Wand. Im Bett lag Joe Arrows aufgebahrt auf dem Rücken; seine Hände ruhten zusammengefaltet auf seinem Bauch.

Die Tür öffnete sich, und Adnama trat ein. Sie riss die Vorhänge auf, ging auf den Nachttisch zu und blies mit einem Atemzug die Kerzen aus.

»Steh auf, Joe!« sagte sie kühl. »Es ist alles in Ordnung.«

Joes Körper begann sich zu bewegen. Er erhob sich stöhnend und streckte seine Glieder aus.

»Unser Plan ist aufgegangen«, informierte ihn Adnama, ohne eine Miene zu verziehen. »Niemand hat gemerkt, dass in der Pistole nur Platzpatronen waren. Hier im Schloss halten dich alle für tot. So konnte ich Bazillus' Herzenswunsch erfüllen und seine Frau werden.«

Joe sprang entsetzt aus dem Bett:

»Was hast du getan? Bist du verrückt geworden, Amanda?«

Adnama strich ihm zärtlich über das hellbraune Haar.

»Aber Joe«, säuselte sie, »du weißt doch: Ich liebe nur dich. Zwischen Bazillus und mir war nichts, das kannst du mir glauben. Der geile Bock kam gar nicht mehr dazu, mit mir ins Bett zu gehen. Ich habe ihn mit meinem Charme derart erregt, dass ihn der Schlag getroffen hat.«

Perplex starrte Joe seine vermeintliche Gemahlin an.

»Bazillus ist tot«, erklärte Adnama ohne jede Gefühlsregung. »Er starb unmittelbar nach Königskrönung und Hochzeit. Jetzt bin ich Königin von Translakien.«

Joe war immer noch sprachlos.

»Ich sagte dir doch, dass Frauen die besseren Diplomaten sind«, fuhr Adnama fort. »Du siehst, ich hatte Recht. Durch *mein* Geschick sind die Kronen von Haldnerackmáhn und Translakien nun in einer Hand vereint, Joe: in unserer!«

Zweifelnd blickte Joe in ihr lachendes Gesicht:

»Ich weiß nicht, ob das der richtige Weg war, Amanda.«

Adnama tätschelte ihm den Kopf:

»Natürlich war es der richtige Weg, Joe. Es ging doch ohne großes Blutvergießen ab. Die beiden Königreiche hätten sonst nur durch einen Krieg vereint werden können. Ich denke, dass ich ein kleines Zeichen deiner Dankbarkeit verdient habe.«

Sie lächelte ihn verführerisch an und spitzte die Lippen. Joe nahm Adnama in den Arm und küsste sie innig. Er bemerkte nicht, dass Amandas Doppelgängerin dabei siegesgewiss grinste.

»Ich habe das Meine getan«, nahm Adnama ihre Rede wieder auf. »Nun bist *du* an der Reihe, Joe. Es wird Zeit, dass du die Macht ergreifst.«

Verständnislos schaute Joe sie an:

»Wie meinst du das, Amanda?«

»In Haldnerackmáhn regiert immer noch mein Vater Rhadal«, antwortete die falsche Amanda. »Aber er ist nur ein schwacher Mensch und war nie ein großer König. Wir werden ihn aufs Altenteil schicken und du wirst König werden.«

»Aber Amanda ...«, stammelte Joe.

»Du bist der richtige Mann, Joe«, fiel ihm Adnama ins Wort. »Du warst der Schüler von Hanck al Menhard und verfügst jetzt über all seine Wunderkräfte. Du wirst in die Geschichte eingehen als erster König der *Vereinigten Reiche von Haldnerackmáhn und Translakien*. Mit deiner geistigen Kraft wirst du beide Länder weise und umsichtig regieren – und wer sich deiner Herrschaft widersetzt, wird ausgelöscht.«

Joe begann zu überlegen. Die Idee war schon verlockend: Er, Joe Arrows, würde die Länder diesseits und jenseits des Großen Sees regieren. Er könnte jeden Menschen veranlassen, so zu leben, wie er, Joe, es für richtig hielt. Zwietracht, Streit und Krieg wären für immer ausgerottet. Alle würden seinen Weisungen folgen und niemand würde es wagen, sich ihm zu widersetzen. Dennoch – ein kleiner Zweifel blieb bestehen.

»Und was wird aus Rhadal, aus Silvia, aus Woody?« fragte er zögernd.

Doch Adnama zerstreute seine letzten Skrupel:

»Meine Eltern bekommen einen schönen ruhigen Alterssitz, weit weg vom Königsschloss, wo sie einen geruhsamen Lebensabend verbringen können; Silvia und Woody dürfen weiter in unserem Auftrag im Wald herumlaufen – mehr können sie eh nicht.«

Bevor Joe etwas erwidern konnte, ergriff Amandas Doppelgängerin seine Hand und meinte:

»Jetzt wird es aber Zeit, dass wir nach Haldnerackmáhn zurückkehren. Du kannst dich ja durch deine geistige Kraft dorthin versetzen.«

»Ich schon, aber du nicht, Amanda!«

»Du wirst dich noch wundern, was ich alles kann, Joe!« entgegnete Adnama mit erhobenem Kopf. »Versetzen wir uns am besten an den Fuß des Schlossbergs und gehen dann von dort gemächlich hinauf zum Königsschloss!«

»Gut, Amanda«, antwortete Joe mit verklärtem Blick.

Adnama hielt immer noch seine Hand. Sie war nun absolut sicher, dass sie den neuen Bewahrer des Guten voll und ganz in ihren Bann gezogen hatte. Joe würde versuchen, in Haldnerackmáhn die Macht an sich zu reißen, und den Ersten, der ihm Widerstand leistete – Rhadal, Woody, oder wer es sonst wagte – vernichten. Damit wäre er Santana verfallen, die dann Haldnerackmáhn und Translakien beherrschen würde. Und sie, Adnama, würde an Santanas Macht teilhaben.

»Also dann: Los, Joe!« rief Amandas Doppelgängerin.

Im selben Augenblick verschwanden beide aus dem Gästezimmer des translakischen Schlosses und erschienen Bruchteile von Sekunden später unterhalb des Schlossbergs von Haldnerackmáhn, mitten im Tal der Schwerter. Hier hatten einst Joes Vater und die alten Helden von Haldnerackmáhn die Kreaturen der Finsternis vernichtend geschlagen. Hier hatte Hanck al Menhard Santana zum ersten Mal in die Unterwelt zurückgeschickt. Hier sollte nun – siebenundzwanzig Jahre später – der Siegeszug des Bösen beginnen.

»So, Joe«, sagte Adnama. »Auf ins Königsschloss! Übernehmen wir die Macht!«

*

Die Helden von Haldnerackmáhn bildeten ein Spalier am Eingangstor zum Schlosshof, nachdem der Turmwächter kurz zuvor gemeldet hatte, dass Joe und Amanda sich dem Schloss näherten. Woody Walker stand an der Spitze seiner Truppe, um die beiden Heimkehrer mit allen Ehren zu empfangen.

Joe kam auf ihn zu und reichte ihm die Hand:

»Grüß Gott, Woody! Wir sind von unserer Reise zurück.«

»Grüß Gott, Joe!« erwiderte Woody freundlich. Mit kritischem Blick betrachtete er Joes Begleiterin, streckte dann aber auch ihr die Hand entgegen: »Grüß Gott, Amanda!«

»Mach Platz, Woody!« zischte Adnama, ohne auf Woodys

Gruß einzugehen. »Wir sind gekommen, um in Haldnerackmáhn die Macht zu ergreifen.«

Woodys Verdacht wuchs.

»*Was* wollt ihr?« fragte er und postierte sich so zwischen seinen Spalier stehenden Männern, dass Joe und Adnama nicht an ihm vorbei kamen.

»König Rhadal ist abgesetzt«, erklärte Adnama bissig. »Joe mit seinen übernatürlichen Kräften ist jetzt Herrscher der *Vereinigten Reiche von Haldnerackmáhn und Translakien.* Gib den Weg zum Schloss frei, Woody, damit wir die Regierung übernehmen können!«

Woody sah seine Befürchtungen bestätigt.

»Unter diesen Umständen kann ich euch nicht durchlassen«, sagte er hart und zog sein Buschmesser.

»Ich glaube, wir müssen dir erst unsere Macht demonstrieren«, fuhr Adnama ihn an. »Zeig's ihm, Joe!«

»Das ist nicht die echte Amanda!« rief Woody aus. »Ergreift sie, Männer!«

Die elf Helden sprangen mit gezückten Waffen auf Adnama zu. Hilfesuchend wandte sich Amandas Doppelgängerin an ihren Begleiter:

»Joe!«

Joe hob die rechte Hand.

»Halt!« sprach er laut, und alle Helden außer Woody erstarrten auf der Stelle.

»Vernichte sie, Joe!« zischte Adnama. »Sie wollten mich mit ihren Waffen angreifen.«

»Hör zu, Joe!« bat Woody mit ruhiger Stimme. »Das ist nicht Amanda. Das ist eine Doppelgängerin, die Santana erschaffen hat, um dich zum Bösen zu verführen. Ich kann sie nicht ins Schloss lassen.«

Verärgert blickte Joe seinen Freund und Schwager an.

»Jetzt fängst du auch noch mit diesem Unsinn an, Woody!« schimpfte er. »Ich kenne doch meine Frau!«

»Vernichte ihn, Joe!« forderte Adnama wütend. »Er hat sich dir widersetzt und mich beleidigt.«

Joe zögerte.

»Du bist mein bester Freund, Woody«, sagte er. »Ich möchte dich nicht ebenfalls erstarren lassen. Aber wenn du den Weg nicht freigibst ...«

»Vernichte ihn, Joe!« drängte Adnama. »Er ist gefährlich!«

»Bist du denn blind, Joe?« stieß Woody erregt hervor. »Das ist nicht Amanda!«

»Das ist offene Rebellion, Joe!« schrie Adnama. »Töte ihn endlich!«

Sie spürte, dass Joe kurz davor stand, seine übernatürlichen Kräfte zu missbrauchen.

»Zum letzten Mal, Woody!« drohte Joe sichtlich erzürnt. »Gib den Weg frei, oder ...!«

Er hob die rechte Hand, um seinen Worten Nachdruck zu verleihen.

Woody dachte kurz nach.

»Wie du willst, Joe«, sagte er schließlich und trat zur Seite.

Hand in Hand schritten Joe und Adnama durch das Spalier der erstarrten Helden auf das Schloss zu, um König Rhadal zu stürzen und selbst den Thron zu besteigen.

»Du hättest ihn töten müssen, Joe!« zischte Adnama boshaft, während sie an Woody vorbeigingen.

Im selben Moment entriss Woody dem erstarrten Mbutu seinen schweren Holzspeer und sprang von hinten auf seinen Schwager zu:

»Tut mir leid, Joe, aber es muss sein!«

Mit diesen Worten schlug er Joe den Speer mit voller Wucht gegen den Hinterkopf. Joe sackte zusammen. Augenblicklich endete die Starre der elf Helden.

»Ergreift die falsche Amanda!« befahl Woody seinen Männern.

Erschrocken blickte Adnama auf den bewusstlosen Joe, von dem sie keine Hilfe erwarten konnte. Während sie in Sekundenschnelle über ihr weiteres Vorgehen nachdachte, sah sie voll Verwunderung, wie zwei junge Frauen mit langen, wehenden Haaren in den Schlosshof gerannt kamen.

Amanda! schoss es Adnama durch den Kopf. Wie um alles in der Welt konnte sie Santana entkommen und nach Haldnerackmähn gelangen? Und die andere ist ihre Schwester Silvia!

Aufgrund dieser überraschenden Entwicklung beschloss Adnama, vorerst das Feld zu räumen, und verschwand, bevor die heranstürmenden Helden ihr zu nahe kamen.

Die echte Amanda war inzwischen zu ihrem bewusstlosen Mann gelaufen und kniete neben ihm nieder.

»Joe, wie geht es dir?« erkundigte sie sich und streichelte zärtlich seinen Kopf. Dann nahm sie das goldene Kreuz von ihrem Hals und hängte es Joe um.

Kaum hatte *Chryson* seinen Körper berührt, kam Joe wieder zu sich und hielt sich mit schmerzverzerrtem Gesicht den Kopf.

»Was – ist mit mir?« fragte er benommen. »Mein Schädel brummt so schrecklich.«

»Ich bin es, deine Frau Amanda«, hörte er eine vertraute Stimme. »Meine Doppelgängerin war gerade dabei, dich zum Bösen zu verführen. Wenn du deine Kräfte dazu benützt hättest, jemandem Schaden zuzufügen, wärst du Santana verfallen – und ganz Haldnerackmáhn wäre verloren gewesen.«

Betroffen sah Joe seine Frau an, die immer noch das weiße Nachthemd anhatte, in dem sie von Bazillus Corruptus und seinen Soldaten verschleppt worden war. Darüber trug sie eine warme Wolldecke, die ihr Gil, der Seemann, gegeben hatte.

»Dann – dann hat Woody also doch Recht gehabt«, stammelte Joe.

»Ja, Joe, leider«, meinte Woody und streckte seinem Schwager die Hand entgegen. »Verzeih mir bitte den Schlag! Ich hoffe, die Beule wird nicht zu schlimm.«

Joe ergriff Woodys Hand und ließ sich von ihm auf die Beine helfen. Dann sagte er freundschaftlich:

»Ich habe dir nicht zu *verzeihen*, sondern zu *danken*, Woody. Du hast Haldnerackmáhn und mich gerettet. Ich bin ein schlechter Nachfolger Hanck al Menhards. Beinahe wäre durch meine Dummheit ganz Haldnerackmáhn dem Bösen verfallen.«

»Jetzt kann nichts mehr passieren, Joe«, äußerte Amanda zuversichtlich. »Du trägst ja nun *Chryson* wieder auf deiner Brust.«

»Richtig, Amanda«, erwiderte Joe. »Ich spüre schon, wie mich die *Kraft des Guten* durchdringt.« Er schlug sich mit der flachen Hand gegen die Stirn. »Mein Gott! In Translakien denken sie, dass ich tot bin, und dass Amanda nun Königin des Landes ist. Wir müssen das sofort richtig stellen, bevor es zu weiteren Verwicklungen kommt. Ich werde gleich einen Boten nach Translakien schicken, damit er alles aufklärt.«

»Ich mach' das schon, Joe«, meldete sich Silvia zu Wort. »Ich bin am schnellsten dort und kenne mich drüben schon ein bisschen aus.«

»Gut, Silvia!« entschied Joe. »Richte Prinzessin Cordula meine herzlichsten Grüße und meinen Dank aus – und bitte sie in meinem Namen um Verzeihung, dass ich ihre Warnungen nicht ernst genommen habe!«

»In Ordnung, Joe!« antwortete Silvia. »Ich mache mich gleich auf den Weg. Bis bald!«

Damit lief sie los in Richtung Küste. In Gedanken stellte sie sich das dumme Gesicht von Kapitän Gil vor, wenn sie ihn aufforderte, den Großen See zum dritten Mal innerhalb von achtundvierzig Stunden zu überqueren.

Amanda war unterdessen ins Schloss geeilt, um ihre Eltern zu begrüßen und sich endlich ordentliche Kleidung anzuziehen. Auch Joe und Woody hatten sich ins Schloss begeben, um König Rhadal Bericht zu erstatten. Erschüttert vernahm der König, was sich in den letzten Tagen ereignet hatte.

»Was gedenkt ihr jetzt zu unternehmen?« fragte er seine Schwiegersöhne.

»Wir begeben uns zum Laboratorium von Frank N. Formulus«, schlug Woody vor. »Dort werden wir Santana und wahrscheinlich auch die falsche Amanda antreffen. Du musst mitkommen, Joe, denn du bist als Einziger in der Lage, Santanas Macht zu bannen.«

»Natürlich komme ich mit«, erklärte Joe. »Ich kann es gar nicht erwarten, Santana gegenüberzutreten.«

»Ich komme auch mit!« hörten sie Amanda rufen, die soeben frisch gewaschen und gekleidet den Thronsaal betrat. »Ich habe mit meiner Doppelgängerin noch ein Hühnchen zu rupfen.«

Verstohlen schaute sie zu ihrem Vater, doch Rhadal hatte es mittlerweile aufgegeben, seine Tochter vor gefährlichen Abenteuern zu warnen. Zu viel war in den letzten zwei Jahren geschehen.

Joe, Woody und Amanda verabschiedeten sich von König Rhadal und begaben sich in den Schlosshof, wo die Helden auf sie warteten.

»Auf zum Laboratorium von Formulus, Männer!« rief Woody ihnen zu. »Den Weg kennen wir ja.«

10. Der Tag des Gerichts

»Das ist das Laboratorium von Frank N. Formulus«, erklärte Woody seinem Schwager, als das heruntergekommene Haus zwischen den Bäumen sichtbar wurde.

»Dann schauen wir mal, ob Santana da ist!« meinte Joe und schritt voll Selbstvertrauen auf das düstere Gebäude zu. *Chryson* prangte auf seiner Brust. Amanda, Woody und die Helden folgten ihm siegessicher.

Als sie nur noch wenige Schritte von dem Haus entfernt waren, sprang plötzlich eine Horde vermummter Gestalten mit gezückten Waffen hinter den Bäumen hervor und umringte Joe und seine Begleiter.

»Hände hoch!« forderte der Anführer der Banditen in scharfem Ton. »Keine Bewegung wei...«

Er hatte das letzte Wort noch nicht ganz ausgesprochen, da hob Joe – wie befohlen – die Hand; im selben Augenblick erstarrte der Räuberhauptmann bei geöffnetem Mund mitten in seiner Bewegung. Seine Kumpane ließen vor Schreck ihre Waffen fallen und sahen Joe fassungslos an.

»Schon wieder diese lausigen Räuber!« rief Woody verärgert aus. »Ich dachte, wir hätten die Bande vollständig zerschlagen. Verjagt das Gesindel, Männer!«

Sofort stürmten die Helden auf die Banditen zu, worauf diese panikartig die Flucht ergriffen. Joe hob den Bann über den Anführer auf, der ebenfalls schnellstens das Weite suchte. Sascha Rambowski, Zorro el Cazador, Buddy the Kid und Etienne de Fleche zogen ihre Schusswaffen und jagten die Räuber kreuz und quer durch den Wald, bis sie schworen, ihr Verbrecher-Dasein aufzugeben und in Zukunft ein anständiges Leben zu führen.

Währenddessen kamen Ebru und Loof auf Woody und Joe zugelaufen.

»Entschuldigt bitte!« rief Silvias Ziehmutter ihnen zu. »Wir wollten euch eigentlich warnen. Die Räuber hat Santana zur Verteidigung des Laboratoriums angeheuert.«

»Santana ist ja ganz schön tief gesunken, wenn sie sich jetzt schon von solchen Hampelmännern beschützen lässt«, lachte Woody.

»Kommt, Freunde!« drängte Joe ungeduldig. »Es wird Zeit, dass wir Santana gegenübertreten und sie endgültig besiegen.«

Er stieß die Eingangstür des Hauses auf und trat ein, gefolgt von Woody, den sieben anwesenden Helden, Amanda, Ebru und Loof.

Wie erwartet befand sich Santana im Laboratorium. Sie saß auf einem Stuhl neben dem großen Tisch, an dem Formulus die Ergebnisse seiner Experimente notierte. Blix, die wie immer die Kristallkugel in der Hand hielt, stand an der Seite ihrer Herrin. Formulus hantierte nervös an seinen Geräten, die er notdürftig repariert hatte.

»Santana!« rief Joe selbstbewusst aus und ging unerschrocken auf die Herrscherin der Unterwelt zu. »Als Bewahrer des Guten und Nachfolger Hanck al Menhards komme ich, um dich für all deine Schandtaten zu bestrafen.«

In höchster Erregung sprang die Herrin der Finsternis von ihrem Sitz auf.

»Du jämmerlicher Grünschnabel willst mich bestrafen!« fauchte sie Joe an. »Pass lieber auf, dass ich dich und deine Helfershelfer nicht mit der geballten Kraft des Bösen vernichte!«

Sie reckte die linke Faust in die Höhe, doch Joe ließ sich nicht einschüchtern.

»Die *Kraft des Guten* und die Kraft des Bösen sind gleich stark, Santana«, entgegnete er mit fester Stimme. »Meine Kraft neutralisiert die deine. Aber auf meiner Seite stehen Woody Walker und die Helden von Haldnerackmáhn. Wer kämpft für dich, Santana?

»Formulus!« schrie die Herrscherin der Unterwelt. »Wo bleiben deine Monster?«

Woody trat mit erhobenem Buschmesser neben den Mann im grauen Kittel und erklärte kühl:

»Es gibt keine Monster, Santana. Formulus hilft jetzt zu uns.«

Santanas rote Augen funkelten noch ein wenig böser als sonst.

»Stimmt das, Formulus?« keifte sie ihn an.

Formulus senkte verschämt den Blick.

»Es lässt sich nicht leugnen«, antwortete er zögernd.

Die Herrin der Finsternis hob die linke Hand und streckte die gespreizten Finger gegen Formulus aus.

»Dann stirb, du Verräter!« brüllte sie.

Schnell trat Joe zwischen die beiden und hob schützend seine rechte Hand.

»Nein, Santana!« sprach er ruhig. »Deine Macht ist gebannt. Und niemand kämpft für dich.«

»Irrtum, Joe Arrows!« hörte er in diesem Moment eine bekannte Stimme. Er drehte sich um und erblickte Adnama, die aus einer Nische des Laboratoriums hervorgetreten war. In der Hand hielt sie den furchtbaren Bihänder, der zwei Jahre zuvor noch Loofs Waffe gewesen war. Es bereitete ihr offenbar keinerlei Anstrengung, das wuchtige Schwert zu heben.

»Ich werde kämpfen und diesen Waldläufer samt seinem minderwertigen Haufen vernichten!« rief sie spöttisch aus. »Und ich werde siegen, denn niemand kann mich töten!«

Sie hatte noch nicht ganz zu Ende gesprochen, da sprang Loof, der bisher abwartend an der Eingangstür gestanden war, auf sie zu und sagte in seiner typischen Stakkatosprache:

»Falsch – Adnama! – Gib – mir – dein – Buschmesser – Woody!«

Sogleich warf Woody Loof seine Waffe zu.

»Komm doch her, du Hanswurst!« reizte Adnama die Nachbildung von Santanas ehemaligem Leibwächter und hieb mit dem Bihandschwert auf ihn ein.

Loof wich ihrem Schlag geschickt aus und ging seinerseits mit dem Buschmesser zum Angriff über. Die sieben Helden wollten ihm zu Hilfe kommen, doch Woody hielt sie zurück. Er wusste, dass diesen Kampf die beiden Geschöpfe von Frank N. Formulus ganz allein austragen mussten.

Langsam umkreisten die zwei künstlichen Kreaturen die Blechwanne, in der sie erschaffen worden waren. Adnama, deren Waffe über die größere Reichweite verfügte, hatte Loof schon etliche klaffende Wunden beigebracht, aber dadurch konnte sie den hünenhaften Krieger nicht in die Knie zwingen. Sie musste ihren Gegner mit einem einzigen gezielten Schlag erledigen. Zu diesem Zweck hob sie das Schwert mit beiden Händen in die Höhe und war so für eine Sekunde ohne Deckung. Loof erkannte seine Chance und stieß ihr blitzschnell das Buschmesser in die Brust. Adnamas Körper krampfte sich zusammen, der schwere Bihänder entglitt ihren Fingern. Starr vor Entsetzen nahm sie wahr, wie Loof das Buschmesser aus ihrem Brustkorb zog und ein zweites Mal ausholte.

»Stirb – Adnama!« brüllte er und schlug die Klinge mit voller Wucht gegen ihren Hals.

Amandas Doppelgängerin stieß einen langgezogenen Schrei aus, dass die Wände des Hauses erbebten. Nie zuvor hatte Joe einen so herzzerreißenden Laut gehört. Dann sah er, wie Adnamas Kopf in die Blechwanne fiel, in der sie entstanden war. Ihr schlaffer Körper sank neben der Wanne nieder; ihr Blut ergoss sich über den kalten Steinboden des Laboratoriums.

»Nein!« schrie Santana verzweifelt. »Sie war so großartig, so wundervoll!« Hasserfüllt blickte sie ihren ehemaligen Leibwächter an. »Wie konntest du sie töten, du Narr?«

»Für – sie – war – kein – Platz – auf – dieser – Welt!« erwiderte Loof ungerührt und gab Woody das Buschmesser zurück.

Woody wischte das Blut von seiner Waffe und steckte sie dann in die Scheide. Zufrieden sagte er:

»Damit wäre nun auch die letzte Kreatur von Formulus vernichtet.«

»Nein – es – war – noch – nicht – die – letzte«, widersprach Loof und bückte sich, um das Bihandschwert, das Adnama fallen gelassen hatte, vom Boden aufzuheben.

»Wieso?« fragte Woody erstaunt. Doch dann dämmerte ihm, was Santanas ehemaliger Leibwächter meinte.

»Ich – lebe – noch – aber – auch – ich – gehöre – nicht – in – diese – Welt«, erklärte Loof und ergriff das Schwert mit beiden Händen. »Darum – werde – ich – jetzt – meiner – sinnlosen – Existenz – ein – Ende – setzen.« Er hob den Bihänder und richtete die Spitze gegen seine Brust.

Woody sprang auf ihn zu und packte ihn an den Schultern.

»Red doch keinen Unsinn, Kamerad!« versuchte er Loof von seinem Vorhaben abzubringen. »Du hast uns so gut geholfen ...«

Weiter kam er nicht, denn der Unterweltskrieger hatte eine Hand von seinem Schwert genommen und stieß Woody zur Seite. Dann setzte er die fürchterliche Waffe erneut an, um sich zu durchbohren.

»Hör sofort damit auf!« schrie Woody. »Wir brauchen dich doch bei uns!«

»Niemand – braucht – mich!« stieß Loof hervor. »Ich – habe – kein – Recht – zu – leben. – Lasst – mich – sterben!«

Mit Schrecken sahen die im Laboratorium versammelten Personen, wie sich die Nachbildung von Santanas Leibwächter in das Bihandschwert stürzte. Die scharfe Klinge durchschlug seinen nackten Oberkörper und trat am Rücken wieder aus dem Körper heraus. Joe erinnerte sich, dass Loof zwei Jahre zuvor schon einmal auf die gleiche Weise gestorben war. Mit einem klirrenden Geräusch fiel Loofs aufgespießter Körper in die Blechwanne und verdeckte den Blick auf Adnamas abgeschlagenen Kopf. Dunkles Blut strömte aus seiner Brust und füllte die Wanne bis zum Rand.

Woody war der Erste, der die Fassung wiederfand.

»War ein guter Kerl!« seufzte er traurig. Irgendwie war ihm dieses Geschöpf von Frank N. Formulus ans Herz gewachsen.

»Aber er hatte Recht«, äußerte Joe und legte seinem Schwager tröstend die Hand auf die Schulter. »Wir dürfen die Existenz solch künstlicher Kreaturen nicht zulassen.« Dann stellte er sich in die Mitte des Laboratoriums und gab bekannt: »Und nun werde ich Gericht halten. Alle Anwesenden mögen sich bitte setzen!«

Amanda nahm auf dem Stuhl an dem großen Tisch Platz, dort wo zuvor Santana gesessen war. Woody und die Helden ließen sich auf dem Boden nieder; Formulus lehnte sich gegen den verbeulten Metallkessel; Ebru und Blix setzten sich auf eine große Holzkiste und unterhielten sich flüsternd. Santana blieb stehen; unsicher stand sie in einer Ecke des Laboratoriums und verfolgte mit versteinertem Gesicht das Geschehen.

»Im Namen des Königs: Die Sitzung ist eröffnet!« erklärte Joe mit würdevoller Stimme. »Angeklagt ist zunächst Frank Formulus« – er ließ bewusst das *N* aus dem Namen weg – »wegen unerlaubter Experimente mit dem Leben und Herstellung bösartiger Kreaturen. Wer übernimmt die Verteidigung?«

Woody erhob sich vom Boden und stellte sich neben Formulus:

»Ich, Joe! Ich möchte zur Verteidigung vorbringen, dass der Angeklagte als Kind von Räubern verschleppt wurde und unter ihnen aufwuchs. Dadurch entwickelten sich seine genialen Fähigkeiten leider in eine falsche Richtung, und so begann er mit seinen widernatürlichen Experimenten. Doch er hat Reue gezeigt und ein umfassendes Geständnis abgelegt. Schließlich hat er uns geholfen, Santana diese Falle zu stellen. Ich bin der Meinung, dass sich diese Umstände strafmildernd auswirken sollten.«

Joe dachte über die Worte seines Freundes nach; dann wandte er sich an den Mann im grauen Kittel:

»Angeklagter, haben Sie den Worten Ihres Verteidigers noch etwas hinzuzufügen?«

Formulus richtete sich auf und sah Joe demütig an.

»Nur, dass ich aufrichtig bereue und ein guter Mensch werden will, wie es mein Bruder Balthasar war«, sagte er leise.

»Dann ergeht im Namen des Königs von Haldnerackmáhn folgendes Urteil«, verkündete Joe feierlich und deutete Amanda an, dass sie Papier und einen auf dem Tisch liegenden Federhalter nehmen und mitschreiben solle. »Frank Formulus wird auf Lebenszeit untersagt, Experimente mit dem Leben durchzuführen. Sein Laboratorium wird abgerissen, seine sämtlichen Geräte und Unterlagen werden vernichtet. Formulus wird neue Laborräume am Königshof von Haldnerackmáhn erhalten. Dort darf er Experimente der Art durchführen, wie sie sein Bruder Balthasar einst machte; die Aufzeichnungen seines Bruders werden ihm zu Studienzwecken zur Verfügung gestellt. Die neuen Laborräume darf er so lange nicht verlassen, bis ich sicher bin, dass er wirklich ein guter Mensch geworden ist. Ende des Urteils! Hast du alles notiert, Amanda?«

Die Prinzessin nickte.

»Dann kommen wir zur zweiten Angeklagten: Santana, Herrscherin der Unterwelt«, fuhr Joe fort und sah Santana scharf in ihre blutroten Augen. »Wer übernimmt die Verteidigung?«

»Ich kann mich selbst verteidigen, du aufgeblasener kleiner Bogenschütze!« keifte die Herrin der Finsternis den neuen Bewahrer des Guten an, und ihr Gesicht wurde noch etwas grüner als sonst. »Außerdem bezweifle ich, dass du überhaupt ein Recht hast, über mich zu urteilen. Immerhin bin ich kein Bürger deines Königreichs.«

Joe kratzte sich nachdenklich am Kinn und überlegte. Dann kam ihm ein Gedanke:

»Mein weiser Lehrmeister Hanck al Menhard hat dich zweimal zurück in die Unterwelt geschickt, nachdem du besiegt warst. So will auch ich nicht anders handeln. Ich verbanne dich für immer in die Unterwelt. Aber wage es nicht, unsere Welt jemals wieder zu betreten!«

»Ich bin besiegt«, erwiderte Santana kühl, »also muss ich mich fügen.« Sie drehte sich zu ihrer Zofe um: »Blix, wir gehen!«

Blix hob ihren Kopf und sah Santana entschlossen ins Gesicht. Neben ihr saß Ebru und hielt ihre Hand.

»Nein, Santana!« sagte das kindlich wirkende Unterweltswesen mit bebender Stimme.

Verblüfft starrte Santana Blix an.

»Was soll das?« zischte sie. »Ich sagte: Wir gehen!«

Blix schaute unsicher zu Ebru, die ihr aufmunternd zunickte. Die kleine Zofe nahm ihren ganzen Mut zusammen und entgegnete ihrer bisherigen Herrin:

»Du gehst, ich nicht. Ich bleibe hier.« Sie klammerte sich an Ebrus Hand und fügte hinzu: »Ich habe hier eine Freundin gefunden, die mich wirklich versteht und nicht nur ausnützt, wie du es getan hast.«

Santana fing sich schneller, als Joe erwartet hatte.

»Dann gehe ich eben allein«, erklärte sie patzig. »Aber ihr werdet es alle noch bereuen!«

»Erspar uns deine Reden und geh, Santana!« forderte Joe und hob seine Hand zu einer eindeutigen Geste.

Santana sah Joe an, als wolle sie ihn mit ihrem Blick durchbohren. Doch sie wusste, dass sie gegen den neuen Bewahrer des Guten ebenso verloren hatte wie gegen seinen Vorgänger. Ein Blitz zuckte durch das Laboratorium und eine Rauchwolke hüllte sie ein. Es krachte und donnerte, dann war die Herrin der Finsternis verschwunden.

»Die ist abgezischt!« jauchzte Ebru mit einem befreiten Lächeln auf ihrem Fledermausgesicht.

»Und hat noch einen entsetzlichen Gestank hinterlassen«, ergänzte Woody, wobei er sich angewidert die Nase zuhielt.

»Hoffentlich sehen wir sie nie mehr wieder!« meinte Amanda. Ihr hatte Santana bestimmt am übelsten mitgespielt, wenn man an die Entführung vor zwei Jahren und an die Ereignisse der letzten Tage dachte.

Die helle Stimme von Blix riss Amanda aus ihren Gedanken:

»Schaut mal in die Kristallkugel!«

Gespannt blickten Joe, Woody und Amanda ins Innere der Kugel. Sie erkannten den prunkvoll geschmückten Thronsaal des translakischen Schlosses, in dem der gesamte Hofstaat versammelt war. Cordula saß in einem eleganten, mit Silberfäden durchwebten schwarzen Kleid auf dem Thron und lächelte freundlich in die Menge. Neben ihr standen der Bischof und der Hofmarschall, sowie etliche Fürsten der verschiedenen Landesteile als Vertreter des Staatsrats.

Der Bischof nahm die Königskrone aus den Händen des Hofmarschalls und sprach feierlich:

»Prinzessin Cordula, da Ihr das einzige noch lebende Mitglied der Königsfamilie seid, kröne ich Euch im Namen des Staatsrats zur Königin von Translakien.«

Behutsam setzte er ihr die Krone auf das lockige Haupt.

Cordula erhob sich von ihrem Thron und nahm dankbar die Glückwünsche der Mitglieder des Staatsrats entgegen. Die Menge jubelte ihr minutenlang begeistert zu.

Als wieder Ruhe im Thronsaal eingekehrt war, begann die neue Königin zu reden:

»Meine lieben Mitbürger! Ich danke euch für euer großes Vertrauen. Ich bin noch sehr jung und unerfahren, aber ich werde versuchen, allen Bürgern von Translakien eine gute Königin zu sein. Besonders freut es mich, zu meiner Krönung Prinzessin Silvia, die Tochter des Königs von Haldnerackmáhn, in unserem Schloss begrüßen zu dürfen.«

In der Kristallkugel sah Amanda, wie ihre Schwester auf Cordula zuging, sie freundschaftlich umarmte und dann auf dem Sessel neben ihr Platz nahm. Auch Woody beobachtete mit anerkennendem Blick den Auftritt seiner Frau.

»Meine erste Amtshandlung als Königin wird sein, dass ich nach Haldnerackmáhn reise und einen Partnerschaftsvertrag mit König Rhadal und Prinz Joe unterzeichne«, fuhr Cordula mit ihrer Rede fort. »Denn es soll von nun an für immer Friede und Freundschaft zwischen unseren Völkern herrschen.«

Erneut spendete die versammelte Menge ihrer neuen Monarchin stürmischen Applaus.

»Die gute Cordula«, sagte Amanda gerührt. »Damit dürfte der dauerhafte Friede zwischen unseren Ländern gesichert sein.«

»Wirklich – eine sympathische Königin«, meinte Woody, der Cordula bisher noch nie begegnet war.

Voll Freude betrachteten Amanda und Woody die strahlenden Gesichter der beiden jungen Frauen, die sich auf ihren Thronsesseln angeregt miteinander unterhielten.

Blix stand von ihrem Sitzplatz auf, und das Bild in der Kristallkugel verschwamm.

»Nun werden auch wir Abschied nehmen«, erklärte das kleine Wesen mit dem kindlichen roten Gesicht, »denn wir beide gehören ebenfalls nicht in diese Welt.«

»Wir begeben uns zum Masúz-Fluss«, fügte Ebru hinzu. »Dort werden wir den einzigen Zugang zur Unterwelt bewachen und dafür sorgen, dass Santana das Reich der Finsternis nie mehr verlässt und dass auch niemand zu ihr vordringen kann.«

»Die Kristallkugel schenke ich dir, Prinzessin Amanda«, sagte Blix. »Damit kannst du auf jeden beliebigen Ort blicken und miterleben, was dort geschieht.«

Amanda standen Tränen der Rührung in den Augen, als sie die Kugel entgegennahm. Tief bewegt schüttelte sie die Hände der beiden früheren Dienerinnen Santanas:

»Ich danke euch vielmals, ihr ehemaligen Geschöpfe der Unterwelt, die ihr den Weg zum Guten gefunden habt. Lebt wohl!«

»Wir werden euch immer in guter Erinnerung behalten«, versicherte Woody. »Lebt wohl, ihr beiden!«

»Lebt wohl, Amanda und Woody!« erwiderte Ebru. »Und grüßt Silvia von mir!«

»Lebt wohl!« verabschiedete sich auch Blix, dann verließen die beiden das Haus von Frank Formulus, der die Ereignisse der letzten Minuten schweigend mitverfolgt hatte.

»Da sehen Sie, dass sich sogar Wesen aus der Unterwelt zum Guten bekehren können«, sagte Woody zu dem alten Wissenschaftler. »Sie werden es bestimmt auch schaffen, Formulus.«

»Du Woody, wo ist denn Joe?« fragte Amanda plötzlich, als sie bemerkte, dass sich ihr Mann nicht mehr im Raum befand.

»Ich weiß nicht, Amanda«, antwortete ihr Schwager.

»Er ist schon vor einigen Minuten aus dem Haus gegangen«, teilte Formulus ihnen mit. »Er hat nicht gesagt, was er vorhat. Ich nehme an, er ist irgendwo im Wald.«

»Schauen wir mal!« meinte Joes Frau. »Komm mit, Woody!«

»Beginnt ihr inzwischen schon mit dem Abriss des Laboratoriums!« wies Woody seine Männer an. Dann folgte er Amanda nach draußen.

Epilog

Amanda und Woody hatten das Haus von Frank Formulus verlassen und schauten sich nach Joe um. Es dauerte nicht lange, da entdeckte Woody die Fußspuren seines Freundes, die geradewegs in ein sonnendurchflutetes Waldstück hineinführten. In gespannter Erwartung gingen sie den Spuren nach

»Da drüben ist er ja!« rief Woody aus, als er seinen Freund vor einer Gruppe prächtig gewachsener Edeltannen knien sah. Das zwischen den Baumwipfeln durchschimmernde Sonnenlicht ließ das goldene Kreuz auf Joes Brust hell erstrahlen und verlieh dem Ort ein wundersames Erscheinungsbild.

Eine tiefe Ehrfurcht befiel Amanda und Woody. Leise näherten sie sich der Stelle, an der Joe demütig auf dem von üppigem Moos bedeckten Waldboden kniete. Sie hörten, wie er mit gesenktem Kopf auf *Chryson* blickte und vor sich hin sprach:

»Hanck al Menhard! Ich danke dir, dass du doch noch alles zum Guten gewendet hast. Ich weiß, dass ich versagt habe und dass durch meine Schuld beinahe ganz Haldnerackmáhn dem Bösen verfallen wäre. Ich werde wohl nie so stark sein wie du.«

»Nein, Joe, du hast nicht versagt«, hörten die drei auf einmal eine tiefe, sanfte Stimme sagen.

Joe nahm *Chryson* in die Hand und hob es ein kleines Stück hoch. Er glaubte, in dem Kreuz die verklärte Gestalt seines Lehrmeisters zu erblicken, der ihm zufrieden zunickte.

»Das Böse hat versucht, dich zu verführen«, fuhr Hanck al Menhard fort, »aber du weißt ja, dass das Böse auf der Welt ist, damit wir ihm widerstehen und uns bewähren.«

»Aber ich habe mich doch nicht bewährt«, stammelte Joe. »Ich bin auf eine billige Kopie meiner Frau hereingefallen, eine Kreatur von Santana und Frank Formulus.«

»Es war eine Prüfung, Joe«, erklärte der Weise. »Du hast sie bestanden, wenn auch mit einigen Schwierigkeiten. Das Leben besteht aus einer Vielzahl solcher Prüfungen, und die Menschen müssen sich immer von neuem bewähren. Mit jeder neuen Prüfung wirst du wachsen und stärker werden.«

»Du meinst, ich werde doch noch ein würdiger Nachfolger für dich werden, Hanck?« fragte Joe zweifelnd.

»Aber sicher, Joe! Du hast Santanas Macht gebannt und sie in die Unterwelt zurückgeschickt. Du hast weise und sinnvolle Urteile über Santana und Frank Formulus gesprochen. Ich bin sehr stolz auf dich, Joe. Im Laufe der Zeit wirst du lernen, meine Stimme direkt in deinem Kopf zu hören, und du wirst immer wissen, was richtig und was falsch, was gut und was böse ist. Andere Menschen wirst du sofort durchschauen können und auf Bösewichte nicht mehr hereinfallen. Vertraue nur deiner inneren Stimme, Joe! Sie wird dich lenken und zum Guten führen.«

»Ja, Hanck«, erwiderte Joe. »Ich werde mich täglich in Meditation und Selbstverinnerlichung üben, so oft wie möglich in deinem Buch lesen und lernen, dauerhaften Kontakt mit dir zu halten.«

»Tu das, Joe!« antwortete der Weise. »Geh aber auch hinaus in die Welt und predige überall im Land das Gute, wie ich es getan habe! Wo Menschen in Streit und Feindschaft leben, da stifte Frieden und Freundschaft! Wo Menschen Unrecht erleiden, da steh ihnen bei und hilf, das Unrecht zu überwinden! Wo jemand in Not ist, hilf, die Not zu lindern! Wo jemand traurig ist, hilf, dass er wieder fröhlich wird! So wird sich das Gute über die ganze Welt ausbreiten und weitere Wunder vollbringen.«

»Ich werde alles tun, wie du es mir aufgetragen hast, Hanck al Menhard«, versprach Joe feierlich.

»Ja, Joe«, bestärkte ihn sein Lehrmeister und blickte auch zu Amanda und Woody, die neben Joe niedergekniet waren. »Ihr wisst ja: Das Leben ist ein immerwährender Kampf zwischen Gut und Böse, aber am Ende wird stets das Gute siegen, wenn ihr nur fest daran glaubt. Denn gute und reine Menschen sind gegen die Macht des Bösen immun. Die *Kraft des Guten* macht euch stark und unbesiegbar.«

Andächtig wiederholten Joe, Woody und Amanda die Worte des Meisters:

»Die *Kraft des Guten* macht uns stark!«

Das goldene Kreuz leuchtete immer heller und überstrahlte die verklärte Gestalt Hanck al Menhards. Die drei fühlten die Nähe einer ungeheuren Macht, und eine Stimme, die von überallher zu kommen schien, umgab sie:

»Wo du auch bist, was du auch tust, Joe, du wirst es immer spüren:

Die Kraft des Guten ist mit dir!«

Zur Entstehung des Romans
Die Helden von Haldnerackmáhn

Im Herbst 1985 bot sich mir die Möglichkeit, in Zusammenarbeit mit der Firma BAYERN-FILM einen Spielfilm zu drehen. Ich fragte daraufhin die Mitglieder meines Pfadfinderstamms, wer mitspielen möchte und was für Rollen die Kinder und Jugendlichen in dem Film gern spielen würden.

Die beiden damals knapp 13-jährigen männlichen Kornetts (Sippenführer) erklärten sich bereit, die Hauptrollen zu spielen. Jochen, der in unseren Ritter- und Indianer-Lagern stets der beste Bogenschütze war, wünschte sich als Rolle eine Kombination aus Luke Skywalker aus den *Star-Wars*-Filmen und Prinz Toran aus dem Film *Der Zauberbogen*. Für diese Hauptfigur unseres Films wählten wir den Namen ***Joe Arrows***. Dirk, der andere Kornett, der schon im Alter von 10 Jahren, als er in meinen Pfadfinderstamm eintrat, den Spitznamen *Waldläufer* bekam, wählte für sich die Rolle eines mit Buschmesser und Wurfmesser bewaffneten Waldhüters namens ***Woody Walker***.

Mabel (13 Jahre), eine der beiden weiblichen Sippenführerinnen übernahm die Rolle der Prinzessin, die wir ***Amanda*** (die Liebenswerte) nannten. Mabels 11-jährige Schwester Ruth, die schneller rennen konnte als alle anderen unserer Jungpfadfinder und die damals davon träumte, einmal als Läuferin an den Olympischen Spielen teilzunehmen, wählte für sich die Rolle von Amandas Schwester ***Silvia*** (von lateinisch *silva* = der Wald).

Sandra (14 Jahre), die andere Sippenführerin, wollte unbedingt eine böse Hexe mit grüner Hautfarbe spielen und sie wählte für diese Rolle den Namen ***Santana*** (was nichts mit dem von mir sehr geschätzten Musiker Carlos Santana zu tun hat, dessen Namen Sandra gar nicht kannte). Sandras 13-jährige Freundin Christiane wünschte sich, Santanas Tochter ***Roxana*** zu spielen, einen kühlen blonden Vamp.

Damit waren die sechs wichtigsten Rollen besetzt, aber natürlich wollten auch viele andere Stammesmitglieder in dem Film mitspielen.

Da war zum Beispiel Michael (damals 14 Jahre alt), der Prototyp des zerstreuten Professors. Genau diese Rolle wollte er im Film spielen und er hatte auch sofort einen passenden Namen parat: ***Balthasar Formulus***. Daniela (13 Jahre), die eng mit der 11-jährigen Silvia-Darstellerin befreundet war, wollte Silvias Ziehmutter spielen. Stefan, mein 15-jähriger Regie-Assistent, der im Film auch auftreten wollte, übernahm die Rolle des schrecklichen Monsters (mit grüner Monstermaske). Sieben unserer jüngsten Mitglieder im Alter von neun und zehn Jahren spielten die ***Sotkies***, putzige kleine Waldbewohner – wenn man so will, eine Kreuzung zwischen den Ewoks aus *Star Wars* und den Sieben Zwergen.

Eine wichtige Nebenrolle ist Joes weiser alter Lehrmeister ***Hanck al Menhard***, den – schon allein aus Altersgründen – nur ich spielen konnte (ich war zwar erst 27, aber mit Mönchskutte und weißem Nikolaus-Bart konnte ich den 75-Jährigen halbwegs glaubhaft darstellen). Schließlich musste noch jemand den König und die Königin spielen; also übernahm ich auch noch die Rolle von ***König Rhadal***, unsere damals 18-jährige Praktikantin Elke spielte ***Königin Miko***.

Alle anderen der insgesamt 32 Teilnehmer des Osterlagers 1986, in dem der Film gedreht wurde, bekamen von mir kleine oder mittlere Rollen zugeteilt. Erwähnt werden sollten der geldgierige Falschspieler ***Mark Dollard*** (damals hieß unser Geld ja noch *Mark*), Santanas Leibwächter ***Loof*** (gesprochen: *luuf*, umgedreht *fool* = der Narr) und die beiden Gehilfen von Professor Formulus namens ***Ludwig*** und ***Joachim***.

Aus all diesen Ideen schuf ich in den Weihnachtsferien 1985/86 das Drehbuch des 90-minütigen Spielfilms ***Die Helden von Haldnerackmáhn***, der heute der 2. Teil der Film-Trilogie und das II. Buch des Gesamtromans ist. Der Film beginnt mit dem Prolog, den wir im Februar 1986 im verschneiten Winterwald drehten. Hier erfährt Joe Arrows von seinem Lehrmeister Hanck al Menhard in Kurzform die Vorgeschichte der alten Helden von Haldnerackmáhn. Alle anderen Szenen wurden in der Karwoche 1986 in der Umgebung des Schlosses Seyfriedsberg (Landkreis Günzburg in Bayern) gedreht.

Der Film gefiel den Darstellern, aber auch deren Eltern, Geschwistern und den Stammesmitgliedern, die nicht an dem Lager teilgenommen hatten, so gut, dass mehrfach der Wunsch geäußert wurde, eine Fortsetzung zu drehen. Doch bevor wir das taten, wollten wir zunächst die Vorgeschichte verfilmen, also das, was Hanck al Menhard zu Beginn des ersten Films in wenigen Minuten erzählt.

Ich schrieb das Drehbuch zu diesem Film gleich nach dem Osterlager, und wir drehten den Film in den Pfingstferien 1986. Im Mittelpunkt steht die Geschichte von ***Hanck al Menhard*** (der 25 Jahre jünger ist als im zuerst gedrehten Film, darum spielte ich ihn nicht mit weißem Nikolaus-Bart, sondern mit echtem dunklem Bart). Hancks Gegenspielerin ist die noch junge ***Santana***, die weiteren Hauptrollen dieses Films sind ***Herzog Largus*** (gespielt von dem damals 15-jährigen Christoph, der im Osterlager nicht dabei war), ***Professor Balthasar Formulus*** (wieder gespielt von dem kurz zuvor 15 Jahre alt gewordenen Michael) und ***Jeff Arrows*** (Joes Vater, den ebenfalls Jochen spielte). Die Darsteller der anderen 11 Helden (die zum Teil in anderen Rollen im ersten Film mitwirkten) durften ihre Rollen und Kostümierung frei wählen, so dass die Heldentruppe eine bunte Schar aus verschiedenen Charakteren wurde, in der Ritter und Bogenschützen, Wikinger und Samurai, Indianer und Cowboy, Riese und Zwerg gleichermaßen ihren Platz haben. Der Inhalt des Films entspricht Kapitel 3 bis zur Mitte von Kapitel 7 des I. Buchs ***Hanck al Menhards Geschichte***. In der Roman-Fassung von 1992 stellte ich der Handlung des Films noch die beiden Kapitel über die Jugend von Hanck al Menhard voran.

1987 schrieb ich zusammen mit Jochen das Drehbuch der lang erwarteten Fortsetzung ***Joe Arrows' Prüfung***. Auch hier bezogen wir die Wünsche der anderen Darsteller in das Drehbuch ein. So wollte Mabel nicht ausschließlich die gute Amanda sein, sondern auch eine böse Rolle spielen. Also gaben wir ihr eine Doppelrolle als ***Amanda*** und ***Adnama***. Christoph, der in ***Hanck al Menhards Geschichte*** als Herzog Largus auftrat, wollte unbedingt einen richtigen Fiesling spielen – so entstand die Figur des Bazillus Corruptus. Auch für die Darsteller der getöteten Figuren Balthasar Formulus und Loof, die natürlich wieder mitspielen wollten, musste eine Lösung gefunden werden: der Bruder von Formulus und der neu erschaffene Loof. Für Tanja, die im ersten Film nur in zwei Mini-Rollen zu sehen war, schrieb ich die Rolle der ***Prinzessin Cordula***, die sich im Lauf der Geschichte vom schüchternen Schwesterchen des fiesen Bazillus zur strahlenden Königin entwickelt. Und für die kleine Christine war ***Blix*** die ideale Rolle. Über den Darsteller des ***Igor*** sei hier nur gesagt, dass er einfach die Idealbesetzung für diese Rolle war.

Wie man sieht, ist ***Die Helden von Haldnerackmáhn*** eine Geschichte, deren Ideen größtenteils von Kindern und Jugendlichen stammen. Meine Aufgabe war es lediglich, diese Ideen zu einer Einheit zu verknüpfen und das Ganze in der 1992 geschriebenen Romanfassung noch durch ein paar zusätzliche Handlungselemente zu ergänzen, die in den Filmen aus technischen Gründen nicht gezeigt werden konnten. Die damals in einer kleinen Auflage für die Mitglieder meines Pfadfinderstamms gedruckte Fassung habe ich zehn Jahre später noch einmal überarbeitet und in die heutige Form gebracht.

21. September 2002

Harry Theodor Master

*

Anmerkungen:

Pater Robb Welldone ist ein Anagramm von Robert Baden-Powell, Gründer der Pfadfinderbewegung (1857 - 1941)

Das Buch ***Der Weg zum wahren Glück*** heißt im Original ***Rovering to Success*** (Lord Robert Baden-Powell of Gilwell, 1922)

Weitere Romane aus dem FiFa-Verlag

Die Holyfort-Trilogie von Harry Theodor Master

Holyfort - Der Schatz von Sedu-Pio (ISBN 3-934432-01-8)

Der siebzehnjährige Benjamin Gaskin wird von seiner sterbenden Großmutter beauftragt, den magischen Ring seines verschollenen Vaters zu seinem Patenonkel Haro-wan, einem der sieben Hüter des Schatzes von Sedu-Pio, zu bringen. Mit Haro-wan reitet Benjamin nach Holyfort und tritt der Bruderschaft bei. Diese befindet sich im Kampf mit dem Schwarzen Ritter, der den Schatz von Sedu-Pio in die Hand bekommen will. Doch der Schatz ist in Wahrheit ein eingeschlossener böser Geist.

Holyfort - Der Kampf um Sedu-Pio (ISBN 3-934432-02-6)

Die sechzehnjährige Irina Burano kommt nach Sedu-Pio, wo ihr Onkel nach dem geheimnisvollen Schatz sucht. Dabei befreit er den Geist des bösen Gorgon. Haro-wan rettet Irina das Leben. Dann aber wird er von Gorgon geblendet und von dem Schwarzen Ritter bezwungen. Irina bringt den blinden Haro-wan nach Holyfort. Sie wird Haro-wans Knappe und damit Nachfolgerin von Benjamin, der inzwischen der Knappe des Schwarzen Ritters ist. Irina versucht, Benjamin auf die Seite des Guten zurückzuholen.

Holyfort - Die Gemeinde auf Sedu-Pio (ISBN 3-934432-03-4)

Die Ritterbruderschaft von Holyfort hat sich zu einer Gemeinde entwickelt, in der Menschen aller Altersgruppen einträchtig zusammenleben. Doch die heile Welt gerät bald durcheinander. Als eine gehässige Journalistin einen verleumderischen TV-Bericht über Holyfort verfasst, will der Gouverneur die Gemeinde auflösen. Irina muss einen schwierigen Schüler in die Gemeindeschule integrieren. Haro-wan versucht, einen Terroristen davon zu überzeugen, dass Gewalt kein Weg zur Verbesserung der Welt ist.

Weitere Informationen zu den Büchern auf den Homepages

http://www.fifa-verlag.de.vu
http://www.holyfort.de.vu

Walden Two von Professor B. F. Skinner

Der in den USA millionenfach verkaufte utopische Roman ***Walden Two*** von B. F. Skinner, Professor für Psychologie an der berühmten Harvard University, Vater der Verhaltenspsychologie, der Methode der Verhaltensverstärkung und des Programmierten Lernens, ist eine allgemein verständliche Zusammenfassung von Skinners Forschungen über die Möglichkeiten des menschlichen Zusammenlebens.

Anknüpfend an Sozial-Utopien wie Platons ***Politeia*** oder Thomas Mores ***Utopia*** beschreibt Skinner eine Gemeinschaft von etwa 1000 Personen, die ihr Leben nach den Erkenntnissen der modernen Verhaltenspsychologie ausrichten. Von besseren Methoden der Kinder-Erziehung bis zur Verbesserung der Arbeitsbedingungen schildert Skinner die Voraussetzungen für ein menschenwürdiges Dasein, die sowohl einer Gemeinde als auch der ganzen Menschheit das Überleben sichern.

Die deutsche Übersetzung des Psychologen und Roman-Autors Harry Theodor Master enthält einen Kommentar Skinners über die Bedeutung seines Romans 28 Jahre nach der Erstveröffentlichung und ein Nachwort von Professor Werner Correll (Universität Gießen), der eng mit Skinner zusammenarbeitete.

B. F. Skinner: Walden Two (ISBN 3-934432-04-2)

Maragossa (SF-Roman von Harry T. Master, 170 Seiten)

Bobby Canzone, der als einziger Mensch auf dem paradiesischen Planeten *Maragossa* aufwuchs, gerät ins Ränkespiel der galaktischen Großmächte. Er schließt Freundschaft mit dem Königssohn Pierre, befreit Claudi, die Tochter des terranischen Präsidenten, aus der Hand von Weltraumpiraten und verbringt mit ihr eine wunderschöne Zeit in *Maragossa*. Als ein galaktischer Krieg droht, versucht Bobby, die Menschheit zu retten.

Die Geschichte vom etwas älter gewordenen Kleinen Prinz, der den Menschen die Augen für das Gute öffnen will, eine Parabel über den »Kalten Krieg« zwischen den Weltmächten – und auch eine romantische Liebesgeschichte.

Balthasar (Fantasy-Roman von Nina Schönemann, 44 Seiten)

Der junge Professor Balthasar Formulus muss das Sonnenkraut finden, um das Leben seines Königs zu retten. Außerdem muss er einen Spion entlarven, der ihm seine Formeln stiehlt. Schließlich nimmt er an einem Wettstreit teil, wer der größte Erfinder von Haldnerackmáhn ist.

Das Mondbuch (Fantasy-Roman von Tatjana Flade, 403 Seiten)

Alexandra kauft auf einem Flohmarkt ein geheimnisvolles Buch mit dem Titel *Der Garten des Einhorns*. Durch einen Zauber gelangt sie in den verwunschenen Garten. Zusammen mit dem Feenwesen Tjan versucht sie, aus dem Garten zu fliehen und das Mondbuch zu finden, das ihre einzige Chance ist, in ihre Heimatwelt zurückzukehren.

Schafe brauchen Hirten (von Anna Milena Jurca, 200 Seiten)

In der Stadt Ayan regieren die Ältesten mit harter Hand. Die junge Rebellin Ledana flieht gemeinsam mit Esurel, dem Sohn eines der Ältesten, aus Ayan, um die sagenhafte Stadt Goyya zu suchen, in der Freiheit und Frieden herrschen sollen. Doch die Menschen dort sind Sklaven ihres Strebens nach Perfektion. Ledana kehrt nach Ayan zurück und entfacht eine blutige Revolution. Zu spät begreift sie, dass es keine wirkliche Freiheit geben kann.